Rebekka Jost

Das Versteck im roten Haus

Eine „Pflegefamiliengeschichte"

BoD

Das Buch: Im Jahre 1886 nimmt sich in einem kleinen Dorf in Mecklenburg Marie Ebert auf dem Hof, den ihre Familie seit Generationen bewirtschaftet, in dem roten Häuschen, indem die Schweine gehalten werden, das Leben. Zuvor hat sie dort ihr Tagebuch versteckt.

Über hundert Jahre später leben Amelie Kästner und ihre Familie auf dem ehemaligen Hof.

Im Januar 2020 entschließt sich die Familie, die fünfzehnjährige Sophia in Pflege zu nehmen. Doch nicht nur dadurch, sondern auch durch die Ausbreitung des Coronavirus und die daraufhin beschlossenen Maßnahmen verändert sich das Leben der Familie innerhalb kürzester Zeit und von Grund auf.

Doch während aufgrund der weltweiten Ereignisse die Familie ausgerechnet in dieser Zeit völlig auf sich gestellt ist, entpuppt sich der Ausnahmezustand auch als eine Chance, das nahezu Unmögliche zu schaffen, nämlich einem Kind, dass durch alle Raster der Gesellschaft gefallen ist, ein Zuhause zu geben. Doch wird der Lauf gegen die Geister der Vergangenheit in dieser auf den Kopf gestellten Zeit gelingen und welchen Einfluss haben die über hundert Jahre alten Aufzeichnungen der Marie Ebert auf die Ereignisse in der Familie im Jahr 2020?

Dies ist die überarbeitete dritte Auflage des Buches „Erst kam Corona, dann Sophia oder das Versteck im roten Haus"

Die Autorin: Rebekka Jost, geboren 1983 in Hamburg ist Juristin und lebt seit einigen Jahren mit ihrer Familie auf dem mecklenburgischen Land.

Weitere Bücher:

„Ein tiefes Vergessen liegt auch über ihren Gräbern Teil 1 und Teil 2"
„Mathilda und der Mann auf der Bank"
„Matilda and the man on the bench"

Für Fragen und Rückmeldungen:
autorin-rebekka-jost.de
Instagram: Autorin_Rebekka_Jost

Über eine Rezension oder Bewertung freue ich mich sehr. Kontaktieren Sie mich gerne.

Rebekka Jost

Das Versteck im roten Haus

Eine „Pflegefamiliengeschichte"

Roman

Bibliographische Information der Deutschen Nationalbibliothek:

Die Deutsche Nationalbibliothek verzeichnet diese Publikation in der Deutschen Nationalbibliographie; detaillierte bibliographische Daten sind im Internet über http://dnb.d.de abrufbar.

Herstellung und Verlag: BoD – Books on Demand, Norderstedt

ISBN: 9783752622041

Vorwort:

Liebe Leserin, lieber Leser,

vorneweg sei gesagt: Dies ist ein fiktiver Roman.

Er handelt zwar von Orten, die es teilweise real gibt, wie bestimmten Dörfern und Städten und auch Stätten wie bestimmten Schulen, Ämtern und Einrichtungen alle Personen hingegen sind frei erfunden und stellen keine real lebenden Menschen dar. Ähnlichkeiten sind reiner Zufall.

Es ist aber auch ein Roman mit einem Hintergrund, der viele Menschen aktuell und persönlich betrifft.

Dabei handelt es sich nicht nur um die Erkrankten und die Menschen, die verstorben sind, sondern um einen kaum zu fassenden Personenkreis. Betroffen sind auch alle Angehörigen von Erkrankten, alle Menschen, die zu den Risikogruppen gehören und alle Helfer. Alle Menschen, die durch die ergriffenen Maßnahmen betroffen sind, wie Berufstätige, die ihre Arbeit oder ihr Einkommen verloren haben. Unternehmer und Künstler, die um ihre Existenz bangen, genauso wie Menschen die Angst oder Depressionen entwickeln. Es sind Familien und pflegende Angehörige, es sind die Kinder, deren Leben auf den Kopf gestellt wurde und die teilweise unvorstellbar darunter leiden. Es sind Millionen Menschen, deren Operationen aufgeschoben werden, deren Behandlungen hintenangestellt werden, deren Therapien und Rehas eingestellt wurden. Kinder, deren Entwicklung wegen unterbrochener Therapien behindert wird und Menschen, die durch geschlossene Grenzen von ihren engsten Angehörigen getrennt werden und viele mehr.
Allen diesen Menschen gilt mein tiefstes Mitgefühl und meine Anteilnahme.

„Caminante no hay camino, se hace al andar"
„Wanderer, man braucht keinen Weg, der Weg
entsteht, indem man ihn geht."

Antonio Machado

April 1886

Als Marie die Holzleiter anhob, um sie gegen die Balken zu lehnen, spürte sie in beiden Armen und in ihrem Brustkorb stechende Schmerzen. Tränen schossen ihr in die Augen. Sie biss die Zähne zusammen und konnte die Leiter gerade eben solange und so weit anheben, dass sie den Balken erreichen würde.

Als sie die Leiter losließ und diese gegen den Balken kippte, erklang der Laut eines dumpfen Aufpralls. Marie zuckte zusammen.

Eine der Sauen gab ein Grunzen von sich und Marie konnte am Rascheln des Strohs hören, dass mehrere Ferkel sich wieder zurecht wühlten. Sehen konnte sie die Tiere nicht, denn es war dunkel im roten Stall.

Der Gedanke an die kleinen Ferkel versetzte ihr einen Stich ins Herz. Soweit sie zurückdenken konnte, hatten sich hier die Ferkel getummelt. Und von Kleinkindesbeinen an hatte sie Mutter begleitet, wenn diese die Schweine versorgte.

Ungezählte Male hatte sie bei den Koben gestanden und beobachtet, mit welcher Fürsorglichkeit die Sauen sich um ihre vielen Ferkelchen sorgten und kümmerten und sie hegten und aufzogen. Wie die Ferkel immer dicker und größer und immer mutiger und lebendiger wurden und ihre winzige Welt eroberten.

All das würde ihr Kleines nicht erleben können.

Sie hatte sich vor langer Zeit auch vorgestellt, sich einmal so fürsorglich um ihre und Lukas Kinder zu sorgen und dass diese dann auch so munter herumtollen würden, wenn sie ihre Welt eroberten.

Das würde nie geschehen.

Für ihr Kleines konnte sie nur noch eines tun.

Wie oft war ihr schließlich der Gedanke gekommen, wofür die Sauen ihre Kleinen so umsorgten und großzogen, wenn sie doch alle auf der Schlachtbank endeten? Und wozu sollte sie ihr Kleines umsorgen und großziehen, wenn es sich doch nur in dieser elenden Welt plagen würde?

Sie setzte den rechten Fuß auf die erste Sprosse und begann die Leiter hinaufzusteigen.

Jeder Schritt bereitete ihr Schmerzen. Schmerzen in den Armen, dem Rücken, dem Brustkorb und Schmerzen in den Beinen, aber sie stieg weiter die Sprossen empor.

Oben angelangt zog sie sich auf den Balken und krabbelte auf den

Knien an das rechte Ende des Balkens. Es war mühsam, sich nicht in den Röcken zu verfangen.

Als sie am Ende des Balkens angekommen war, griff sie in eine Nische im Mauerwerk und holte eine Kerze und eine Schachtel hervor. Sie öffnete die Schachtel und entnahm ein Schwefelhölzchen, das sie entzündete, um die Kerze zu entfachen. Jetzt umhüllte sie der flackernde Schein der Kerze. Sie sah nun die nähere Umgebung, aber bis auf die gemauerte Stallwand, an die sie sich lehnte und den Balken, auf dem sie saß, gab es hier oben nichts.

Eine Weile saß sie still da. Die Schmerzen ließen nun etwas nach. Marie kam oft nachts hier herauf. Hier hatte sie ihre Ruhe, hier fand er sie nicht.

Sie legte die Hände auf ihren gewölbten Bauch, fühlte vorsichtig nach der Stelle, an ihrer Taille, die er mit seinem Fuß getroffen hatte. Sie spürte einen ziehenden Schmerz in der Rippengegend.

Dann strich sie über die Wölbung, wo der Rücken des Kindes lag, wie ihr die Hebamme versichert hatte.

Sie streichelte sanft mit den Fingerspitzen über den Rücken des Kindes. Sie wartete, dann wiederholte sie dasselbe. Sie wiederholte es immer wieder. Für gewöhnlich erwachte das Kind davon und regte sich, als antwortete es ihr, aber heute rührte es sich nicht.

„Schlaf nur...", flüsterte sie.

Sie griff wiederum in die Nische im Mauerwerk und zog ein kleines Buch, Feder und Tintenglas hervor. Sie klappte das Buch auf und suchte die letzte beschriebene Seite. Diese nannte den 29. März als Datum. Kurz überlegte sie, dann begann sie zu schreiben.

Als sie fertig war, verharrte sie noch eine Weile. Dann klappte sie das Buch zu und legte es sorgsam an seinen Platz zurück.

Sie lehnte den Kopf an die harte Stallwand und schloss die Augen. Ihr Herzschlag ging ruhig und gleichmäßig. Von unten vernahm sie die leisen Geräusche der schlafenden Schweine, von draußen den seichten Wind.

Wieder legte sie die Hände auf ihren Bauch. Aber es rührte sich noch immer nichts. „Schlaf nur...", flüsterte sie. „Es wird für immer sein."

Dann erhob sie sich langsam. Dabei durchzuckten sie erbärmliche Schmerzen. Sie zog das Seil aus ihrer Rocktasche und begann, es an dem Balken festzuzurren. Anschließend band sie eine Schlinge und legte sie sich um den Hals, so verharrte sie für eine Weile. Es kostete doch Mut.

„Bitte, Vater, nimm uns, das Kind und mich zu dir...", waren ihre letzten, leisen Worte. Sie pustete die Kerze aus und sprang ins Nichts...

Freitag, 10. Januar 2020

Sophia öffnete die Wagentür und warf ihre Tasche auf die Rückbank, anschließend ließ sie sich selbst auf den Rücksitz fallen und zog die Tür zu.

Im Wageninnern roch es nach Parfüm. Es war ein beißendes Parfüm, ein ekliger Altfrauengeruch. Die, zu der der Geruch gehörte, Frau Brinkmann, stieg vorne auf der Fahrerseite ein und startete den Motor. Frau Brinkmann war doch höchstens fünfzig, dachte Sophia, warum trug sie ein Parfüm, dass für Siebzigjährige gemacht worden sein musste?

„Hast du sicher an alles gedacht, Sophia?" Frau Brinkmann warf einen prüfenden Blick in den Rückspiegel.

„Hm", machte Sophia.

„War das jetzt ein Ja oder Nein? Ich dreh nicht wieder um."

Sophia verdrehte die Augen. Musste Frau Brinkmann immer so rumstressen? Sie betonte überdeutlich: „Ja, ein Ja war das".

„Warum bist du denn so unfreundlich? Es wäre doch nur ärgerlich, wenn wir gleich noch einmal zurückfahren müssen. Du willst doch nicht zu spät kommen?!"

„Nein, Frau Brinkmann, nein, natürlich nicht", erwiderte sie noch einmal überdeutlich. Konnten sie nicht einfach losfahren? Wenn Frau Brinkmann sie doch nur in Ruhe ließe und einmal die Klappe halten könnte. Mann, war sie froh, dass die Brinkmann in Kürze nicht mehr für sie zuständig war.

„Ach Mensch, Sophia, wie lange kennen wir uns jetzt schon und wieder kommt von dir nur schlechte Laune, dabei dachte ich, du freust dich, dass nun alles so wird, wie du es dir gewünscht hast."

Sophia musste beinahe lachen. Wie sie es sich gewünscht hatte?! Klar! Und wie lange sie sich nun schon kannten... haha... Sie antwortete nicht. Vielleicht würde die Brinkmann aufgeben, sie zu bequatschen, wenn Sophia einfach die Augen schloss...

Sie lehnte den Kopf an die Fensterscheibe, aber das war nicht besonders bequem. Sie rutschte in dem Polster tiefer und lehnte den Kopf an die Lehne, das war etwas besser, aber nun schnürte der Gurt... Egal, Hauptsache kein Gequatsche!

„Sollen wir unterwegs noch irgendwo ran fahren und was essen? Hast du Hunger?"

Sophia spürte Wut in sich aufsteigen. Sie würde so tun, als hätte sie die Frage nicht gehört. „Können Sie das Radio anstellen?"

„Okay... Ich habe dich etwas gefragt!"

„Nein."

„Willst du bei Frau Kästner und Herrn Hege gleich einen schlechten Eindruck machen? Oder wirst du dich dort wenigstens etwas freundlicher benehmen?"

„Ich will gar nichts! Ich will nur nicht reden!", platzte es aus Sophia heraus.

„Gut, in Ordnung, dann lass ich dich mal. Ich meine, du wirst ja auch aufgeregt sein, ja, dann fahren wir jetzt einfach und ich lass dich in Ruhe..."

Sophia hoffte inständig, die Brinkmann würde sich an diese Ankündigung halten. Sie sah aus dem Fenster. Draußen war es windig und es nieselte, der Himmel war grau. Gerade bogen sie von der Tonndorfer Hauptstraße auf die Jenfelder Allee. Gleich hatten sie die Autobahnauffahrt Jenfeld erreicht und dann würde sie Hamburg verlassen.

Es war ein komisches Gefühl. Hier hatte sie nun solange gelebt. Von heute an würde ein neuer Abschnitt beginnen. Sie hoffte, dass sie auf diese Weise Leo schnellstmöglich vergessen würde und Elena gleich mit. Dieses Miststück! Und dabei waren sie beste Freundinnen gewesen... Aber auf solche Freundinnen konnte sie gut verzichten.

Überhaupt, am besten, sie würde überhaupt niemanden mehr an sich heranlassen. So etwas wollte sie nie wieder erleben. Nur bei dem Gedanken an all das krampfte sich ihr Magen zusammen und sie hätte sich am liebsten erbrochen! Sie wollte weg, - weg von hier!

Und ein Umzug nach Mecklenburg bot einen weiteren Vorteil: Sie würde viel dichter bei Mama wohnen. Das würde einiges leichter machen, aber darüber würde sie nicht jetzt nachdenken. Das konnte sie machen, wenn sie erstmal bei der neuen Pflegefamilie wohnte.

Frau Brinkmann bog nun auf die Autobahnauffahrt. Dann beschleunigte der Wagen und der Motor wurde stetig lauter.

„Puh!", machte Frau Brinkmann vorne. Offenbar war sie erleichtert und zufrieden damit, sich zwischen zwei dröhnenden LKW eingeordnet zu haben und nun mit neunzig Sachen zwischen diesen Ungetümen dahinzugurken.

Sophia bedachte Frau Brinkmann mit einem genervten Blick, dann holte sie ihr Smartphone hervor und steckte sich die Ohrstöpsel in die Ohren.

Die Gitarre setzte ein, dann das Schlagzeug.

Als Kurt Cobains raue Stimme zu „The man who sold the world"

10

erklang, lehnte sie sich wieder an die Rücklehne und sah aus dem Fenster.

Sie fuhren eine ganze Weile auf der A 24. Als Frau Brinkmann den Blinker setzte und eine ziemlich verspannte Haltung einnahm, die Sophia untrüglich verriet, dass die Brinkmann sich nun innerlich auf das Abfahren von der Autobahn einstellte, las Sophia auf dem Abfahrtschild: „Zarrentin".

Zunächst fuhren sie auf einer langweiligen langen Strecke, an der es nichts zu sehen gab.

Dann aber, nach einigen Abbiegungen durchquerten sie vereinzelte Dörfer und Ortschaften.

Die meisten Häuser waren alt, aber recht gut in Schuss gehalten oder renoviert. Die Gärten waren zumeist riesig. In Hamburg konnten die Leute froh sein, wenn sie auch nur einen winzigen Garten hatten.

Dazwischen fanden sich aber auch Neubauten, wobei Sophia feststellte, dass diese ausnahmslos besser zu den alten Häusern passten, als so mancher Kasten, der Hamburg verunstalten durfte.

Die meisten Straßen waren sehr gut erhalten, nur dreimal fuhren sie auf Kopfsteinpflaster.

Als „All Apologies" endete, fragte sich Sophia, wie weit es wohl noch sein mochte.

Sophia suchte am Smartphone Metallica heraus. „Nothing else matters" erklang aus den Ohrstöpseln.

Sie fuhren auf einer langen, geraden Straße zwischen alten Kastanien und anderen knorrigen Bäumen, die aussahen, als stellten sie die Kulisse eines Märchens dar.

Obwohl sie in die Ferne fuhren und Sophia bisher die Vorstellung gehabt hatte, nun würde ihre Welt weiter, weil sie das enge Hamburg verließ, erschien es ihr nun, als würde die Straße vorne immer schmaler und enger.

Schließlich ging es eine endlos erscheinende, geschwungene Straße an einem Wald entlang und dann fuhren sie auf das Ortseingangsschild „Karmin" zu.

„Hier ist es!", stellte die Brinkmann überflüssigerweise fest. „Jetzt muss ich nur noch das richtige Haus finden. Du kannst ja mal mit Ausschau halten, bei dem Wetter ist das aber auch schlecht zu sehen..."

Sophia dachte gar nicht daran, mitzusuchen. Das sollte die Brinkmann mal schön allein machen.

Sie bogen um eine Kurve, folgten weiter der Hauptstraße.

Sie fuhren an einem hässlichen Reihenhaus auf der rechten Seite vorbei.

Frau Brinkmann fuhr langsam an einigen weiteren Häusern vorüber, dann trat sie abrupt auf die Bremse. Sophia blickte aus dem Fenster und sah das Haus, dass es sein musste. Sie runzelte verwundert die Stirn.

Sie standen vor einem alten, klapprigen Zaun vor einem potthässlichen alten Klotz, der aussah, als würde er jeden Moment zusammenbrechen.

An dem Zaun prangten mit Kinderkreide gekritzelte Zahlen, die leider unverkennbar jeweils die Nummer 18 b darstellten. Es gab offenbar zwei Einfahrten. Ein kleiner roter Wagen stand in der rechten Einfahrt.

Frau Brinkmann warf einen Blick auf die Uhr. „Wir sind etwas zu früh. Ich dachte, wir brauchen länger für die Fahrt hier heraus. Ich parke mal hier vor das Grundstück. Deine Tasche ist doch nicht zu schwer?" Die Brinkmann drehte sich mit hochgezogenen Augenbrauen und fragendem Blick zu Sophia um.

Die war noch damit beschäftigt den ersten Schock wegen des hässlichen Hauses zu verarbeiten und reagierte deshalb verzögert und weniger schroff, als es ihrer Laune entsprochen hätte. „Nein, das geht schon." Sophia öffnete die Tür und stieg aus.

„Warst du nicht angeschnallt?"

„Nein." Sophia griff nach der Tasche und sah sich um.

Auf dem Rasen vor dem Haus, der tatsächlich vorwiegend aus Moos bestand, entdeckte sie Schneeglöckchen.

„Sieht doch ganz hübsch aus, nicht?" Frau Brinkmann sah Sophia aufmunternd an.

„Wenn Sie´s sagen", erwiderte Sophia ausdruckslos.

In dem Augenblick nahm sie eine Bewegung hinter einem der Fenster wahr und entdeckte dort ein Kindergesicht. Schnell verschwand es jedoch und sie hörte gedämpft eine Kinderstimme rufen: „Sie ist da!"

„Ach Gott, du wirst ja schon regelrecht erwartet!", rief die Brinkmann in erfreutem Ton.

„Hm", machte Sophia nur.

Da ging eine unscheinbare Tür an der Seite des Hauses auf. Sie wirkte viel zu klein für das klobige Haus.

Eine Frau sah heraus und lächelte freundlich. „Kommen Sie nur herein!", forderte sie sie, an die Brinkmann gerichtet, auf.

Sophia war unschlüssig, ob sie vorgehen, oder der Brinkmann den Vortritt lassen sollte. Sie wollte nicht wie ein kleines Kind wirken, das am Rockzipfel hing, sie wollte auch unbedingt weg von der Brinkmann, aber andererseits war es auch komisch, sich so aufzudrängen... Sie hasste es, irgendwo neu hinzukommen.

Amelie fühlte sich hin und her gerissen.

Sie traute sich kaum, hinzusehen, weil es ihr seltsam und aufdringlich erschien und sie das Mädchen nicht verschrecken wollte, nicht wollte, dass es sich unwohl fühlte, andererseits war sie unendlich aufgeregt, ihr erstes Pflegekind anzuschauen und kennenzulernen. So lange hatte sie auf diesen Tag gewartet und dann war es alles mit einem Mal so schnell gegangen.

Noch einmal checkte sie mit einem Blick in alle Richtungen, ob alles in Ordnung war. Sie überflog mit ihren Augen den Eingangsbereich, in dem sie nun stand. Sie hatte alles aufgeräumt und geputzt, aber hier wurde es nie ordentlich, wie ihr schien. Die Tür des blauen Schranks schloss natürlich wieder nicht richtig, aber das ließ sich nun auch nicht mehr ändern. Der Ofen brannte orangeflackernd, wenigstens wirkte das gemütlich, einladend und warm.

Leonie, Julien und Amber, ihre Kinder, standen wie eine Schar um sie. Nur Joel war nicht da, aber er wohnte ja auch nicht mehr zuhause. Hoffentlich würden sie sich nicht gleich wieder streiten, das würde keinen guten Eindruck machen vor der Frau vom Jugendamt. Aber die Kinder wussten, dass es wichtig war, einen guten ersten Eindruck zu machen und sie waren auch gespannt auf das Mädchen aus Hamburg, jedenfalls machten sie jetzt gerade den Eindruck, als könnten sie kein Wässerchen trüben. Leonie hatte sogar dafür gesorgt, dass sie und die beiden Kleinen etwas Schickes angezogen hatten.

David sah sie mit fragendem Gesichtsausdruck an. Er stand hinter ihnen allen, hielt sich wie meistens lieber etwas im Hintergrund.

Dann blickte sie wieder zu den beiden Menschen, die sich dem Eingang näherten. Die Frau wirkte rigoros. Sie musste so Anfang vierzig sein, schätzte Amelie. Das Mädchen, - Amelie wagte einen erneuten Blick -, sah aus wie etwa zwölf Jahre alt. Das irritierte sie, denn die Frau vom Jugendamt in Wismar hatte gesagt, es handele sich bei Sophia um eine Fünfzehnjährige.

Sophia war klein, sehr schmal und sehr zart. Sie hatte braunes, überwiegend glattes Haar, mit wenigen Löckchen an den Seiten, wo das Haar etwas gestuft geschnitten war. Ihr Blick wirkte abwesend und ernst. Sie trug eine Reisetasche. Ob das alles war, oder hatte sie noch einen Koffer im Auto?

„Hallo, mein Name ist Amelie Kästner, kommen Sie doch herein!" Amelie streckte der Frau die Hand entgegen.

„Guten Tag, Brinkmann ist mein Name." Frau Brinkmann reichte Amelie die Hand. „Sehr gerne. Sophia, kommst du bitte auch?"

Amelie sah zu Sophia, die zaghaft nickte. Es musste für sie ebenfalls eine seltsame Situation sein.

„Hallo Sophia, schön, dich kennenzulernen!" Amelie versuchte so fröhlich wie möglich zu klingen und streckte auch Sophia die Hand entgegen.

Sophia reichte ihr artig die Hand, wirkte dabei aber nicht gerade so, als fühle sie sich wohl. Amelie ärgerte sich über sich selbst. Hätte sie nicht einfühlsamer sein können, indem sie Sophia erst einmal ankommen ließ, ohne gleich Druck auf sie auszuüben und sich wie eine Spießerin aufzuführen? Soviel zum guten ersten Eindruck!

Es wurde eng im Flur, als alle drinnen standen. Der unangenehme Geruch des Parfüms der Jugendamtsmitarbeiterin machte sich breit.

„Sie können ruhig die Schuhe anlassen, wir können uns in die Küche setzen. Wir gehen schon mal durch, dann ist mehr Platz!", erklärte David in seiner unbefangenen Art.

Amelie war froh, dass er die Situation damit auflockerte.

„Ich bin Leonie", Leonie winkte Sophia lächelnd zu.

Amelie betrachtete ihre vierzehnjährige Tochter. Sie stellte sich immer schnell auf neue Menschen ein und beteiligte sich problemlos an Gesprächen jeglicher Art.

„Hi", gab Sophia mit zurückhaltendem Gesichtsausdruck zurück.

„Sophia wird bestimmt gesprächiger, wenn sie erstmal angekommen ist", klärte Frau Brinkmann Leonie auf. „Aber wenn du sie gleich so nett begrüßt, wird das bestimmt nicht lange dauern!"

Amelie musste sich beherrschen, nicht die Stirn zu runzeln. Wie respektlos Frau Brinkmann über Sophias Kopf hinweg über diese sprach. Unfassbar. Sophia war doch nicht mehr drei Jahre alt! Sie sah kurz zu Sophia, die wirkte mit ihren Gedanken weit weg. Hatte sie das gar nicht mitgekriegt?

„Wollen wir reingehen?" David zeigte einladend zur Küche.

„Ja, genau!" Amelie schob sich eilig an Leonie vorbei und zog Julien und Amber mit sich. Sie war froh, der unangenehmen Atmosphäre im Flur zu entkommen. Frau Brinkmann folgte bereitwillig.

Leonie und Sophia blieben zurück, aber das sollte Amelie nur Recht sein. Vielleicht kamen die zwei so leichter ins Gespräch.

In der Küche stand auf dem Tisch der Kuchen, den Amelie mit den Kindern gebacken hatte. David war fürs Kaffeekochen zuständig. „Trinken Sie einen Kaffee?" wandte er sich an Frau Brinkmann. Amelie wusste, wie sehr David solch gezwungenen Situationen verabscheute. Sie rechnete es ihm hoch an, dass er sich dieser hier trotzdem stellte. Sie waren nicht verheiratet, Amelie hätte auch allein ein Pflegekind aufnehmen können, aber er hatte sich einverstanden erklärt, das mit ihr zusammen zu machen.

„Nein, danke, ich werde gleich wieder fahren müssen und wenn ich jetzt einen Kaffee trinke, dann werde ich zu hippelig. Nein, nein, ich will Sie auch gar nicht allzu lange aufhalten. Sie wollen sicher in Ruhe Sophia kennenlernen. Es gibt auch gar nicht soviel zu besprechen. Sie haben ja in wenigen Tagen dass Gespräch mit der neuen Sachbearbeiterin in Wismar...“

„Ja, genau, am Donnerstag.“ Amelie nickte bekräftigend.

„Mama, mir ist langweilig, kann ich spielen gehen?“ Amber zupfte vorsichtig an Amelies Ärmel.

„Na klar, lauf zu, Spatz!“ Amelie lächelte ihre Vierjährige an.

Amber trippelte tänzelnd aus der Küche und dann hörte man sie die Treppe hinaufkraxeln Dabei erzählte sie sich irgendetwas. Alle in der Küche lauschten ihr einen Augenblick nach.

„Ich geh auch, ja?“, fragte nun auch Julien.

Amelie nickte ihrem Achtjährigen lächelnd zu.

Nachdem auch Julien abgezogen war und die Mädchen noch immer nicht in der Küche angekommen waren, wandte sich Frau Brinkmann an Amelie. „Sie haben doch schon so viele Kinder? Wieso wollen Sie sich das mit einem Pflegekind zumuten?“

Amelie sah sie irritiert an. „Wie meinen Sie das denn? Zumuten?“

„Das wird nicht einfach, kein Spaziergang, das sage ich Ihnen gleich. Ich kenne dieses Kind schon eine Weile. Aber Sie werden selber sehen und das Jugendamt in Wismar ist ja Ihr Ansprechpartner. Da kriegen Sie auch Unterstützung, wenn Sie welche brauchen. Es gibt auch noch Vereine, die Pflegeeltern unter die Arme greifen. Sind Sie da schon irgendwie in Kontakt?“

„Naja, wir haben mal gestöbert, im Internet, aber das kam jetzt doch so schnell und überraschend, ich meine, nachdem wir unsere Bereitschaft erklärt haben.“ Amelie ärgerte sich, dass sie so unbeholfen rüberkam. Warum ließ sie sich verunsichern? Ihr war doch klar, dass es eine Herausforderung werden würde. Aber ihr gefiel die Art von Frau Brinkmann nicht. Sie war herablassend und wirkte, als wenn sie sich überlegen fühlte. Hoffentlich ging sie bald. Zugleich spürte Amelie aber auch, dass die Verunsicherung fruchtete und das ärgerte sie noch mehr.

Sie wollte unvoreingenommen sein und Sophia aufgeschlossen gegenübertreten und nicht schon im Vorfeld mit Misstrauen geimpft werden.

Sie sah zu David. Ließ er sich verunsichern? Konnte man ihm ansehen, was er dachte?

Aber David wirkte unbeeindruckt. Nur kurz hatte er seine Aufmerksamkeit auf Frau Brinkmanns Ausführungen gerichtet, dann trat er zur Küchentür und rief in den Flur: „Wo bleibt ihr denn? Leonie?"

„Hier!" Leonie warf einen Blick Richtung Küche. „Sophia hat doch ihre Schuhe ausgezogen, weil ich ihr gleich ihr Zimmer zeigen will."

„Okay, das ist eine gute Idee!" David sah sich kurz unschlüssig um und zog sich dann einen Stuhl heran, auf den er sich setzte.

Leonie kam, gefolgt von Sophia zur Küche geschlendert.

„Habt ihr Durst? Wollt ihr was trinken, bevor ihr hoch geht?" Amelie war stolz auf ihre Große, dass die so unbefangen mit Sophia umging.

„Willst du was? Ich habe Light live gekauft, das mag ich am liebsten!" Sie sah Sophia freundlich an.

„Kenn ich nicht. Nee, ich habe keinen Durst", wich diese jedoch aus.

Amelie hoffte, dass Leonie sich nicht so leicht abweisen ließ oder gar eingeschnappt sein würde. Sie hatte Leonie erklärt, dass es anfangs schwierig werden könnte und Leonie hatte versichert, dass sie das verstehen konnte, weil ja alles neu war für das neue Mädchen in ihrer Familie und das Mädchen es bestimmt bisher nicht sehr leicht gehabt hatte.

Amelie wusste aber auch, dass Leonie sich sehr darauf gefreut hatte, dass eine etwa Gleichaltrige in die Familie kam. Sie hatte sogar einmal Leonie mit ihrem älteren Bruder telefonieren und über das bald eintreffende Pflegekind sprechen hören. Das war unglaublich süß gewesen, wie vernünftig und voller Vorfreude sie gesprochen hatte! Sie wollte die beiden ablenken. „Dann zeig doch Sophia mal ihr Zimmer!", rief sie deshalb so unbeschwert wie möglich.

„Ja, willst du?", rief Leonie Sophia zu.

„Hm, okay." Zögerlich folgte Sophia Leonie, die begann, die Treppe hinaufzusteigen.

„Da werde ich auch einmal mitgehen, wenn es Ihnen Recht ist", erklärte Frau Brinkmann.

„Natürlich!" David wies zur Treppe. „Da entlang!"

„Das ist ja ein riesiges Haus. Haben Sie das geerbt?"

„Nein, nein, wir haben es gekauft." Amelie folgte Frau Brinkmann.

„Ach, die Treppe ist aber schmal."

„Ja, das ist ein altes Haus, da entspricht vieles nicht den heutigen Ansprüchen vieler Leute." Amelie kannte bereits alle Sprüche, mit denen Besucher Kritik an ihrem Haus mehr oder weniger schön verpackten. Ihr war das gleichgültig. Das Beste an diesem Haus war, dass sie und David alles so gestalten konnten, wie sie wollten. Da würden sie nicht anfangen, sich nach den unterschiedlichen Wünschen und Vorstellungen etwaiger Besucher zu richten.

16

Sie hoffte allerdings, Frau Brinkmann wäre mit Sophias Zimmer zufrieden, nicht, dass es da noch Probleme gab.

„Das ist das Zimmer", sagte Leonie in diesem Augenblick oberhalb der Treppe.

Amelie hielt intuitiv den Atem an. Würde es Sophia gefallen?"

Noch bevor Sophia geantwortet hatte, war Frau Brinkmann oben angelangt. „Ach das ist aber hübsch! Ungewöhnlich, ja, aber sehr schön, wirklich! Nicht wahr, Sophia, ein tolles Zimmer. Hier wird es dir gefallen!", schnatterte Frau Brinkmann los.

Amelie konnte ihre Irritation kaum verbergen.

Es trat ein Moment unangenehmen Schweigens ein.

„Das war das Zimmer von unserem Großen, aber er ist inzwischen ausgezogen", durchbrach Amelie die Stille.

„Seine Möbel hat er natürlich mitgenommen, wir haben Neue für dich besorgt!", erklärte Amelie, als Sophia noch immer weiter schwieg.

Schweigen.

Amelie überflog mit ihrem Blick noch einmal den Raum.

Sie hatten die Anordnung nicht so übernommen, wie bisher Joel den Raum genutzt hatte, sondern auf Leonies drängende Bitte hin deren Stil angepasst. Schließlich war Sophia ja ungefähr in Leonies Alter und sie hatten gehofft, damit auch deren Geschmack zu treffen.

Aber der Raum kam Amelie noch immer seltsam vor, ohne Joels Möbel und mit der neuen Einrichtung.

Amelie hatte sich noch immer nicht daran gewöhnt, dass ihr Ältester nicht mehr im Haus lebte.

Ein großes dunkelgraues Boxspringbett stand vor der lehmverputzten Fachwerkwand im hinteren Bereich des Zimmers, dort hatte Joels Sofa gestanden.

Sie hatten schlichte weiße Bettwäsche aufgezogen, weil sie nicht gewusst hatten, welche Farben Sophia mochte. Die Wände waren ebenfalls weiß gehalten. Joel hatte es so schlicht gemocht und Sophia konnte lieber selber entscheiden, wie sie ihr Zimmer farblich gestalten wollte.

Das Fenster an der linken Seite des Bettes zeigte gen Osten, man konnte von dort aus in den Garten und auf das rote Haus, den früheren Schweinestall, sehen. Der Schreibtisch stand dem Bett gegenüber an der linken Seite des Raumes, daneben stand ein Regal. Der Kleiderschrank stand rechts neben der Tür.

„Du kannst ja erstmal ankommen, wenn etwas fehlt, sagst du uns einfach Bescheid." David sah Sophia aufmunternd an.

„Okay." Sophia trat vorsichtigen Schrittes ein. Sie sah sich um und stellte ihre Tasche auf dem Boden vor dem Bett ab.

„Willst du den Rest des Hauses sehen, oder erstmal in deinem Zimmer ankommen?", fragte Amelie zögerlicher als beabsichtigt.

„Ich bleibe erstmal hier, okay?"

„Na klar, gerne!", sagte Amelie. Sie hatte sich das Kennenlernen lockerer vorgestellt, aber das war wohl auch dumm von ihr gewesen. Natürlich war es seltsam und ungewohnt und alle waren angespannt...

„Danke, für das Zimmer... die Möbel... und alles...", Sophia blickte sich zögerlich um.

„Komm erstmal in Ruhe an, wenn du Fragen hast, dann rufst du uns einfach oder kommst in die Küche...", schlug David vor.

„Ich werde mich jetzt auch verabschieden, es scheint ja alles bestens zu laufen." Frau Brinkmann sah sich energisch um und ließ erkennen, dass sie beabsichtigte, nun die Treppe hinabzusteigen.

„Ach so, okay, ja...", stammelte Amelie. „Ich dachte, ... gibt es denn nichts weiter zu besprechen?"

Frau Brinkmann begann bereits, die Treppe runter zugehen. „Was sollten wir denn noch besprechen? Eigentlich gibt's da nicht viel zu sagen. Ich meine, Sophia wird sich hier schon einleben und wenn es Probleme gibt, dann ist ja ab Montag das Jugendamt in Wismar für sie erreichbar. Ich habe es ein wenig eilig, weil ich gleich zu einer Besprechung muss."

Frau Brinkmann verlor keine Zeit. Kaum unten angelangt, war sie auch schon auf dem Weg zu ihrem Auto.

„Und nun?" David blickte Amelie mit etwas ratlosem Blick an.

Amelie war auch unschlüssig, was sie nun tun sollten.

„Wann gibt es Essen, Mama?", rief Julien in diesem Moment und nahm ihnen damit die Entscheidung ab, was nun zu tun war.

„Dann mach ich mal Essen." David legte kurz den Arm um Amelie und drückte sie.

„Ja, ich seh mal nach den Kindern." Amelie ging wieder Richtung Treppe, während David sich ans Kochen machte.

Julien saß oben im Flur mit seinem Playmobil und spielte einen dramatischen Verkehrsunfall nach. Zahlreiche Tiere mussten von der Feuerwehr gerettet werden. Hierfür kombinierte er das Playmobil mit seiner großen Feuerwehr.

„Ich habe Hunger!", unterbrach er die Rettungsaktion, als er Amelie bemerkte.

„Papa kocht schon was."

„Was gibt es denn?"

„Chili gibt es. Wo steckt denn Amber?" Während ihrer Frage sah sie verstohlen zu Joels, nunmehr Sophias Zimmer hinüber. Was Sophia wohl gerade machte. Sollte sie klopfen und stören, oder sie lieber in Ruhe lassen?

„Amber ist in ihrem Zimmer. Sie malt."

„Okay, danke. Ich seh mal nach ihr." Amelie ging zu dem Zimmer ihrer Jüngsten und klopfte.

Amber liebte es, wie die Großen die Tür zu schließen und „ihr Ding" zu machen. Dabei war ihr Ding vor allem, zu malen.

„Ja!", antwortete Amber.

„Ich bin´s, was machst du denn, mein Schatz?" Amelie trat ein. Amber lag auf dem Boden und malte ein großes Bild.

„Ist das Mädchen noch da und die Frau?"

„Frau Brinkmann ist weggefahren, aber Sophia ist in Joels Zimmer, also, es ist ja jetzt Sophias Zimmer."

Amber sah ihre Mutter einen Augenblick an. Sie dachte offensichtlich nach. „Warum wohnt Sophia jetzt in Joels Zimmer?"

„Sophia wohnt jetzt bei uns, weil sie ein neues Zuhause braucht. Das habe ich dir doch schon erklärt."

„Ja, ich weiß. Aber wenn Joel wieder bei uns wohnen will?"

Tja, das wird er wohl nicht, weil er doch jetzt seine Ausbildung macht."

„Ich will aber lieber, dass Joel bei uns wohnt. Das Mädchen kenn ich ja gar nicht."

„Sophia, meinst du. Nun, du wirst sie kennenlernen. Wir alle müssen sie ja noch kennenlernen."

„Ist sie nett?"

„Mal sehen, ich denke schon..."

„Wann kommt Joel wieder zu uns?"

„Meinst du, zu Besuch?"

„Ja."

„Vielleicht am kommenden Wochenende. Er will ja auch Sophia kennenlernen."

„Er soll aber nicht mit ihr spielen, sondern nur mit mir."

„Ach, Spatz, natürlich wird er mit dir spielen. Gleich essen wir übrigens. Hast du schon Hunger?"

„Hm. Dann mal ich jetzt noch, bis wir essen."

„Okay, ich geh mal zu Leonie." Amelie strich ihrer Tochter über den Rücken und über das Haar. Dann verließ sie den Raum. „Soll ich die Tür offen lassen?"

„Nee! Ich will mein Ding machen!"

Amelie musste grinsen. - Amber und ihr Ding...

Amelie stieg über Julien hinweg, der noch immer im Flur auf dem Boden spielte und durchquerte den kleinen Flur zwischen den Zimmern von Julien und Leonie. Dort musste sie wie immer zwischen einem Labyrinth aus unzähligen Spielsachen balancieren, um zu Leonies Tür zu gelangen.

„Jemand da?", fragte sie, während sie klopfte.

„Ja!" Leonies Stimme durchdrang die Musik von Billie Eilish.

Amelie öffnete die Tür und sah ihre Große auf dem Bett liegen.

Leonie war damit beschäftigt, Fotos von sich und den Pferden in ihr Album zu kleben.

Ihr PC spielte „Bad Guy" auf Youtube ab.

„Wir essen gleich."

„Okay."

„Alles okay?"

„Hm..."

„Was ist denn los?" Amelie setzte sich auf die Bettkante.

„Weiß nicht." Leonie zuckte mit den Schultern.

Amelie erkannte sofort, was los war. „Es ist ganz schön ungewohnt so, oder?"

„Hm", seufzte Leonie, Amelie hatte es also auf den Punkt getroffen.

„Sie will nichts mit mir machen. Sie will nur in ihrem Zimmer sein."

„Sie ist doch gerade erst angekommen."

Die Playlist schaltete um auf „No time to die".

„Sie sagt, Pferde sind öde und sie will auch nicht mit raus, Freunde kennenlernen."

„Es ist bestimmt alles noch zu neu für sie. Sie wird noch Zeit brauchen."

„Hm..." Leonie klang wenig überzeugt, aber doch etwas besänftigt.

„Wir essen gleich mal und dann sehen wir weiter. Aber verlang ihr nicht gleich am ersten Tag zuviel ab. Sie taut bestimmt noch auf."

Amelie betrachtete nachdenklich das Bild auf dem PC. „Irgendwie sieht sie Billie Eilish ein bisschen ähnlich, oder nicht?"

Leonie sah prompt auf. „Nö, finde ich nicht."

Sophia hatte die Tür hinter sich zugemacht und sich anschließend in dem Raum umgesehen.

Endlich Ruhe, keiner mehr, der sie erwartungsvoll an-sah.

Gott, sie hasste es, wenn alles neu war.

Einen Augenblick blitzte die Erinnerung an Elli auf, an das kleine, schmale Zimmer mit dem alten, weichen Bett. Es hatte immer so stark nachgegeben und geknarrt, wenn sie sich darauf gesetzt hatte, dass sie dachte, es könne jeden Augenblick in der Mitte durchbrechen.

In Ellis Wohnung waren die Böden mit Teppichen bedeckt gewesen. Der graue Teppich in ihrem Zimmer und dem Flur hatte Rillen gehabt und war rau gewesen. Nein. Sie wollte daran nicht mehr denken. Das war vorbei. Elli war nicht mehr.

Sie ging die wenigen Schritte über den Laminatboden zum Bett und setzte sich kraftlos. Das Bett war auch weich, aber es war ganz neu, dass merkte man sofort. Der Raum war hell und gepflegt. Etwas kahl vielleicht und Farbe fehlte. Sophia mochte Lila.

Aber darüber würde sie gar nicht nachzudenken brauchen, denn hier würde sie nicht lange bleiben.

Jetzt wo sie nicht mehr bei Elli leben konnte, würde ihre Mutter sie ganz bestimmt zu sich holen. Das war jetzt schließlich etwas anderes.

Sie schwang sich auf, der Gedanke an ihre Mutter gab ihr wieder etwas Kraft.

Sie ging ans Fenster und sah hinaus. Gegenüber des Fensters stand ein roter, alter und ziemlich kleiner Backsteinbau mit einem alten, vergilbten Dach aus gewellten Platten. Solche Dächer hatte sie einige auf der Fahrt hierher gesehen.

Sie hörte, dass jemand die Treppe hochstieg. Die Treppe knarrte. Dann vernahm sie die Stimme von Amelie, oder wie sie hieß. Sie sprach mit dem kleinen Jungen. Sophia konnte verstehen, dass es wohl gleich essen geben würde. Chili.

Hoffentlich würde Amelie nicht reinkommen wollen. Sie wollte am liebsten niemanden mehr sehen heute. Aber Amelie klopfte nicht. Sie ging wohl zu einem der Mädchen. Amber war die Kleinere. Die Größere hieß Leonie.

Pferde! Leonie hatte erzählt, dass sie Pferde hatte. Aber vor allem nervte es, dass Leonie sie offenbar unbedingt kennenlernen wollte. Sophia wollte am liebsten einfach die kurze Zeit überstehen, bis ihre Mutter sie abholte, ohne mit irgendjemandem zu reden oder irgendwas. Sie ließ sich wieder auf das Bett fallen.

Dann hörte sie die Stimme von David. Er rief die Treppe hoch, dass das Essen fertig sei. Sie wollte nicht mit diesen Leuten essen.

Aber was sollte sie sagen? Sie wollte nicht hier sein und vor allem wollte sie nicht, dass sie versuchten, so nett zu ihr zu sein.

Es klopfte.

„Ja?", rief sie widerwillig.

„Hier ist Leonie, wir essen jetzt. Kommst du auch?"

„Ich habe Kopfschmerzen, ich will lieber etwas schlafen."

„Okay, ich sag Bescheid."

Das war ja einfach gewesen. Sophia blieb einfach liegen.

Und schließlich schlief sie ein.

3

Als Sophia erwachte, wurde es draußen gerade hell. Sie musste sich erst orientieren, wo sie war, aber dann fiel es ihr schlagartig wieder ein. Sie war bei dieser Familie in Mecklenburg. Sie lauschte. Durch ihre Tür drangen die Stimmen von Kindern. Sie spielten offenbar vor ihrer Zimmertür. Dann erklang auch die Stimme von Amelie und ermahnte die Kinder, leiser zu sein.

„Wir haben aber Hunger!"

„Okay, ich steh jetzt auf."

Das Haus war ja echt hellhörig.

Sophia spürte, dass sie auch hungrig war. Sehr hungrig sogar. Dabei wollte sie gar nicht aufstehen und auch nicht aus dem Zimmer gehen, aber ihr Magen knurrte.

„Ist das Mädchen schon wach, Mama?" Das war die Stimme des kleinen Mädchens.

„Ich weiß es nicht. Seid mal bitte etwas leiser."

„Machst du jetzt Essen?"

„Kommt mal mit runter."

Dann verklangen die Tritte auf der Treppe. Langsamere, behäbige und schnellere, ungleichmäßige.

Wieder spürte sie ihren Magen knurren. Sollte sie doch hinuntergehen? Immerhin traf sie jetzt wohl nur auf Amelie und die kleineren Kinder. Das war nicht so schlimm, wie wenn gleich alle da waren.

Sophia erhob sich. Sie hatte immer noch die Kleidung an, in der sie sich gestern Mittag aufs Bett gelegt hatte. Auf dem Boden lag ihre Tasche. Daraus holte sie ihr Zahnputzzeug heraus. Dann trat sie an die Tür und öffnete sie zaghaft. Auf dem Flur war niemand. Langsam ging sie die Treppe hinunter.

„Wer kommt da?", krähte auch schon das kleine Mädchen.

Amelies Gesicht erschien in der Küchentür. „Ach du bist das, Sophia, hast du gut geschlafen? Suchst du das Bad?" Sie wandte sich an Julien. „Zeig' doch mal Sophia das Badezimmer!"

„Welches?"

„Na, das Große."

Als Sophia aus dem Bad kam, fühlte sie sich wesentlich wohler.

Sie hatte Zähne geputzt und sich gewaschen. Das Bad war super. Total neu alles, am liebsten wäre sie sofort unter die Dusche gegangen, aber das traute sie sich nicht. Sie wollte die Familie erst besser kennenlernen. Vielleicht würde sie es heute Abend wagen, danach zu fragen.

Sie ging zögernd in Richtung Küche und blieb im Türrahmen stehen. Die Küche war ein riesiger Raum. In der Mitte stand ein Kamin. Rechts von der Tür befand sich die Küchenzeile. Gegenüber der Tür eine große Fensterfront, vor der der Küchentisch stand. Nach links öffnete sich der Raum zum Wohnzimmerbereich. Dort gingen einzelne Fenster in Richtung Straße. Mehr konnte sie von der Tür aus nicht erkennen, da der Schornstein des Ofens ihr die Sicht versperrte.

Die beiden Kinder saßen am Tisch. Jedes hatte einen Joghurt vor sich stehen. Amelie stand am Herd. Sie kochte irgendwas.

„Guten Morgen, Sophia, komm doch herein", sagte sie.

Sophia ging zum Esstisch und zog sich einen Stuhl hervor, auf den sie sich setzte.

„Willst du auch einen Joghurt?" Das kleine Mädchen lächelte sie fröhlich an. Es machte sich bereits daran, mit seinem Triptrapstuhl zurückzurutschen, um aufzustehen.

„Nein danke", sagte Sophia schnell.

Amelie sah sie fragend an. „Was möchtest du denn essen? Oder willst du erstmal etwas zu trinken haben? Einen Kaffee? Oder Tee? Ich habe viele Tees, du kannst ja mal gucken..., ich kann auch Kakao machen!"

„Ich will Kakao!", rief Julien sofort.

„Ich auch! Aber weißen! Kann ich Kakao machen? Ich brauche drei Becher, Mama!" Das kleine Mädchen war schon aufgesprungen. Wie hieß sie nochmal?

Schnell verschwand sie in einem Raum hinter der Küche und dann hörte man es poltern.

„Mama!" Unverkennbar brauchte das Mädchen Hilfe.

Intuitiv sprang Sophia auf und lief ebenfalls zu der Tür, hinter der das Mädchen verschwunden war. Sie befand sich nun offensichtlich in der Vorratskammer. Aber es handelte sich um einen großen Raum, also eher ein Vorratsraum. Das Mädchen stand inmitten von weißem Pulver. In der Hand hielt es die nunmehr leere Packung. Der Deckel lugte unter der Pulverschicht am Boden hervor. Verstreut lagen zudem eine Cappuccinodose und zwei Päckchen mit Kaffeepads. Hilflos blickte das Mädchen zu Sophia.

Sophia wusste nun gar nicht, was sie tun sollte. Sie hatte so schnell reagiert, ohne sich zuvor überlegt zu haben, was sie tun konnte.

„Das ist umgefallen und rausgefallen, als ich die Schranktür geöffnet habe!", erklärte das Mädchen. „Ich war das gar nicht."

„Alles okay, da drüben?", drang Amelies Stimme durch die Tür.

„Wir brauchen einen Staubsauger!", antwortete Sophia wieder mehr intuitiv als überlegt.

„Ja, ich hole ihn!"

Kurz darauf brachte Amelie den Staubsauger und Sophia half dem Mädchen, die Bescherung zu beseitigen.

„Jetzt ist kein weißer Kakao mehr da." Das Mädchen blickte enttäuscht auf den Boden.

„Gibt es noch..." Sophia überlegte. Wie nannte das Mädchen wohl den richtigen Kakao, wenn das Zeug hier weißer Kakao war? „Gibt es noch braunen Kakao?"

„Ja."

„Willst du den dann nehmen?"

„Nimmst du auch welchen?" Die Augen des Mädchens leuchteten wieder auf.

Sophia war hin und her gerissen. Am liebsten hätte sie nein gesagt. Sie fühlte sich unwohl. Aber das Mädchen noch einmal enttäuschen, wollte sie auch nicht. „Okay", sagte sie schließlich.

Leonie musste leider feststellen, dass sie wach war. Dabei war es draußen gerade mal ein bisschen hell. Es musste also noch früh sein. Und dabei war Samstag. Warum konnte sie denn nicht einfach noch weiter schlafen? Gleich würde das Generve bestimmt wieder losgehen. Erst nervten die Kleinen und dann wollte Mama bestimmt wieder mit ihr lernen. Nee... Sie würde die Augen nicht aufmachen. „Einschlafen!", befahl sie sich. „Schlaf doch wieder ein!"

Aber es half nicht. Sie war unwiederbringlich wach.

Noch ein wenig die Augen zu lassen, nochmal umdrehen! Das Bett war so gemütlich! Sie hatte dieses Bett noch nicht lange. Als ihr Zimmer endlich renoviert worden war, hatte sie es sich selber ausgesucht. Das war echt ein Highlight gewesen, denn die meisten Sachen hatte sie davor immer von Joel „geerbt". Ob es die Betten oder die Regale waren, meistens waren es ausrangierte Sachen von Joel gewesen. Naja, bisher hatte es sie auch nie so interessiert, aber diesmal war es ihr echt wichtig gewesen, endlich mal was zu bekommen, was sie selber aussuchen konnte.

Es war lustig gewesen, denn Mama und Papa waren richtig verwundert gewesen, was sie mochte. Das war ihnen deutlich anzumerken gewesen. Ob die vorher jemals das Wort Boxspringbett gehört hatten, wagte Leonie zu bezweifeln, denn Mama hatte erstmal bei Otto gegoogelt, wie die aussahen und echt gewirkt, als wenn das etwas völlig Neuartiges für sie gewesen sei und Papa, naja, der hatte ja nicht soviel mitgeredet, bei der Auswahl der Möbel, aber dafür hatte er die Sachen mit Leonie aufgebaut, jedenfalls das meiste und dabei geächzt, als wenn man sonstwas von ihm verlangt hätte. Als wenn es mit dem Kram, den Mama und Papa aussuchten einfacher war mit dem Aufbauen!

Und dann fiel ihr wieder ein, was gestern geschehen war, denn sie musste an die letzten Möbel denken, die sie ausgesucht hatte, nämlich die für das neue Zimmer für Sophia! Ja, seit gestern war Sophia da!

Ihre Stimmung wurde aber sogleich wieder gedämpft, denn ihr kam wieder in den Sinn, wie, - na sagen wir -, zurückhaltend Sophia gestern gewesen war. Sie war für nichts zu begeistern gewesen und hatte sogar gesagt, Pferde seien langweilig. Es war für Leonie völlig unverständlich, wie man sowas sagen konnte.

Sie räkelte sich und streckte sich zur Gardine. Sie zog sie ein Stück weit auf. Das nun auch das Licht herein schien, ignorierte sie großzügig, denn nun hatte sie freie Sicht auf das Foto von Sunny und Mira, dass sie eingerahmt auf der Fensterbank stehen hatte.

Zwar nervte das ewige Abäppeln, aber die beiden waren trotzdem ihre größten Schätze, naja, nach Mama und Papa und nach Amber und Julien und natürlich auch nach Joel... und Oma.

Sie drehte sich noch einmal herum und versuchte, wieder einzuschlafen, aber es war zwecklos. Also stand sie seufzend auf.

Sie suchte in dem Haufen Klamotten, der vor dem Kleiderschrank lag, nach Strümpfen und verzog das Gesicht. Wenn Mama das Chaos sah, würde sie wieder rumstressen, dass Leonie aufräumen sollte.

Aufräumen war doch so was überflüssiges. Sie hatte ja eh nicht soviel Kram und das Chaos entstand immer von allein wieder. Es war echt Zeitverschwendung das immer wieder aufzuräumen.

Da waren die neuen Reitsocken. Die würde sie anziehen. Sie sah zum Fenster rüber. Ja, heute würde sie auf jeden Fall zu den Pferden fahren. Vielleicht kam ja Suria mit.

Eigentlich hatte sie gedacht, dass Sophia mitkommen würde, aber die fand Pferde ja langweilig. Hm, Mama meinte ja, dass Sophia erst ankommen muss, aber wer sowas bescheuertes über Pferde sagte, der sollte sowieso lieber gar nicht mitkommen.

Naja, mal sehen, wie unten die Stimmung war. Ob Sophia schon aufgestanden war?

Leonie öffnete ihre Tür. Die Kleinen waren offenbar schon unten, sonst wäre es hier nicht so ruhig.

Sie lief zur Treppe und die Treppe hinab. Ja, aus der Küche drangen Stimmen.

Sie schob die Tür auf und verschaffte sich zunächst einen Überblick.

Die Küche sah noch nicht lange so aus. Sie hatten sie im vergangenen Jahr umgebaut. Vorher hatte das Erdgeschoss aus vielen Miniräumen bestanden. Jetzt war es viel gemütlicher.

„Hallo Leonie, hast du gut geschlafen?" Mama stand am Herd. Sie kochte. Es dampfte aus dem Topf.

„Was machst du?" Leonie ging die wenigen Schritte zu Mama herüber und umarmte sie. Dabei warf sie einen Blick in den Topf.

„Haferflocken. Sind gerade fertig. Willst du auch welche?" Mama stellte den Herd aus.

„Ja, lecker!" Leonie sah zum Tisch rüber. Dort saßen die Kleinen und auch Sophia. Tatsächlich.

Auf dem Tisch standen keine Schüsseln oder Teller.

Sie ging zum Schrank und holte Teller raus. In der Schublade fand sie Löffel.

„Danke Leonie!" Amelie schnappte sich ein Brett aus dem Küchenschrank und stellte den Topf darauf auf denTisch.

Leonie verteilte die Teller und die Löffel an alle. „Ist Papa auch schon wach?"

„Du kennst doch Papa und es ist Samstag. Was meinst du wohl?"

„Nein!", rief Amber lachend.

„Zimt und Zucker!", rief Julien, während Mama ihm auffüllte.

Leonie schnappte sich das Glas mit dem ZimtZuckergemisch und streute den Kleinen etwas über ihren Brei.

„Nimmst du auch etwas?" Mama sah Sophia freundlich an.

Leonie sah ebenfalls gespannt zu Sophia. War sie heute besser drauf?

Sophia nickte zögerlich.

„Was isst du denn sonst gerne?" Mama füllte ihr etwas ein.

„Weiß nicht. Brot oder so, Toast...", erwiderte Sophia lavierend.

„Mama backt selber!", rutschte es Leonie raus. Aber das konnte sie ja auch sagen. Stimmte ja.

Sophia sah zu Mama.

„Ja, das stimmt!", sagte diese. „Ich backe eigentlich immer selber. Aber Brot gibt's meistens nur in der Schule, also, weil meine... also weil Leonie und Julien eigentlich nicht viel Brot essen, eben nur in der Schule. Wenn du gerne Brot möchtest, kannst du natürlich auch gerne Brot haben. Sehr gerne, kein Problem. Das Brot ist hier, in der Box. Du kannst dir auch alles nehmen, wie du möchtest..."

Leonie sah ihre Mutter stirnrunzelnd an, während sie auf den Löffel mit dem heißen Brei pustete. Was war denn mit ihrer Mutter los? Was redete sie da? Definitiv war sie auch nervös wegen Sophia. Leonie musste grinsen, aber das versteckte sie lieber hinter dem Löffel.

„Nein, schon okay, ich esse das hier. Das geht auch." Sophia pustete ebenfalls auf ihren Löffel.

Leonie sah vorsichtig zu Sophia rüber. Sie wirkte tatsächlich, als wäre sie besser drauf. Sollte Leonie nochmal fragen, ob sie doch mit zum Stall wollte? Das war auch die Chance, sich vor dem Lernen zu drücken. Wenn sie anbot, Sophia mit zum Stall zu nehmen, dann konnte Mama einfach nicht nein sagen. Das war einen Versuch wert.

„Ich wollte gleich zum Stall. Abäppeln und so." Leonie machte eine kurze Pause und sah dann Sophia an. „Du kannst gerne mitkommen. Ich zeig dir alles. Die Pferde sind echt toll."

„Eigentlich würde ich gerne erst etwas mit dir für Mathe üben." Mama hatte schon wieder diesen „es ist Samstag und wir müssen das Wochenende nutzen, um alles zu schaffen, wozu du nie Lust hast"-Blick.

„Aber ich habe die Woche so wenig Zeit für Sunny und Mira gehabt und es war echt anstrengend in der Schule! Ich kann doch auch später noch lernen. Bitte Mama! Dann hat Papa auch weniger Arbeit. Suria wollte auch mitkommen."

„Hm..." Mama seufzte. „Naja, vielleicht ist es auch besser, Sophia muss nicht gleich am ersten Tag miterleben, wie wir uns beim Lernen streiten!" Sie grinste Leonie nun zwinkernd an. „Dann verschieben wir das auf Morgen. Aber Morgen früh will ich keine Ausreden hören und du kommst mir bitte auch nicht damit, dass du heute woanders schlafen willst. Das ist nicht drin!"

„Okay", seufzte Leonie.

„Ich meine, ich will Papa gleich mal fragen, was er heute so vor hat. Vielleicht können wir ja auch etwas unternehmen, das wäre ja für dich, Sophia, vielleicht ganz schön", überlegte Mama laut.

„Oh ja!" Amber war natürlich sofort Feuer und Flamme.

Julien sah auch erfreut aus. Aber er hatte den Mund voll und konnte nicht gleich lautstark reagieren.

„Ich weiß nicht... Ich würde lieber erstmal heute hier bleiben. Ich habe etwas Kopfweh...", entgegnete Sophia.

„Ach so?!" Mama sah sie mit besorgtem Blick an. „Kann ich denn etwas für dich tun? Brauchst du etwas?"

„Nein, nein, nur ein bisschen Ruhe. Ich leg mich gleich wieder hin..."

„Och schade!", konnte Amber ihre Enttäuschung nicht für sich behalten.

Julien guckte nur beobachtend über den Schüsselrand in die Runde.

„Vielleicht würde dir frische Luft auch gut bekommen!?", wandte Mama ein.

Leonie seufzte. Mama und ihre frische Luft immer. Sie schickte auch Leonie immer raus, wenn sie sagte, sie hätte Kopfweh. Gleich würde sie fragen, ob Sophia denn genug getrunken hätte und erklären, dass sie heute viel trinken müsse.

„Hast du denn genug getrunken? Vermutlich nicht, du hast ja so früh geschlafen und unterwegs hattest du bestimmt auch nichts. Ich könnte dir auch eine Ibu geben, wenn du möchtest. Du solltest heute auf jeden Fall viel trinken. Soll ich dir einen Tee kochen?"

Sophia sah aus, als wolle sie gleich im Erdboden verschwinden. Wie ein Reh, dass man durch den Wald scheuchte.

„Ich gehe später etwas spazieren. Dann lerne ich auch gleich die Gegend kennen."

„Dann können wir gar nichts für dich tun?" Mama sah Sophia mitleidsvoll an.

„Nein, alles okay."

Eine Weile herrschte Schweigen.

Leonie sah verstohlen zu Mama. Sie wusste, dass Mama jetzt unsicher war und nicht wusste, was sie sagen sollte. Sie wusste, dass Mama sich sehr auf das Projekt mit dem Pflegekind gefreut hatte. Leonie hatte sich auch sehr gefreut. Jetzt sah Mama hilflos aus. Aber eigentlich war das doch alles nicht so wild. Schließlich war Sophia gerade erst angekommen. Mama hatte schließlich selber immer erklärt, dass es schwierig werden könnte.

Ach was, Leonie würde sich den Tag nicht verderben lassen. Immerhin hatte sie Mama überredet bekommen, sie zum Stall zu lassen, ohne vorher zu lernen. Es war Wochenende. Das Wetter war super und mit ein wenig Glück würde Suria tatsächlich mitkommen. Suria hatte das noch nicht gesagt, aber Leonie konnte sie ja gleich anrufen. Sie würde Mama nachher mal in den Arm nehmen, dann würde die auch wieder besser gelaunt. Ablenkung war bestimmt auch gut. „Was machst du heute, Mama? Fahren wir noch einkaufen?"

Mama atmete tief durch. Dann überlegte sie kurz und lächelte Leonie an. „Tja, das Wetter ist doch super. Verrückt: Gestern Regen, heute wieder Sonnenschein. Aber es ist ja auch schon so warm. Sonst haben wir manchmal noch im März Minusgrade gehabt. Jetzt ist das Wetter wie im Frühling. Ich will mal sehen, ob ich draußen etwas schaffe. Später muss ich auch noch ein wenig arbeiten und einkaufen wollen wir auch noch. Ja, aber vielleicht müssen wir nicht alle los." Sie wandte sich Sophia zu. „Sophia, wenn du doch noch Lust kriegst, etwas zu unternehmen, dann sag einfach Bescheid. Weißt du, das ist ja für uns alle neu. Wir müssen uns erstmal kennenlernen und ich will dich auch nicht zu irgendwas drängen. Komm einfach in Ruhe an."

Leonie atmete erleichtert durch. Jetzt war Mama wieder die Alte.

Dieser erste Samstag mit Sophia verlief sehr ruhig. Sophia kam kaum aus ihrem Zimmer heraus.

Leonie war mit Suria zum Stall gefahren.

Amelie verbrachte den Vormittag mit Julien und Amber im Garten. Das Wetter war erstaunlich milde für Januar, so milde, dass von überall her Stimmen klangen, es liege bereits am Klimawandel.

Amelie blickte immer wieder zu dem Fenster von Sophia hoch und zweimal hatte sie dort auch Sophia gesehen, die am Fenster stand und offenbar hinausschaute.

Wie gerne wäre sie zu Sophia gegangen um sich mit ihr zu unterhalten. Aber sie wollte sie nicht bedrängen, sondern ihr lieber Zeit lassen.

Sie wusste fast nichs von ihr. Sie hatte sich seit langem gewünscht, ein Pflegekind aufzunehmen, aber da sie die letzten Jahre sehr viel Stress gehabt hatten, hatten sie es immer wieder auf später verschoben, dabei hatte Amelie oft gedacht, wie viele Kinder dringend ein Zuhause brauchten. Gerade Kinder, die eine Kurzzeitpflegestelle benötigten.

Als sie sich nun endlich den Freiraum geschaffen hatten, diese Aufgabe zu übernehmen, ging alles Schlag auf Schlag.

Zuerst hatte es geheißen, sie würden einen Kurs absolvieren müssen, in dem sie das nötige Knowhow beigebracht bekommen würden, aber noch bevor es dazu gekommen war, hatte es bereits einen Anruf mit der dringenden Bitte gegeben, spontan ein Mädchen aus Hamburg aufzunehmen, dass ganz kurzfristig eine Kurzzeitpflegestelle brauchte.

Sie waren überrumpelt gewesen, aber sie hatten sich dann auch gefreut, vielleicht lief das ja immer so?!

Amelie war sehr gespannt auf den ersten Termin beim Jugendamt am Donnerstag, dann würden sie bestimmt das ein oder andere klären können. Sie wussten ja noch nicht einmal, wie Sophia beschult werden sollte.

Zwischenzeitlich war auch David aufgestanden und war dann zu seinem Büro gefahren, um dort ein wenig liegen gebliebene Arbeit zu erledigen. Seit seiner Selbstständigkeit war es stetig bergauf gegangen und er hatte nun mehr als genug Aufträge.

David brachte Pizza aus Lindow mit, als er gegen zwei zurückkehrte.

Zum Essen kam auch Sophia herunter.

Leonie und Suria waren auch da und fragten, ob Suria bei Leonie schlafen dürfe, aber Amelie und David waren der Ansicht, dass das an Sophias erstem Tag nicht sein musste, zumal Leonie versprochen hatte, morgen ohne Umschweife zu lernen. So fuhren sie Suria nach dem Essen nach Hause.

Leonie konnte dann tatsächlich Sophia überreden, mit ihr das „Spiel des Lebens" zu spielen.

David fuhr mit Julien und Amber zu Oma nach Badow und Amelie verbrachte den Nachmittag am Schreibtisch. Sie hatte sich mehrere Akten aus dem Büro mit nach Hause genommen, um über das Wochenende die Verhandlungen für Montag vorbereiten zu können.

Im Anschluss an das Spiel schauten die Mädchen eine DVD und dann war auch schon Zeit fürs Abendessen.

David und die Kleinen kamen nach Hause und ehe sie sich 's versahen, war es bereits acht Uhr und die Kleinen im Bett.

Amelie hatte das Gefühl, dass dieser erste Tag mit Sophia gar nicht so schlecht verlaufen war.

Als sie Julien und Amber Gutenacht gesagt hatte, schlug sie zunächst Leonie und anschließend Sophia vor, dass sie noch etwas zusammen machen könnten, ein Spiel spielen oder etwas in der Art.

Leonie war sofort einverstanden, aber Sophia, lehnte das ab, mit der Begründung, müde zu sein.

Der Sonntag zeigte sich nicht eben von einer besonders schönen Seite, sondern brachte Wetter mit sich, das keineswegs dazu einlud, in den Garten zu gehen. Vielmehr wehte ein anstrengender, zerrender Wind, und am Himmel zogen, wie im Eiltempo, düstere Wolken dahin.

Amelie griff nach dem Becher Kaffee, den sie soeben aufgebrüht hatte und setzte sich damit an den Küchentisch. Dies tat sie sonntags gerne, wenn noch alle schliefen. Sie drehte sich nach hinten und schaltete das Radio ein. NDR-Info, gerade kamen die Nachrichten mit einem Beitrag über die chinesische Stadt Wuhan, in der ein neuartiges Corona-Virus ausgebrochen war.

Nach und nach erschienen die Kinder zum Frühstück. Auch Sophia kam herunter. Amelie begrüßte sie und schlug ihr vor, dass sie gerne duschen könne, wenn sie wolle. Das tat Sophia dann auch als erstes.

Nach dem Frühstück setzten sich Amelie und Leonie an Mathe, David und die Kleinen fuhren zum Stall. Sophia saß noch mit ihrem Brötchen am Tisch, da sie ja erst später mit dem Frühstück begonnen hatte.

„Ich habe keine Lust, morgen in die Schule zu gehen!", nörgelte Leonie.

Amelie sah sie stirnrunzelnd an. „Süße, wir sollten jetzt loslegen, sonst schaffen wir nichts, bis Papa und die Kleinen zurückkommen.

„Wo gehst du eigentlich zur Schule, Sophia? Auch bei mir mit?"

Leonie sah Sophia gespannt an.

Sophia zuckte mit den Schultern.

Amelie sah sie verwundert an. Es wirkte, als wäre es Sophia gleichgültig.

„Mama?", wandte sich Leonie fragend an Amelie.

„Ich weiß es auch noch nicht. Wenn wir Donnerstag nach Wismar fahren, werden wir das besprechen. In welche Klasse bist du denn in Hamburg gegangen und auf welche Schule?", richtete sich Amelie nun an Sophia.

„Achte Klasse, Stadtteilschule."

„Okay, hast du ein Jahr wiederholt?"

„Nein, ich bin später eingeschult worden."

„Und hast du schon eine Idee, was du mal arbeiten willst später? Möchtest du eine Ausbildung oder ein Studium absolvieren?"

„Weiß nicht."

Amelie sah Sophia noch einen Moment lang an, aber es kam nichts weiter. Nunja, das würde sich schon finden. Erstmal blieb abzuwarten, wie sie schulisch so stand und wo sie besser aufgehoben war, auf der Regionalschule oder auf dem Gymnasium. Leonie besuchte das Gymnasium. Amelie konnte sich aber auch vorstellen, zu versuchen sie bei Julien auf der Waldorfschule in Schwerin unterzubringen. „Jetzt lass uns aber beginnen", wechselte sie das Thema.

„Ich geh hoch, okay?" Sophia nahm ihr Brett und das Messer und stellte es in die Spüle.

„Na klar, wenn du später Lust hast, können wir ja etwas unternehmen." Amelie lächelte sie aufmunternd an.

„Nein, ich glaube nicht. Ich wollte etwas lesen."

Amelies Augen verrieten Freude. „Wir haben eine Menge Bücher. Willst du dir was aussuchen?"

„Ich lese gerade ein Buch, aber wenn es zuende ist, sage ich Bescheid." Mit diesen Worten verschwand Sophia im oberen Stockwerk.

Sophia ging langsam die Treppe hoch.
Das war echt eine nervige Familie. Wie konnte man nur soviel Energie haben? Es war Sonntag!
Gottseidank musste sie nicht morgen früh aufstehen, sondern konnte liegenbleiben, wenn die anderen zur Schule fuhren. Hoffentlich gingen Amelie und David auch zur Arbeit und sie hatte ihre Ruhe.
Es war ihr doch völlig egal, wo sie zur Schule gehen würde? Am besten gar nicht.
Noch war Amelie ja ganz nett, aber wenn sie ihre Leistungen kennen würde, dann würde sich das bestimmt ändern. Aber das war ihr auch egal. Sie würde sowieso nicht lange hier leben.
Irgendwie musste sie den Kontakt zu Mama hinkriegen.
Mama musste erfahren, dass Elli tot war und sie jetzt wieder nach Hause ziehen wollte.
Mama brauchte sich ja auch gar nicht mehr um sie zu kümmern, denn sie war schließlich fast erwachsen.
Es war auch ganz gut, wenn sich niemand zu sehr um sie kümmerte. Das nervte nur. Sie würde dadurch auch bestimmt nicht besser in der Schule.
Sie wollte einfach nur bei Mama leben.
Und was sie später arbeiten wollte? Keine Ahnung! Was später kommen würde, wusste sie überhaupt nicht? Wie sollte man das mit fünfzehn wissen? Okay, es gab auch Mädchen, die das schon wussten, aber das waren irgendwelche Psychostreberinnen, die von vorne bis hinten verwöhnt waren und machten, was Mami und Papi wollten.
Ausbildung oder Studium? Woher sollte sie das denn wissen? Wahrscheinlich würde sie gar keinen Schulabschluss kriegen. Und dann? Früher hatte sie gerne Kinderkrankenschwester gespielt und sich vorgestellt, dass würde sie einmal werden. Eine Kinderkrankenschwester. Aber das war Ewigkeiten her und wahrscheinlich hatte sie das nur gespielt, weil Elli Kinderkrankenschwester gewesen war, also bevor Sophia bei ihr gelebt hatte, irgendwann in einem Land vor unserer Zeit oder so...
Lesen! Sie hatte sofort gewusst, dass es Amelie beeindrucken würde, wenn sie behauptete, sie würde lesen.

4

Am Montag, - es war der 13. Januar -, fuhr Amelie Julien zur Schule nach Schwerin. Er besuchte die Waldorfschule. Im Anschluss musste sie zur Staatsanwaltschaft und hatte dann bei zwei Verhandlungen am Landgericht Sitzungsdienst.

Leonie nahm den Schulbus nach Gadebusch zum Gymnasium und David brachte Amber in die Kita einen Ort weiter und fuhr dann zur Arbeit. Er hatte einige Aufträge, die er zeitnah fertig kriegen wollte.

Sophia hatte ausgehandelt, ausschlafen zu dürfen und am Vormittag allein zu bleiben. Als endlich alle aus dem Haus waren, stand sie ebenfalls auf.

Das war der Tag, an dem sie sich zum ersten Mal frei bewegen konnte, an dem sie sich alles in Ruhe ansehen konnte und an dem sie keiner nerven würde.

Sie nahm erstmal eine ausgiebige Dusche. Das neue Bad war wirklich ziemlich cool. Die Fußbodenheizung war einfach zum Verlieben und dann die schicken Fliesen und das gemütliche Licht! Sophia kam sich vor wie in einem Hotel.

Nach dem Duschen durchstöberte sie in aller Ruhe die Pflegeprodukte von Amelie und Leonie.

Sie waren in einem Schrank im Bad verstaut. Es gab super Zeug, Zeug, dass sie noch nie gehabt hatte. Spülungen fürs Haar, Cremes, Öle, Pflegetücher und ein großes Sortiment an Schminkzeug.

Sophia roch an den Cremes und Shampoos und testete das ein oder andere. Sie war aber eher zurückhaltend, weil sie nicht genau wusste, wofür die Sachen waren und sie achtete genauestens darauf, dass man nicht sehen konnte, dass sie dabei gegangen war. Sie wollte nicht riskieren, dass Amelie oder Leonie ausrasteten. Sie wusste ja nicht, was geschah, wenn einer hier ausrastete. Bei Mama hatte sie nie an Sachen beigehen dürfen. Sie konnte sich noch gut erinnern, obwohl es schon ewig her war, dass sie einmal ein Parfüm von Mama in die Hand genommen und es versehentlich fallen lassen hatte. Mama war wahnsinnig wütend geworden und hatte sie am Arm gepackt und sie ins Gesicht geschlagen und weggeschubst, sodass sie mit dem Kopf gegen das Waschbecken geknallt war.

Die Narbe war ihr geblieben. Sie musste immer das Haar darüber kämmen, damit man sie nicht sah und wenn sie beim Kämmen mit der Bürste nicht aufpaste, dann versetzte die Narbe ihr bis heute einen unangenehmen ziehenden Schmerz.

Sophia schüttelte die Gedanken an all das schnell ab. Sie wollte nicht erleben, dass Amelie auch so wütend wurde. Also schloss sie die Schranktür lieber schnell wieder, bevor sie wieder so ungeschickt wäre und etwas fallen ließ.

Aber den Fön durfte sie nehmen, dass hatte Amelie ausdrücklich gesagt.

Also fönte sie sich das Haar und kämmte es gründlich durch.

Dann streifte sie durch das menschenleere Haus.

Sie prägte sich alles ein. Es gab noch das kleine Bad. Das war aber längst nicht so cool, wie das große. Hier würde sie bestimmt nur reingehen, wenn sie unbedingt musste und es nicht anders ging.

Dann befand sie sich in dem Flur, in dem auch die Eingangstür war. Hier war sie am Freitag hereingekommen und seither nicht wieder herausgegangen. Ob sie sich heute mal den Garten ansehen sollte? Erstmal wollte sie sich drinnen alles ansehen.

Sie ging in den nächsten Flur, der ziemlich mittig lag und von dem aus die Treppe in den ersten Stock führte und die Wohnküche und weitere Räume abgingen, die sie noch nicht gesehen hatte. Hier wollte sie sich jetzt umsehen.

Sie öffnete die Tür und fand sich in einer Bibliothek wieder.

Die Wände waren voller Regale mit Büchern.

Ein kleiner Kamin stand in dem Raum mit einem Sessel davor. Hier konnte man bestimmt lesen oder so.

In der gegenüberliegenden Wand befand sich eine weitere Tür. Sophia ging hinüber und blickte in den nächsten Raum. Es war offenbar ein Gästezimmer.

Ein Bett stand darin, ein Schrank und ein Tisch mit Stuhl. Der Raum wirkte schlicht.

Sophia verließ die Bibliothek wieder zum Flur hin und betrat die Wohnküche. Hier sah sie sich ausgiebig um. Sie blickte auch in die Kommoden- und Schrankfächer und unterzog die Küchenschränke einer eingehenden Untersuchung aber es fand sich nichts spannendes. Nur Besteck und Geschirr, Kochbücher und Töpfe, Tees und Gewürze.

Sophia beschloss, sich einen Tee zu kochen. Während sie darauf wartete, dass es im Wasserkocher zu sprudeln begann, stellte sie fest, dass sie auch ziemlich hungrig war. Sie hatte nichts zum Abendessen gehabt, weil sie nicht mit der Familie zusammen essen wollte. Also hatte sie behauptet, sie sei nicht hungrig.

Amelie hatte ihr später noch einen Teller mit Spagetti angeboten, aber sie hatte abgelehnt, weil es ihr peinlich war, wenn so ein Aufheben um sie gemacht wurde.

Sie sah sich um. Es stand eine Packung mit Schokoladenmüsli auf einem der Schränke, die angelte sie sich herunter. Leider bröselte ein wenig davon auf den Boden. Sophia erschrak und suchte hektisch nach einem Handfeger, fand aber zunächst keinen. Dafür entdeckte sie Küchenrolle. Sie machte Küchenpapier nass und wischte damit die Krümel auf. Dann stopfte sie das Küchenpapier tief in die Mülltonne, damit niemand es finden konnte. Wo Schüsseln und Löffel waren, hatte sie ja bereits herausgefunden. Also nahm sie beides und aß. Hinterher spülte sie Schüssel und Löffel ab und verstaute alles wieder an seinem Platz. Sie hinterließ keine Spuren.

Dann setzte sie ihre Erkundungstour fort. Sie warf einen Blick in die Speisekammer. Das war ein Paradies! Sie schlenderte an den hohen Regalen entlang und überflog mit den Augen, was dort alles stand. Hier wurden Obst und Gemüse gelagert. Sie entdeckte auch viele Gläser mit gehackten Tomaten, andere mit Marmelade und wieder andere mit Sirup, die offenbar selber eingekocht worden waren. Es gab eine Ecke, in der Getränke standen und ein Regal mit den Zutaten fürs Brotbacken.

Es roch gut, denn hier standen auch die Waschmaschine und das Waschmittel.

Ob Amelie bemerkte, wenn hier etwas fehlte?

Aber die Versuchung war riesig. Amelie hasste Hunger. Sie hatte früher sehr oft Hunger gehabt und das war unerträglich gewesen. Mama hatte es eben einfach vergessen, ihr was zu geben. Das konnte heute nicht mehr passieren, weil sie ja jetzt groß war und sich selber versorgen konnte.

Sie wusste, dass sie sich auch in den nächsten Tagen nicht gerne mit den anderen an den Tisch setzen würde, sondern lieber in ihrem Zimmer blieb. Das würde jedesmal Hunger bedeuten, den sie so verabscheute. Wenn sie sich nur ein wenig von diesen Sachen mit in ihr Zimmer nehmen würde, dann müsste sie keinen Hunger mehr haben!

Aber konnte sie das wagen? Was, wenn es Amelie auffiel und sie vielleicht auch solche Wutanfälle bekam wie Mama?

Aber es wäre einfach echt dumm, nichts zu nehmen. Nein, sie konnte sich nicht überwinden, den Raum zu verlassen, ohne etwas zu nehmen. Aber was? Sie fand Kekse und Schokolade, Gummibärchen, Chips, Bananen und Mandarinen... Sie sah sich um, da lagen Taschen. Sie füllte alles in eine Plastiktüte und guckte dann bei den Getränken. Eine Cola, eine Orangenlimonade und einen Orangensaft, zwei Flaschen Sprudelwasser, alles in eine andere

Tüte, dazu noch eine Flasche Hugo, das musste erstmal reichen. Sie checkte kurz, ob auffiel, dass nun Sachen fehlten, stellte alles etwas zurecht, nein, so ging es.

Schnell brachte sie die beiden Tüten in ihr Zimmer.

Das gab ihr ein sehr befreiendes Gefühl. Ein Gefühl von Macht und Freiheit und Sicherheit!

In ihrem Zimmer blickte sie sich um. Wohin damit? Der Kleiderschrank bot sich an. Sie hatte da ja nur zwei Jeanshosen, drei T-Shirts, ihre Unterwäsche und zwei Pullis drin. Die Klamotten konnte sie ja über die Sachen legen, dann fielen sie nicht sofort auf, falls Amelie dochmal in den Schrank gucken sollte.

Anschließend fühlte sie sich viel besser als vorher. Jetzt konnte sie sich in Ruhe weiter umsehen. Heute Abend würde sie nicht hungrig schlafen gehen müssen!

Sie sah sich nun in den Zimmern der Kinder um.

Hier fühlte sie sich aber fast wie ein Eindringling. Es war eigentlich zu privat für sie. Aber ein kleines Bisschen wollte sie sehen, was sich dort fand. Sie begann mit Juliens Zimmer. Aber sie guckte nicht in die Schubladen und Schrankfächer, sondern warf nur einen oberflächlichen Blick in das Zimmer. Das Bett war gemacht, es war auch weitgehend aufgeräumt, aber ein wenig Spielzeug lag auf dem Boden. Auf dem Schreibtisch lagen Schulsachen. An der Wand klebte ein großes Bild von einem Indianer und einem Weißen, die beide auf Pferden saßen und sich begrüßten. Am Bett stand ein kleines Foto von David mit einem Baby. Das war bestimmt Julien. Daneben lagen noch weitere Fotos.

Sophia fand, dass Julien wahnsinnig viel Spielzeug besaß. Sie berührte aber nichts.

Leonies Zimmer war dagegen ziemlich unordentlich. Leonie hatte kaum Spielsachen, nur einige Kunststoffpferde waren um einen Kunststoffstall aufgebaut. Es gab ein paar Zeitschriften und Bücher und CD's.

Ihr Kleiderschrank war offen und ihre Klamotten - und das waren viele -, lagen verstreut herum, als hätte sie sie herausgerissen, als sie sich angezogen hatte. Es standen Fotos von Pferden und von ihr und ihren Freundinnen herum und der Schreibtisch zeugte von einem ziemlichen Chaos. Dabei hatten sich Amelie und Leonie noch gestern Abend darüber gestritten, dass Leonie aufräumen sollte und Leonie hatte beteuert, sie habe aufgeräumt.

Aber das Bett war gemacht und die Sonne fiel wärmend durch das Fenster. Da Leonie transparent-rote Vorhänge am Fenster hatte, war der Raum in rötliches Licht getaucht, das wirkte gemütlich.

Ambers Zimmer war sehr ordentlich. Sie hatte einen kleinen

Tisch im Raum stehen, auf dem Stifte und Papier lagen. An den Wänden hingen offenbar von ihr gemalte Bilder und in einem Regal standen viele Bücher und ein paar Spiele.

Sie hatte auch solche Kunststoffpferde wie Leonie und ein Playmobilpuppenhaus, dass sehr ordentlich aufgeräumt war.

Sophia betrachtete die kleinen Gegenstände im Puppenhaus. Das Puppenhaus war eigentlich nicht von Playmobil, aber die Möbel und die Figürchen. Das Puppenhaus selber schien schon alt zu sein.

Sophia lehnte die Tür wieder an, so wie sie sie vorgefunden hatte und ging in das Wohnzimmer. Hier war sie nur einmal mit Leonie gewesen, als sie das „Spiel des Lebens" gespielt hatten. Der Raum war nicht sehr groß. Hier verbrachten die Familienmitglieder abends ihre Zeit.

Julien hatte auch hier Spielzeug auf dem Boden aufgebaut und es standen Schachspiele herum. Es gab einen großen Fernseher, einen Kamin und ein Sofa.

Hinter dem Wohnzimmer schloss sich das Schlafzimmer an. Aber hier wagte Sophia nur einen Blick hineinzuwerfen.

Vom Schlafzimmer aus führte eine große Balkontür zur Veranda.

Von innen war das Haus gar nicht so übel, dabei hatte es von außen am Freitag bei Sophias Ankunft wirklich schlimm ausgesehen.

Jetzt wollte sie auch draußen alles erkunden.

Sie lief die Treppe wieder hinunter und suchte ihre Schuhe. Sie standen neben Leonies Schuhen. Ob Leonie sie dort hingestellt hatte, oder Amelie?

Sie zog sie über und fand ihre Jacke an der Garderobe. Sie stellte einen Schuh so in den Türrahmen der Haustür, dass diese nicht ins Schloss fallen konnte, denn sie musste ja irgendwie wieder hereinkommen. Dann blickte sie hinaus.

Sie trat in die Sonne. Heute war wieder schönes Wetter. Nur der Wind war stärker als es angenehm gewesen wäre.

Sie lief in Richtung Straße und dann einmal um das Haus herum. Es war ein großes Haus und wirklich, von draußen war es hässlich.

Aber der Garten war schön gemacht. Es gab viele Beete, die allerdings noch recht kahl da lagen. Nur vereinzelt lugten grüne Blätterspitzen aus der Erde, die mit vertrockneten Blättern bedeckt war.

Sophia war jetzt an der Seite des Hauses, an der ihr Fenster lag. Sie blickte hoch und entdeckte es im ersten Stock.

Sie drehte sich um. Das war auch der Ausblick, den sie aus ihrem Fenster hatte.

Da stand das seltsame rote Häuschen. Was das wohl sein mochte?

Ein Stall? Oder ein Schuppen? Oder hatten dort mal Leute gewohnt? Sollte sie nachsehen, was darin war?

Sie beschloss, das Häuschen näher zu begutachten.

Die Außenwände waren aus Backsteinen gemauert. Es gab einen Vordereingang, aber dort fehlte die Tür. Zu beiden Seiten der Tür befanden sich Fenster. Es waren sehr alte Sprossenfenster, deren Scheiben zum Teil zerbrochen waren. Auch die Backsteine waren an vielen Stellen bereits beschädigt.

Sie trat durch den Eingang und sah sich um.

Im Inneren war das Haus ein Fachwerkgebäude mit alten Balken, die aus ganzen Stämmen hergestellt worden sein mussten. An manchen Stellen fehlten Balken. Der Boden war kahler Sand, uneben und schmutzig. Es lagen Holz, alte Latten und Gerümpel herum, auch Schuttreste und Holz, um das Stroh gewickelt war und irgendein Mörtel.

Von einem Balken an der rechten Seite hing ein zerschnittenes Seil herab. Kurz überlegte Sophia, was das da sollte. Wozu hatte jemand da oben ein Seil befestigt? Da waren doch keine Tiere angebunden worden?

Eine alte Sprossenleiter stand an die Rückwand gelehnt.

Sophia war enttäuscht, sie hatte sich mehr erhofft, wobei sie nicht sagen konnte, was sie eigentlich erwartet hatte.

Nachdem Sophia wieder aus dem roten Häuschen hinausgegangen war, beschloss sie, endlich Mama anzurufen. Das durfte sie auf keinen Fall versäumen, bevor die Familie zurückkam.

Sie lief zurück zum Haus und holte ihr Handy. Ein Blick auf die Uhrzeit verriet ihr, dass sie nicht mehr sehr viel Zeit hatte. Sie hatte kein Guthaben und auch keinen Vertrag, aber hier gab es ja ein Telefon und das würde sie nutzen.

Sie lief mit dem Handy ins Erdgeschoss und übertrug die Telefonnummer von Mama auf das Telefon, dann setzte sie sich mit dem Telefon an den Küchentisch und atmete tief durch. Es kostete Mut, Mama anzurufen.

Schließlich drückte sie auf den grünen Hörer.

Sie hielt erwartungsvoll die Luft an.

Es tutete.

Und dann wurde abgehoben. Sie hörte das Klacken, das Tuten stoppte.

„Ja?" Das war Mamas Stimme.

Sophias Herz schlug schneller. „Hallo Mama!" Sie sprach viel leiser, als sie es beabsichtigt hatte.

„Sophia?"

„Ja, hier ist Sophia, Mama?"

38

„Hör auf, mich anzurufen. Ich habe keine Zeit."

„Mama..."

Aber da war schon das Klacken und dann der Tut-Ton, den sie so hasste.

Sophia ließ den Hörer sinken und atmete langsam aus.

Sie spürte ihr Herz rasen und Tränen aufsteigen.

Mühsam und kraftlos erhob sie sich, schlurfte zur Telefonstation, legte das Telefon weg und stieg die Treppe hoch. In ihrem Zimmer ließ sie die Tür ins Schloss und sich auf's Bett fallen.

Amelie war froh, als sie das letzte Plädoyer gehalten hatte.

Sie hatte in der Tat Schwierigkeiten, sich zu konzentrieren, denn sie wollte nach Hause, nach Hause zu Sophia, sie nicht so lange allein lassen. Es war wirklich ausgesprochen misslich, dass sie heute für Marion hatte einspringen müssen. Magen-Darm.

Zum Glück hatte sie nun den Rest der Woche frei, beziehungsweise konnte von Zuhause aus arbeiten.

Sie brachte die Akten und die Robe in ihr Büro zurück und griff sich den Stapel Akten, den sie bereits letzte Woche bereit gelegt hatte. Diese Fälle musste sie sich nochmal in Ruhe ansehen und durch den Kopf gehen lassen.

Dann fuhr sie zur Schule, - es war bereits 13:00 Uhr - und sammelte Julien ein.

Auf der Rückfahrt, die etwa dreißig Minuten dauerte, wenn man gut durchkam und nicht noch einkaufen musste, hielten sie bei Aldi, um einzukaufen.

Anschließend konnten sie endlich nach Hause fahren.

Amelie war nervös, ob bei Sophia alles okay war. Schließlich war alles neu für Sophia. Hatte sie sich zurechtgefunden, hatte sie keinen Unsinn angestellt? Amelie hatte sich bewusst entschieden, Sophia zu vertrauen und sie allein zu lassen. Aber es war ein Abenteuer, denn sie hatte keine Ahnung, ob und wie Sophia allein zurecht kam. David war da skeptischer gewesen, aber er hatte sich einverstanden erklärt, diesen Weg zu gehen. Es wäre sehr ungünstig, wenn sich herausstellen würde, dass sie dieses Vertrauen in Sophia nicht setzen konnten.

Leonie war schon mit fünf Jahren sehr verantwortungsvoll gewesen, jedenfalls, wenn man ihr Verantwortung übertrug. Was man hingegen bei Leonie nicht gedurft hatte, war, sie allein auf die Straße zu lassen, weil sie, seit sie Laufrad fahren konnte, offenbar blind darauf vertraute, jedes Auto werde für sie anhalten, egal, wie schnell sie um die Kurve gesaust kam und weil sie genauso arglos hinsichtlich jedes Fremden gewesen wäre, der ihr eine Tüte Gummibärchen versprochen hätte.

Aber Sophia kannten sie eigentlich noch gar nicht. Amelie konnte auch nicht sagen, ob es eher Vertrauen war oder der Versuch, herauszufinden, ob man Sophia vertrauen konnte.

Aber nein, eigentlich erwartete sie nicht, dass etwas geschehen sein könnte. Das wäre schließlich auch seltsam. Dann hätte sie es fahrlässig darauf ankommen lassen.... nein, nein, sie ging tatsächlich davon aus, dass alles gut sein würde. Tatsächlich hoffte sie, dass dieses Vertrauen Sophia etwas besser ankommen lassen würde, ihr Luft, Raum und Zeit gab, das Haus für sich zu entdecken, sich einzufinden, anzukommen, ihren Platz zu finden.

Und nun war sie gespannt, gespannt, ob sich etwas verändert haben würde, wenn sie heimkehrte.

In diesem Moment bogen sie auf die Auffahrt zum Haus.

Amelie half Julien, den schweren Ranzen zu tragen und schloss die Tür auf. „Hilfst du mir mit dem Einkauf?", fragte sie, während sie den Ranzen im Flur abstellte. Sie lauschte, ob sie Sophia hören konnte, aber es war ruhig im Haus.

„Okay, aber kann ich gleich spielen? Was gibt's zu essen?"

„Klar, ich mache gleich Bohnen, Bacon und Rührei. Soll ich dazu Kartoffelpüree kochen?" Amelie ging wieder zum Auto zurück, Julien folgte ihr.

Sie trugen gemeinsam den Einkauf hinein, dann verschwand Julien im ersten Stock.

Amelie stieg ebenfalls die Treppe hinauf. Sie klopfte vorsichtig an Sophias Tür.

„Hm?"

„Hier ist Amelie. Kann ich reinkommen?"

„Okay."

Amelie öffnete die Tür. „Hi Sophia, wie war dein Tag?"

Sophia lag auf dem Bett. Sie hörte Musik am Handy.„Okay."

„Hörst du gerne Musik? Wir könnten dir einen Recorder besorgen. Das ist besser wegen der Strahlung."

„Hm... das geht schon."

Amelie stand etwas unschlüssig in der Tür. Im Raum war nichts geschehen. Sophia hatte keine Bilder aufgehängt oder Gegenstände aufgestellt. „Gefällt dir das Zimmer? Möchtest du irgendetwas anders haben? Möchtest du Farbe an der Wand? Brauchst du irgendetwas?"

„Nein, alles okay."

Amelie musste wieder feststellen, dass es nicht einfach war, zu Sophia durchzudringen. „Ich koche jetzt. Hast du auch Hunger?"

„Nein, danke."

Amelie atmete langsam aus. „Okay, dann bis später..."
In diesem Augenblick begann das Telefon zu klingeln. Oder hatte es schon länger geläutet? Amelie lief schnell die Treppe herab und erreichte das Telefon rechtzeitig. Sie hob ab. „Kästner!?"
„Runge, Jugendamt Wismar, Frau Kästner, prima, dass ich Sie erreiche. Könnten sie auch schon morgen um 10:00 Uhr zu mir ins Büro kommen? Kurzfristig ist ein Termin frei geworden."
„Ähm... ja, ja klar, sehr gerne!" Amelie stellte fest, dass sie der Gedanke erleichterte, dass sie bereits morgen zum Jugendamt fahren würden. Es war wirklich schwierig, an Sophia heranzukommen. Hoffentlich würde Frau Runge ihnen helfen können und ihnen gute Tipps geben, wie sie Sophia die Ankunft leichter machen konnten.
Im Anschluss an das Telefonat holte Amelie Amber von der Kita ab und dann kochte sie.
Sophia kam den ganzen Nachmittag und Abend nicht aus ihrem Zimmer heraus. Amelie stellte ihr einen Teller zum Abendessen vor die Tür. Sie hoffte, dass das für Sophia leichter anzunehmen war, als wenn sie fragte.
Sie freute sich auf den morgigen Termin.

Am nächsten Morgen stand der Teller unberührt vor der Tür von Sophias Zimmer.
Amelie weckte alle Kinder, einschließlich Sophia.
Leonie verließ als erste das Haus.
David ging heute nicht zur Arbeit.
Sie nahmen Davids Auto. Es war geräumiger als Amelies Clio. Gemeinsam brachten sie Amber zur Kita und dann Julien zur Schule. Von dort aus fuhren sie direkt weiter nach Wismar, denn dort befand sich das zuständige Jugendamt.
Frau Runge hatte ihr Büro am Ende eines langen Flures. Amelie klopfte.
„Herein!"
Sie betraten einen kleinen kahlen Raum. Es stand eine Grünlilie auf dem grauen Schreibtisch und es hingen zwei Postkarten mit blöden Sprüchen an der Pinnwand hinter Frau Runge, daneben zwei schwarz-weiße Pläne mit Rufnummern, ansonsten wirkte der Raum vollkommen steril und langweilig.
Amelie konnte nicht verstehen, wie man in so einem Raum arbeiten konnte.
„Wie schön, dass Sie es einrichten konnten, gleich heute zu kommen." Frau Runge erhob sich, aber nur, um den Drehstuhl etwas zurechtzurücken oder ihr Gewicht anders zu lagern. Dann tippte

sie etwas in die Tastatur, vermutlich öffnete sie Sophias Akte. „Du musst Sophia sein?!" Sie sah Sophia über ihre Lesebrille hinweg an. Dann wandte sie sich an alle: „Nehmen Sie bitte Platz."

Es standen drei Stühle bereit, sie setzten sich, David rechts, Amelie in der Mitte und Sophia links.

„So, Sophia, ich bin Frau Runge, ich bin jetzt für dich zuständig. Frau Brinkmann hat mir deine Akte übermittelt. Moment, ich les mal kurz..." Frau Runges Augen gingen hin und her, während sie offenbar überflog, was in der Akte stand.

„Hm, jaja...hm...", machte sie schließlich. „Du bist also nun von Hamburg aufs Land gezogen?!"

„Ja." Sophia war kurz angebunden wie immer. Sie wirkte gelangweilt.

„Wie kommt das? Wollen Mädels in deinem Alter nicht lieber in der Stadt leben? Ich lese hier, der Umzug erfolgte auf deinen Wunsch hin?" Sie lugte wieder über ihre Lesebrille. Das machte sie älter als sie vermutlich war.

Amelie hatte erwartet, dass sich Frau Runge bereits mit der Akte vertraut gemacht hatte, aber vielleicht hatte sie so viele Kinder zu betreuen, dass sie sich die Einzelheiten nicht zu jedem Fall merken konnte. Amelie und David sahen Sophia ebenfalls interessiert an.

„Nein, ich nicht."

„Wo hast du denn bisher gelebt? Moment... hier steht es ja. Du hast bei deiner leiblichen Mutter gelebt, bis du acht warst. Danach hast du bei einer entfernteren Verwandten, Frau Elisabeth Bredenburg gelebt, bis vor zwei Jahren, dann warst du ein Jahr im Heim und dann in einer Pflegefamilie, den Webers in Hamburg. Hm, aber da wolltest du nicht mehr leben?"

„Nein."

Frau Runge wusste anscheinend nicht, was sie jetzt fragen sollte, also entstand eine kleine Pause. Dann wechselte Frau Runge das Thema. „Wie gefällt es dir denn bei Frau Kästner und Herrn Hege? Bist du gut angekommen?"

Amelie hielt intuitiv die Luft an. Was würde Sophia antworten?

„Ja."

Amelie sah Sophia erstaunt an. Das war alles? Okay...

„Gut." Frau Runge atmete tief durch, kniff die Augen etwas zusammen. „Ich will gleich nochmal mit dir allein sprechen, Sophia und dann mit Ihnen Frau Kästner und Herr Hege. Ja, vielleicht machen wir das gleich. Darf ich Sie bitten, kurz auf dem Gang Platz zu nehmen?"

„Natürlich." Amelie erhob sich eilig und David folgte ihr. Sie verließen den Raum und setzten sich davor auf die Bank.

Sophia blickte Amelie und David kurz nach, aber dann sah sie wieder teilnahmslos vor sich hin. Sie erwartete nicht viel von diesem Termin. Ihr war gleichgültig, wer für sie zuständig war und ob derjenige in Hamburg oder in Wismar oder sonstwo saß. Sie wusste, dass die Leute vom Jugendamt es nicht befürworten würden, wenn sie offenbarte, dass sie zu Mama zurück wollte, weil sie das nicht verstehen würden und von daher brauchte sie nichts mit denen zu besprechen, denn das war das Einzige, was sie wollte. Sie musste Mama überzeugen. Das war das Einzige, was etwas bringen würde.

„Sophia, jetzt noch einmal in Ruhe: Wie geht es dir in der neuen Pflegefamilie?"

„Alles okay."

„Du bist ja nun auch erst kurz dort. Ich bin jedenfalls zuständig für dich und wenn du irgendwelche Probleme oder Fragen hast, dann kannst du mich immer gerne kontaktieren. Ich gebe dir mal meine Karte, da steht eine Nummer drauf, das ist die Nummer von diesem Büro, da bin ich immer erreichbar."

Sophia griff nach der kleinen Karte und sah darauf. Dann sah sie zu Frau Runge rüber. Sie zog die Augenbrauen hoch. „Hier sind Sie immer zu erreichen?"

„Ja."

„Aber Sie arbeiten doch wohl nicht ständig?"

„Äh...., nein, natürlich nicht. Ich bin hier montags, dienstags und donnerstags von 8:00 Uhr bis 12:00 Uhr. Aber du kannst ja auch auf das Band sprechen, ich rufe dann zurück."

Sophia lehnte sich provokativ zurück. „Okay, verstehe, immer, natürlich." Sie steckte die Karte in ihre Hosentasche.

Es entstand eine Pause. Schließlich richtete Frau Runge sich auf. „Nun, ich will dann auch nochmal mit deinen Pflegeeltern sprechen. Könntest du sie bitte einmal hereinbitten und solange im Korridor warten?"

Sophia erhob sich wortlos und ging zur Tür. Sie öffnete die Tür und winkte Amelie und David herbei. Dann setzte sie sich auf die Bank im Flur.

Amelie ging an Sophia vorbei und legte ihr kurz die Hand auf die Schulter. „Danke, wir sind gleich fertig, du musst bestimmt nicht lange warten." Sie lächelte und schritt eilig hinter David her. Als sie die Tür schloss, blickte sie noch einmal zu Sophia. Die hatte sich auf die Bank gefletzt und holte nun ihr Smartphone heraus. Bestimmt beabsichtigte sie, Musik zu hören. Wovon bezahlte sie eigentlich die monatlichen Kosten für das Telefon? Die Frage hatte sich Amelie noch gar nicht gestellt gehabt, aber soeben war sie ihr in den Sinn gekommen. Ja, es gab einiges, was noch zu klären war.

„Nun, Frau Kästner, Herr Hege?...." Frau Runge setzte sich zurecht. „Gibt es Ihrerseits Fragen?"

„Nein", sagte David.

„Ja", sagte Amelie zeitgleich.

„Gut, dann... beginnen wir mal bei Ihnen, Frau Kästner."

Sowohl Frau Runge als auch David sahen Amelie fragend an.

„Naja, die Schule zum Beispiel..."

„Ach ja, klar!" David musste offensichtlich selbst über sich den Kopf schütteln. Vermutlich wollte er einfach nur schnell weg hier, vermutete Amelie.

„Und dann... also es ist unheimlich schwierig, an Sophia heranzukommen. Sie spricht nicht." Amelie sah Frau Runge ratlos an.

„Ja, genau, und sie isst auch gar nicht!", ergänzte David.

Frau Runge schien zu überlegen, aber nur kurz. „Nun, wie lange ist sie nun bei Ihnen? Seit Freitag! Was erwarten Sie? Das ist natürlich eine Umgewöhnung. Aber wenn Sie ihr etwas Zeit geben, wird sich das schon finden. Ich meine, ich kann ja mal kurz in die Unterlagen schauen, ob sich da etwas herauslesen lässt..." Frau Runge blätterte eine Weile in der Akte und las offenbar.

„Hm", machte sie nach einer Weile. „Ich lese hier, dass Sophia bei einer Verwandten gelebt hat, nachdem ihrer Mutter das Sorgerecht entzogen wurde, weil sie Sophia schwer vernachlässigt und misshandelt hat. Aufgefallen ist das erst, als Sophia nicht in der Schule angemeldet wurde. Die leibliche Mutter hat sich dagegen offenbar auch gar nicht gewehrt, sondern geäußert, sie wäre froh, Sophia nun los zu sein."

Amelie hüstelte angestrengt. Es war alles andere als schön, diese Dinge zu hören. Sophia tat ihr leid. „Und der Vater?"

Frau Runge blätterte hin und her. „Hm, der Vater... hm, nein, da lese ich nichts... Moment, da. Der Vater ist unbekannt."

„Okay." David blickte bedrückt drein.

Frau Runge fuhr fort: „Sophia ist dann später eingeschult worden, weil sie noch nicht weit genug war. Da war sie acht. Tja, die Leistungen scheinen nicht besonders gut gewesen zu sein, aber in Hamburg ist es nicht angedacht, dass Kinder Klassen wiederholen. Sie ist also weitergekommen und ja, jetzt zuletzt in der achten Klasse gewesen... Ja, ich würde sagen, ... wo haben Sie denn Ihre Kinder in der Schule?" Frau Runge sah vom Einen zum Anderen.

„Unsere große Tochter ist am Gymnasium Gadebusch und unser

Sohn in Schwerin in der Waldorfschule." David nickte nachdenklich vor sich hin.

„Tja…", Frau Runge schien zu überlegen. „Das erscheint mir jetzt nicht so geeignet. Was gibt es bei Ihnen noch? Gadebusch…, die Heinrich-Heine-Schule. Ja, das ist ja auch Ihre Einzugsgebietsschule. Melden Sie sie dort doch an."

„Unser großer Sohn war in Lindow", merkte Amelie an.

„Ach…, hm, ja, da gehen ja auch manche hin, die eigentlich nach Gadebusch gehören, aber da fährt kein Bus. Ja, das sehen wir häufiger, dass auch von Gadebusch nach Lindow gewechselt wird. Hm, ja, dann, wenn Sie das lieber wollen. Sie können das im Grunde machen, wie Sie wollen. Sehen Sie, es handelt sich ja sowieso nur um eine angedachte Kurzzeitpflege. Wir gehen mal davon aus, dass Sophia vermutlich sowieso nochmal wechseln wird, wenn wir dann eine Dauerpflegestelle für sie haben und…" wieder blätterte Frau Runge in der Akte. „Ja, wenn ich mir hier Sophias Werdegang so ansehe, dann würde ich jetzt auch nicht zuviel erwarten von der Schule. Da sind Sie mit Ihren Kindern bestimmt was anderes gewöhnt. Ja, das ist ja auch ihr erstes Pflegekind, oder sehe ich das falsch? Ich lese hier, dass es in der letzten Pflegefamilie viele Probleme gab. Das war wohl auch der Grund, warum Sophia da weg wollte. Wir erleben solche Kinder hier oft. Also, wenn das schon so begonnen hat, so viele Jahre schlechter Fürsorge, Entwicklungsverzögerung, Sophia ist ja auch sehr klein, also das spricht ja nun auch schon dafür, dass sie nicht gut versorgt wurde, und dann die Zeit bei der Verwandten, die dann verstorben ist und eine Zeit im Heim, eine Zeit in einer Pflegefamilie, mangelhafte schulische Leistungen, jetzt kommt noch die Pubertät dazu…" Frau Runge schüttelte den Kopf und pustete die Luft aus, als wenn das ganze Leid der Welt auf ihren Schultern ruhte, dabei hatte Amelie nicht den Eindruck, dass es sich um das Leid von Sophia, oder Kindern wie Sophia, handelte, sondern eher um das Leid der Gesellschaft mit solchen Kindern.

Frau Runge fuhr unterdessen fort. „Seien Sie froh, wenn Sophia überhaupt zur Schule geht, solange sie bei Ihnen lebt und wenn sie nicht ständig schlechte Nachrichten aus der Schule über ihr Verhalten erreichen. Wir werden uns bemühen, zeitnah eine andere Unterbringung für sie zu finden, aber, das sage ich Ihnen gleich, das ist nicht einfach."

„Warum wurde Sophia denn als Kurzzeitpflege vermittelt, wenn sie eigentlich eine Langzeitpflegestelle sucht?" David sah Frau Runge neugierig an.

„Das scheint Sophias Wunsch gewesen zu sein. Sie will wohl selber keine Langzeitpflegestelle. Aber ich meine, was es für eine andere Option geben sollte, weiß ich auch nicht. Irgendwie macht das nicht so wirklich Sinn, aber das habe ich mir nicht ausgedacht. Das scheint in Hamburg so entschieden worden zu sein und wir müssen es so nehmen wie es ist. Sie wollen ja gerne Kurzzeitpflege machen, oder? Leute wie Sie brauchen wir ja auch dringend. Also wirklich, es ist ja eine Katastrophe. Gerade die Kurzzeitpflege, da fehlen so viele Menschen, die das machen!"

„Naja, wir schließen eine Langzeitpflege nicht grundsätzlich aus, wir dachten aber gerade, dass ja explizit Kurzzeitpflegestellen gesucht werden und wollten das anbieten. Aber wenn daraus eine Langzeitpflege wird, ist das auch in Ordnung."

„Ja, ja, aber ach, also", winkte Frau Runge ab. „Das ist schon richtig. Wir brauchen vor allem Menschen, die Kurzzeitpflege anbieten. Und nun, mit Sophia sollten Sie sich wohl auch darauf einstellen, dass es eher schwierig wird. Sie scheint auch in der letzten Pflegefamilie große Probleme bereitet zu haben und sie scheint nirgendwo bleiben zu wollen." Frau Runge lachte nervös auf.

„Aber was wird denn dann langfristig aus Sophia?" David sah Frau Runge mit betroffenem Blick an.

„Naja, das kann man sich wohl schon denken, das sehen wir ja immer wieder. Einen Schulabschluss bekommt sie auf diese Weise jedenfalls nicht und dann wohl auch schwer einen Ausbildungsplatz. In sozialer Hinsicht wird es vermutlich später auch nicht einfacher mit ihr. Sicher, gibt es immer Ausnahmen, aber es ist wohl eher realistisch, wenn man davon ausgeht, dass sie vermutlich später zu denjenigen gehören wird, die vielleicht früh Kinder bekommen und dann von Sozialleistungen leben. Diese Kinder, von denen hat der Sozialstaat von Geburt bis Lebensende was. Und das ist die optimistische Prognose."

Amelie konnte ihr Grauen kaum verbergen. Ein Blick zu David verriet ihr, dass er ebenso fassungslos war. Sie hätte noch viele Fragen gehabt, aber nach diesem Monolog der Vorurteile war ihr klar, dass sie andere Wege finden mussten, um Antworten zu erhalten.

5

Auf der Rückfahrt waren alle sehr schweigsam.

Zuhause verschwand Sophia gleich in ihrem Zimmer und Amelie und David vermieden es, über den Besuch in Wismar zu sprechen, solange die Kinder noch nicht im Bett waren.

Aber Amelie dachte die ganze Zeit darüber nach. Wen sollte sie zum Beispiel jetzt fragen, was sie tun sollten, wenn Sophia sich weiterhin so zurückzog und nichts aß?

Als die Kinder am Nachmittag Kekse essen wollten und sie ihnen einen Teller mit Keksen und Früchten machen wollte, fiel ihr dann zum wiederholten Male auf, dass die Kekse, die sie gerade eingekauft hatte, nicht auffindbar waren und auch deutlich weniger Früchte im Korb lagen, als beim letzten Mal, als sie etwas herausgenommen hatte.

Sie fragte wieder Leonie, ob sie sich etwas genommen hätte, aber die verneinte das auch diesmal.

Das verstärkte Amelies Vermutung, dass sich Sophia Essen mit aufs Zimmer nahm. Anders war es auch kaum zu erklären, dass Sophia nach wie vor nahezu jede Mahlzeit verweigerte.

Amelie fragte sich, warum Sophia das machte? Sie durfte doch alles haben! Amelie brachte ihr immer noch einen Teller zu ihrem Zimmer, den sie aber nie anrührte. Sophia hätte auch alles nehmen können, ohne es heimlich zu tun.

Als die Kinder im Bett waren und der Haushalt einigermaßen auf Vordermann gebracht war, hatten sie endlich Gelegenheit, über den Termin zu sprechen.

David machte das Feuer im Kamin im Wohnzimmer an und Amelie bereitete Tortillaschips mit überbackenem Käse vor, dann setzten sie sich gemeinsam aufs Sofa.

„Das war ja wohl ein echt richtig frustrierendes Gespräch", stellte Amelie seufzend fest und lehnte sich mit verschränkten Armen zurück.

„Tja, aber was tun wir jetzt?" David nahm den Teller und stellte ihn zwischen sie aufs Sofa.

„Erstmal ein bisschen Musik, dann überlegen wir weiter." Amelie nahm von den Tortillaschips.

David stand auf und stellte den Fernseher ein. Er schaltete auf Youtube und suchte DJ Tiesto, Gelredome 2004 heraus. „Forever Today" begann einzuspielen. Ihr Musikgeschmack war ziemlich verschieden, aber das mochten sie beide.

Eine Weile hörten sie nur zu und sagten nichts.

Schließlich sagte David: „Wie war die denn drauf? Hat sie den Beruf verfehlt?"

„Na, das ist wohl noch das Netteste, was man über diese Frau sagen kann."

„Aber es hilft nichts, wir müssen jetzt überlegen, wie es weitergeht."

„Hm, das stimmt wohl. Also jedenfalls müssen wir jetzt überlegen, wo wir sie in der Schule anmelden."

„Allein der Umstand, dass sie für Sophia eine Kurzzeitpflegestelle gesucht haben, das kann man doch nicht verstehen?" David schüttelte verständnislos den Kopf.

„Ja, klar, aber darüber nachzudenken, bringt uns nicht weiter. Wir haben sie jetzt bei uns und müssen eben das Beste daraus machen."

„Eigentlich wäre es doch das einzig Sinnvolle, wenn sie hier bleiben könnte und wir für sie langfristige Lösungen finden, ... eine Schule, in der sie einen Schulabschluss machen kann, Freunde, Hobbies.., was bringt es, wenn sie wieder und wieder wechselt?" David sah Amelie mit verständnislosem Blick an.

„Ich seh das genauso, aber was können wir da dran ändern? Lass uns eben so tun, als wäre das so und wir versuchen jetzt eine passende Schule zu finden und sie in die Familie einzubinden und herauszufinden, wie wir ihr helfen können, denn irgendwie geht es ihr ja nicht gut..."

David schien einen Moment nachzudenken. „Und welche Schule, denkst du, ist die Richtige?"

„Möglicherweise die Waldorfschule, aber ich vermute mal, dass sie da Vorbehalte haben wird, weil sie das Konzept sicher nicht kennt, sondern von der Waldorfschule bisher vermutlich nur im Zusammenhang mit vorurteilsbehafteten Äußerungen gehört hat. Außerdem weißt du selber, wie schwierig es ist, da einen Platz zu bekommen, vor allem in den höheren Klassen..."

Jetzt begann „Confirmation". Tiesto war anzusehen, dass er auf der Bühne Spaß hatte. Amelie fragte sich, wie oft sie das Concert eigentlich schon gehört hatten? Irgendwie bekam man bei der Musik immer gute Laune und auch jetzt spürte sie, dass sie sich von diesem niederschmetternden Besuch beim Jugendamt nicht verderben lassen wollte, worauf sie sich so gefreut hatte, nämlich ein Kind aufzunehmen und ihm die Chance auf einen zweiten, besseren Start zu geben. „Ich meine, wir wussten das doch, oder?"

David sah sie etwas verwundert an. Offensichtlich konnte er noch immer keine Gedanken lesen und somit ihren Gedankensprung nicht nachvollziehen.

„Wir wussten, dass es nicht einfach wird. Und wir wollten das doch trotzdem und nun müssen wir eben die Herausforderung angehen. Wir können weder vom Jugendamt noch von Sophia erwarten, dass sie uns die Probleme aus dem Weg räumen, beziehungsweise es uns leicht machen. Das ist eben jetzt unsere Aufgabe."

„Ja, das klingt super, aber wie?" David zog die Augenbrauen hoch.

„Wir müssen eben überlegen, wie bei unseren eigenen. Bei ihnen hat uns ja auch keiner geholfen und dann machen wir es bei Sophia eben auch so wie wir es für richtig halten. Frau Runge scheint da ja nicht mitreden zu wollen."

„Okay, ich meine, Sophia ist ja schon fünfzehn, fragen wir sie eben, was sie möchte, oder?" David kniff die Augen leicht zusammen und straffte die Schultern. So sah er immer aus, wenn er einen Entschluss gefasst hatte.

„Ja, warum nicht. Würden wir doch bei Leonie genauso machen!", stimmte Amelie zu.

„Und zwar morgen gleich, denn sie sollte spätestens Montag in die Schule gehen. Wenn sie dort vielleicht erstmal Freunde gefunden hat, dann könnte es doch auch leichter für sie werden", überlegte David laut weiter.

„Ja. In Betracht kommen doch die Lindower Schule, das Gadebuscher Gymnasium und die Waldorfschule in Schwerin oder andere Schulen in Schwerin, wenn sie sich da selber informieren will, oder?"

„Ja, richtig. So sehe ich das auch." David nickte bekräftigend.

„Wie denkst du darüber, dass sie sich immerzu einschließt und nicht aus ihrem Zimmer herauskommt?" Amelie sah David ratlos an.

„Sie braucht wohl erstmal etwas Zeit..."

„Du meinst, wir sollten sie vorerst lassen?"

„Vielleicht liegt es auch nur an ihrem Alter. Bei Joel war das doch dasselbe, oder nicht?"

Amelie hatte den Verdacht, dass David aus eigener Erfahrung sprach und selber in dem Alter am liebsten der Familie ferngeblieben war. „Mag schon sein..."

Eine Weile schwiegen sie beide.

„Und dann ist da noch die Sache mit dem Essen." Amelie seufzte.

„Ja, wie kann das eigentlich überhaupt sein, sie isst ja anscheinend fast überhaupt nichts, seit sie hier ist!" David runzelte die Stirn.

„Hm, das glaube ich nicht."

„Wie meinst du das?"

„Naja, es verschwinden Lebensmittel aus der Vorratskammer."

„Was?" David sah Amelie verständnislos an. „Wieso das denn?"

„Naja, vermutlich, weil sie doch gelegentlich hungrig ist", konnte sich Amelie den Sarkasmus nicht verkneifen.

„Ja, das ist mir auch klar, aber sie kann doch nehmen, was sie will und muss das nicht heimlich tun!"

„Das habe ich mir auch überlegt. Aber irgendwas hindert sie daran, mit uns zu essen und angebotenes Essen anzunehmen. Stattdessen holt sie sich lieber heimlich etwas."

„Aber wieso? Meinst du, ihr schmecken die Sachen nicht, die wir essen?"

„Hm..., das glaube ich eigentlich nicht, denn sie holt sich ja Sachen, die wir da haben." Amelie zuckte ratlos mit den Schultern.

„Vielleicht ist es ihr unangenehm, weil sie uns noch nicht so gut kennt?!"

Amelie schaltete auf „find" um. Das mochte sie besonders. Die langen Episoden zwischen den Stücken nervten manchmal. „Ich habe keine Ahnung", sagte Amelie schließlich. „Ich weiß es nicht, ich verstehe es nicht. Aber vielleicht ist das auch egal, - erstmal -. Vielleicht müssen wir es fürs Erste nur zur Kenntnis nehmen und uns überlegen, wie wir damit umgehen...."

„Okay..." David nickte abwägend.

„Ich vermute mal, dass sie im Moment nicht anders kann... und für uns ist es ja egal, beziehungsweise eigentlich gut, dass sie überhaupt isst."

David nickte, während er offensichtlich versuchte, Amelies Gedankengängen zu folgen. „Ja, klar, Hauptsache ist, dass sie etwas isst. Sonst wäre es noch schlimmer."

„Und sie bloßstellen, ist bestimmt nicht gut. Wenn es daran liegt, dass sie schüchtern ist, oder noch fremd, dann macht man es damit eher schlimmer. Also vielleicht lassen wir sie eben erstmal und gucken, was passiert?!"

„Okay. Versuchen wir es." David lehnte sich zurück. „Und nun genug. Jetzt brauche ich nochmal ein paar Minuten Feierabend."

Amelie lächelte ihn an. Sie ließ „find" nochmal von Vorne beginnen und lehnte sich an David an.

Nach dem langen Gespräch mit David ging es Amelie bedeutend besser. Es war gut, eine gemeinsame Linie zu haben. Es war ein schöner Abend gewesen.

Am darauffolgenden Tag wurde Julien von einer Familie abgeholt, die aus der gleichen Richtung zur Waldorfschule fuhren, so musste Amelie nicht los.

Als auch Leonie und Amber aus dem Haus waren, nutzten David

und Amelie die Gelegenheit, in Ruhe mit Sophia sprechen zu können.

Amelie machte einen Früchtetee aus dem Schweriner Teeladen und David bat Sophia in die Küche.

Sophia wirkte, als wolle sie jeden Augenblick im Erdboden verschwinden. Den Tee rührte sie nicht an.

„Wir wollten mit dir darüber sprechen, in welcher Schule wir dich anmelden sollen", kam David sogleich zum Punkt.

Sophia sah wie ein aufgescheuchtes Reh zwischen Amelie und David hin und her.

„Es gibt in Gadebusch ein Gymnasium und in Lindow eine Regionalschule. Das ist wie eine Realschule. Anders als in Hamburg auf der Stadtteilschule kannst du dort aber kein Abitur machen. Julien ist auf der Waldorfschule in Schwerin, da könnten wir selbstverständlich auch um einen Platz für dich anfragen. Aber in Schwerin gibt es auch noch andere Schulen." Amelie sah Sophia aufmunternd an.

„Ja, da Amelie ja immer die Strecke fährt, wegen Julien und wegen ihrer Arbeit, ist das kein Problem. Es fahren auch ein Zug und ein Bus", erklärte David weiter.

„Nein, ich will auf keinen Fall in die Waldorfschule, da gehen doch nur..." Sophia brach mitten im Satz ab. Offensichtlich war ihr eingefallen, dass es möglicherweise nicht klug war, Eltern eines Waldorfschulkindes etwas beleidigendes über Waldorfschüler zu sagen.

Amelie und David überhörten das, sie kannten alle gehässigen Sprüche über Waldorfschüler und sie wussten, dass es weitverbreitet war, dass Menschen, die die Waldorfschulen nicht kannten, darüber schlecht sprachen oder dachten.

„Und Gymnasium kann ich nicht, also, das kann ich nicht und... mir ist das egal. Einfach die nächste Schule, wo der Weg nicht so weit ist... Aber reicht das nicht nach den Osterferien?"

„Warum willst du so lange warten? Sicher findest du schnell Freunde und dann fühlst du dich bestimmt wohler, hier... bei uns..." Amelie lächelte Sophia an.

Sophia wirkte gehetzt, als wenn sie nicht wusste, was sie sagen sollte. Schließlich sagte sie: „Ich habe auch keine Schulsachen!"

David sah Sophia stirnrunzelnd an. „Aber du musst doch in Hamburg auch welche gehabt haben?"

Sophia rutschte nervös auf ihrem Stuhl herum. Amelie fand, dass sie unglaublich klein und verletzlich wirkte. Am liebsten hätte sie sie in den Arm genommen. Sie hatte das Gefühl, Sophie fühle sich, wie in einem Kreuzverhör.

„Die Sachen habe ich in der Schule ver...gessen."
David und Amelie warfen sich einen ratlosen Blick zu.
„Na gut", brach Amelie die kleine Pause." Dann werden wir welche besorgen. Das ist ja kein Problem. Würdest du denn lieber nach einer Schule in Schwerin suchen, oder sollen wir uns mit der Lindower Schule in Verbindung setzen?"

Noch am selben Tag telefonierte Amelie mit der Schulleiterin in Lindow und traf auf eine unkomplizierte Reaktion. Sie solle morgen um 8:00 Uhr mit Sophia im Sekretariat erscheinen, bis dahin habe die Schulleiterin abgeklärt, in welche Klasse Sophia gehen werde und die neue Lehrerin, beziehungsweise der neue Lehrer käme auch direkt zum Anmeldegespräch hinzu. Sie bekämen sodann eine Liste mit den benötigten Materialien und Donnerstag könne der Unterricht für Sophia beginnen.
Am nächsten Morgen fuhr Amelie also mit Sophia zur Schule.
Sophia wirkte durch und durch desinteressiert und lustlos.
Amelie versuchte dem mit Optimismus zu begegnen.
Die Lehrerin kannte Amelie bereits. Es war die Lehrerin, die auch Leonie gehabt hatte, bevor sie aufs Gymnasium gewechselt war. Es war Frau Büchner, eine junge, sehr empathische Lehrerin mit einer warmherzigen und freundlichen Art. Amelie fiel ein Stein vom Herzen. Sie wusste nur zu gut, dass es auch ganz andere Lehrer gab.
Frau Büchner streckte Amelie gleich mit freundlich strahlenden Augen die Hand entgegen. „Frau Kästner! So sieht man sich wieder! Das ist ja eine Überraschung!"
Amelie nahm die Hand gerne entgegen. „Ja, zwei alte Literaten, oder wie war das?"
„Und wen bringen Sie uns diesmal?" Frau Büchners Blick wanderte hinüber zu Sophia, die ausdruckslosen Blickes schräg hinter Amelie stand.
Amelie hätte Sophia am liebsten mitgeteilt, welches Glück sie mit dieser Lehrerin hatte, aber das war jetzt unpassend. Sophia würde ihre eigene Erfahrung machen. Amelie trat einen Schritt zurück, um nicht zwischen Frau Büchner und Sophia zu stehen. Sie hätte auch gerne die Hand auf Sophias Schulter gelegt, um Sophia zu stärken, aber sie wusste nicht, ob Sophia das wünschte oder ob sie ihr damit zu nahe treten würde. So sagte sie nur: „Das ist Sophia!"
Frau Büchner hielt auch Sophia die Hand hin und lächelte freundlich. „Hallo Sophia!"
Sophia nahm die Hand entgegen und erwiderte das Lächeln höflich.

Amelie war erleichtert, mehr konnte sie nicht erwarten. „Sophia lebt jetzt seit ein paar Tagen bei uns. Wir haben sie in Pflege genommen", erklärte sie.

„Wie schön, dann will ich dir gleich mal zeigen, welche Materialien du ab morgen benötigst."

Im Auto konnte Amelie nicht an sich halten und erzählte Sophia, dass Frau Büchner Leonies Lehrerin gewesen war.

Sophia zeigte kaum eine Regung. Auch als Amelie vorschlug, gleich die Schulsachen zu besorgen, ließ Sophia nicht erkennen, dass ihr das irgendetwas bedeutete.

„Du hast gar keine Lust auf die Schule, nicht?", fragte Amelie schließlich anteilnahmsvoll.

„Ph", machte Sophia nur.

„Vielleicht findest du Freunde?!", überlegte Amelie laut.

„Ja."

Amelie fühlte sich, als boxe sie gegen einen Gegenstand, der ihrer Faust jedesmal auswich, sodass sie stets nur die Luft streifte.

„Willst du mir sagen, warum du nicht zur Schule möchtest?"

„Nein."

„Fällt dir das Lernen schwer?"

„Nein."

„Ich helfe dir gerne. Du kannst mich jederzeit fragen."

„Okay."

Amelie spürte, dass es keinen Sinn hatte, hier weiter zu bohren.

„In Ratzeburg gibt es ein Geschäft, in dem wir einen Schulrucksack für dich kaufen können."

„Okay."

Eine Weile fuhren sie schweigend Richtung Ratzeburg.

„Ach ja, was ich dich noch fragen wollte ist, wie du die monatlichen Kosten für dein Handy bezahlst."

„Ich habe keine monatlichen Kosten. Ich habe kein Guthaben oder so."

„Okay, du nutzt das Handy nur, um erreichbar zu sein?"

„Ich höre damit Musik."

„Aber möchtest du gerne Guthaben haben? Einen Vertrag?" Amelie hatte im Rückspiegel gesehen, dass Sophia kurz aufgeblickt hatte. „Ich meine, du bist fünfzehn Jahre alt. Wir können das regeln!"

„Okay..." Sophias Tonfall klang jetzt zum ersten Mal interessiert.

Auf dem Rückweg von Ratzeburg nach Hause hatte Amelie zum ersten Mal das Gefühl, dass zwischen ihr und Sophia eine etwas entspanntere Stimmung herrschte.

Sie ahnte zwar, dass das nur von vorübergehender Dauer sein würde und dem kleinen Ausflug in die Stadt geschuldet war, aber das war ihr gleichgültig, es war okay, das einzige, was sie inständig hoffte war, dass es echt war und nicht aufgesetzt, nur weil Sophia sich nun verpflichtet fühlte, weil sie ihr nicht nur einen schönen Schulrucksack und Schulmaterialien besorgt hatte, sondern zudem auch einen Handyvertrag abgeschlossen und im MZR noch einige schöne Kleidungsstücke für Sophia gekauft hatte.

Amelie sollte Recht behalten. Bereits kurz nach der Ankunft war wieder alles beim Alten. Sophia verschwand in ihrem Zimmer und erschien auch nicht zum Mittag oder zum Abendessen und als an diesem Abend alle Kinder im Bett waren und Amelie an Sophias Zimmer vorüberging, um ins Wohnzimmer zu gelangen, hörte sie leises, unterdrücktes Schluchzen.

Wie angewurzelt blieb sie stehen und stand dort, unfähig, sich zu regen. Was sollte sie tun? Sollte sie klopfen? Sollte sie Sophia in Ruhe lassen und sie nicht bedrängen? Es zerriss ihr förmlich das Herz...

Schließlich hielt sie es nicht mehr aus und klopfte.

Aber das Schluchzen verstummte und es kam kein „Herein", also ging sie schließlich ins Wohnzimmer und setzte sich niedergeschlagen aufs Sofa.

Sophia hätte das Klopfen am Liebsten ignoriert.

Konnte Amelie nicht einfach vergessen, dass sie da war?

Sie wollte nicht aufstehen. Sie wollte nicht in die Schule. Sie wollte gar nichts. Nur weiter schlafen.

Aber Amelie klopfte wieder und wieder, bis Sophia erklärte, sie werde aufstehen.

Als Sophia ihre Tür öffnete, lugte sie vorsichtig in den Flur, sie wollte nicht gleich jemandem begegnen. Erst musste sie im Bad in den Spiegel schauen und prüfen, ob sie sehr verheult aussah.

Sie hörte Amelie und Julien in Juliens Zimmer.

Der Flur war frei. Sie huschte schnell aus dem Zimmer, lief die Treppe runter und rannte zum Bad. Auch das Bad war frei.

Ein Blick in den Spiegel verriet ihr, dass man ihr nichts mehr ansah, obwohl sie sich furchtbar fühlte. Sie hatte Kopfschmerzen, sie war übermüdet und hatte null Energie.

Schnell spritzte sie sich kaltes Wasser ins Gesicht, kämmte ihr verklettetes Haar und putzte sich die Zähne. Da klopfte auch schon der nächste an die Tür.

„Ich muss mal!" Das war Julien.

Sophia öffnete und lief wieder in ihr Zimmer.

Sie konnte eine der zwei neuen Hosen und auch ein neues T-Shirt und den neuen Pullover anziehen, die sie gestern mit Amelie gekauft hatte. Das war ein Trost, denn die Sachen sahen wenigstens gut aus und nicht so heruntergekommen, wie ihre alten Sachen. Zum Frühstück aß sie, wie Leonie, Cornflakes.

Amelie hatte auch ihr eine Brotdose gemacht und eine Flasche Wasser abgefüllt.

Als Leonie zum Bus ging, fuhr Sophia mit Amelie und Julien in Richtung Schwerin, David brachte Amber in die Kita.

„Dein Klassenzimmer findest du, oder? Frau Büchner hat gesagt, du hast heute sechs Stunden. Ich hole dich dann um 13:00 an der Schule bei der Bushaltestelle ab, okay?"

Sophia nickte kaum merklich, aber Amelie hatte das durch den Rückspiegel wahrgenommen.

Als sie ausgestiegen war, stand sie einen Moment unschlüssig an der Straße. Es widerstrebte ihr völlig, die wenigen Schritte über den Schulhof zum Gebäude zu gehen.

Langsam setzte sie sich dann doch in Bewegung. Wenn sie den mittleren Eingang nahm, kam sie oben zum Lehrerzimmer und Sekretariat und von dort fand sie den Weg zum Klassenraum, den Frau Büchner ihr gezeigt hatte.

Die Kinder schauten sie teilweise komisch an, wie sie fand, aber sie tat so, als sehe sie sie nicht.

Sie fand den Klassenraum und stellte fest, dass erst zwei Schüler anwesend waren. Als sie den Raum betrat, sahen die zwei zu ihr herüber. Der eine war dick und hatte fettiges Haar, der andere war dürr und pickelig.

„Hey, bist du neu?", fragte der Dicke.

Sophia nickte.

„Du kannst dich da hinsetzen", der Dicke zeigte auf einen Platz hinten außen am Fenster. „Da sitzt nur Taylor. Der sitzt allein. Andere Plätze sind nicht frei."

Sophia ging zu dem Platz rüber und hoffte inständig, dass das stimmte und sie Niemandes Ärger auf sich ziehen würde.

„Wie heißt du denn?" Das war der Pickelige.

„Sophia."

„Ich bin Oliver. Woher kommst?" Das war wieder der Dicke.

„Aus Karmin."

„Ich heiße Jason Müller. Bist neu da?" Der Pickelige hatte ebenfalls den typischen mecklenburger Slang, bei dem die Endungen sehr breit gesprochen wurden. Aus jedem ER wurde dann ein langes Ä.

In dem Moment betraten zwei Mädchen den Raum, sodass das

Gespräch unterbrochen wurde. Darüber war Sophia ganz froh, denn sie wollte nicht weiter ausgequetscht werden und hässliche Typen konnte sie nicht ausstehen. Nicht, dass noch jemand auf die Idee kam, sie würde die Zwei mögen. Erstmal wollte sie wissen, wer noch so in der Klasse war. Man musste sich gut überlegen, mit wem man sich abgab, damit man später keine Probleme hatte und zu den Bescheuerten gehörte.

Bevor die Mädchen sie ins Verhör nehmen konnten, trafen dicht aufeinanderfolgend mehrere weitere Schüler ein. Es begannen sich Gespräche unter den Schülern zu entspinnen, sodass sich erstmal keiner mehr für Sophia interessierte. Sie beobachtete alle und versuchte, sich eine Bild von den Einzelnen zu machen. Gleichzeitig überlegte sie, wer wohl neben ihr sitzen würde.

Derjenige, -Taylor -, war offenbar noch nicht erschienen.

Dann kam Frau Büchner herein. Sie sah sich gleich um und entdeckte Sophia. „Guten Morgen!", rief sie laut.

Die Schüler sahen auf und verteilten sich auf ihre Stühle. Es wurde ruhiger.

„Wie ihr seht, haben wir eine neue Schülerin! Sophia", sie wandte sich Sophia zu. „Willst du dich selber vorstellen?"

„Hallo", brachte Sophia gepresst hervor. Sie wäre am liebsten im Erdboden versunken. Alle starrten sie an.

Nachdem Sophia nichts weiter sagte, sprach Frau Büchner weiter. „Ja, also Sophia wird jetzt in unsere Klasse gehen. Sie ist neu nach Karmin gezogen. Ihr könnt euch ja in der großen Pause mit ihr unterhalten, wenn ihr sie kennenlernen möchtet. Sophia...", sagte Frau Büchner nachdenklich und sah sich mit ratlosem Blick um. „Mir..."

In diesem Augenblick betrat ein großer, schlaksiger Typ das Klassenzimmer, bemerkte Sophia und stackste schlurfend auf sie zu. Er ließ sich neben ihr auf den Stuhl fallen und grinste sie breit an.

„....gefällt nicht, dass du da neben Taylor sitzt...", beendete Frau Büchner ihren Satz.

Taylor fiel das Grinsen aus dem Gesicht und er riss seinen Blick von Sophia los und richtete ihn auf Frau Büchner. „Was? Aber Frau Büchner, das meinen sie nicht im Ernst!" Er klang sehr niedergeschlagen, geradezu fassungslos.

Sophia konnte nur vermuten, dass das Sarkasmus war.

Einige kicherten.

„Was spricht dagegen, dass Billie Eilish neben mir sitzt?" Taylor ließ sich mit dem Stuhl zurückwippen und sah Frau Büchner mit einem provokativ-ratlosen Blick an.

Alles lachte.

Sophia wusste nicht, ob sie erstaunt oder wütend sein sollte, oder ob es ihr einfach nur peinlich war.

Frau Büchner schien nicht weiter zu wissen. „Ich weiß aber auch nicht, wo ich dich sonst hinsetzen soll. Es ist ja weiter kein Platz frei..."

So blieb Sophia also neben Taylor sitzen.

Der Unterricht begann mit dem Fach Deutsch. Sophia stellte sich auf eine anstrengende Stunde ein. Hoffentlich würde sie nicht drangenommen werden. Sie hasste Deutsch. Besonders in Deutsch war es unglaublich anstrengend, zu verheimlichen, dass sie kaum Lesen konnte.

Amelie sah Sophia schon am Straßenrand stehen, als sie sich mit dem Auto näherte. Sie blickte zur Radiouhr, aber die sechste Stunde war gerade erst zuende gegangen.

Sie hielt und Sophia stieg ein.

„Hi, wie war dein erster Tag?" Amelie fuhr wieder an.

„Okay."

„Hast du nette Klassenkameraden?"

„Klar."

Amelie seufzte innerlich. Sophia war also weiterhin verschlossen wie immer. Sie drosselte die Geschwindigkeit, als sie in Pokrent einfuhren. „Hast du Hausaufgaben?"

„Nee."

„Okay. Wenn du Hausaufgaben bekommst und Hilfe brauchst, kannst du mich jederzeit fragen."

„Mach ich."

Vielleicht war Schule auch einfach ein ätzender Gesprächsstoff. „Ich koche gleich", wechselte Amelie das Thema. „Hat dir das Brot geschmeckt?"

„Ja."

„Wenn du lieber etwas anderes mit zur Schule nimmst, musst du das sagen. Ich besorge dir das gerne."

„Nein, ich esse eh nicht viel in der Schule."

„Was isst du denn gerne?" Vielleicht war es sinnvoller, Fragen zu stellen, auf die nicht mit „Ja oder „Nein" geantwortet werden musste.

„Ich mag eigentlich alles."

Amelie konnte sich das laute Seufzen gerade noch verkneifen und seufzte doch innerlich. Tja, es half nichts, sie würde eben alles selber herausfinden müssen, durch Probieren.

„Heute mache ich gebratene Nudeln mit Käse und Tomaten." Amelie blickte in den Rückspiegel, um zu sehen, ob Sophias Miene etwas darüber verriet, wie sie das fand, aber Sophia guckte aus dem Fenster. Regungslos.

Als Amelie auf die Hofeinfahrt auffuhr, stellte sie überrascht fest, dass sie den Rest der Fahrt über geschwiegen hatten. Sie sah in den Rückspiegel und traute ihren Augen kaum. Sophia schlief.

Amelie fuhr vor die Haustür und brachte das Auto zum Stehen. Dann betrachtete sie Sophia im Rückspiegel.

Amelie spürte sofort einen starken Beschützerinstinkt. Am liebsten hätte sie Sophia in den Arm genommen. Sie wirkte so klein und zart und dünn und blass.

Konnte die Schule sie so angestrengt haben?

Schlief sie sonst vielleicht nicht gut?

Es war überhaupt unfassbar, dass dieser Zwerg fünfzehn Jahre alt sein sollte!

In diesem Moment kam Amelie in den Sinn, dass sie vielleicht in den kommenden Tagen mal mit Sophia zum Arzt fahren sollte. Vielleicht hatte Sophia gesundheitliche Probleme, ein schlechtes Immunsystem, Vitaminmangel, irgendwas, was ihr heimlich schadete...

Was sollte sie jetzt tun? Sophia wecken? Sie schlafen lassen im offenen Auto? So hatte sie es zuletzt auch mal mit Amber gemacht, wenn die im Auto eingeschlafen war...

Tja, schlafen lassen war sicher besser. Es hatte schon seinen Grund, wenn sie eingeschlafen war.

Amelie drehte sachte den Schlüssel, der Motor ging aus.

Sophia schien all das nicht zu bemerken.

Amelie öffnete leise die Tür und wollte aussteigen, aber da regte sich Sophia bereits und öffnete die Augen.

Amelie sah, dass Sophia sich sofort kerzengerade aufrichtete. „Wir sind da, du hast geschlafen! Bist du so müde von der Schule?"

„Nein, ich habe nicht geschlafen. Ich hatte nur die Augen zu."

Amelie wusste genau, dass das nicht stimmte, aber sie wollte Sophia nicht weiter nerven, also beließ sie es dabei.

6

Der Freitagvormittag verging auch und als Amelie Sophia von der Schule abgeholt hatte, - diesmal hatte sie zuvor Amber eingesammelt -, fuhren sie gemeinsam nach Ratzeburg, Joel vom Zug abholen.

Amber war ganz aus dem Häuschen. Sie saß hinten neben Sophia und zappelte aufgeregt herum. Amelie wusste, wie viel ihr an ihrem großen Bruder lag. Sie hatte noch immer nicht verstanden, warum er ausgezogen war.

Julien war mit Leonie zuhause geblieben. Die beiden wollten gemeinsam bei den Pferden ausmisten. Sophia hätte auch zuhause bleiben können, aber Amelie hatte kein gutes Gefühl dabei, sie den ganzen Nachmittag allein zu lassen.

Als sie auf den Kopfsteinpflasterweg einbogen, der zum Hauptbahnhof führte, hatte Amber sich bereits abgeschnallt.

„Amber, du darfst dich erst abschnallen, wenn wir gehalten haben!", ermahnte Amelie ihre Jüngste. Dabei war sie froh, dass der Floh wenigstens die Tür noch nicht aufgerissen hatte. Sie sah, das Sophia Amber verständnislos beobachtete.

Amelie nahm den letzten freien Parkplatz in Beschlag und stellte den Motor ab.

Der Zug war noch nicht eingetroffen.

Sie stiegen aus und Amelie musste Amber an die Hand nehmen, weil die wie ein Flummi herumhüpfte.

„Wo ist Joel?!"

„Der Zug wird gleich eintreffen."

„Wo hält der Zug?"

„Na, gegenüber. Hier fährt er Richtung Hamburg."

„Gehen wir auch rüber?" Amber sah Amelie flehend an.

„Okay, dann müssen wir zur Schranke."

Sie stellten sich vor der Schranke auf.

„Sieh mal, dass die Schranke schon heruntergelassen wurde bedeutet, dass der Zug gleich kommt", erklärte Amelie Amber.

In diesem Moment rollte der Zug auch schon heran.

„Ich habe ihn nicht gesehen!", schrie Amber gegen den Lärm an. Ihre Stimme verhieß Enttäuschung.

Amelie musste lächeln. „Schätzchen, das kannst du auch nicht. Aber er wird gleich aussteigen." Sie tätschelte beruhigend Ambers kleines Händchen.

Der Zug kam zum Stehen und die Schranke öffnete sich. Amber zog Amelie über die Gleise und Sophia folgte langsam. Die Türen öffneten sich und Amber blickte sich unruhig um. Da entdeckte sie Joel. Sie riss sich los und rannte ihm entgegen. „Joel! Joel!", schrie sie.

Die Leute wichen ihr überrascht aus und sie stürmte Joel mitten in die Arme.

Der, mit seinen 1,95 Metern große, blonde Joel wirkte mit seiner ruhigen Art wie ein krasser Gegensatz zu seiner gerade einmal halb so großen, braunblonden, ungestümen Schwester. Er ließ seine Tasche einfach zu Boden fallen, beugte sich herunter und streckte seine Arme aus, während sich auf seinem Gesicht ein freudiges Grinsen breit machte.

Als Amelie ihren Großen endlich begrüßen durfte, hing Amber wie ein Klammeräffchen an Joels Hals und machte keinerlei Anstalten, ihn wieder loszulassen.

Amelie nahm Joel dennoch in den Arm, sodass dieser sich zu ihr herunterbeugen musste.

Sie wusste, dass er das nur zuließ, weil Amber sowieso schon an ihm dran hing. Sonst wäre ihm das zu peinlich gewesen.

Sophia stand etwas abseits.

Joel sah zu Sophia herüber.

Amelie bemerkte den Blick und nahm die Gelegenheit wahr, die beiden einander vorzustellen.

Auf der Rückfahrt musste Sophia vorne sitzen, weil Amber darauf bestanden hatte, dass Joel bei ihr saß und Joel kein riesengroßes Theater am Bahnhof wollte.

Im Schnellverfahren durfte Joel sich von Amber anhören, was sie die vergangenen Wochen alles erlebt hatte.

Joel wollte auch gerne erzählen, er war offensichtlich in guter Stimmung, aber Amber ließ ihn nicht zu Wort kommen.

Amelie beobachtete im Rückspiegel, dass er das mit einem gutmütigen Lächeln still über sich ergehen ließ. Sie fand, dass er ziemlich gelassen war, seit er zur Ausbildung in Hamburg lebte.

Amelie war jetzt schon klar, dass sie keine Gelegenheit haben würde, Joel in Ruhe zu sprechen, bis Amber und schließlich auch Julien im Bett waren.

So kam es auch. Erst gegen 21:00 Uhr kehrte ein wenig Ruhe ein.

Amber und Julien waren im Bett, Sophia hatte sich auch bereits zurückgezogen, - sie war immerhin zum Abendessen dazugekommen, dann aber in ihrem Zimmer verschwunden -, David, Amelie, Leonie und Joel setzten sich ins Wohnzimmer.

„Seltsam, jetzt, wo jemand anderes in meinem Zimmer wohnt...", stellte Joel fest, während David ziemlich geräuschvoll den Ofen erst säuberte und dann entfachte.

„Tja, und sie wohnt da wirklich. Immer. Sie kommt im Grunde nie raus!", raunte Leonie Joel verschwörerisch zu.

„Aha?!" Joel wusste offenbar nicht, was er von dieser Äußerung halten sollte.

Leonie hatte kurz nachgedacht und musste dann lachen. „Man könnte meinen, es liegt am Zimmer. Du bist ja auch fast nie rausgekommen."

„Haha." Joel stieß seine Schwester mit dem Ellenbogen in die Seite.

„Hört auf ihr Zwei. Nicht, dass sie euch noch hört und traurig wird!", flüsterte Amelie streng. „Erzähl lieber von dir! Wie geht es dir?" Sie sah Joel neugierig an.

„Gut geht's mir! Ich wollte euch etwas erzählen."

Alle sahen ihn gespannt an.

Joel grinste und sah, ohne den Kopf zu bewegen mit den Augen vom Einen zum Anderen. „Ich habe eine Freundin!"

Das Wochenende mit Joel wurde sehr schön. Er wirkte ausgelassen und vergnügt. Man merkte ihm an, dass er verliebt war. Er verbrachte geschlagene drei Stunden mit Julien beim Holzhacken und Stapeln, - das war Juliens Leidenschaft! -, malte vierzehn A-3-Bilder mit Amber und sah sich mit Leonie Teil 3 und 4 der Harry Potter Verfilmungen an. Leider konnte Amelie Sophia nicht überreden, mitzugucken.

Am Sonntag brachten sie Joel wieder zum Zug. Amber war sehr unglücklich und ließ sich nur von David ablenken, der mit ihr ins Schwimmbad fuhr, während Amelie, Leonie und Julien Joel nach Ratzeburg brachten.

Als sie wieder zurück waren, schaute Amelie nach, welche Lebensmittel Sophia sich aus der Speisekammer stibitzt hatte und notierte diese auf einem Zettel, um sie morgen einzukaufen. Es zeichnete sich ab, dass Sophia Kekse jedweder Art liebte, aber auch verschiedenen Obstsorten nicht abgeneigt war. Amelie hatte begonnen, unterschiedliche Sachen zu kaufen, um herauszufinden, was Sophia mochte.

Amelie fühlte sich hin und her gerissen. Einerseits freute sie sich, dass Joel so gut drauf war, andererseits ahnte sie, dass er in den kommenden Wochen selten zu Besuch kommen würde. Als Amelie Amber ins Bett brachte, fand sie schwer die richtigen Worte, um Amber zu trösten, denn sie wollte sie auch nicht belügen, indem sie behauptete, er werde bestimmt am kommenden Wochenende wieder kommen.

Schließlich schlief Amber nach einer Dreiviertelstunde Rückenkraulen ein und Amelie schlich sich ins Wohnzimmer.

Sie lauschte bei Sophia, um festzustellen, ob sie ihr noch Gutenacht sagen konnte, oder ob sie schon schlief. Sie erstarrte, als sie feststellen musste, dass Sophia wieder einmal vor sich hin weinte. Wie immer klopfte sie, erhielt aber keine Antwort und beließ es schließlich dabei.

Julien schlief gerade ein, David hatte mit ihm gelesen, antwortete aber im Halbschlaf noch auf Amelies Gutenacht mit einem „Hm...."

Nur bei Leonie brannte das Licht und der CD-Recorder lief noch. Leonie lag auf dem Bett und bearbeitete ihr Pferdealbum.

„Hast du alles für die Schule erledigt?" Amelie setzte sich neben sie und besah, was Leonie schrieb.

„Ja."

„Es ist jetzt Schlafenszeit."

„Aber ich wollte noch die CD zuende hören."

„Okay, aber danach wird schnell geschlafen. Sonst kommst du morgen nicht aus dem Bett."

Die darauffolgende Woche verging sehr schnell. Bei der Arbeit hatte sie zwei recht aufwendige Verfahren zu bearbeiten, - neben den sonst laufenden Verfahren natürlich -, die ihr eine Menge Konzentrationsvermögen abverlangten. Dann die viele Autofahrerei und die üblichen Termine. Wie im Flug kündigte sich schon wieder das nächste Wochenende an.

Leider hatte auch diese Woche nicht dazu geführt, dass Sophia ihren Platz in der Familie gefunden hatte. Weiterhin war Sophia nach der Schule sofort in ihrem Zimmer verschwunden, hatte die Mahlzeiten gemieden und sich stattdessen selbst in der Speisekammer bedient.

Amelie hatte das Gefühl, auf ganzer Linie zu versagen. Sie hatte keine Ahnung, was sie tun konnte, um es Sophia leichter zu machen. Sie hatte sich das Ganze tatsächlich anders vorgestellt. Womöglich wäre es anders gewesen, wenn sie zumindest einen Kurs hätten vorher besuchen können, eine Supervision oder etwas derartiges, wo sie gelernt hätten, wie sie mit dieser Situation umgehen sollten. Immerhin hatte Frau Runge am Donnerstag angerufen und mitgeteilt, dass ein Kurs für sie und David am 23. März beginnen würde.

Was ebenfalls ein Lichtblick war, war, dass Sophia in der Schule zurecht zu kommen schien, denn sie bat niemals um Hilfe bei den Hausaufgaben.

In dieser Woche hatten sie einen wichtigen Untersuchungstermin in der Lübecker Uniklinik mit Amber gehabt. Gehör und Sprachentwicklung waren dort gründlich untersucht worden, nachdem die HNO-Ärztin zu dem Ergebnis gelangt war, dass dort vermutlich Beeinträchtigungen bestanden.

Dieses Thema hatte die Familie schon lange begleitet.

Amber hatte bereits zahlreiche Mittelohrentzündungen gehabt und war häufig, sowohl zu Hause, als auch in der Kita damit aufgefallen, dass sie offensichtlich nicht gut hörte.

Sie waren bereits vor zwei Jahren zum ersten Mal mit ihr bei einer anderen HNO-Ärztin gewesen, die auch bereits festgestellt hatte, dass die Trommelfelle von Amber in Mitleidenschaft gezogen waren, die aber damals noch hatte abwarten wollen.

Sie hatten eine Kortisontherapie bei Amber durchgeführt, die die Infekte deutlich zurückgehen lassen hatte, aber dennoch hatte es immer wieder Phasen gegeben, in denen sie offensichtlich nicht gut hörte.

Schließlich hatten sie eine andere HNO-Ärztin aufgesucht und die hatte in regelmäßigen Abständen Untersuchungen durchgeführt, die jedesmal zu anderen Ergebnissen geführt hatten, sodass inzwischen alle dachten, sie würden alle miteinander spinnen.

Die letzte Untersuchung hatte nun wieder ergeben, dass das Gehör wohl doch beeinträchtigt war und nun hatte die HNO-Ärztin sie zu einem Professor an der Uniklinik geschickt.

Es war ein langer Termin mit mehreren Untersuchungen geworden, mit dem Ergebnis, dass eine möglichst zeitnahe OP empfohlen wurde. Die Ohren waren beeinträchtigt und die sprachliche Entwicklung dadurch verzögert. Das sollte im Anschluss an die Operation durch eine Sprachtherapie verbessert werden, damit rechtzeitig zur Einschulung keine Beeinträchtigung mehr bestehen würde. Der Professor hatte empfohlen, einen Termin mit der HNO-Ärztin zu vereinbaren, damit von dort aus die OP möglichst zeitnah geplant werden konnte.

So wollten sie auch verfahren. Amelie hatte bereits einen Termin für den 17. März vereinbart, früher hatten sie keinen bekommen.

An diesem Wochenende kam Joel, wie von Amelie bereits im Vorfeld vermutet, nicht zu Besuch.

Amber ließ sich damit trösten, dass David mit ihr und Julien ins Schwimmbad fuhr. David und Amelie hatten besprochen, dies regelmäßig zu machen, damit Julien seine Schwimmfähigkeiten festigen und Amber schwimmen lernen konnte.

In der darauffolgenden Woche geschahen dann zwei Überraschungen. Erst wurde am Freitag seitens der WHO eine internationale Notlage ausgerufen, weil sich das Corona-Virus so schnell ausbreite, wobei der Generaldirektor der WHO zugleich ausdrücklich keine Maßnahmen wie in China empfahl, die unnötig den internationalen Handel und Verkehr einschränkten. In den Nachrichten wurde seitens der Regierung erklärt, dass nicht zu erwarten sei, dass in Deutschland irgendwelche Einschränkungen vorgenommen werden müssten. Anderslautende Äußerungen seien abwegig und überzogen. Am selben Tag rief Frau Büchner an und erklärte zu Amelies großem Erstaunen, dass Sophia gar nicht gut zurecht käme in der Schule.

Amelie sprach eine ganze Weile mit Frau Büchner. Frau Büchner machte sich Sorgen wegen Sophia und hatte sich deswegen entschlossen, einfach mal anzurufen, um darüber zu sprechen, wie es weitergehen konnte, ob man Sophia irgendwie helfen konnte. Amelie war sehr vor den Kopf gestoßen, weil sie überhaupt nicht wusste, was los war. Sophia hatte ihr gegenüber stets beteuert, sie käme prima zurecht. Frau Büchner hingegen wies Amelie daraufhin, dass Sophia noch nicht ein einziges Mal ihre Hausaufgaben gemacht hätte, dass sie im Unterricht nicht mitmachte und jede Teilnahme am Unterrichtsgeschehen verweigerte.

Amelie konnte nichts zu all dem sagen. Sie würde erst einmal mit Sophia sprechen müssen.

Mit Frau Büchner verblieb sie dahingehend, dass sie zurückrufen würde, sobald sie mit Sophia gesprochen hätte.

Als sie gegen 15:00 Uhr mit Julien und Amber zu Hause angekommen war, - Sophia war bereits von David abgeholt worden und Leonie mit dem 14:00 Uhr-Bus gefahren -, bat sie Julien und Amber, sie kurz mit Sophia sprechen zu lassen.

„Deine Lehrerin hat mich heute angerufen", begann sie, im Türrahmen stehend. Sophia saß am Schreibtisch.

Als seitens Sophias keine Reaktion erfolgte, sprach Amelie weiter. „Sie sagt, dass du deine Hausaufgaben nicht machst?!" Amelie sprach ruhig und etwas lavierend. Sie wollte Sophia nicht mit zu viel Strenge in der Stimme verunsichern. Schließlich wusste sie ja auch nicht, was hinter der Sache steckte.

„Äh...doch, ich mache immer die Hausaufgaben."

„Okay?..." Amelie wusste nicht, was sie von dieser Antwort halten sollte. „Aber warum sagt Frau Büchner etwas anderes?"

„Ich zeige sie ihr nicht."

„Gut, verstehe, aber warum nicht? Dann kann Frau Büchner ja nicht wissen, dass du sie gemacht hast."

„Ich mag das nicht."

„Aber es ist wichtig, verstehst du, Frau Büchner muss von dir das

Gleiche verlangen, wie von allen anderen."

Sophia regte sich nicht. Amelie spürte, dass das so keinen Sinn machte, mit ihr zu sprechen. „Hast du Angst, es könnte falsch sein?"

„Nein, ich kann das ja alles."

Amelie war nicht sicher, ob das stimmte, denn die bisherigen Zeugnisse sprachen nicht unbedingt dafür, dass Sophia den Lernstoff beherrschte, aber sie wollte ihr auch nicht unterstellen, dass sie schwindelte.

„Soll ich mir die Sachen mal ansehen?"

„Nein. Ich werde morgen zeigen, was ich gemacht habe."

„Okay...", Amelie hatte wieder einmal das Gefühl, gegen Luft zu boxen. Sie wusste, sie brauchte nicht weiter zu versuchen, Sophia zu erreichen. „Das wäre super! Und du kannst mich immer um Hilfe bitten. Frau Büchner auch."

„Ja."

„Möchtest du etwas essen?"

„Ich habe schon gegessen. Das Schulbrot."

Amelie konnte Kekskrümel auf dem Boden sehen. Der Mülleimer unter dem Schreibtisch quoll beinahe über vor lauter Lebensmittelverpackungen. „Ich kann dir später mal den Staubsauger bringen und den Müll kannst du einfach draußen in der Tonne ausleeren. Weißt du, wie die Mülltrennung funktioniert?"

„Ja."

„Okay, dann... also, dann bis später..."

„Ja."

Amelie zog die Tür hinter sich zu. Sie schloss die Augen und ließ den Kopf nach hinten kippen, atmete tief durch. Wie sollte sie bloß an Sophia herankommen? Wenn nur endlich dieser Kurs anfing. Sollte sie nochmal Frau Runge anrufen und ihr von den Problemen mit Sophia erzählen? Aber wenn sie an das Gespräch im Büro von Frau Runge zurückdachte, dann graute ihr davor, sie anzurufen. Was sollte solch ein Gespräch nützen? Sie wollte sich lieber gar nicht vorstellen, was dann wieder für Vorurteile und Vorbehalte kämen.

Sie rieb sich über die Augen und seufzte leise. Nein, sie würde lieber später nochmal mit David sprechen.

Im Verlauf des Tages war dann noch ein Gespräch mit Leonie fällig, die völlig genervt war von dem Corona-Thema, dass die Medien, die Hofpausen und die Gespräche unter den Kindern beherrschte.

Das Wochende verbrachten sie wieder ohne Joel, aber dafür lud er alle für das darauffolgende Wochenende zu sich in die WG ein.

Man könnte doch gemeinsam essen gehen, dann könnten sie seine neue Freundin kennenlernen.

Am Montag war Sophia krank. Sie äußerte starke Kopfschmerzen und Übelkeit. Wieder kam Amelie in den Sinn, dass sie vorgehabt hatte, mal mit Sophia zum Arzt zu fahren. Im Alltagsstress kamen manche Dinge einfach zu kurz und das rächte sich nun offenbar. Ihr blieb nichts anderes übrig, als Sophia über den Vormittag allein zu lassen, wenigstens konnte sie ihr Davids Handynummer hinlegen, sodass sie diesen jederzeit anrufen konnte.

Bei der Arbeit erfuhr Amelie dann durch die Nachrichten, dass der Flugverkehr stark eingeschränkt werden sollte. Sie konnte sich nicht entsinnen, solche Maßnahmen jemals aufgrund einer Infektionskrankheit erlebt zu haben.

Ihr erschienen diese Vorgänge einerseits weit weg, andererseits aber auch surreal, als würde sich etwas anbahnen, was sich nicht recht einordnen ließ.

Sie las, dass seitens der USA die Einschätzung bestand, es handele sich um eine Grippe, die mit anderen Grippeerkrankungen der Vorjahre vergleichbar sei. Dennoch erschien es ihr, als verdränge das Thema längst wichtige Themen, die bedeutende Fragen aufwarfen. Etwa den Cum-Ex-Skandal oder die Verwerfungen der EU mit Russland oder der Türkei und auch die Krise, die sich zwischen USA und Iran anbahnte oder das Drama um Assange.

Sie beeilte sich, möglichst einige Akten weiterzubearbeiten, sodass die Anzahl von Bergen, die sich in ihrem Büro auf dem Schreibtisch, dem Boden und dem Tisch an der Tür stapelten sichtlich zusammenschrumpfte, bevor sie die Staatsanwaltschaft um 14:00 Uhr verließ. Morgen würde sie zu Hause bleiben können, um sich Zeit für Sophia zu nehmen. Sie hatte abgesprochen, dass Lisa die Sitzungsdienste morgen für sie übernahm und sie dafür Mittwoch für Lisa einsprang. Die Akten für diese Verhandlungen hatte sie mitgenommen, um sich zu Hause darin einzuarbeiten.

Amelie sammelte Julien an der Schule ein und gemeinsam kauften sie auf dem Rückweg in Medewege im Bioladen ein. Hier war die einzige Möglichkeit, an Rohmilch zu kommen.

Während sie die Strecke von Schwerin nach Hause fuhren, überlegte Amelie, wie sie den morgigen Tag möglichst qualitativ mit Sophia verbringen konnte.

Zu Hause jedoch holte sie gnadenlos die Realität ein. Leonie wartete schon dringlich auf Amelie, denn sie brauchte Hilfe, bei einem Vortrag, den sie über Hamburg vorbereiten sollte. Sie sollte ihn auf Französisch halten. Als Leonie ihr das eröffnete, kam Amelie in den Sinn, dass sie gestern Teig für Franzbrötchen begonnen hatte, die heute fertig gemacht werden wollten und Julien fiel just wieder ein, - als er von den Franzbrötchen und dem Französischreferat hörte -, dass er im Französischunterricht erklärt hatte, er könne natürlich mit Mama aus Knete Früchte und Gemüse basteln für das Lied, dass sie auf der Monatsfeier aufführen wollten. Gerade als er damit herausrückte, mündete Ambers bereits mitgeteilte Übelkeit in einem Fiasko, dass sich über den kompletten Küchenboden ergoss.

Ein positives Moment aber war diesem ganzen Schauspiel abzugewinnen, nämlich: Als der Inhalt von Ambers Magen den Küchenboden zierte, ging es ihr wieder deutlich besser, sodass sie das Wehklagen beenden konnte und sich damit zufrieden gab, „nur noch" auf Amelies Arm herumgetragen zu werden. Damit war jedenfalls auch das Backen keine Option mehr, fürs Erste, aber davon hatte sich Amelie ohnehin bereits verabschiedet, als Leonie und Julien ihr ihre Vorhaben offenbart hatten.

Amelie setzte also Teewasser auf, verlegte das Lernen von der Küche ins Wohnzimmer oben, damit Amber sich aufs Sofa neben sie legen konnte, wies Julien an, die Knete aus dem Arbeitszimmer zu holen und bat Leonie, ihre Schulsachen ins Wohnzimmer zu bringen. Dann legte sie Amber aufs Sofa, zog ihr Schlafzeug an und schleppte ihr Kissen und ihre Decke, die gewünschten sieben Kuscheltiere und drei Puppen herbei und wischte den Küchenboden auf, während sie Anis-Kümmel-Fencheltee ziehen ließ und Leonie ihre Französischsachen auf dem Wohnzimmertisch ausbreitete.

Als der Tee für Amber, die Knete für Julien und eine Schachtel Kekse für alle außer Amber schließlich ihren Weg auf den Wohnzimmertisch gefunden hatten, war es bereits halb fünf.

„So, jetzt muss ich aber vorher nochmal Sophia Hallo sagen." Amelie erhob sich mühsam, sie war müde. Sie ging zu Sophias Tür und klopfte.

„Ja."

„Hallo Sophia, wie geht es dir?"

„Ich habe Kopfschmerzen." Sophia lag auf ihrem Bett. Sie hörte Musik mit ihrem Smartphone und Ohrstöpseln.

„Hast du heute genug getrunken?"

„Klar."

Amelie fragte sich innerlich, warum sie überhaupt fragte. Aber was sollte sie fragen?

„Hast du Hunger?"

„Nein."

„Hast du Erkältungssymptome? Ist dir übel?"

„Nein."

„Vielleicht ist es nicht gut, wenn du Musik hörst, ... mit Kopf-weh..."

„Das macht mir nichts."

„Was hörst du eigentlich gerne?"

„Och, alles so, was so läuft."

„Ich würde mir gerne Zeit für dich nehmen, aber ich werde jetzt mit Leonie und Julien für die Schule arbeiten müssen und Amber ist krank...."

„Okay..."

„Wie wäre es, wenn du zu uns ins Wohnzimmer kommst?"

„Lieber nicht, ich schlafe gleich..."

Amelie seufzte wieder einmal innerlich. „Morgen habe ich Zeit für dich." Ins geheim hoffte sie, dass das stimmen werde, denn auch Amber würde sie voraussichtlich morgen brauchen. Sie würde sich so gut es ging aufteilen. „Ich habe mir freigenommen und wir fahren mal zu unserem Hausarzt."

„Ich muss eigentlich nicht zum Arzt."

„Du bist doch krank."

„Ach, das wird auch so wieder."

„Ich würde dich aber gerne mal beim Arzt vorstellen. Erstmal ist es gut, wenn du unseren Arzt kennenlernst, damit du weißt, wo du hingehen kannst, wenn es dir nicht gut geht und dann hat er vielleicht Ideen, wie es dir besser gehen könnte."

„Ja", kam es ziemlich gepresst von Sophia.

Amelie wartete kurz, ob Sophia noch etwas sagen wollte, aber es kam nichts weiter. „Ich geh mal rüber. Du kannst gerne mit zu uns kommen."

„Nein."

Als Amelie an diesem Abend schlafen ging, war das Referat von Leonie fertig vorbereitet und sie und Julien hatten eine ganze Reihe verschiedener Früchte und Gemüse aus Knete gebastelt und in Brotdosen verstaut, damit er sie morgen gut transportieren konnte.

Die Franzbrötchen hatte sie fertig gebacken, als Amber bei David im Arm vor dem Fernseher, -David konnte gut damit leben, dass Yakari in Dauerschleife lief -, weggenickt war. Leider hatte Amber doch auch noch Fieber entwickelt, sodass Amelie davon ausgehen musste, dass Amber morgen ebenfalls zu Hause bleiben musste und es nicht mit dem einen Erbrechen getan war.

Am nächsten Morgen packte sie die Franzbrötchen für Leonie und Julien in die Brotdosen, beide liebten diese Hamburger Spe-zialität.

Gemeinsam mit Sophia und Amber brachte sie Julien zur Schule und fuhr dann weiter mit den Mädchen zum Arzt.

Sie war gespannt, wie sich Sophia dort verhalten würde. Sophia wirkte nicht gerade begeistert davon, zum Arzt zu fahren. Amber hingegen hing schlapp und blass in ihrem Kindersitz und schien von der Hoffnung zu zehren, Dr. Bach würde ihr ein Medikament geben, von dem die Übelkeit sofort verschwand.

Auf dem Rückweg vom Arzt nach Hause war Amelie wirklich frustriert. Das bezog sich keienswegs auf Amber, denn die hielt voller Zufriedenheit ein Röhrchen mit Globuli in der rechten Faust und war felsenfest davon überzeugt, dass diese ihr bereits mit den ersten zehn Kügelchen geholfen hatten. Nichtsdestotrotz war sie weiterhin ziemlich blass um die Nase und schlief sogar ein während der Fahrt. Es bezog sich vielmehr auf Sophia. Amelie war wirklich mit ihrem Latein am Ende. Weder als sie gemeinsam mit Dr. Bach gesprochen hatten, der sehr einfühlsam mit Sophia umgegangen war, noch als Sophia allein mit ihm hatte sprechen können, waren sie auch nur einen Schritt weitergekommen bei der Frage, was Sophia hinderte, in der Familie anzukommen, oder wo ihre Kopfschmerzen herrührten. Dr. Bach hatte keinerlei Draht zu ihr aufbauen können. Dabei hatte Amelie so sehr gehofft, dass er das vermocht haben würde.

Schweigend fuhren sie nach Hause.

7

Sophia tat es fast ein bisschen leid, dass Amelie sich so bemühte, aber vor allem nervte es. Amelie war nicht ihre Mutter und sie würde es auch nie werden. Sie gehörte hier einfach nicht hin. Amelie sollte weiter ihr schönes Leben mit ihrer Familie leben und sie in Ruhe lassen. Sie gehörte zu ihrer Mutter.

Sie starrte aus dem Fenster auf die beschädigte Fassade des seltsamen kleinen, roten Häuschens.

Zum Glück hatte sie Amelie überzeugen können, dass sie nicht in die Schule konnte, weil sie noch immer Kopfweh hatte.

David war auch zu Hause geblieben, weil Amber krank war, aber er war mit Amber vollauf beschäftigt.

Wie sie die Schule hasste.

Wie sie es hier hasste.

Sie hasste einfach alles.

Sie musste hier weg. Ja, heute würde sie Mama nochmal anrufen. Aber David durfte sie nicht hören. Der Empfang war ja auch grottig hier drin. Im roten Häuschen konnte sie bestimmt ungestört telefonieren.

Sie schnappte sich ihr Smartphone und machte sich auf den Weg aus dem Haus.

Draußen war es kalt. Aber die Sonne schien. Sie zog die Jacke eng um sich und lief geradewegs auf das rote Häuschen zu.

Irgendwas war an diesem Haus seltsam. Sie hatte immer das Gefühl, hier wäre etwas. Etwas Besonderes. Aber was sollte das sein?

Es war doch nur ein alter, hässlicher Schuppen. Wozu der wohl mal gebaut worden war?

Darin befanden sich nur Gerümpel und Schrott. Sie sah sich um. Wo konnte sie sich hinsetzen? Schließlich entdeckte sie einen Holzklotz. Sie drehte ihn sich zurecht und setzte sich darauf. Sie nahm das Smartphone und suchte die Nummer unter Kontakte. Es läutete.

„Ja", erklang eine Stimme am anderen Ende der Leitung. Es war Mamas Stimme.

„Mama, hier ist Sophia!" Sophias Herz hämmerte wild.

„Warum rufst du ständig an?"

Sophia spürte, wie ihr die Tränen in die Augen schossen. „Mama, ich will zu dir!"

„Das geht nicht... Ich ... muss arbeiten."

„Ich bin groß, du kannst so viel arbeiten, wie du willst!"

„Unsinn. Du bist doch jetzt in einer Pflegefamilie..."

„Aber hier ist es scheiße!"

„Ich habe auch gar kein Geld für dich."

„Ich brauche keines. Ich kann für mich selber sorgen... ich will nur bei dir sein."

„Die Wohnung ist auch zu klein."

„Aber es geht mir hier nicht gut. Ich will zu dir!"

„Wieso geht es dir nicht gut? Du kriegst doch bestimmt alles, was du brauchst."

„Sie... die behandeln mich nicht gut..."

„Wie meinst du das?"

Sophia überlegte gehetzt, was sie sagen sollte. Sie wusste, dass es nicht stimmte, aber sie musste Mama überzeugen, sie zu holen.

„Der Pflegevater hat mich schon mal geschlagen."

„Quatsch. Wieso denn? Hast du was Dummes gemacht."

„Weil ich die Hausaufgaben falsch hatte."

Schweigen am anderen Ende.

„Wirklich, ich muss hier weg!", drängte Sophia.

„Das geht nicht. Du musst deine Hausaufgaben eben auch machen."

„Aber..."

„Nein, Schluss jetzt. Ich lege jetzt auf."

Endlich war Freitag. Es war der 7. Februar, der letzte Schultag vor den Winterferien.

Amelie war froh, mal einige Tage weniger Stress zu haben.

Ihr ging auch auf die Nerven, dass die Medien, aber auch die Gespräche bei der Arbeit und im näheren und weiteren Umfeld nahezu nur noch von dem einen Thema beherrscht wurden und offenbar alle durchzudrehen begannen.

Das wunderte sie nicht. Es gab eigentlich immer ein Thema, dass die Aufmerksamkeit der Leute auf sich ziehen sollte und sie beschäftigen sollte. Solche Themen waren wie Steine, die man in den Weg der wesentlichen Themen warf, damit dort nicht weitergedacht wurde. Das einzige momentan, was sie an all dem wirklich erstaunte war, dass auch zu lesen war, dass in China innerhalb von zehn Tagen ein Krankenhaus aus dem Boden gestampft worden war. Unglaublich! Und dann Deutschland mit seinem Berliner Flughafen! Peinlich!

Sie wollte mit den Kindern und David über die Ferien Freunde in der Nähe von Köln besuchen.

Als gegen 16:00 Uhr alle zu Hause waren, auch David, packten sie für die Reise.

Gegen 19:00 Uhr waren sie abfahrbereit.

Sophia wirkte nicht, als wenn sie sich freute, aber das hatte Amelie auch nicht erwartet. Leonie, Julien und Amber hingegen freuten sich sehr.

Sie fuhren bis spät in die Nacht.

Endlich erreichten sie ihr Ziel. Draußen war es stockdunkel und alle waren sehr müde. Julien und Amber schliefen schon lange.

Sie wurden von Lilly, einer langjährigen Freundin von Amelie am Auto empfangen. Amelie stieg aus und umarmte Lilly stürmisch.

David stieg auch aus und nahm Amber auf den Arm. Julien und Leonie und Sophia hatten sich ihre Taschen geschnappt und standen nun ziemlich müde in der Dunkelheit. Lilly hatte eine Taschenlampe in der Hand, mit der sie ihnen den Weg leuchtete. Schließlich standen sie vor einem Zirkuswagen. Lilly stieg die Stufen zur Tür hoch und schloss auf. Die Tür knarrte leicht. Sie sprang runter und wich zurück. „Ich werde euch mal ankommen lassen, ihr kennt euch ja aus. Morgen sehen wir uns dann zum Frühstück bei mir. Schlaft schön." Amelie nahm Lilly in den Arm und bedankte sich, dann verschwand Lilly in der Dunkelheit.

David stieg die Treppe zur Tür hoch und betätigte den Lichtschalter. Warmes, gelbes Licht schien nun durch die Tür. Man konte nun sehen, dass der Wagen von außen blau gestrichen war.

Nach und nach stiegen alle die Treppe hoch und kurz darauf standen sie im Innern des Wagens. Es war ein großer Zirkuswagen.

Am hinteren Ende befand sich ein doppeltes Doppelstockbett, an der rechten Seite stand ein schmales Bett und links ein Tisch mit einem kleinen Kaminofen.

Neben der Eingangstür war eine Küchenzeile eingebaut.

„Endlich sind wir da!", rief Leonie. „Sophia, schlafen wir beide oben?"

Sophia sah Leonie mit verdutztem Gesichtsausdruck an. „Kann ich nicht lieber auf dem einzelnen Bett schlafen?"

Leonie zuckte mit den Schultern. Sie drehte sich Julien zu. „Schlafen wir dann oben?"

„Klar!" Julien machte sich gleich daran, mit seiner Tasche hochzuklettern. „Ich will auch schlafen, Ich bin müde."

„Legt euch einfach hin. Alles weitere erledigen wir morgen." David wuschelte Julien über den Blondschopf.

In dem Zirkuswagen war es einerlei, wo man stand, man kam von überall aus überall an.

Leonie kletterte hinter Julien her.

„Du kannst auch schlafengehen, Spatz." David ließ Amber auf dem unteren Doppelbett herab. Sie drehte sich um und gab keinen Mucks mehr von sich.

„Brauchst du noch etwas?" Amelie sah Sophia lächelnd an.

„Nein. Ich geh auch schlafen."

„Tu das."

Es dauerte nicht lange, bis alle eingeschlafen waren.

Am nächsten Morgen wachte Amber als erste auf. Sie weckte sofort alle, denn sie konnte kaum erwarten, zu Lilly rüberzulaufen und mit Sascha und Aljoscha zu spielen, Lillys Zwillingen.

Zum Frühstück gingen alle zu Lilly. Sogar Sophia. Sie hatte vermutlich Hunger. Hier konnte sie sich schließlich nicht selbst bedienen.

Lilly lebte in einem Zirkuswagen. Er war grün angemalt. Drinnen setzten sie sich an einen großen Tisch.

„Und du lebst jetzt bei Amelie und David?" Lilly lächelte Sophia freundlich an.

„Ja."

„Wo kommst du denn her?"

„Aus Hamburg."

Amelie konnte nicht umhin, festzustellen, dass sie gespannt war, ob Lilly mit ihrer feinen Art einen Zugang zu Sophia finden würde. Sie kannte Lilly seit der Schulzeit. Sie waren in die selbe Klasse gegangen. Lilly hatte als Erste aus der Klasse mit siebzehn ihr erstes Kind bekommen. Das war damals eine ziemliche Aufregung gewesen, aber inzwischen war Gabriel erwachsen und Lilly hatte drei weitere Kinder bekommen. Sie und Lilly hatten über die Jahre immer den Kontakt gehalten und verstanden sich noch heute so gut wie damals.

Amelie besuchte Lilly ein- bis zweimal im Jahr und Lilly besuchte sie genauso oft.

In diesem Moment ging die Tür auf und eine andere Frau betrat den Raum.

„Darf ich vorstellen?" wandte sich Lilly an Sophia."Das ist meine Frau Natasha.

„Die Tiere sind versorgt. Gibts noch Kaffee?", fragte Natasha mit deutlichem russischen Akzent.

„Können wir gleich zu den Tieren gehen?", rief Julien begeistert.

„Natürlich, Schatz!", Natasha strich Julien über die Wange. „Du bist groß geworden, seit eurem letzten Besuch. Solange ihr hier seit, kannst du eigentlich auch die Tiere versorgen."

Amelie warf einen Blick zu Sophia. Sie wirkte angespannt und misstrauisch.

Im Laufe des Tages ließen sie sich von Lilly und Natasha den Garten zeigen. Noch war alles im Winterschlaf, aber die Arbeiten hatten schon begonnen.

Sophia lief eher unbeteiligt hinter den Übrigen her und schien sich für nichts zu interessieren. Das änderte sich, als Gabriel eintraf. Amelie konnte eindeutig sehen, dass Gabriel Sophia gefiel. Sie beobachtete ihn kaum merklich und war von seinem Erscheinen an präsenter als zuvor.

Gabriel erzählte, dass er jetzt seine Ausbildung zum Veranstaltungstechniker abgeschlossen hatte und selbstständig arbeitete.

„Er kommt jetzt viel rum", erklärte Lilly.

„Ja und wir sehen ihn kaum noch!" Natasha war anzumerken, dass sie das einerseits bedauerte, aber sie sich andererseits für ihn freute.

„Heute Abend machen wir eine Feier, weil Gabriel zurück ist." Lilly sah vom einen zum anderen. „Und natürlich, weil ihr zu Besuch seid!"

„Sehr schön. Kommen auch die anderen alle?" David sah Lilly neugierig an.

Amelie wusste, dass er sich auch freute, die männlichen Bewohner der Siedlung wieder zu treffen, denn mit ihnen würde er ein Bier trinken können und sich mal bei den Frauen ausklinken können.

Lilly hatte natürlich erraten, worum es David ging. „Klar kommen alle. Fred, Mario und Eduard haben schon Becks besorgt. Um 19:00 geht's los. Wir treffen uns alle bei Eduard vor dem Wagen. Julien und Amber können mit Aljoscha und Sascha Holz suchen für ein Feuer und wenn Maja später mit der Arbeit fertig ist, dann bereite ich mit ihr Bazlama vor."

„Maja arbeitet jetzt?" Amelie sah Lilly überrascht an. Zuletzt hatte sie noch die Schule besucht. Maja war Lillys zweites Kind.

„Ja, Maja arbeitet bei Sahra in der Töpferwerkstatt. In der Schule ging es nicht mehr und eine Einrichtung wollten wir nicht für sie. Sie soll bei uns bleiben und Sahra kommt gut zurecht mit ihr."

Sahra war die Frau von Eduard und hatte eine Töpferwerkstatt in einem der Wagen. Sie verkaufte die Töpferwaren auf Märkten und Ausstellungen. Amelie konnte sich Maja gut in der Töpferwerkstatt vorstellen.

Sophia hatte geschlafen, dabei hatte sie das gar nicht beabsichtigt. Sie hatte sich hingelegt, nachdem sie alle draußen alles angesehen hatten, - was ziemlich öde gewesen war - und war wohl weggenickt.

In dem Moment fiel ihr Gabriel wieder ein. Der war nicht öde. Sie war mit einem Mal hell wach. Ob er auch auf dieser Feier sein würde, heute Abend? Sie musste sich auf jeden Fall zurecht machen.

Er hatte schon eine abgeschlossene Ausbildung und war Veranstaltungstechniker. Das war ziemlich cool. Bestimmt kam er viel auf Partys rum und tourte mit Promis. Und er war selbstständig. Das war auch cool. Nicht so ein Idiot wie die aus ihrer Klasse. Die konnten nur labern und lebten bei ihren beknackten Mamis und Papis in ihrer beknackten heilen Welt.

Vielleicht wurde diese Reise doch noch ganz interessant. Eigentlich hatte sie ja überhaupt keine Lust darauf gehabt. Und dann noch in diesem engen Wagen. Und was waren das alles für Spinner hier?

Die Wagen und der hässliche Garten, wo sie ihr Essen selber anbauten. Sogar jetzt hatte da noch Gemüsezeug gestanden. Weil es so warm war, den Winter über, hatte Lilly erzählt. Die fand das richtig toll. Kohl, grüner Kohl, oder so ähnlich, so ein gekräuseltes Zeug, Lauch und Kartoffeln. Nur Kram, den Sophia nicht mochte. Warum machte jemand sowas überhaupt? Hatten die keine Arbeit? Essen gab es in jedem Supermarkt. Wie konnte man nur so peinlich und ätzend sein? Und wie die auch rumliefen hier. Mit Ökoklamotten und Biolatschen im Winter! Echt zum Kotzen. Komisch, dass Gabriel nicht so ein Spinner geworden war. Dass es ihm hier nicht peinlich war?!

Und Gabriels Schwester arbeitete anscheinend in einer was? Einer Töpferwerkstatt? Scheiße... Was sollte man denn damit anfangen? Bestimmt war die so irre, wie ihre Mutter.

Lilly und Natasha, Lesben, äh.... Und das war Amelies Freundin? Ob die Männer, mit denen David Bier trinken wollte, auch so idiotisch waren? Wahrscheinlich schon, wenn die so lebten?!

Hier schien echt keiner normal zu sein. Aber egal. Sie konnte ja versuchen, sich mit Gabriel anzufreunden. Dann war das alles echt voll egal. Sollten die Erwachsenen halt machen, was sie wollten.

Ja, hoffentlich würde sie heute Abend die Gelegenheit haben, ihn besser kennenzulernen...

Sophia guckte auf ihr Smartphone, um die Uhrzeit abzulesen. Krass, schon halb sieben! Wo die anderen wohl waren? Naja, die schienen sich hier ja alle ganz toll zu amüsieren. Egal. Dann konnte sie sich jedenfalls ungestört umziehen. Sie hatte die neuen Klamotten mit, die von Amelie. Die waren schon gar nicht so schlecht. Das war immerhin cool von Amelie gewesen. Aber sie ließ sich nicht kaufen. Das war kein Grund, Amelie zu mögen.

Sie zog sich um, dann verließ sie den Wagen.

Sie sah sich um und fand Amber und Julien beim Holz sammeln. Vor einem der Wagen schichteten die beiden das Holz auf. Dort stand auch ein Tisch und um den Holzhaufen lagen Decken und Kissen. Sie hörte Davids Stimme mit anderen Männerstimmen gemischt.

Indem Moment griff jemand von hinten nach ihren Schultern. Sie versteifte sich vor Schreck.

„Hi Sophia, da bist du ja! Such dir einen Platz am Feuer, also da, wo das Feuer gleich angemacht wird." Lilly strahlte Sophia fröhlich an.

Sophia zwang sich ein Lächeln ab. „Okay." Die waren hier echt verrückt.

Sophia sah, wie Lilly wieder zu ihrem Wagen lief. Sie setzte sich, wie geheißen auf eine der Decken.

Da kam ein Mädchen aus Lillys Wagen. Sie wirkte unsicher auf den Füßen und sah zu Sophia rüber. Dann kam sie direkt auf Sophia zu. Sophia stellte entsetzt fest, dass es eine Behinderte war. „Nicht herkommen!", schoss es ihr durch den Kopf, aber es bestand kein Zweifel, sie wollte zu ihr kommen.

„Hallo!", rief das Mädchen mit tiefer, lallender Stimme.

„Hallo", erwiderte Sophia gezwungen. Sie konnte gar nicht hinsehen. Sie hatte noch nie näher mit Behinderten zu tun gehabt, aber das wollte sie auch gar nicht. Keiner mochte die, die waren unheimlich.

„Mama hat ...esagt, ich soll mich su dir setzen und mich mit dir un...erhalten."

„Okay...", Sophia wäre am liebsten weggelaufen.

„Ich bin Maja." Maja grinste breit und hielt ihr die Hand hin.

Sophia nahm zögerlich die Hand und zog sie dann schnell wieder zurück.

Maja setzte sich neben sie. „Gleich machen wir Feuer, ich ma... Feuer."

„Hm." Sophia starrte nach vorne. Sie wollte Maja nicht ansehen.

„Ich ha... mit Mama Essen ...emach...."

„Hm."

„Wills...u nich... reden?"

„Nee."

Eine Weile saßen sie schweigend nebeneinander, dann stand Maja mühsam auf und lief wieder in den Wagen. Sophia hatte ihr deutlich angemerkt, dass sie enttäuscht war, aber was sollte sie machen? Hier war echt keiner normal. Aber dann erschien Gabriel und darüber freute sie sich. Ob er sich zu ihr setzte?

Ja, er tat es. „Hi, hast du ausgeschlafen?" Er grinste sie an.

„Woher weißt du das?", fragte sie misstrauisch.

„Wir sind hier im Dorf, also echt im Dorf. Hier weiß man alles." Er schnipste Grashalme kaputt. „Du kommst aus Hamburg, oder? Da war ich gerade. Hatte dort einen Job."

„Und wie lange bleibst du jetzt hier?"

„Weiß nicht. Mal sehen. Wenn ein Auftrag kommt, bin ich wieder weg."

„Hast du viel Arbeit?"

„Ich arbeite immer nur soviel, wie ich Lust hab. Wenn genug Geld füs Jahr zusammen ist, dann mach ich nix mehr, also keine Aufträge. Dann mach ich, worauf ich Lust habe."

„Also verdienst du nicht viel?"

„Das habe ich nicht gesagt. Halt genug. Genug ist doch viel, oder nicht?"

„Weiß nicht. Warum willst du nicht mehr verdienen? Dann kannst du dir mehr leisten."

„Was denn?"

„Keine Ahnung!" Was war das für eine blöde Frage. Sophia verstand Gabriel nicht so recht. „Ein Auto?"

„Ich hab ein Auto."

„Was für eins?"

„Wieso willst du das denn wissen? Einen Toyota Yaris."

„Dann kannst du dir ein besseres leisten."

Er überlegte kurz. „Ich will lieber Zeit haben.

Irgendwie war es anstrengend mit Gabriel zu reden. Er war auch komisch.

„Wollen wir auch was trinken? Hast du Bier da?"

Gabriel sah sie überrascht an, aber nur kurz. „Bier? Magst du das? Du kannst meinetwegen eins haben. Ich hol dir eins. Erlaubt Amelie das?"

„Keine Ahnung, sie muss es ja nicht wissen."

„Aber ich geh jetzt nicht hier weg, eigentlich, es ist ja eine Feier für alle."

„Hat doch noch gar nicht angefangen."

Er schien zu überlegen. „Nee, ich hol mal meine Gitarre."

Als Gabriel sich wieder gesetzt hatte, begann er auf der Gitarre zu spielen.

Sophia war sauer, das er sie so abblitzen lassen hatte.

Wo war sie hier bloß gelandet?

Nun kamen auch die anderen, teilweise kannte Sophia sie noch gar nicht.

Sie beobachtete, was die anderen machten und sah schließlich zu, wie Eduard das Feuer entfachte. Julien und Amber und die Zwillinge waren in heller Aufregung.

Dann lauschte sie wieder dem Klang der Gitarre. Sie spürte, wie ihre Wut sich auflöste, während die Zeit dahinfloss. Irgendwie gefiel ihr die Gitarrenmusik, dabei war es eigentlich echt uncool.

Die Ferien bei Lilly verstrichen wie im Flug.

Amelie genoss die Zeit. Sie konnte richtig aufatmen.

Sophia war hier zwar auch keineswegs zugänglich, aber wenigstens hatte sie sich etwas an Gabriel geklammert und das führte wenigstens dazu, dass sie mit etwas anderem befasst war, als mit sich und ihrem Smartphone. Sie war die Ferien über immer recht zeitig aus den Federn gekommen und hatte sich hier und da sogar eingebracht.

Einmal hatte sie mit Lilly Kuchen gebacken und sich mit ihr sogar ein wenig unterhalten.

Ein andern Mal war sie mit Gabriel spazieren gegangen und dann hatte sie mit Leonie auf die Kinder aufgepasst, als Amelie mit Lilly und Natasha in eine Cocktailbar gefahren war.

Der Ausflug in die Seiberts-Bar im Belgischen Viertel war super gewesen. Amelie wusste nicht, wann sie das letzte Mal so viel Spaß gehabt hatte.

Das Ambiente dort war wirklich besonders. Zugleich schick, aber auch altmodisch und ein wenig verzaubert.

Sie hatten auch alle drei nicht gerade wenig getrunken und sich schließlich mit dem Taxi nach Hause fahren lassen müssen. David und Eduard hatten das Auto am nächsten Morgen aus Köln abgeholt.

Lilly und Natasha waren einhellig der Meinung, dass Sophia sehr viel mit sich herumschleppte und sie waren auch einhellig der Ansicht, dass es falsch war, Sophia nicht in einer Dauerpflegestelle unterzubringen. Sie hat keinen Halt, hatte Lilly gesagt.

Ja, und sie kann nicht ankommen, wenn sie keine Beziehung aufbauen kann und das kann sie nicht, wenn sie nicht vertrauen kann, dass ihr bei ihr bleibt, beziehungsweise, sie bei euch, hatte darauf Natasha ergänzt.

Amelie hatte darauf gefragt, was sie daran ändern konnte.

Nichts, hatten beide gesagt. So fällt sie durch das System. Weil kein „Zuständiger" bereit ist, die Verantwortung zu übernehmen und ihr ein sicheres Umfeld zu verschaffen. Sie verstecken sich hinter dem Machbaren und bürden ihr etwas auf, was für sie nicht machbar ist, weil sie ein Kind ist.

Amelie hatte sich gefühlt, als drücke ihr jemand mit enormer Kraft die Schultern herunter.

Lasst es auf euch zukommen und versucht herauszufinden, was ihr tun könnt. Mehr ist nicht möglich, hatte Natasha schließlich gesagt.

Und manchmal fügen sich die Dinge einfach. Darauf musst du eben vertrauen, hatte Lilly angefügt.

Dann hatten sie lieber das Thema gewechselt und waren prompt vom Regen in die Traufe geraten, denn natürlich kamen sie auf das Coronavirus zu sprechen, wobei, eigentlich weniger auf das, als mehr darauf, was das Virus auslösen konnte.

Amelie hatte erzählt, dass dieses Thema in ihr ein sehr ungutes Gefühl auslöste, sie aber nicht sagen konnte, was dahinter steckte.

Chaos wird kommen, da war sich Natasha sicher.

Es ist doch wie immer. Du musst dich fragen, welche Themen dahinter verborgen werden sollen, hatte Lilly gesagt. Aber schließlich konnten sie die Stimmung herum reißen und es wurde ein sehr lustiger Abend.

Humor war doch immer noch die beste Medizin.

Leonie, Julien und Amber waren wie immer richtig glücklich hier. Leonie verbrachte viel Zeit mit Maja und Sahra in der Töpferwerkstatt und töpferte einige Gegenstände. Zum Beispiel eine Tasse für Sophia mit deren Namen darauf und der Inschrift: „Willkommen in unserer Familie".

David verbrachte fast die ganze Zeit mit Eduard, Fred und Mario.

Viel zu schnell gingen die Ferien zu Ende

Am letzten Abend sollte es eine Abschiedsfeier geben.

Sophia fühlte sich hin und her gerissen. Irgendwie war es anders hier. Irgendetwas gefiel ihr hier. Dabei war es eigentlich total bescheuert. Alles. Alle waren merkwürdig und sowieso, vermutlich würde sie niemanden hier jemals wiedersehen, weil sie ja zu Mama ziehen würde.

Aber heute Abend wollte sie noch einmal Zeit mit Gabriel verbringen. Irgendwie war es schon ein bisschen schade, dass sie ihn nicht wiedersehen würde, dabei war er auch ein komischer Typ. Aber er hatte eine Art, die halt gut rüberkam. Er wirkte so, als wenn er sie mochte. Sie hatten sich ein paar Mal unterhalten.

Vielleicht hatte sie heute Abend die Gelegenheit, ihn zu küssen. Dann würde sich zeigen, ob er wirklich so toll war.

Jedenfalls machte sie sich schick. Sie ließ sich von Leonie auch etwas Make-Up und Kajal und Lippenstift und Wimperntusche abgeben, selber hatte sie ja keine.

„Du kannst doch Mama fragen, ob sie dir auch welche kauft, oder, du kannst doch auch von deinem Taschengeld welche kaufen", schlug Leonie vor, während sie Sophia beobachtete, die sich schminkte.

„Ich spare mein Geld." Sophia zog einen Kajalstrich unter ihrem rechten Auge. Leonie musste aber nicht wissen, wofür. Sie brauchte das Geld, wenn sie bei Mama lebte für Essen, denn auf Hunger hatte sie keinen Bock.

Als Sophia sich an das Feuer setzte, dass diesmal vor Lillys Wagen gemacht wurde, waren schon fast alle versammelt. Inzwischen kannte Sophia alle einigermaßen. Aber sie hielt weiter lieber etwas Abstand, weil alle hier etwas sonderbar waren. Die Stimmung war schon gut. David trank aber heute kein Bier, weil er ja morgen fahren wollte. Er unterhielt sich trotzdem wild gestikulierend und von vielen Lachern unterbrochen mit Eduard. Es ging um das Gewächshaus, dass er wohl bauen wollte, aus alten Fenstern. Konnte er sich kein neues leisten?

Leonie und Maja saßen Sophia gegenüber. Maja lehnte sich an Leonies Schulter. Sie sprachen darüber, dass Leonie morgen abreiste und Maja weinte deshalb. Gottseidank war sie nicht in Leonies Situation, dachte Sophia. Sie hatte schon gemerkt, dass Maja immer sofort mit allem rausrückte, was sie beschäftigte. Sophia zeigte eigentlich nie, wie es ihr ging. Das war auch besser so.

Lilly, Natasha und Amelie kamen gerade mit Salatschüsseln und Würstchen raus und stellten alles auf den großen Tisch.

„Kommt ihr zum Essen?", rief Amelie Amber und Julien und den Zwillingen zu.

„Hey, letzter Abend heute, was?"

Sophia drehte sich ruckartig um. Sie mochte die Stimme.

Gabriel setzte sich neben sie. Er hatte wieder die Gitarre dabei. Leise begann er, die Saiten zu zupfen.

„Und, wirst du nächstes Mal wieder dabei sein, wenn Amelie und die anderen herkommen?" Er sah sie schräg mit leicht zusammen gekniffenen Augen an. Er grinste, als sie nicht wusste, was sie antworten sollte.

„Tja, wir werden sehen...", sagte er schließlich und begann, „Wolke 4" zu spielen.

Sophia hörte ihm einfach zu. Dabei wagte sie einige verstohlene Blicke zu ihm hinüber. Er sah ziemlich cool aus, wenn er spielte.

Als der Text einsetzte, stimmten gleich auch Mario und Fred mit ein, die soeben um die Ecke gebogen gekommen waren und sich nun neben Gabriel auf die Decke plumpsen ließen.

Als die zweite Strophe einsetzte sangen Leonie, Maja und die eben hinzugekommene Sahra den Text.

Bei Beginn der dritten Strophe sangen dann alle mit.

Nach dem Song forderte Lilly alle auf, erst einmal zu essen und das taten sie auch.

Sophia hatte aber keinen Hunger. Die Frage, die Gabriel ihr gestellt hatte, arbeitete in ihr und das verdarb ihr den Appetit und auch die Laune. Dabei konnte sie nicht sagen, wieso das so war. Sie hatte das Gefühl, er sei ihr damit zu nahe getreten. Es fühlte sich zugleich so an, als wenn er etwas losgetreten hatte, was sie nicht fühlen wollte, aber sie wollte über all das nicht nachdenken.

Als alle mit dem Essen beschäftigt waren und sich unterhielten, nutzte sie die Gelegenheit, um sich im Dunkeln davon zu machen.

Aber wo sollte sie hin? Wo wollte sie hin? Am liebsten hätte sie etwas getrunken. Erdbeerlimes oder so was leckeres. Dann musste sie nicht mehr grübeln. Sie hasste es, wenn die Gedanken und Gefühle unkontrolliert herangeschwemmt kamen.

Sie musste nur unbemerkt in Lillys Wagen kommen. Da gab es Alkohol. Aber eigentlich war das nicht schwer. Alle waren beschäftigt. Sie musste sich nur trauen.

So schlich sie zu Lillys Wagen und wartete einen günstigen Augenblick ab, um sich die Stufen hinaufzuschwingen und schnell in den Wagen zu schlüpfen. Drinnen entdeckte sie gleich im Bereich der Küchenzeile das Regal mit den Spirituosen. Schnell, bevor jemand kam! Sie überflog die Etiketten und fand Baileys darunter. Der war gut. Schnell schnappte sie sich die Flasche und schlüpfte wieder hinaus und verschwand in der Dunkelheit.

Aber wohin nun? In ihrem Wagen war es zu gefährlich. Wenn jemand hereinkam?

Nein, aber sie brauchte eine Wolldecke, denn es war echt kalt, wenn man nicht am Feuer saß.

Sie holte sich also eine Wolldecke und dann lief sie etwas hin und her, bis sie eine Stelle an einem Baum gefunden hatte, recht weit abseits, in der Nähe des Gemüsegartens, wo sie sich setzen konnte.

Sie drehte die Flasche auf, - der Deckel knackte leise, als er aufging -, und nahm einen großen Schluck. Sie spürte, wie der Baileys warm im Innern ihres Halses hinablief.

Sie wickelte sich fest in die Decke ein, denn es war wirklich kalt. Als die Wirkung des Alkohols einsetzte, zitterte sie vor Kälte.

Sie dachte an Gabriel. Wie dumm sie gewesen war, zu denken, es könnte etwas mit ihnen werden. Er war doch echt ein seltsamer Vogel. Wieso stellte er so beschissene Fragen?

Keine Ahnung, wo sie bald sein würde!?!

Bei Mama, hoffentlich.

Und nein, mit Sicherheit würde sie nicht wieder mit hierher fahren. Zu diesem Spinnerverein.

Scheiße, war es kalt hier! Sie stand zitternd auf und sah den Gemüsegarten im Mondlicht schillern. Still lag er vor ihr und die Kohlköpfe ragten aus dem Boden wie Fußbälle auf Stelzen. Scheißkohl!

Sie machte einen unsicheren zittrigen Schritt vor und kickte mit dem Fuß gegen einen der Kohlköpfe. Er flog durch die Luft und landete weiter hinten auf der Erde. Das war gut! Schon trat sie den nächsten Kohl weg. Und noch einen und noch einen. Das war witzig! Scheißkohl! Scheißspinner! Während sie die Kohlköpfe zerlegte, spürte sie, wie ihr wärmer wurde und das Leben in sie zurückkehrte. Sie trat und trat um sich. Auch den scheiß grünen Kohl zerlegte sie. Ihre Wut wurde immer größer und wilder. In ihrem Kopf drehte sich alles. Sie drehte sich auch und als alles kaputt war, alle Kohlköpfe wild verstreut lagen, zertrampelte sie den Lauch und den Feldsalat und dann trat sie weiter auf die am Boden liegenden Kohlköpfe ein.

Schließlich fiel sie atemlos und erschöpft zu Boden und da blieb sie liegen.

Alles drehte sich um sie. Sie spürte die Hitze von innen und die Kälte von außen. Ihre Zähne klapperten.

So blieb sie lange liegen. Die Kälte stieg in ihr auf, von den Zehen, immer weiter nach oben, bis in die Haarspitzen. Wie Wellen rollte sie über sie.

Die Wolldecke lag zu weit weg, als dass sie sie sich hätte heranholen können. Aber das war auch egal. Sie wollte einfach nur einschlafen.

8

„Hast du Sophia gesehen?" Amelie sah Gabriel fröhlich an. „Ihr habt euch doch vorhin unterhalten?"

„Ja, aber das ist schon 'ne Weile her. Keine Ahnung, wo sie jetzt steckt."

„Okay, komisch. Hat sie sich im Wagen schlafen gelegt?"

„Was ist denn, Mama?" Leonie griff nach Amelies Hand. „Mir ist kalt, ich will jetzt schlafen gehen."

„Ja, ich komme mit. Mal sehen, ob Sophia dort ist."

Amelie schnappte sich auch Julien und Amber. „Es geht jetzt ins Bett, meine Süßen!"

Obwohl beide der Ansicht waren, dass es noch gar nicht spät sei, folgten sie Amelies Anweisung und gingen mit zum Wagen.

„Hier ist Sophia auch nicht?!", stellte Amelie fest. „Leonie, geh bitte mit Julien und Amber schlafen. Ich suche nach Sophia. Weißt du, wo Papa steckt?"

„Er unterhält sich mit Mario." Leonie griff nach Ambers Händchen. „Komm, es geht ins Bett."

Amber sah Leonie mit großen, müden Augen an. „Okay..."

Amelie gab jedem der Drei einen Gutenachtkuss und suchte dann erstmal nach David. Der stand tatsächlich bei Mario am Wagen. Sie tippte ihn an.

„Was denn?" David drehte sich zu ihr um.

„Wir sollten Sophia suchen. Ich finde sie nirgends." Zunächst fragten sie die anderen, aber niemand hatte Sophia gesehen. Allmählich wurde Amelie unruhig. Sie ärgerte sich über sich selber, dass sie nicht viel eher zu suchen begonnen hatte. Aber wo konnte Sophia sein? Weggelaufen konnte sie doch nicht sein?...

„Wir müssen einfach alle Orte hier absuchen." David schien zu überlegen. „Der Gemüsegarten. Dort waren wir noch nicht."

„Aber warum sollte sie...? Egal. Ja, da sehen wir nach." Amelie setzte sich in Bewegung, David folgte ihr.

Der Mond beleuchtete zum Glück alles, sodass sie recht gut sehen konnten und so war das erste, was sie entdeckten, der zerstörte Garten.

Amelie griff nach Davids Hand. „Was ist denn hier passiert?", flüsterte sie fassungslos.

David sah sich um und dann löste er seine Hand aus Amelies und machte wenige Schritte, um sich sogleich zu Boden zu beugen.

Amelie folgte ihm und entdeckte Sophia auf dem Boden. Ihr Herz begann zu rasen und sie griff nach Sophias Gesicht. „Sophia, was ist passiert? Sophia!" Das Gesicht war eisig und feucht. Amelie hob den Kopf an und legte ihn auf ihre Knie.

David fühlte den Puls und die Hände. „Sie ist eiskalt, aber der Puls geht. Schnell, wir bringen sie ins Warme." Er streifte sich seine Jacke ab und hob Sophia an, um sie in die Jacke zu hüllen. Anschließend hob er sie auf seine Arme und stand auf.

Amelie lief hinter ihm zurück zum Wagen.

Als sie den Zirkuswagen betraten, streckte Leonie den Kopf aus dem Bett. „Was ist denn los?" Sie klang bereits verschlafen.

„Es geht Sophia nicht gut. Sie ist unterkühlt. Aber mehr wissen wir auch noch nicht." Amelie schlug die Decke von Sophias Bett hoch und David legte sie hin. Amelie zog ihr die Schuhe aus.

Nun sahen sie, dass Sophia schrecklich aussah. Sie war nass und schmutzig und blau angelaufen.

„Was tun wir nur?" Amelie sah David entsetzt an.

„Ich weiß es nicht", flüsterte er zurück.

Leonie sprang vom Bett. „Ihr müsst einen Krankenwagen rufen!"

„Einen Arzt... Ja klar, hol Eduard. Er ist Arzt!" Amelie rüttelte aufgebracht an Davids Arm.

„Okay..." David zog seine Jacke wieder über und verließ eilig den Wagen.

„Sophia, was hast du denn? Was ist passiert?" Amelie strich zärtlich über Sophias Stirn und Wange und strich ihr Haar glatt.

Leonie fühlte nach Sophias Hose und Jacke. „Sie ist nass geworden. Sie muss was anderes anziehen, Mama!"

Amelie fühlte ebenfalls. „Jaja, du hast Recht. Schnell, bevor Papa mit Eduard kommt."

Leonie griff nach dem Reißverschluss der Jacke und zog ihn auf. Gemeinsam streiften sie die Ärmel ab und drehten Sophia so, dass sie die Jacke unter ihr weg ziehen konnten.

Sophia stöhnte.

„Was ist denn?" Amelie sah Sophia flehentlich an, sie möge aufwachen, aber Sophia erwachte nicht.

„Wo sind ihre Sachen? Wir brauchen eine trockene Hose. Der Pullover ist nicht nass geworden, glaube ich." Leonie sah sich um.

„Dort liegt ihre Tasche., Da wird eine Hose drin sein."

Amelie befühlte den Pullover. „Doch, leider, er ist auch feucht."

Leonie wühlte in der Tasche. Sie zog eine Hose und einen Pullover heraus.

Es war mühsam und für beide befremdlich, Sophia aus ihren nassen Klamotten zu befreien, aber sie hatten keine andere Wahl und schließlich gelang es. Beine und Arme von Sophia waren ebenfalls eiskalt.

Es gelang ihnen auch, Sophia einen frischen Pullover überzuziehen, aber die Hose bekamen sie nicht an. Stattdessen breiteten sie die Decke über sie.

„Ich mache schnell eine Wärmflasche für sie!" Leonie lief zur Küchenzeile und setzte den Wasserkocher auf.

In eine leere Glasflasche füllte sie etwa ein Drittel kaltes Wasser.

Amelie blieb weiter bei Sophia sitzen und betrachtete sie voller Sorge. „Warum habe ich sie nicht schon eher gesucht?", flüsterte sie Leonie zu.

„Wahrscheinlich, weil du nicht wusstest, dass sie Hilfe braucht", stellte Leonie nüchtern fest.

Amelie lächelte gequält.

In dem Moment pochte es an der Tür und ohne auf ein „Herein" zu warten, schob David Eduard herein.

Eduard beugte sich sogleich über Sophia. „War sie schon ansprechbar?"

David schüttelte den Kopf, Amelie auch.

Eduard neigte sich dicht über Sophias Gesicht. „Sie atmet schnell.

84

Das ist gut..." Während Eduard Sophia untersuchte, begann das Wasser zu kochen und Leonie befüllte den Rest der Flasche mit dem kochenden Wasser. Dann verschloss sie die Flasche und reichte sie Eduard. „Das hast du gut gemacht, Leonie." Eduard nahm die Flasche und steckte sie unter Sophias Decke. „Wir legen die Flasche in die Nähe des Rumpfes", erklärte er Leonie. „Das ist wichtig. Sophia ist unterkühlt, aber ihre Muskeln sind noch nicht versteift und ihr Herzschlag ist auch eher beschleunigt als verlangsamt." Dann wandte er sich Amelie und David zu. „Aber ihr Atem riecht nach Alkohol. Sie hat etwas getrunken, dass hat dazu beigetragen, dass sie sehr schnell Wärme verloren hat. Die Bewusstlosigkeit kommt eher von einer Alkoholvergiftung, als von der Unterkühlung. Es war jetzt richtig, die nasse Kleidung zu entfernen, aber wenn sie stärker verkühlt gewesen wäre, hätte es auch schaden können, sie zu bewegen. Schneidet die Kleidung dann lieber auf."

„Okay..." Amelie hatte die Arme fest vor sich verschränkt, das gab ihr etwas Halt.

David legte seine Arme um Leonie, die mit großen Augen daneben stand.

Leonie schob ihre linke Hand unter Amelies rechten Arm.

„Wir legen sie in die stabile Seitenlage. Möglicherweise erbricht sie sich, wenn sie viel getrunken hat.

Ihr solltet sie heute Nacht im Auge behalten.

„Klar." David nickte bekräftigend.

„Aber erstmal werde ich auch hier bleiben und sie beobachten. Zu dritt können wir uns die Nacht über abwechseln."

„Ich passe auch auf." Leonie sah aus, als würden ihr gleich die Augen zufallen.

„Schatz, das ist lieb von dir, aber leg dich jetzt lieber hin."

„Aber...", begann Leonie zu widersprechen.

„Wenn wir morgen totmüde sind, dann fängt deine Schicht an." David lächelte sie zwinkernd an, - so gut er konnte -.

Widerwillig gab Leonie nach. Vermutlich, weil sie bereits hundemüde war. Sie verkroch sich unter ihre Decke und war sofort eingeschlafen.

Die Nacht wurde sehr anstrengend, aber sie wagten es nicht, Sophia auch nur eine Sekunde unbeobachtet zu lassen. Wer konnte schon wissen, ob sich ihr Zustand nicht doch noch verschlechterte. Wenn sie nun nicht nur Alkohol getrunken hatte? Und wer wusste auch, was und wieviel sie getrunken hatte?

Etwa eine Stunde, nachdem sie sie gefunden hatten, erbrach sie sich. Eduard stellte fest, dass es sich bei dem Erbrochenen überwiegend um Alkohol handelte. Es war irgendetwas Hochprozentiges, aber was, konnten sie nicht genau sagen.

Am nächsten Morgen erwachte Sophia endlich. „Was ist geschehen?" Sie sah Eduard irritiert an.

„Du hast uns allen einen großen Schreck eingejagt, Sophia!" Er lächelte sie an.

Amelie lief sofort herbei, als sie bemerkte, dass Sophia wach geworden war. „Wie geht es dir?", fragte sie besorgt.

„Mir ist schlecht..."

„Was hast du gestern getrunken?" Amelie hätte ihr gerne über das Gesicht gestrichen, aber das wagte sie nicht.

„Nichts..." Sophia sah mit einem Blick umher, der verriet, dass sie Angst hatte.

„Es ist wichtig, dass du es uns sagst. Wir müssen dich sonst doch noch in ein Krankenhaus bringen, um dich untersuchen zu lassen." Eduard sah Sophia ernst an.

Sophia blickte ängstlich umher. „Nein, kein Krankenhaus:"

„Dann also: Was hast du zu dir genommen?"

„Baileys, es war Baileys."

„Hast du noch andere Getränke oder sonstwas genommen?"

Sophia schüttelte leicht den Kopf. „Ich habe sonst nichts." Das kam direkt mal ehrlich rüber.

„Möchtest du einen Tee, oder Wasser?", fragte Amelie.

„Wasser."

Amelie lief zur Küchenzeile, holte ein Glas Wasser und einen Waschlappen mit lauwarmem Wasser.

Während Sophia sich das Gesicht mit dem Lappen wusch und einen Schluck Wasser trank, hörte man von draußen große Unruhe hereindringen. David und Eduard sahen sich an und gingen zur Tür. Als sie sie öffneten, hörte man Stimmen, die sehr aufgeregt klangen.

Eduard und David gingen hinaus und schlossen die Tür wieder. Amelie setzte sich an Sophias Bett und sah sie erleichtert an. Aber sie bemerkte mit einem Mal dass Sophias Gesichtsausdruck sich veränderte. Als wäre ihr etwas eingefallen und als wäre dieser Gedanke beunruhigend.

„Ist alles in Ordnung?", fragte Amelie besorgt.

„Ja", gab Sophia trocken zurück. Dann drehte sie sich weg und zog die Decke weit bis über die Ohren.

Amelie und David hatten beschlossen, die Abreise auf den späten Nachmittag zu verschieben. Sie waren froh, Eduard in der Nähe zu haben und wollten abwarten, bis sich Sophias Zustand stabilisiert hatte.

Als David zurückkehrte, sah er Amelie niedergeschlagen an. „Du solltest mal zu Lilly gehen."

Amelie sah ihn verwundert an. „Okay? - Jetzt gleich?"

„Hm." Er nickte.

Amelie fand Lilly in deren Küche. Sie sprach mit Natasha. Amelie hörte, wie Natasha endete: „...sie muss das gewesen sein."

„Worum geht's denn? Ist etwas geschehen?" In diesem Moment fiel ihr der verwüstete Gemüsegarten wieder ein. Den hatte sie ja völlig vergessen in der ganzen Aufregung.

„Willst du es sehen?" Lilly legte das Handtuch fein säuberlich über einen Stuhl.

Amelie nickte wortlos, dabei wollte sie das am liebsten ganz und gar nicht, sondern viel lieber im Erdboden versinken, alles ungeschehen machen...

Als sie das Ausmaß des Massakers im Tageslicht sah, war ihr klar, dass Sophia völlig ausgerastet sein musste.

Sie stand schweigend dar. Was gab es da zu sagen? Wie sollte sie sich dafür entschuldigen?

„Wir wollen keine Entschuldigung hören. Das ist dir ja wohl klar, oder?" Lilly strich sich die Haare aus der Stirn.

Amelie sah Lilly direkt in die Augen. „Was kann ich nur tun?"

„Du wirst auch nicht anzufangen brauchen, sie zu erziehen, aber das weißt du sicher selbst. Sie muss sehr verzweifelt sein. Was sie braucht, sind echte Beziehungen. Alles andere ist vergebens."

Amelie wusste, dass Lilly Recht hatte. Und sie wusste, dass das eine Mammutaufgabe war, die Jahre brauchte, Jahre, die sie ja voraussichtlich nicht haben würden.

Amelies Augen füllten sich mit Tränen.

Lilly nahm sie in den Arm.

„Es tut mir trotzdem leid. Sehr leid", flüsterte Amelie.

„Ich weiß das doch."

„Wir dachten, wir könnten Kindern helfen. Kinder, die schnell ein Zuhause brauchen, die schnell jemanden brauchen, der ihnen hilft. Und nun? Jetzt haben wir ein Kind bekommen, dass etwas ganz anderes braucht, als dass, was wir ihm geben können und dem wir überhaupt nicht helfen können, das auch gar keine Hilfe will..."

„Süße?!" Lilly schob Amelie ein Stück weit von sich und sah ihr tief in die Augen. „Was hör ich da? Wir, du und ich, wir wissen doch beide, dass ein Kind immer ein Geschenk ist, oder nicht? Ein Kind kommt, wann es will und wie es will und so, wie es ist. Und was ist die Aufgabe der Eltern?" Sie zog die Augenbrauen fragend hoch. „Es anzunehmen. So wie es ist, dann, wann es kommt und wie es kommt. Seit wann kann man aussuchen, welch ein Kind man bekommt? Das wird schon seinen Sinn haben. Dann soll es so sein. Woher willst du wissen, dass sie etwas anderes braucht? Wer hat gesagt, dass ihr ihr nicht helfen könnt? Woher weißt du, dass sie keine Hilfe will? Nimm sie, wie sie ist und versuch dein Bestes, solange du die Möglichkeit dazu hast. Wie immer."

9

Samstag und Sonntag konnten sie sich wieder in Ruhe zu Hause einfinden, bevor Montag, den 24. Februar die Schule und die Arbeit wieder losgingen.

Amelie und David beobachteten weiterhin, ob sich Sophias Gesundheitszustand besserte. Leonie beschäftigte das, was sie da miterlebt hatte ebenfalls sehr. Amelie sprach immer wieder mit ihr darüber, - denn Sophia war dazu nicht ansprechbar -, vor allem, um ihr zu sagen, dass sie wirklich toll reagiert und sich eingebracht hatte und sehr geholfen hatte, die Situation in den Griff zu bekommen, während Leonie offenbar eher das Gefühl hatte, hilflos gewesen zu sein. Amelie war heilfroh, dass die Kleinen von all dem nichts mitbekommen hatten.

Montagmorgen ging dann der normale Alltag wieder los.

Amelie hatte befürchtet, Sophia könne wieder erklären, sich krank zu fühlen, aber das tat sie nicht. Sie machte sich widerspruchslos für die Schule fertig und ließ sich zur Schule fahren.

„Tschüss. Bis später." Amelies Lächeln sah gezwungen aus.

„Tschüss." Sophia schlug die Autotür zu und sah in beide Richtungen, ob ein Auto kam, dann ging sie über die Straße.

Die Schule lag vor ihr wie ein Käfig, in den sie nun hineingehen musste. Sie hasste die Schule.

Ihr graute davor, stundenlang zwischen diesen ätzenden Idioten zu sitzen. Ihr graute davor, stundenlang irgendwelche Blätter bearbeiten zu müssen. Ihr graute davor, dass Tests oder Arbeiten angekündigt werden könnten oder sie aufgerufen werden könnte, etwas zu sagen. Ihr graute vor den Lehrern, mit ihrer belehrenden Art, dabei waren das nur irgendwelche Leute, die Geld dafür bekamen, ihnen irgendeinen Quatsch beizubringen, den keiner brauchte und die das nicht machten, weil sie das toll fanden, sondern nur weil sie dafür Geld bekamen.

Und dann der Stress, den die hier machten. Noch schlimmer als in Hamburg. Hausaufgabe nicht gemacht: 6, Hausaufgabe vergessen: 6, Falsche Hausaufgabe gemacht: 6, Hausaufgabe falsch gemacht: 6, Hausaufgabe nur teilweise geschafft: 6. Mehr konnten sie nicht. Wie kleine, dümmliche Roboter spulten die ihr Schema F ab und spielten jeden Tag immer die gleiche Leier, wahrscheinlich seit Kaisers Zeiten. Keine Schule, die sie bisher kennengelernt hatte, war so altmodisch und verstaubt. Es war ein Wunder, dass es nicht auch noch Schuluniformen gab und die Prügelstrafe... Und das Schlimmste war der Sportunterricht. Belohnung für die, die sportlich waren und Strafe für jeden, der nicht die drei Sportarten mochte und konnte, die der Sportlehrer kannte. Laufen, Bodenturnen und Fußball. Da wäre ihr der Rohrstock lieber gewesen. Zwei Hiebe statt Sportunterricht. Da wäre die Entscheidung leicht gewesen.

Sophia betrat den Klassenraum und setzte sich auf ihren Platz. Sie hatte sich gerade gesetzt, da erschien bereits der Geschichtslehrer. Alle, die bisher noch gestanden hatten, begaben sich nun gemächlich an ihre Plätze. Sie hatten dabei das gleiche Tempo, wie Herr Mahler, der wie ein Pinguin den Raum durchschritt.

Sophia überlegte bereits, wie sie die Stunde möglichst verkürzen konnte.

Als Herr Mahler die Anwesenheit überprüft hatte und dazu übergegangen war, seine grauen Blätter über die Französische Revolution zu verteilen, die schon aufgrund des Farbtons genauso ansprechend aussahen, wie Sophia das Thema spannend fand, hatte Sophia sich etwas einfallen lassen.

Sie wartete, bis er an ihren Tisch kam und legte ihm die Hand auf den Arm.

Er sah sie mit fragendem Blick an.

„Ich habe die Hausaufgabe in meinem Sportrucksack draußen vergessen. Kann ich sie kurz holen?"

Herr Mahler sah sie nun genervt an und nickte.

Schnell huschte sie zur Tür und verließ den Raum. Von außen schloss sie die Tür und verschwand eilends auf der Mädchentoilette. Dort schloss sie sich ein und wartete die Stunde ab.

Amelie war direkt weiter zu Juliens Schule nach Schwerin gefahren und von dort zur Staatsanwaltschaft.

Sie hatte dabei ständig überlegt, wie sie in Bezug auf Sophia weiter verfahren sollte. Wie würde es weitergehen? So wie vor ihrer Reise zu Lilly? Wo sollte das hinführen? Irgendwie musste sie doch etwas tun können, um die Situation zu verbessern, um Sophia zu helfen... Aber was?

Dann hatte sie jedoch bei der Arbeit soviel zu tun, dass sie keine Zeit mehr gehabt hatte, weiter darüber nachzudenken und so lief die ganze Woche.

Immer wieder überlegte sie in Ansätzen, aber sie kam nicht von der Stelle. Diese Situation fühlte sich für sie nicht nur bedrückend, sondern geradezu erdrückend an. Sie wusste nicht, wie sie den Knoten lösen konnte, der zwischen ihnen allen und Sophia bestand und jegliche Form einer Beziehung im Keim erstickte.

Dabei lösten die Nachrichten, die Amelie diese Woche las, ähnliche Gefühle bei ihr aus.

Von 464 Anträgen auf Kirchenasyl wurden im vergangenen Jahr nur 14 ins nationale Asylverfahren aufgenommen...

Die Lage zwischen China und den USA, die sich immer weiter zuspitzte...

Der Massenmord in Hanau...

Der Atomstreit zwischen den USA und dem Iran und die Tötung von Suleimani...

Der offenbar „bearbeitete" Bericht der OVCW zu einem angeblichen Giftgasangriff in Syrien...

Die beinahe Verdoppelung der Rüstungsexporte der Bundesrepublik im Vergleich zum Vorjahr...

Die Aufdeckung, dass Julian Assange offenbar unschuldig festgehalten worden war, weil die Anschuldigungen von der Polizei manipuliert worden waren...

Der geheime Drohnenkrieg der USA...

Der sich zuspitzende Konflikt mit Russland...

Der sich zuspitzende Konflikt mit der Türkei...

Miserable Zustände in deutschen Pflegeheimen...

Änderung des Art. 6 des Grundgesetzes, um angeblich Grundrechte für Kinder zu schaffen, (was allerdings bei näherer Betrachtung nur logisch war, wenn man annahm, dass Kinder keine Menschen waren, die nicht allein von daher schon mit den selben Rechten wie Erwachsene ausgestattet waren, was wiederum die Frage aufwarf, wozu dann am Grundgesetz herumgepfuscht werden sollte, zumal die Gerichte längst wussten, wie sie mit Art. 6 GG arbeiten konnten)...

Der Ausbaueinbruch der Windkraft in Deutschland, der die ganze Windenergiebranche gefährdete...
Der Klimawandel und die friday-for-future-Bewegung, die ebenfalls in einer Sackgasse zu stecken schienen. Man hatte den Eindruck, dass nun eben für alle Ewigkeiten die Jugendlichen Freitags demonstrierten, anstatt zur Schule zu gehen und die Alten sich damit abgefunden hatten und als würde man Greta Thunberg nun eben reden lassen, ohne dass sich irgendwas änderte, als wollten sie der Bewegung damit den Wind aus den Flügeln nehmen, als konnte man damit die Jungen, die künftigen Generationen abservieren, während die Vernichtung der Umwelt, die Vernichtung der Ressourcen und die Verursachung des Klimawandels einfach weiter gingen...
- Und das waren nur einige Beispiele...
Wobei diese Nachrichten natürlich nicht in den üblichen Medien zu finden waren, sondern mühsam durch gezielte Suche in alternativen Medien aufgespürt werden mussten, denn in den üblichen Medien herrschte nur ein Thema, nämlich Corona.
Dabei berichteten diese Medien natürlich nahezu ausschließlich die sog. Fallzahlen zu „Infizierten" und „Corona-Toten" vor allem aus China, Südkorea, Italien und Iran. Was sie hingegen nicht berichteten, - was wieder nur durch darüberhinausgehende Recherchen zu ermitteln war -, war etwa, dass das kaputt gesparte Gesundheitssystem Italiens auf das Konto der EU ging, die Italien schließlich in diesem Sektor zu Einsparungen durch Schließungen und Privatisierung „veranlasst" hatte, dass die dramatische Situation in Iran nicht unwesentlich darauf zurückzuführen war, das drastische Sanktionen gegen Iran aufrechterhalten wurden, was genau eigentlich unter „Infizierte" und vor allem: was unter „Corona-Tote" zu verstehen war, nämlich nicht etwa Menschen, die an, sondern Menschen die mit Corona gestorben waren.
All diese Themen schienen, was ihre Drastik und ihre Dimensionen anbetraf, einen Gipfel erreicht zu haben, sodass sich die Frage stellte, was eigentlich jetzt noch kommen sollte?
Ja, Amelie hatte das Gefühl, an allen Ecken und Enden mündeten Konflikte in Sackgassen... und schon war wieder Freitag. Freitag, der 28. Februar.
Und Amelie hatte sich auf diesen Freitag gefreut, denn Joel wollte mit seiner neuen Freundin zu Besuch kommen, nachdem das zuletzt avisierte Treffen nicht geklappt hatte.
Aber zunächst erwartete sie noch ein Telefonat mit Frau Büchner, mit dem sie nicht gerechnet hatte und das auch keineswegs erfreulich erschien, aber dann doch bei Amelie den Effekt hatte, dass sie

meinte, es käme nun vielleicht doch noch etwas ins Rollen in Bezug auf Sophia, als könne ein Gespräch neue Handlungsoptionen eröffnen, die Hoffnung versprachen...

Frau Büchner teilte Amelie mit, dass es mit Sophia in der Schule sehr schwierig sei. Sie beteilige sich im Grunde überhaupt nicht am Unterrichtsgeschehen, sie sei in Gedanken abwesend und erfinde ständig Ausreden und Ausflüchte, um dem Unterricht fernzubleiben, oder Aufgaben nicht zu erledigen.

Sie vereinbarten, sich am Montag zusammenzusetzen, um das weitere Vorgehen abzusprechen.

Um 16:00 Uhr holten Amelie, Julien und Amber Joel und seine Freundin in Ratzeburg ab.

Auf der Rückfahrt war es ganz schön beengt im Clio. Es fühlte sich an, als säßen sie gleich zehn Zentimeter tiefer und Amelie verspürte mehrfach den Reflex, nach vorne zu rucken, um dem kleinen Auto aus dem Knick zu helfen. Dafür war die Stimmung um so besser.

Julien saß vorne, Joel saß hinten eingezwängt zwischen Jolene und Amber, die es sich nicht nehmen lassen wollte, Joel sofort in Beschlag zu nehmen. Von Jolenes Anwesenheit ließ sie sich überhaupt nicht beeindrucken.

Julien musste noch immer lachen, weil er es so lustig fand, dass sich die Namen Julien, Joel und Jolene so ähnelten.

Als er wieder losgackerte, schimpfte Amber los: „Lach nicht über Joel!"

„Er lacht doch nicht über Joel, Schatz, er lacht doch nur über die Namensähnlichkeiten", versuchte Amelie sie zu besänftigen.

„Darüber mussten wir auch lachen. So sind wir ins Gespräch gekommen!", erzählte Jolene.

„Woher kennt ihr euch?", fragte Amber neugierig. Sie hatte sich beruhigt.

Amelie sah im Rückspiegel den Blick, den sich Jolene und Joel zuwarfen. Sie musste grinsen. So kannte sie ihren Großen gar nicht.

„Willst du erzählen?", fragte Joel.

„Wir haben uns bei Caliruwa kennengelernt."

„Ja, ihr wisst doch, da bin ich schon seit zwei Jahren als Betreuer für Jugendreisen aktiv", ergänzte Joel.

„Ich bin jetzt gerade erst dazugekommen. Wir waren zusammen auf einer Reise in Irland im Oktober. Das war mein erster Trip."

„Ja, Leute wie Jolene suchen wir da immer dringend. Sie passt da perfekt rein. Sie ist nett, lustig, zuverlässig und kann Erste Hilfe!", fügte Joel hinzu.

„Was ist Erste Hilfe?", fragte Julien.

„Joel kann auch immer helfen." Amber nickte bekräftigend.

Joel lachte. „Ja, und Erste Hilfe kann ich auch. Das muss man können, wenn man Jugendbetreuer auf Reisen ist. Wenn du später zur Feuerwehr willst, musst du es auch können."

„Das sind die Rettungsmaßnahmen, wenn man jemanden findet, dem es nicht gut geht", erklärte Amelie.

„Geht es den Jugendlichen nicht gut?", fragte Amber besorgt.

„Doch, meistens schon. Aber es kann ja mal ein Notfall eintreten." Jolene versuchte an Joel vorbei zu gucken, um Amber zu sehen.

„Was machen wir eigentlich morgen, Mama? Frau Ehlert hat gesagt, morgen haben wir einen geschenkten Tag." Julien sah Amelie gespannt an.

„Sie meint wohl den 29. Februar. Ja, wir haben Schaltjahr."

„Ist das ein Feiertag?" Amber zappelte mit den Beinen, sodass sie gegen Amelies Rücklehne trat.

„Nein, aber morgen ist sowieso Samstag, da ist kein Kindergarten." Joel lehnte den Kopf zurück. „Zum Glück, endlich mal ausschlafen. Ich hatte die Woche Frühschicht."

„Ach ja, du bist jetzt wieder im Praktikum, oder?" Amelie bremste ab, um langsamer durch Mustin zu fahren.

„Ja, das hat gerade angefangen."

„Und was arbeitest du, Jolene?" Amelie sah sich um, hier blitzten sie gerne, aber sie hatte den Polizisten ja sowieso auf der Rückbank und der achtete seit dem Ausbildungsbeginn recht penibel auf die Fahrgeschwindigkeit seiner Mitmenschen. Da machte er auch bei seiner Mutter keine Ausnahme. Amelie wusste, dass es ihm echt peinlich gewesen wäre, von Polizisten angehalten zu werden, weil sie zu schnell fuhr.

„Ich studiere noch. Ich studiere Medizin."

„Ach, in Hamburg?"

„Ja."

„Und wie weit bist du?"

„neuntes Semester."

Den Rest der Fahrt über unterhielten sie sich über Jolenes Studium.

Zuhause angekommen, richteten sich Joel und Jolene im Gästezimmer ein. Anschließend zeigten Julien und Amber Jolene ihre Zimmer und den Rest des Hauses. Leonie begrüßte ebenfalls ihren großen Bruder. Dann war es auch schon Zeit fürs Essen und David kam nach Hause.

Zum Abendessen erschien auch Sophia. Sie war noch stiller als sonst. Vermutlich war sie unsicher wegen der Anwesenheit einer weiteren, ihr unbekannten Person.

„Du bist doch eine Ärztin, Jolene, in der Schule reden alle nur noch von diesem Coronavirus. Ist das jetzt so schlimm, oder nicht?"

Leonie sah Jolene gespannt an. Alle sahen Jolene gespannt an.

„Was soll ich sagen..., also, jedenfalls bin ich noch keine Ärztin. Ich studiere ja noch."

Amelie hatte das starke Gefühl, dass Jolene nicht wagte, ihre Meinung zu sagen, weil sie vielleicht befürchtete, damit anzuecken.

„Du kannst hier ruhig sagen, was du denkst. Das machen wir hier alle." Joel sah Jolene aufmunternd an.

„Also, ich denke, es handelt sich dabei um eine Grippe. Wie gefährlich sie ist, lässt sich noch gar nicht bestimmen. Um herauszufinden, wie gefährlich diese Erkrankung ist, müsste abgewartet werden, wie die Krankheitsverläufe sind und ob es Folgeerkrankungen gibt, ob es langfristige Schäden gibt und wie es sich mit der Immunisierung verhält. All das lässt sich erst nach umfangreichen Untersuchungen sagen, aber was da in den Medien läuft, ist vor allem Panikmache. Viele Medien schlachten das Thema regelrecht aus. Wissenschaft braucht auch Zeit, um Hand und Fuß zu haben. Es erinnert sehr an den Schweinegrippeausbruch. Auch damals hieß es, es handele sich um eine schreckliche Pandemie, auch damals wurden sofort Vergleiche mit der Spanischen Grippe gezogen und dann musste sofort ein Impfstoff her, der sich aber leider nachher sowohl als überflüssig, als auch als schädlich herausgestellt hat, sodass Unmengen an Geldern verschleudert wurden. Dabei sind die Zahlen bisher nicht sonderlich beeindruckend und zudem auch nicht sehr aussagekräftig. Was man aber schon sehen kann ist, dass anders als die Schweinegrippe damals, diesmal Kinder in keiner Weise zur Risikogruppe zählen, sondern sehr alte, sehr kranke Menschen, für die jeder Infekt ein großes Risiko darstellt. Aber auch die müssen geschützt werden. Was sicherlich gefährlich wäre, wäre allerdings, verfrüht und umfangreich Medikamente oder Impfstoffe anzuwenden, wenn es noch keine hinreichenden Studien gibt. Das RKI hat ja von Obduktionen abgeraten. Das ist in wissenschaftlicher Hinsicht schon ein Supergau. Man kann auf diese Weise weder sagen, ob diese Menschen nicht doch an etwas ganz anderem gestorben sind, noch, ob die Behandlung überhaupt die Richtige ist. Gerade wenn man schnell etwas über den Virus lernen will, dann sind Obduktionen unerlässlich."

Das Wochenende mit Joel und Jolene war sehr schön und sehr aufschlussreich gewesen. Mit Jolene konnte man sich hervorragend unterhalten. Aber so schön es war, so schnell verging es auch.
Sonntag brachten sie die beiden wieder zurück nach Ratzeburg.
Montag um 8:00 Uhr hatten sie dann das Gespräch mit Frau Büchner.
Sie nahmen zu dritt daran teil.
Leider hatte Amelie sich zuviel von dem Gespräch versprochen. Auf Seiten der Schule saß neben Frau Büchner auch die Schulleitung und obgleich alle sehr bemüht wirkten, hatte Amelie doch das Gefühl, als habe Sophia bereits ihren Stempel und als sei aus Sicht der Schule der Zug bereits abgefahren.
Die Schulleitung erwartete, dass sie Sophia im Entwicklungszentrum in Schwerin vorstellten und dort Testungen veranlassten, um herauszufinden, warum sich Sophia in der Schule so schwer tat und dass sie mit dem Jugendamt Kontakt aufnahmen.
Frau Büchner wirkte zwar besorgt, hatte aber auch keinen anderen Vorschlag, was man sonst tun konnte, um Sophia zu helfen.

Abends war Amelie froh, als alle in ihren Betten verschwunden waren und Ruhe einkehrte.
Sie ließ sich auf das Sofa plumpsen und starrte traurig gegen die Wand.
Kurz darauf kam auch David und setzte sich neben sie.
„Was hab ich auch anderes erwartet?"
„Ja, was hast du denn erwartet?" Er verschränkte die Arme im Nacken und lehnte sich zurück.
„Keine Ahnung, ich habe eben gehofft, die Schule hätte das ein oder andere Patentrezept, weil sie vielleicht mehr Ahnung haben, als wir. Schließlich haben sie gelernt, mit Kindern zu arbeiten."
„Da hast du das Patentrezept der Schule. Das Entwicklungszentrum und Testungen."
Amelie verzog das Gesicht.
„Aber du weißt doch auch nichts besseres. Das ist doch wenigstens etwas…"
„Ach was, gar nichts ist das."
„Woher weißt du das?"
„Mein Gefühl sagt es mir."
David schwieg.
„Das wird uns nicht helfen, sondern Sophia das Gefühl geben, dass wir eben bei ihr den Fehler suchen. Dabei ist sie nicht verkehrt. Wir haben nur einfach keinen Zugang zu ihr. Das ist unser Fehler."

„Und dass sie dort wissen, wie wir den Zugang zu ihr finden können?"

„Ach was, das glaubst du doch selber nicht. Sie werden testen, ob sie einen normalen IQ hat und ob sie Lernschwierigkeiten hat, dann werden sie sagen, dass es eben schwere Bedingungen für sie sind, entweder diagnostizieren sie dann Borderline oder ADHS und mit genügend Pech werden sie sie auf eine Sonderschule schicken. Dann hat sie wieder einen Stempel aufgedrückt bekommen, der sie noch mehr in die Enge drängt."

„Aber was sollen wir sonst tun?"

„Keine Ahnung. Wir brauchen eben ein Wunder. Eine Eingebung. Die Zeit muss stehen bleiben und es muss was Verrücktes passieren."

„Ach so. Mehr nicht?" David grinste.

„Nein. Ich denke, das würde genügen." Ein Grinsen, und mochte es noch so zynisch sein, brachte Amelie nicht über die Lippen.

Am nächsten Morgen war Amelie übermüdet und unausgeruht, denn sie hatte die halbe Nacht nicht schlafen können. Eines jedenfalls stand fest: Und wenn sie auch noch so wenig einen Zugang zu Sophia gefunden hatten, so hatte Sophia einen zu ihnen gefunden. Das war das Einzige, was an der ganzen Sache wirklich positiv war, fand Amelie. Amelie wünschte nichts sehnlicher, als dass ihnen etwas einfiel, wie sie Sophia helfen konnten, wie es ihnen gelingen konnte, dass Sophia Vertrauen zu ihnen fasste.

Schließlich hatte sie entschieden, doch noch einmal Frau Runge anzurufen. Vielleicht würde die noch eine andere Option wissen, als das Entwicklungszentrum.

Als schließlich Leonie zum Bus aufgebrochen war, Amber mit David zur Kita unterwegs war und sie Sophia in Lindow abgesetzt hatte und mit Julien auf dem Weg nach Schwerin war, hätte sie vor Müdigkeit eigentlich wieder schlafen gehen können. Da wäre sie sicher besser aufgehoben gewesen, als im Straßenverkehr.

Sie setzte Julien ebenfalls ab und fuhr zur Staatsanwaltschaft. In ihrem Büro griff sie direkt zum Telefon und wählte die Nummer von Frau Runge.

„Guten Morgen, hier ist Amelie Kästner, die Pflegemutter von Sophia Valentin.

„Ja, Frau Kästner, guten Morgen..."

„Frau Runge, hätten Sie kurz einen Augenblick?"

„Klar, sicher, ich öffne nur gerade mal die Akte, Moment."

Es dauerte eine Weile, dann sagte Frau Runge: „Okay."

„Wir hatten gestern ein Gespräch mit Sophias Lehrerin."

„Ja."

„Es ist schwierig in der Schule. Sophia ist immer noch sehr verschlossen, auch uns gegenüber."

„Ja..."

„Da wollten wir Sie fragen, ob Sie eine Idee haben, was wir tun könnten."

„Was wurde denn seitens der Schule vorgeschlagen?"

„Die verlangen, dass wir uns ans Entwicklungszentrum wenden."

„Ja, das klingt doch nach einer guten Sache."

„Naja, wir dachten, dass Sie vielleicht..., ich meine, da wir ja bisher noch nicht an einem Kurs teilnehmen konnten,..."

„Tja, also wie gesagt, wenn die Schule das vorschlägt. Dann sollten Sie das wohl auch so machen."

Amelie wollte nicht so schnell aufgeben. Es musste doch noch einen anderen Weg geben. „Wir denken, dass uns vielleicht einfach die nötige Schulung fehlt, Sophias Vertrauen zu gewinnen. Gibt es vielleicht..., naja, einen Ratgeber oder etwas ähnliches, einen Ratgeber für Pflegeeltern? - Für Kurzzeitpflegeeltern?"

„Also, das wüsste ich jetzt nicht... Und sehen Sie, ich habe einfach derzeit wahnsinnig viel zu tun, ich kann Ihnen da jetzt im Augenblick auch nicht helfen. Wir sind hier völlig überlastet. Wir haben ja noch weitere Kinder, die dringend Pflegeeltern suchen und jetzt sollen wir im Eilverfahren organisieren, wie eine größere Anzahl unbegleiteter Minderjähriger von der griechisch-türkischen Grenze in der Bundesrepublik untergebracht werden kann,... also ich meine, tun Sie doch einfach, was die Schule sagt."

Amelie überlegte, ob sich ein weiterer Anlauf lohnte, aber dann gab sie es auf.

Sie verabschiedete sich und legte den Hörer auf, dann stützte sie den Kopf in die Hände.

Ein Ratgeber... Klar, dann suchte sie eben selber nach einem Ratgeber. Ebay!

Sie raffte sich auf und startete den PC, dabei fiel ihr ein, dass sie eigentlich ihre Emails checken musste, schließlich war sie bei der Arbeit. Dennoch, zuerst würde sie einen Blick auf Ebay wagen.

Sie rief die Suchmaschine auf und gab in die Suchleiste „Pflegekind" ein. Start.

Was war das? Pflegeprodukte? Barbiepuppenzubehör und Nagelknipser? Aumann...

Nächster Versuch: „Pflegekinder". Start.

Jetzt erschien eine Wickeltasche und da, tatsächlich, ein Buch über Pflegekinder, ein Ratgeber aber uralt. Bestimmt aus den 80er Jahren, nee, das war nix. Da, ein Buch über Kinderpflege und

Frosch Seife.

Amelie verfeinerte die Suche, indem sie hinter den Suchbegriff „Buch" anfügte. Start.

Nun erschienen verschiedene Bücher über Kinderpflege, das 80er Jahre Buch war wieder aufgeführt und ein Buch mit dem Titel: „Das Buch der Mütter"... Sie scrollte runter.

Da, endlich: „Pflegekinder und Adoptivkinder im Focus". Sie klickte darauf und suchte nach dem Erscheinungsjahr. 2000. Hm, eigentlich zu alt... Und dann tauchte ein anderes Buch auf. „Pflegekinder und ihre Entwicklungschancen". Das konnte was sein. Da: Erscheinungsjahr 2017. Das klang gut. Amelie las den Buchklappentext durch. Ja, das war das, was sie suchte. Sie machte innerlich einen Hüpfer vor Freude und klickte auf Sofortkauf. Dann prüfte sie doch noch schnell, ob es das Buch auch noch günstiger gab und fand es gebraucht für 38 EUR. Das war besser. Also wickelte sie den Kauf ab und schloss Ebay schnell. Jetzt musste sie sich auf die Arbeit konzentrieren.

Am Nachmittag nahm Amelie die Gelegenheit wahr, als Leonie und Julien bei den Pferden waren und Amber mit einem Nachbarkind spielte und klopfte bei Sophia an die Tür.

„Sophia, ich würde gerne mit dir sprechen."

„Okay..." Sophia setzte sich im Bett auf und legte die Arme um die angezogenen Knie. Sie hatte offenbar Musik mit Kopfhörern gehört.

„Ich habe im Anschluss an das Gespräch mit Frau Büchner und der Schulleitung noch viel nachgedacht, heute..." Amelie erwartete, dass Sophia möglicherweise sagte, ihr sei es auch so gegangen, aber Sophia schwieg.

„Ich habe überlegt, was wir tun können, damit es dir bei uns besser geht."

„Es geht mir gut."

Amelie überraschte diese Aussage. „Aber ... in der Schule scheint es dir nicht gut zu gehen..."

„Wer mag schon Schule."

„Ja, aber schließlich ist es wichtig, dass du einen Schulabschluss machst..."

Sophia schwieg.

„Was hälst du denn von dem Vorschlag, ins Entwicklungszentrum zu fahren?"

„Keine Ahnung. Was ist denn das?"

„Naja, da sind Psychologen und Ärzte und die werden dich untersuchen und testen, um herauszufinden, woher deine Schwierigkeiten in der Schule kommen."

„Ich hab keine Schwierigkeiten."

Amelie sah Sophia ratlos an. Wie sollte man bloß mit ihr sprechen?

„Aber Frau Büchner sagt doch, dass du Schwierigkeiten hast."

„Ich will auf keinen Fall in dieses komische Kinderzentrum."

Sophia klang nun nicht mehr ganz so gleichgültig.

Amelie überlegte eilig, wie sie nun am besten reagieren sollte, um Sophia zu zeigen, dass sie ihr helfen wollte. „Wir könnten uns auch vorstellen, dass es vielleicht einen anderen Weg gibt, der besser wäre..."

„Was denn?" Sophia klang misstrauisch.

„Wichtig ist vor allem, dass wir etwas tun, was du auch möchtest."

„Eigentlich ist aber alles okay. Wir müssen nichts machen."

„Das sieht aber die Schule anders und die wird darauf bestehen, dass wir etwas tun."

„Ich will aber nicht getestet und untersucht werden."

„Dann lass uns doch mal überlegen, was wir stattdessen tun können."

„Wollt ihr das denn nicht auch, dass ich da hin gehe?" Sophia sah Amelie mit einem Stirnrunzeln an.

Amelie fand es nicht zielführend, Sophia ihre Vorbehalte in Bezug auf das Entwicklungszentrum darzulegen. Wer konnte schon sagen, ob sie an diesem Besuch vorbei kamen und dann war es wenig hilfreich bis hinderlich, wenn Sophia ihre ablehnende Einstellung kannte. „Wir denken, das es sinnvoller ist, mit dir gemeinsam zu überlegen, was für dich gut sein könnte."

„Ich will aber eigentlich gar nichts machen."

„Aber das hatten wir ja schon. Das wird nicht gehen."

Sophia seufzte.

„Vielleicht würde die Schule es akzeptieren, wenn wir stattdessen einen Therapeuten oder eine Therapeutin aufsuchen."

Sophias Blick verriet Fassungslosigkeit. „Pff..., und was soll daran besser sein? Ich bin doch nicht bekloppt. Da gehen Irre hin."

Amelie gab sich Mühe, sich nicht anmerken zu lassen, dass sie von dieser Äußerung alles andere als positiv überrascht war, denn das konnte keineswegs dazu beitragen, dass Sophia offen mit ihr sprach. Vermutlich hatte Sophia noch keine Therapieerfahrungen gemacht. Das konnte auch gut sein, denn dann hatte sie sich mit großer Wahrscheinlichkeit noch keine Therapieresistenz angeeignet. „Warst du noch nie bei einem Therapeuten?"

„Nee, bestimmt nicht", antwortete Sophia in verächtlichem Ton.

„Also, ich denke, dass der Vorteil darin besteht, dass das ein ge-schützterer Raum ist und dass es auch vielleicht nicht vorrangig um die Schulsituaion geht, sondern ein Therapeut oder eine Thera-peutin möglicherweise allgemeiner, - mit dir arbeitet."

„Ich weiß aber gar nicht, worüber ich mit so einem reden soll."

„Das wird sich dann schon zeigen."

Sophia schwieg.

„Was wäre dir denn lieber. Das Entwicklungszentrum oder ein Therapeut?"

„Wenn dann eine Therapeutin." Sophia betonte die letzte Silbe.

Sie wollte also eine weibliche Therapeutin.

„Okay, dann würde ich mit Frau Büchner darüber sprechen und mich dafür einsetzen."

„Wenn es unbedingt sein muss."

„Es ist aber wichtig, dass du dann auch mitziehst."

„Wenn ich muss."

„Naja, wir müssen der Schule „verkaufen", dass dieser Weg sinn-voll ist."

„Wie sollen wir das machen?" Sophia klang genervt.

„Zeig den Lehrern deinen guten Willen. Versuche es wenigstens."

Sophia zuckte mit den Schultern.

„Soll ich dich nochmal nachdenken lassen und später fragen, ob ich Frau Büchner nrufen soll?"

Sophia dachte offensichtlich kurz nach. „Nein, du kannst sie anrufen."

Als Amelie ihr Zimmer verlassen hatte, kniff Sophia die Augen fest zusammen und rieb sich mit den Handflächen und Handge-lenken fest über die Jeans. Das würde grauenhaft werden. Scheiße. Eine Therapeutin. Am liebsten hätte sie ihren Kopf gegen die ver-dammte Wand geschlagen, aber das hätte man in diesem kack-hellhörigen Haus bestimmt gehört.

Jetzt sollte sie eine Therapie machen. Als wenn sie verkehrt war. Verkehrt waren diese ganzen beschissenen Spießer und Idioten. Die wollten nur erreichen, dass sie sich einfügte. Dass sie parierte und so wurde wie sie. Aber das wollte sie nicht. Niemals.

Diese Therapeuten waren Leute, die in ihrer schönen, heilen Welt aufgewachsen waren, dann hatten Mami und Papi ihnen das Studium bezahlt und jetzt verdienten sie ihr Geld damit, die die nicht in ihr Kacksystem passten, solange zu bearbeiten, bis sie sich angepasst hatten. Dabei waren diese Therapeuten und Psychologen mindestens so bescheuert wie alle anderen.

Und anfangen sollte sie damit, ihren guten Willen zu zeigen, wie

das schon klang. Damit alle auch gleich merkten, das sie sie weich-
gekaut hatten. Nee, wenn sie nur daran dachte, morgen wieder in
die Schule zu gehen, dann drehte sich ihr der Magen um.

Einige Zeit später erschien Amelie wieder, um ihr auszurichten,
dass sie mit Frau Büchner und der Schulleitung telefoniert habe
und die Schule akzeptiere, dass sie erst einmal diesen Weg gehen
wollten, wenn Sophia dann ab sofort auch zuverlässig zur Schule
kommen würde.
Dann kümmerte sich Amelie um einen Therapietermin, den sie
auch gleich für den 10.3., also kommende Woche vereinbarte, bei
einer Therapeutin in Ratzeburg.

An diesem Abend konnte Sophia einfach nicht einschlafen. Ihr
drehten sich die Gedanken im Kopf herum. Sie fühlte sich wie eine
Gejagte.
Dann wieder dachte sie an Amelie und David, die sich so eine
Mühe mit ihr gaben - und sie spürte, was sie nicht spüren wollte,
nämlich dass sie sich darüber ganz tief in ihrem Innern freute -.
Aber sie konnte einfach nicht zu einer Therapeutin gehen. Das ging
nicht.
Nur, was würde dann geschehen?
Was konnte sie nur tun, um aus dieser Zwickmühle heraus-
zukommen?
Lange hörte sie über Kopfhörer Nirwana.
Schließlich fiel sie in einen unruhigen Schlaf.

Mitten in der Nacht schreckte sie auf. Hatte sie etwas gehört?
Ihr Herz begann schneller und schneller zu schlagen, zu rasen. Sie
lauschte, aber sie hörte nur das Dröhnen ihres Herzschlags.
Sie roch den süßen Geruch von Ellis Parfüm.
Mit zittrigen Fingern knipste sie die Lampe an ihrem Bett an,
dann ließ sie ihre Beine zu Boden gleiten, spürte den kratzigen
Teppich unter ihren Füßen. Es war kalt. Sie schnappte sich ihren
Pulli vom Boden und zog ihn schnell über, dann öffnete sie die Tür,
lauschte, es war still und es war stockdunkel in der Wohnung.
Sie schlich leise durch den Flur, um die Ecke, da war die Diele,
weiter, zu Ellies Zimmer. Sie klopfte. „Elli?"
Keine Antwort.
„Elli?"
Nichts. Sie schlich zum Bett, fühlte nach Elli, aber da war nichts.
Das Bett war kalt und leer.
Sie atmete schneller, ihr Herz fühlte sich an, als würde es gleich

zerspringen. Sie tappte zum Lichtschalter und drückte darauf. Kein Zweifel, das Bett war leer. Sie sah sich um. Was sollte sie tun? Panische Angst ergriff sie. Wo war Elli?

Sie schlich wieder in die Diele, den Flur entlang, Kälte schlug ihr entgegen. Sie knipste auch hier das Licht an und erstarrte. Die Wohnungstür stand offen. Gänsehaut überlief sie. Sie begann unkontrolliert zu zittern.

Von hier drang die Kälte ein. Im Treppenhaus herrschte Finsternis...

...Sophia riss die Augen auf. Es war stockdunkel. Sie tastete panisch nach dem Lichtschalter, drückte darauf. Das Licht sprang an. Sie war nicht bei Elli. Sie war in ihrem Zimmer in Amelies und Davids Haus. „Oh Gott...", flüsterte sie hektisch atmend. Sie presste sich gegen die kalte Wand und zog die Decke bis unter die Nase hoch. Sie zitterte.

Was war geschehen?

Ein Traum, es war nur ein Traum. Die Erleichterung, die sich bei dieser Erkenntnis eingestellt hatte, wurde im nächsten Augenblick von einem Stich in den Magen abgelöst, als ihr bewusst wurde, dass Elli fort war. Für immer. Sie spürte, wie ihr die Tränen in die Augen schossen und sie hektisch zu atmen begann. Sie musste ihre Atmung drosseln. Sie durfte auch nicht heulen. Nur ein Gedanke raste in ihrem Kopf umher: „Reiß dich zusammen. Es war nur ein Traum. Reiß dich zusammen."

Als Sophia am nächsten Morgen erwachte, war sie in einem schrecklichen Zustand. Sie hatte Kopfschmerzen und war völlig übermüdet. Sie hatte sich ihre Lippe und ihre Zunge blutig gebissen , bei dem Versuch, sich wieder unter Kontrolle zu bekommen und beide schmerzten nun.

Aber sie musste in die Schule. Sie musste es für Amelie tun, denn sie wollte ihre Vereinbarung einhalten. Sie musste einfach und wenn es noch so furchtbar wurde.

Sophia konnte Amelie davon überzeugen, dass sie sich versehentlich auf die Lippe gebissen hatte und Amelie gab ihr eine Creme. Das machte alles noch schlimmer, denn jetzt fühlte Sophia sich noch mehr verpflichtet.

Sophia schaffte es sogar noch, auf den Vertretungsplan zu gucken und stellte fest, dass eine Stunde ausfiel.

Sie besprach mit David, dass er sie nach der fünften Stunde am Bus an der Endstation abholen sollte.

Dann brach sie zur Schule auf. Das kostete sie sehr viel Überwindung, aber sie schaffte es.

Sie überstand auch die erste und die zweite Stunde und dann geschah die nächste Katastrophe. Es stellte sich heraus, dass sie den Vertretungsplan doch falsch verstanden haben musste, denn sie hatten doch sechs Stunden, sodass sie den Bus nicht würde nehmen können und David umsonst auf sie warten würde.

Nach der zweiten Stunde klopfte Sophia also ans Schulsekretariat.

„Herein?"

Sophia öffnete die Tür und trat ein. „Kann ich bitte zu Hause anrufen, ich hab den Vertretungsplan falsch verstanden und jetzt werde ich nach der fünften vom Bus abgeholt, dabei habe ich sechs Stunden."

Der Blick der Sekretärin verriet Gereiztheit. Ihre Stimme auch. „Das kann doch wohl nicht wahr sein. Ich bin doch hier keine Telefonzentrale. Weißt du, du bist jetzt heute schon die vierte aus deiner Klasse. Nee, also es reicht, nein, wirklich nicht, dann müsst ihr eben mal richtig lesen. Nein, du kannst jetzt nicht telefonieren. Dann merk dir das eben für die Zukunft."

Nach dieser Abfuhr wusste Sophia nicht, was sie tun sollte. Wenn sie nicht nach der fünften Stunde den Bus nahm, würde David sie vermutlich suchen. Bestimmt würde er furchtbar sauer werden und Amelie auch. Das war klar gewesen, wenn sie versuchte, alles richtig zu machen, dann ging es schief. Sie war eben ein Totalausfall.

Ihr blieb nur eins. Sie würde einfach nach der fünften Stunde gehen, dann würden David und Amelie nichts merken und dann würde sie nie mehr herkommen. Nie mehr.

Freitag hatte Amelie frei. Sie nutzte den Vormittag dazu, endlich mal wieder den Haushalt einigermaßen auf Vordermann zu bringen. Sie hasste das. Diese Tätigkeiten waren offensichtlich dazu da, (vor allem) Frauen von den wichtigen Dingen abzulenken oder positiv formuliert, (vor allem) Frauen die Möglichkeit zu geben, sich selber dahingehend zu disziplinieren, sich eben gerade nicht von den wichtigen Dingen abhalten zu lassen.

Dabei konnte sie noch nicht einmal behaupten, dass David nicht durchaus auch den Haushalt mitschmiss. Aber er ließ sich nicht davon ablenken. Er machte den Haushalt, wenn er meinte, es sei an der Zeit, aber das war nie, wenn er etwas Wichtigeres zu tun hatte und wenn er eben keine Zeit hatte, die dafür übrig war, dann ließ er den Haushalt eben links liegen.

Anschließend setzte sie sich mit einem Cappuchino an den Küchentisch und ging ihren Terminkalender für die kommende Woche durch.

Dienstag war der Psychologentermin von Sophia.

Sie hatte diesbezüglich gespaltene Gefühle. Einerseits hoffte sie inständig, dass die Therapeutin Sophia helfen konnte und ihnen natürlich auch, aber andererseits hatte sie tief in sich drinnen das Gefühl, dass dem möglicherweise nicht so sein würde und was sie dann tun sollte, wusste sie beim besten Willen nicht.

Ihr fielen wieder Lillys Worte ein. „Erziehung braucht Sophia nicht, sondern Beziehung. Menschen, die sie nur als Job betrachten, hat sie genug erlebt, was ihr fehlt sind Menschen, zu denen sie eine Bindung eingehen kann."

Solch ein Mensch wird eine Therapeutin wohl nicht sein, oder doch? Nein, sie wusste genau, dass Lilly keine Therapeuten gemeint hatte. Aber was sollte sie sonst tun?

Jedenfalls hatte Lilly auch nicht das Entwicklungszentrum gemeint.

Es würde ja schon etwas helfen, wenn die Therapeutin ihnen schließlich Tipps geben konnte, wie sie Sophia gerecht werden konnten, ja, das wäre schon ziemlich gut...

Amelie dachte an Sophia. Sophia war die ganze Woche zur Schule gegangen, hatte keinerlei Anstalten gemacht.

Offensichtlich gab sie sich große Mühe, die Vereinbarung mit der Schule einzuhalten. Das kostete sie bestimmt viel Überwindung und Kraft.

In dem Moment klingelte das Telefon.

Amelie hob ab. „Ja?"

„Frau Kästner?"

„Ja."

„Hier ist Frau Büchner. Frau Kästner, ich wollte mich nach Sophia erkundigen. Uns liegt keine Krankmeldung vor."

„Nein...," stammelte Amelie irritiert. „Sie ist ja auch nicht krank."

„Aber wir haben sie hier nur am Montag gesehen, da hat sie die Schule nach der fünften Stunde verlassen."

„Sie hatte doch auch fünf Stunden am Montag."

„Nein, sechs."

„Aber sie hat mit meinem Mann besprochen gehabt, dass er sie aufgrund eines Stundenausfalles bereits nach der fünften Stunde am Bus abholen sollte."

„Ja, das haben wohl einige Kinder so verstanden, aber tatsächlich fand die sechste Stunde statt, allerdings ohne Sophia."

„Ja, das verstehe ich nicht. Sie hat auch gar nichts gesagt. Ich kann Ihnen da leider gerade gar nichts zu sagen. Erstmal muss ich mit Sophia sprechen, aber die ist noch nicht zurück."

„Sophia war auch heute nicht in der Schule."

„Das verstehe ich nicht..."

„Das ist sehr bedauerlich, zumal die Schulleitung jetzt davon ausgeht, dass Sophia nicht zu einer konstruktiven Zusammenarbeit
bereit ist und auch Vereinbarungen nicht einhält. Ich muss Sie leider darüber informieren, dass wir jetzt doch darauf bestehen müssen, dass Sie einen Termin im Entwicklungszentrum vereinbaren
und dass Sophia bis zu diesem Termin ersteinmal von der Schule
suspendiert ist."
Amelie schluckte. Der ganze Anruf kam für sie so unerwartet,
dass sie gar nicht wusste, was sie sagen sollte.
„Aber Frau Büchner, Sie wissen doch, dass wir durchaus zu
konstruktiver Zusammenarbeit bereit sind. Ich meine, Sie wissen
doch auch, dass Sophia in einer sehr schwierigen Situation ist und
sie erstmal ankommen muss...", versuchte Amelie, das Gespräch zu
entschärfen.
„Natürlich weiß ich das. Das weiß auch die Schulleitung. Aber
unsere Erfahrungen mit dem Entwicklungszentrum sind auch ganz
gut, beziehungsweise, das ist nun einmal der angezeigte Weg. Wir
verlangen das ja auch nur, weil wir Sophia helfen wollen."
Nach dem Gespräch beschäftigte Amelie vor allem eine Frage,
nämlich, wo Sophia steckte, wenn sie nicht in der Schule war. Was
sollte sie tun? Sollte sie die Polizei anrufen? Bloß nicht.
Gab es jemanden aus der Klasse, der wissen konnte, wo sie steckte? Wohl eher nicht.
Sie hatte Sophia morgens bei der Schule abgesetzt. Wo konnte sie
hingegangen sein?
Jedenfalls war sie die anderen Tage wohl auch woanders gewesen
und dann wieder aufgetaucht. Dann würde sie heute wohl auch
wieder zurückkommen...
Nein, sie würde erstmal abwarten.

Um 12:30 holte Amelie Sophia, wie vereinbart, von der Bushal-
testelle ab.
Julien würde um 14:00 von einem Klassenkamerad nach Hause ge-
fahren und Leonie kam mit dem 14:00 Uhr-Bus nach Hause. Um
diese Zeit würde sie auch Amber aus der Kita abholen.
Amelie wollte nicht im Auto mit Sophia sprechen, also fuhren sie
zunächst nach Hause.
„Ich würde gerne mit dir sprechen, Sophia", sagte sie, als sie im
Haus waren.
„Was gibt es denn?" Sophia klang, als wenn sie tatsächlich keine
Ahnung hatte, worum es ging.
„Frau Büchner hat mich heute angerufen." Amelie wartete, ob
Sophia selber etwas dazu sagen wollte. Sie musste doch jetzt wis-

sen, dass Amelie Bescheid wusste.

Aber Sophia sagte nichts, sah sie nur stumm an.

„Wo bist du denn gewesen? Wo warst du heute?"

„In der Schule", flüsterte Sophia.

„Sophia, deine Lehrerin hat mich angerufen. Was wird sie mir wohl erzählt haben?"

„Ich weiß es nicht." Sophia wurde immer leiser und immer kleiner.

Amelie sah sie verwundert an. „Okay, dann werde ich es dir verraten. Sie hat gesagt, du seist nicht in der Schule gewesen."

„Aber ich war doch da."

Amelie starrte Sophia jetzt fassungslos an. Wieso log sie stur weiter?

„Du bist Montag früher gegangen und dann nicht mehr dort gewesen." Amelie kam sich bescheuert vor, Sophia zu erzählen, was sie getan hatte. Es kam ihr vor wie ein Verhör. Schrecklich.

„Nein, ich war doch in der Schule."

„Sophia, wie soll ich dir denn helfen, wenn du mir nicht mal jetzt die Wahrheit sagst", fragte Amelie ratlos.

„Du brauchst mir nicht zu helfen."

„Ich will dir aber helfen. Sag mir doch bitte, wo du warst und warum du nicht in der Schule warst."

Sophia schwieg.

„Jetzt haben sie dich von der Schule freigestellt. „

Sophia blickte kurz auf, dann senkte sie gleich wieder den Blick.

„Sie erwarten jetzt, dass wir doch ins Entwicklungszentrum fahren."

„Nein."

„Wie, nein?"

„Da gehe ich nicht hin." Sophias Stimme wurde etwas lauter.

„Aber wir müssen jetzt."

„Nein, da geh ich nicht hin!" Sophia sah Amelie endlich in die Augen, ihre Stimme wurde immer lauter. Dann schrie sie: „Ich geh da nicht hin. Ich geh nirgends mehr hin. Ich will zu meiner Mutter. Nichts weiter. Ich geh zu meiner Mutter zurück. Ich hasse es hier. Ich hasse euch. Ich will eure Hilfe nicht und ich will nicht hier sein. Ich will zu meiner Mutter! Und wenn das nicht geht, dann will ich zu meinem Vater!"

10

Sophia war nach ihrem Wutausbruch in ihrem Zimmer verschwunden und hatte auch auf Amelies Klopfen hin nicht mehr geöffnet.

Amelie hatte den Rest des Tages mit Julien und Amber im Garten verbracht. Leonie besuchte eine Klassenkameradin, sie lernten zusammen für eine Klassenarbeit.

Es tat gut, den Kartoffelacker vorzubereiten und nicht mehr nachzudenken.

Erst gegen zehn Uhr abends konnte sie mit David sprechen. Sie waren sich einig, dass sie noch immer verhindern wollten, sich an das Entwicklungszentrum wenden zu müssen. Die einzige Möglichkeit, die sie hierfür noch sahen, war allerdings, Frau Runge anzurufen und sie davon zu überzeugen, dass es besser wäre, erst einmal die Therapiestunde abzuwarten.

Wesentlich länger sprachen sie über Sophias Wunsch, zu ihrer Mutter zurückzukehren.

„Was genau hat sie denn gesagt?" David streckte sich auf dem Sofa aus. Er hatte einen langen Tag gehabt.

„Nichts weiter. Nur dass sie zu ihrer Mutter will und sonst nichts und dass sie uns hasst." Amelie dachte kurz nach. „Ach ja. Und sie sagte, wenn es mit ihrer Mutter nichts würde, dann wolle sie eben zu ihrem Vater."

„Ihrem Vater? Was wissen wir denn von dem?"

„Naja, nichts. Er soll doch unbekannt sein."

„Hat sie denn Kontakt mit den beiden?"

„Das weiß ich nicht, ich denke nicht."

„Und wenn doch? Wie kommt sie sonst darauf?"

„Es erklärt vielleicht, warum sie sich so absondert. Sie will gar nicht hier ankommen, weil sie ja gedanklich bereits wieder bei ihrer Mutter lebt."

„Aber ich dachte, dass ihre Mutter sie nicht bei sich haben will."

„Das sagte jedenfalls Frau Runge. Aber mehr wissen wir ja auch nicht."

„Hm..." David wusste offenbar nicht weiter.

„Vielleicht sollten wir uns mehr mit ihrer Geschichte auseinandersetzen. Könnte da der Schlüssel liegen?"

„Ja, aber wie...?"

„Wenn sie es sich so wünscht, vielleicht sollten wir ihr signalisieren, dass wir sie dabei unterstützen. Ich meine, sie ist ja auch nur als Kurzzeitpflegekind bei uns. Vielleicht braucht sie dabei Unterstützung."

„Ja, das könnte sein... Aber vielleicht sollten wir vorher Frau Runge fragen."

So machten sie es. Am Montag rief Amelie gleich morgens bei Frau Runge an, aber sie war hinterher so schlau wie vorher. Frau Runge hatte sie recht zügig damit abgewimmelt, sie solle bezüglich des Entwicklungszentrums tun, was die Schule vorschlage und was die Mutter angehe, könne sie selbst entscheiden, ob sie Sophia darin unterstützen wolle.

Über den Vater konnte sie gar nichts sagen.

Also rief Amelie notgedrungen im Anschluss an das Telefonat mit Frau Runge im Entwicklungszentrum an. Ihr wurde erklärt, dass sie einen Termin per Brief mitgeteilt bekämen.

Amelie erzählte Leonie am Abend von ihrem Gespräch mit Sophia.

„Und sie hat gesagt, sie will zu ihrer Mutter zurück?" Leonie strich sich eine Haarsträhne aus dem Gesicht und lehnte sich in ihr Kissen.

Amelie nickte.

„Dann müsst ihr ihr dabei helfen. Wenn sie zu ihrer Mutter will, dann wird sie sich hier nie eingewöhnen."

„Da könntest du Recht haben."

„Aber man weiß ja nicht, wie die Mutter so ist", überlegte Leonie weiter.

„Ja, daran habe ich auch schon gedacht."

„Wenn sie Sophia nicht bei sich haben will, dann ist es aber auch wichtig, dass ihr das mitkriegt."

Amelie strich Leonie über das Haar. „Ich hab dich lieb. Schlaf schön, mein Schatz."

„Mir tut Sophia leid. Ich bin gespannt, was das für eine Mutter ist."

„Das geht mir auch so. Vielleicht verstehen wir Sophia auch besser, wenn wir ihre Familie kennenlernen."

„Aber wie wir ihren Vater aufspüren sollen, weiß ich ja nicht."

„Tja, mal sehen, vielleicht weiß Sophia ja mehr. Ich meine, wenn sie zu ihm will, dann müsste sie ihn doch eigentlich kennen."

Am darauffolgenden Tag fand Sophias erste Therapiestunde statt.

Amelie brachte Sophia nach Ratzeburg. Sie war so froh wie lange nicht und auch aufgeregt. Sie hoffte inständig, dass diese Therapie Sophia und ihnen helfen würde.

Sophia sah während der Fahrt nach Ratzeburg aus dem Fenster. Sie fuhren eine scheinbar endlose Allee entlang. Das Licht der Sonne blitzte zwischen den Bäumen auf wie eine Taschenlampe, die immerwährend an und aus geschaltet wurde. Das war ermüdend. Sophia dachte lieber an nichts. Was sollte sie bloß bei dieser verfluchten Therapeutin erzählen? Es musste irgendetwas sein, das dazu beitrug, dass sie zurück zu Mama ziehen konnte...

Als sie in Ratzeburg reinfuhren, wurde sie immer nervöser. Scheiße, worüber sollte sie bloß reden? Am besten gar nicht.

Viel zu schnell ging die Fahrt zu Ende und sie parkten.

Sophia kam sich bescheuert vor, hinter Amelie herzulaufen, wie ein abgerichteter Dackel, aber vorauslaufen ging auch nicht. Sie verdrehte die Augen genervt und war froh, als sie endlich in der Praxis angekommen waren.

Während Amelie sie anmeldete und ihre Versichertenkarte vorlegte, schlenderte sie ins Wartezimmer, zog ihre Jacke aus und legte sie sich über ihre Beine.

Amelie setzte sich neben sie. „Wir sollen erstmal zusammen reingehen, sagt die Sprechstundenhilfe." Leise fügte sie hinzu: „Oder wie man das hier nennt."

Sophia zuckte mit den Schultern. Am liebsten wäre sie getürmt.

„Sie können jetzt." Die Sprechstundenhilfe nickte Amelie und Sophia zu und wies ihnen den Weg zu einer Tür, die angelehnt stand.

Amelie ging wieder vor, Sophia trottete hinterher.

„Setzen Sie sich bitte, wo sie möchten."

Sophia musterte die Therapeutin misstrauisch. Sie war klein, ziemlich alt und hässlich. Ihr graute vor der Therapie.

An einem runden Tisch standen drei Stühle.

Auf dem Tisch standen Gläser und eine Karaffe mit Wasser.

„Guten Tag, Ich bin Frau Weiler." Frau Weiler reichte Amelie und Sophia nacheinander die Hand.

Amelie setzte sich in Fensternähe, Sophia daneben, Frau Weiler ihnen gegenüber an der Tür.

„Zunächst habe ich hier einige Formulare, die sie bitte ausfüllen und unterschreiben müssten." Frau Weiler schob einige Zettel über den Tisch zu Amelie. „Das ist einmal hier die Datenschutzerklärung wegen der Datenschutzgrundverordnung und dann benötige ich ihre Unterschrift hierunter. Damit erklären Sie sich einverstanden, dass ich Ihnen Sitzungen, die sie nicht wahrnehmen und die sie nicht mindestens 24 Stunden vorher abgesagt haben, privat in Rechnung stellen kann."

Sophia beobachtete Amelie, die die Zeilen überflog und dann

unterschrieb. Na klar, erst musste das finanzielle geklärt werden. Sophia fand Frau Weiler schon jetzt zum kotzen.

„Was führt Sie zu mir?" Frau Weiler sah zwischen beiden lächelnd hin und her. „Aber zunächst einmal: Ist es in Ordnung, wenn ich dich dutze, Sophia?"

Sophia zuckte mit den Schultern. Das war ihr so was von egal.

„Okay, dann hätten wir das geklärt. Also, was führt Sie und dich zu mir?"

Vier Augen richteten sich auf Sophia, aber Sophia wollte nicht beginnen. Was sollte sie bitte sagen? Amelie führte sie her. Sollte sie das etwa sagen?

„Tja, also, wie soll ich sagen...", begann Amelie stotternd. „Sophia lebt bei uns seit ein paar Wochen. Wir haben sie in Pflege genommen."

Amelie setzte eine Pause.

„Ah...", machte Frau Weiler und ihr Blick sollte wohl Verständnis zeigen.

Klar, so was sollte eine Therapeutin verstehen, schoss es Sophia durch den Kopf. Sie fand Frau Weiler schon jetzt ätzend.

Frau Weiler zog leere DIN-A-4 Seiten, die in der Mitte des Tisches gelegen hatten, näher zu sich und begann mit einem Kulli die erste Seite zu beschreiben. „Ich werde mir Notizen machen", erklärte sie überflüssigerweise. „Ich hoffe, das ist für Sie und dich in Ordnung, dann kann ich mich besser auf die folgenden Termine vorbereiten. Ich bin ja auch nicht mehr ganz jung und kann mir nicht alles im Kopf merken." Sie meinte das offensichtlich scherzhaft. Ätzend.

Amelie nickte mit freundlichem Blick.

Sophia konnte sich gerade noch ein Augenrollen verkneifen.

Amelie fuhr fort. „Die Schule hat uns nun aufgefordert, Sophia im Entwicklungszentrum in Schwerin vorzustellen, weil sie der Ansicht sind, dass Sophia in der Schule Schwierigkeiten hat, während Sophia aber versichert, keine Schwierigkeiten in der Schule zu haben.

Wir, also mein Mann und ich haben nun gedacht, dass es für Sophia besser ... gut ... sein könnte, in einem geschützten Raum mit einer Therapeutin zu sprechen, anstatt irgendwelche Testungen zu machen... Wir dachten auch, dass Sie ja auch bestimmt feststellen können, ob Testungen ... überhaupt... sinnvoll, also nötig sind."

„Okay, ich verstehe." Frau Weiler nickte gemächlich vor sich hin und notierte irgendwas.

Es entstand eine Pause.

Sophia sah zu Amelie, aber als diese den Blick erwiderte, richtete sie ihren Blick schnell wieder auf die Tischplatte.

Schließlich sah Frau Weiler Sophia an. „Also, ich arbeite natürlich gerne mit dir, aber wichtig ist, dass du das auch möchtest. Sonst bringt eine Therapie schließlich nichts."

Sophia zuckte mit den Schultern.

Frau Weiler schien einen Augenblick zu überlegen.

Schließlich sagte Frau Weiler an Amelie gerichtet: „Also, wenn es für Sie in Ordnung ist, würde ich jetzt einmal mit Sophia allein sprechen und Sie später dazu holen."

„Klar." Amelie erhob sich zügig und ging zur Tür. Dann wandte sie sich nochmal an Sophia. „Ich warte im Wartezimmer."

Sophia nickte.

„Okay, Sophia. Du lebst jetzt also bei Frau Kästner und ihrer Familie?"

Sophie nickte.

„Frau Kästner sagt, es gäbe in der Schule Probleme?"

„Nein." Sophia hatte nicht beabsichtigt, so heftig zu antworten. Sie räusperte sich und wiederholte dann leiser: „Nein."

„Nein?" Frau Weiler sah sie fragenden Blickes an.

„Keine Probleme in der Schule. Ich bin gut in der Schule."

„Aber wieso bist du dann hier?"

„Weil alle das behaupten, dass ich Probleme habe in der Schule."

„Okay..." Frau Weiler notierte wieder irgendwas.

Sophia wäre am liebsten davon gelaufen. Wie sollte sie das Stunde für Stunde ertragen?

Es entstand eine Pause. Sophia fixierte das Bild, dass hinter Frau Weiler an der Wand neben der Tür hing. Darauf war eine Figur gemalt, die wie eine Frau aussah. Die Formen waren verwaschen. Die Frau war in schwarz...

„Was denkst du, warum die Schule der Ansicht ist, dass du Probleme hast?"

...gemalt. Sie blickte in die Ferne, jedenfalls sah das so aus, man konnte ihr Gesicht nicht erkennen...

„Ich kann mich halt nicht so gut konzentrieren..."

... Der Hintergrund war gelb-orange, oder so. Sollte das ein Sonnenuntergang sein? Oder nur irgendein Gekritzel?...

„Aber warum kannst du dich nicht so gut konzentrieren?"

Sophia wollte auch weg. Wie die Frau auf dem Bild. Sie wollte in dieses gelb-orange Nichts gehen und ihre Ruhe haben...

„Es ist einfach scheiße bei Amelie und David. Sie tun so nett, aber es sind richtige Arschlöcher. Ich will da weg."

Als Sophia den überraschten Blick der Therapeutin bemerkte, freute sie sich. Nun. Jetzt wusste sie, worüber sie reden konnte.

Am Abend nach dieser ersten Therapiestunde fühlte Sophia sich komisch.

War es ein schlechtes Gewissen?

Aber warum sollte sie ein schlechtes Gewissen haben?

Das war die Gelegenheit, hier weg zu kommen und zu Mama zurückzukehren. Wenn Frau Weiler Mama sagen würde, wie scheiße Amelie und David waren, dann würde Mama sie zu sich holen. Sie musste einfach.

Sophia wollte gerade Musik an ihrem Handy anstellen und über Kopfhörer hören, als es klopfte.

„Ja?"

Die Tür ging auf und Amelie streckte den Kopf herein. „Ich wollte noch einmal mit dir sprechen."

Sophia zuckte zusammen. Wusste Amelie, was sie über sie erzählt hatte? War sie wütend? Was tat Amelie, wenn sie wütend war?

Sophias Herz begann zu rasen, sie schlüpfte so schnell sie konnte unter die Bettdecke. Wenn Amelie sie schlug, dann schützte die Decke sie.

Als Amelie eingetreten war, konnte Sophia immmerhin sehen, dass sie keinen Gegenstand bei sich hatte, der ihr gefährlich werden konnte. Amelie wirkte auch nicht zornig. Sophia versuchte ruhig weiter zu atmen, während sie darauf wartete, was Amelie wollte.

„Ich habe darüber nachgedacht, was du gesagt hast", begann Amelie.

Sophia sah sie misstrauisch an. Wieso war sie so gelassen, wenn sie über das nachgedacht hatte, was Sophia gesagt hatte? Musste sie nicht stinksauer sein?

„Du hast gesagt, du möchtest zu deiner Mutter zurück ziehen?!"

Sophia stockte der Atem. Das meinte Amelie also! Sophia hatte gedacht, es ginge um ihre Aussagen in der Therapie. Sie nickte vorsichtig.

„Das interessiert mich... uns... Wenn das dein Wunsch ist, dann wollen wir dir gerne dabei helfen."

Sophia verstand die Welt nicht mehr. Was redete Amelie denn da. Ihr helfen? Das konnte doch nicht ihr Ernst sein?

„Wir haben uns nur gefragt, wie wir dir helfen können. Hast du denn Kontakt mit deiner Mutter?"

Sophia war unsicher, ob sie nicken sollte. Durfte sie denn Kontakt mit ihrer Mutter haben, oder würden sie ihr diesen verbieten?

„Hast du eine Nummer, eine Adresse?"

Sophia nickte jetzt doch.

Als Amelie wieder gegangen war, vergrub Sophia ihren Kopf unter ihrem Kissen. Sie verstand gar nichts mehr. Wieso wollte Amelie ihr helfen? Das war völlig irre!

Konnte Amelie ihr überhaupt helfen?

Und ausgerechnet jetzt, wo Sophia so einen Scheiß über Amelie und David bei Frau Weiler erzählt hatte...

Aber da konnte sie jetzt auch nicht mehr zurück.

Oh Mann, was sollte das bloß alles werden?

Aber es zählte nur eines. Sie musste zurück zu Mama und dafür würde sie alles tun. Wenn Mama nur endlich ja sagte!

Vielleicht wollte Amelie ihr ja auch nur helfen, um sie loszuwerden. Ja, das wäre eine Erklärung die Sinn machte. Dann war es gar nicht aus Nettigkeit, sondern aus Eigennutz, wenn Amelie ihr half...

Am Donnerstag konnte Amelie Sophia überreden, mit ihr zusammen Pizza vorzubereiten für die ganze Familie. Amelie hatte frei.

Amelie und Sophia fuhren zu Aldi und besorgten die Zutaten. Amelie ließ Sophia auch Sachen aussuchen, die sie gerne aß. Es war nach wie vor so, dass Sophia meistens nicht mit ihnen aß, sondern sich lieber heimlich in der Speisekammer bediente.

Während sie den Teig vorbereiteten fragte Amelie schließlich: „Wann hast du denn mit deiner Mutter gesprochen? Weiß sie, dass du gerne zu ihr zurückkehren würdest?"

Sophia wagte es, zuzugeben, dass sie immer mal zwischendurch mit ihrer Mutter telefonierte. „Ich habe ihr gesagt, dass ich zu ihr will."

„Und was sagt sie dazu?"

„Sie will das eigentlich auch."

Amelie kam diese Antwort ausweichend vor. „Was macht denn deine Mutter und wo lebt sie?"

„Sie lebt in Lübeck. Sie ist bei Penny."

„Und hat sie noch weitere Kinder?"

„Nein."

„Du kannst noch etwas Wasser hinzufügen, wenn du zu viel Mehr hast." Amelie hielt Sophia eine Kanne mit Wasser hin.

Sophia warf einen prüfenden Blick in die Schüssel. Sie hatte keine Ahnung, ob sie zuviel Mehl hatte, oder nicht. Dass sie mit Elli gebacken hatte war schon ewig her. „Kann ich lieber die Paprika schneiden?" Das war einfacher, als der Mistteig.

„Klar, dann mach ich das fertig. Aber eigentlich sieht der Teig schon ganz gut aus." Amelie nahm Sophia die Schüssel ab und Sophia wusch sich die Hände an der Spüle.

„Man kriegt irgendwann ein Gespür für die Konsistenz", erklärte Amelie, während sie knetete.

Sophia sah Amelie skeptisch an. „Man kann das auch kaufen."

„Klar, aber wenn man selber Teig herstellen kann, ist es ökologischer und gesünder. Also alles, ... aber nicht günstiger. Das nicht." Amelie grinste. „Günstiger ist selber machen eigentlich nie. Aber man hat eine bessere Qualität, jedenfalls so ab dem zwanzigsten Versuch, wenn man talentiert ist. Ich bin ja nicht so talentiert, aber die Kinder und David haben die zwei Jahre auch überlebt, in denen ich umgestiegen bin auf alles selber machen. Also fast alles. Ganz selten schummel ich auch mal."

„Hm", machte Sophia. Sie warf einen weiteren skeptischen Blick zu dem Glas mit dem selbstgemachten Hefewasser von Amelie, von dem sie soeben etwas in das Mehl gegossen hatten.

Eine Weile schwiegen sie.

„Und dein Vater? Kennst du den?" Amelie sah Sophia neugierig an.

„Nee, eigentlich nicht."

„Aber du willst trotzdem gerne zu ihm? Hat dir deine Mutter von ihm erzählt?"

„Nein. Sie hat mir nichts erzählt, aber ich will... ich will ihn jedenfalls kennenlernen." Sophia dachte an ihren Vater. Sie hatte ihn sich oft vorgestellt. Sie sah ihn als großgewachsen vor sich. Mit dunklem Haar, wie ihrem eigenen. Er war schlank, aber kräftig und sah gut aus. Er war Geschäftsmann oder so, mit Anzug. Mama hatte ihn im Laden bei Penny kennengelernt, als er dort eingekauft hatte. Er hatte viel zu tun, deshalb hatte er sich nicht um sie gekümmert, aber wenn er wusste, dass sie ihn nun kennenlernen wollte, dann würde er das auch wollen.

„Weißt du denn irgendwas über ihn?"

„Er hat Mama kennengelernt, als sie gearbeitet hat und er einkaufen war."

„Ah, das hat sie dir gesagt?"

„Hm."

„Hat deine Mutter denn seine Adresse?"

„Denke schon."

„Hast du sie nicht mal danach gefragt?"

„Nee."

„Dann könntest du sie doch mal anrufen, und danach fragen."

Sophia stellte sich vor, Mama anzurufen und danach zu fragen.

In dem Moment klingelte das Telefon. Amelie ging dran.

Sophia stellte erstaunt fest, das Amelies Hände sauber waren und der Teig fertig war.

„Kästner?"

Am anderen Ende der Leitung wurde gesprochen.

„Joel, hi!"

Wieder hörte Amelie zu.

„Klar, gerne, wir freuen uns."

Als Amelie aufgelegt hatte sagte sie: „Joel kommt am Wochenende. Er kommt wieder mit Jolene."

„Okay."

„Bist du mit der Paprika fertig? Dann kannst du den Käse reiben. Der Teig muss jetzt noch eine Weile gehen."

Sophia nahm Käse und Reibe.

„Willst du auch einen Tee?" Amelie setzte Wasser im Wasserkocher auf.

„Hm."

Amelie wusste nicht, was das bedeutete, aber sie machte vorsichtshalber zwei Tees.

„Was meinst du, willst du deine Mutter mal nach deinem Vater fragen? Dann könntest du in Angriff nehmen, ihn mal kennenzulernen."

„Hm."

„Bist du dir nicht sicher?"

Sophia kam sich blöd vor, mit Amelie über diese Dinge zu sprechen. Sie hatte noch mit niemandem darüber gesprochen. Konnte es wirklich sein, dass Amelie ihr helfen wollte? Mit einem Mal wurden diese Dinge so real, dass es sich merkwürdig anfühlte. Sperrig.

In ihrem Kopf war immer alles so, wie sie es sich ausmalte. Aber was erwartete sie, wenn sie ernst machte und wirklich versuchte, ihren Vater zu finden? Solange hatte sie ihn sich vorgestellt, er war für sie wie sie ihn sich vorstellte. Aber wenn sie ihn nun wirklich suchte und er war ganz anders, oder sie fand ihn vielleicht gar nicht? Wollte sie das? Das ging alles so schnell, mit einem Mal...

Amelie sah Sophia musternd an. „Hast du Angst?", fragte sie vorsichtig.

Sophia kräuselte die Stirn. „Nein."

Amelie überlegte eine Weile. Dann sagte sie: „Ich habe meinen Vater auch nur selten gesehen. Ich habe als Kind eine sehr hohe Meinung von ihm gehabt und die bröckelte dann, als ich älter wurde. Das war nicht schön. Jetzt ist er schon viele Jahre tot. Aber obwohl unser Verhältnis schwierig war, habe ich ihn in guter Erinnerung und würde ihn gegen keinen anderen Vater der Welt tauschen."

Sophia verwirrte das Gerede von Amelie. Wieso erzählte sie ihr sowas. So würde es ihr mit ihrem Vater sicher nicht gehen. Er war bestimmt nicht ... so wie Amelies Vater. Aber in einem Punkt verunsicherte Amelies Gerede Sophia und löste bei ihr ein ungutes Gefühl aus. Was war, wenn ihr Vater vielleicht auch tot war? Oder sterben würde, bevor sie ihn gefunden hatte? Vielleicht sollte sie doch mal einen Anlauf wagen und versuchen, herauszufinden, wo er war und wer er war. Über diese Sache hatte sie sich noch nie Gedanken gemacht...

„Okay", sagte Sophia. „Doch, ich werde das machen. Ich rufe Mama an und frage sie." Es fühlte sich krass an, das auszusprechen. Sophia spürte, dass ihr Herz schneller schlug.

Am Freitag war schon der 13. März und damit die zweite Therapiestunde. Diesmal ging Sophia allein hin. Amelie ließ sie vor der Tür aussteigen und ging während Sophia ihren Termin hatte, einkaufen. Sie wollte im Baumarkt stöbern, denn das Wetter war schon so schön, dass man meinte, es sei April und sie wollte mit den Kindern im Garten werkeln.

Als sie Sophia abholte, erzählte diese, sie habe mit Frau Weiler über ihren Vater gesprochen und Frau Weiler habe auch gesagt, sie solle ihn endlich kennenlernen.

Tatsächlich stimmte das nicht. Sophia hatte stattdessen wieder erzählt, dass es ihr bei Amelie und David schlecht gehe, dass die von ihr verlangten, immer in ihrem Zimmer zu bleiben und dass auch in der Familie ständig nur gestritten wurde und alle sich hassten.

Frau Weiler hatte wie ein Schaf vor sich hingenickt und den ganzen Scheiß geglaubt und gefragt, ob Sophia es denn das Wochenende über noch bei Amelie und David aushalten würde.

Wieder hatte Sophia ein schlechtes Gewissen, aber andererseits war es auch ein gutes Gefühl, Amelie und David damit innerlich auf Abstand zu halten. Es war ein Gefühl der Stärke. Daran konnte man sich gewöhnen.

Amelie schlug Sophia vor, direkt bei ihrer Mutter anzurufen.

Sophias Herz schlug gleich wieder schneller. Sollte sie das wagen? Was erwartete sie dabei?

Aber schließlich wollte sie es doch wissen. Sie nahm also ihr Smartphone und wählte.

„Mama?"

„Sophia, was willst du wieder?"

„Du, Mama, ich will meinen Vater kennenlernen."

Schweigen am anderen Ende der Leitung.

11

Amelie war gerade mit Amber von der Kita zurück gekommen und hatte das Auto ausgeschaltet, als der Bus hielt und eine Schar Kinder herausgestürmt kam. Alle schienen es noch eiliger zu haben, nach Hause zu kommen, als sie es immer hatten. Und auch Leonie kam geradezu über die Straße gestürmt. „Mama, Mama, wir haben wahrscheinlich Montag keine Schule!"

„Naja, das war ja schon zu erwarten."

„Cool, hoffentlich fällt die Schule aus!"

„Also, jetzt freu dich aber nicht zu früh. Erstmal abwarten. Das soll erst morgen entschieden werden."

„Aber alle reden schon davon. Die Lehrer haben auch schon so geredet, als wenn Montag keine Schule mehr ist."

Während Leonie auf sie einredete, schloss Amelie den Briefkasten auf. Darin war ein Brief. Er kam vom Entwicklungszentrum. Amelie seufzte innerlich.

„Mama, was meinst du, ist Montag Schule oder nicht?"

„Ich weiß es ni... naja, ich denke, da jetzt ein Bundesland nach dem anderen die Schulen schließt, wird MV nicht das einzige Bundesland sein, dass das nicht tut. So viel Mumm hat die Regierung nicht."

„Also, du bist nicht dafür, dass die Schulen schließen?"

„Lass uns erstmal reingehen und was essen. Ich hab Hunger." Amelie schob Leonie sanft vor sich her in Richtung Eingangstür.

„Wieso ist keine Schule, Mama?" Amber sah Amelie mit großen Augen an und schob ihr Händchen in Amelies Hand.

„Jetzt ist sowieso Wochenende. Da ist nie Schule und auch keine Kita", gab Amelie ausweichend zur Antwort. Sie wollte nicht in der Tür weiter reden, sondern in der Küche und in Ruhe. Sie schloss auf und alle drängten ins Haus.

„Aber vielleicht ist nach dem Wochenende auch keine Schule... und auch keine Kita!", platzte Leonie heraus, während sie Ranzen, Jacke und Schuhe in die Ecke pfefferte. Nur ein strenger Blick von Amelie veranlasste sie, ihr Ordnungskonzept nochmal zu überdenken..

„Warum?" Amber zog sich die Stiefel aus und stellte sie in ihr Schuhregal. Das hatte sie von Julien „geerbt". Amelie hatte es selber gebaut.

„Wegen Corona!", antwortete Leonie in verschwörerischem Ton.

„Was ist das denn?" Amber versuchte ihre Jacke aufzuhängen, aber sie langte nicht ganz an den Haken an. Leonie half ihr.

In dem Moment klingelte es und Amelie öffnete. Julien stürmte herein.

„Sagst du Inga noch Tschüß?" Amelie lugte aus der Tür und um die Ecke. Sie konnte gerade noch winken, da fuhr Inga, die Julien gebracht hatte auch schon wieder los.

„Sie ist schon weg! Du, Mama, wir haben wahrscheinlich Montag keine Schule!" Julien hing sich übermütig an Amelies Hals. Sie kippelte. Er war schon ganz schön groß mittlerweile.

„Ich weiß, ich weiß!" Amelie lachte und strubbelte Julien durch die wilde Mähne. Er trug lieber längeres Haar.

„Mama, ist das Virus denn jetzt echt so gefährlich? Manche aus der Klasse haben schon voll Panik", rief Leonie aus dem Badezimmer, wo sie ihre Hände wusch.

„Tja, das kann man noch nicht so richtig sagen, aber eigentlich denke ich das nicht."

„Und warum schließen sie dann vielleicht die Schulen?" Leonie wirbelte wieder aus dem Bad heraus. „Was gibt's zu essen? Kann ich mich eigentlich heute verabreden? Fährt Papa nachher zu den Pferden?"

Amelie zog die Augenbrauen hoch und kratzte sich am Kopf. „Schatzilein. Wie soll ich denn alle Fragen auf einmal beantworten?"

„Ach so, ja...", Leonie versuchte sichtlich, etwas runter zufahren.

„Also: Essen können wir gleich Sauerkraut mit Bratwurst. Das habe ich gestern schon vorgekocht. Papa kommt heute spät, ich denke, du könntest dich verabreden und mit einer Freundin zum Stall fahren und die Schulen schließen, weil die Regierung offenbar der Ansicht ist, dass es sich um ein sehr gefährliches Virus handelt oder weil sie kein Risiko eingehen wollen oder so. Genau genommen weiß ich es nicht, warum sie die Schulen vielleicht schließen. Jedenfalls sind Kinder und junge Menschen überhaupt nicht gefährdet." Amelie begann, Töpfe herauszukramen.

„Aber für Oma und Opa ist es vielleicht gefährlich!" Julien nahm sich ein Glas aus der Vitrine und schenkte sich Saft und Wasser ein.

„Für Oma und Opa?" Amber hatte die Augen weit aufgerissen und sah Amelie erschrocken an.

„Das weiß ich nicht genau, eigentlich sind Oma und Opa ja gesund. Es ist vielleicht für Menschen gefährlich, die sehr krank sind und alt."

„Ist Sophia eigentlich da?" Leonie nahm sich auch Saft und Wasser.

„Ja, genau. Ja, sie ist oben. Ich wollte noch mit ihr ein Telefonat führen. Das kann ich ja mal eben machen. Guckt ihr kurz nach dem Sauerkraut, dass es nicht anbrennt?"

„Klar." Leonie nickte.

Als Amelie die Treppe hinauflaufen wollte, sah sie den Brief vom Entwicklungszentrum auf dem Wäscheständer liegen,. Ach ja, da hatte sie ihn abgelegt. Den hatte sie schon wieder vergessen gehabt. Schade, dass er sich nicht in Luft aufgelöst hatte!

Sie nahm ihn zur Hand und riss ihn auf. Es half ja nichts.

Sie las: „Sehr geehrte blablabla... da: Termin am 30.3.2020 um 10:00 Uhr." Seufzend legte sie den Brief auf den Schrank an der Treppe und lief die Stufen hoch.

Sie klopfte bei Sophia. „Sollen wir mal anrufen?", fragte sie gleichzeitig.

„Okay", kam von drinnen.

Nach einer kurzen Weile ging die Tür auf und Sophia kam heraus. Sie hatte den Zettel mit der Nummer, die ihre Mutter ihr gesagt hatte in der Hand.

„Und, willst du es tun?" Amelie sah Sophia gespannt an.

„Hm", machte Sophia nur.

„Okay, hier ist das Telefon." Amelie hatte es mit hochgenommen. Sie gab es Sophia.

Amelie sah, dass Sophia kurz zögerte. Sie konnte sich sehr gut vorstellen, dass es Sophia Überwindung kosten musste. Nur zu gut hatte sie diese Überwindung kennengelernt, wenn sie damals ihren Vater anrief. Auch sie hatte nie gewusst, was auf sie zukam. Und Sophia konnte es noch weniger wissen, weil sie ihn überhaupt nicht kannte. Bestimmt hatte sie eine konkrete Vorstellung von ihrem Vater. Vielleicht erhoffte sie sich etwas bestimmtes, zum Beispiel, dass er sich in Zukunft um sie kümmern würde...

Aber dann wählte Sophia tatsächlich und nahm den Hörer ans Ohr.

Während der Anruf aufgebaut wurde, warteten beide mit angehaltenem Atem.

Und dann kam der ernüchternde Laut. Die Rufnummer ist nicht vergeben.

Amelie konnte den Schrecken in Sophias Augen lesen und dann Enttäuschung. Sophia ließ den Hörer sinken.

„Okay", versuchte Amelie sie zu beruhigen. „Das muss nichts heißen. Das kann sein, weil die Nummer vielleicht schon alt ist. Aber wir haben auch eine Adresse. Wir versuchen es weiter, okay?"

Amelie hätte so gerne den Arm um Sophias Schultern gelegt, um sie zu trösten, aber sie traute sich nicht. „Nachher googlen wir die Adresse, okay? Und dann recherchieren wir deinen Vater. Wir finden ihn bestimmt."

„Und wenn nicht?"

„Doch, wir haben doch gerade erst begonnen. Wollen wir jetzt essen machen und danach Joel und Jolene abholen und dann mal im Internet stöbern?"

„Ich geh in mein Zimmer."

„Komm doch mit in die Küche, ich mache dir einen Tee."

„Nein, danke."

Sophia kam nicht zum Essen und sie kam auch nicht mit nach Ratzeburg.

Julien und Leonie blieben ebenfalls zu Hause.

Aber nachdem Amelie und Amber mit Joel und Jolene zurück waren, konnte Amelie Sophia überreden, mit ihr im Internet nach Informationen über ihren Vater zu suchen. Amber hatte sowieso Joel zunächst für sich in Beschlag genommen und es hatte nicht den Anschein, als würde sie ihn im Laufe der kommenden Stunde wieder loslassen. Sie machten jetzt gemeinsam Ambers Ding. Sie malten. Jolene hatte sich damit abgefunden und ließ sich Juliens Playmobilwelt zeigen und Leonie war mit einer Freundin bei den Pferden.

Leonie und Sophia gaben die Anschrift in Google Maps ein.

Sie landeten in Lübeck in der Wahmstraße. Das lag ziemlich zentral.

„Ob er da noch wohnt?", überlegte Amelie laut.

„Die Nummer hat ja auch nicht mehr gestimmt."

Amelie betrachtete Sophia vorsichtig von der Seite. Sie saßen zusammen am PC im Flur oben. So nah waren sie sich noch nie gewesen. Räumlich vielleicht schon, aber nicht geistig. Amelie freute sich im Stillen. Vielleicht war das der richtige Weg, der richtige Anlass, um sich näher zu kommen, um Vertrauen aufzubauen. „Ja, schwer zu sagen. Aber wir versuchen es. Wir werden da hinfahren, okay?"

„Wann denn?" Sophia sah Amelie direkt an.

„Morgen?", schlug Amelie vor.

„Okay." Sophia nickte nachdenklich. „Okay."

Am Abend holten sie sich Essen aus Lindow vom Pizzaservice.

„Okay, ihr habt nicht übertrieben. Diese Pizza ist wirklich herausragend!", lobte Jolene, die zum ersten Mal Essen von dort aß.

120

„Die machen die Pizza da wirklich komplett frisch. Man kann dabei zusehen." Julien biss in seine Calzone.

„Aber man muss immer fahren. Sie liefern nicht", erklärte David, wobei Amelie wusste, dass er das eher bemängelte, denn es nervte ihn, immer fahren zu müssen.

„Joel, Vielleicht haben wir Montag keine Schule mehr!" Julien sah seinen großen Bruder von der Seite an.

„Ja, ich hab schon gehört. Hätte ich damals auch gerne mal gehabt. Schulfrei. Einfach so", gab dieser trocken zurück und biss in seinen Döner.

„So ein Quatsch!" Jolene stubste ihn lachend in die Rippen. „Das ist nicht dein Ernst?!"

„Wieso?" Amber sah Jolene mit großen Augen an.

Jolene lächelte Amber nachsichtig an. Dann sagte sie erklärend: „Ich denke, dass Schulschließungen nicht der richtige Weg sind."

„Hey!", protestierte Julien.

Leonie sah Jolene ebenfalls nicht sonderlich begeistert an. Sie zerstörte gerade ihre Hoffnungen.

„Ja, ist schon klar, dass ihr euch darüber freut. Aber ich meine grundsätzlich. Wozu soll das führen und was bewirkt man damit?" Jolene sah fragend in die Runde.

Alle sahen sie gespannt an.

„Wir haben es mit einem neuen Grippeerreger zu tun. Corona-Viren gibt's schon längst. Das ist einer von ihnen, der aber neu ist. Und wie es funktioniert, bestimmte Personengruppen zu schützen, ist längst erprobt. Dazu braucht es keine modernen Methoden oder wilden Aktionismus. Wissenschaftler wissen genau, wie Viren sich verbreiten und es gibt Studien, die belegen, mit welchen Maßnahmen man was erreichen kann. Das ist keine neue Situation oder gar eine nie dagewesene. Wer sowas behauptet, hat offenbar 150 Jahre Virologie verpennt."

„Wie meinst du das?" Leonie sah Jolene gebannt an.

„Naja, damit befassen sich ganze Wissenschaftszweige. Das ist ein sehr gut untersuchtes Themenfeld. Seid Jahrhunderten beschäftigen sich Epidemiologen, Virologen, Statistiker und Ärzte im Allgemeinen mit Viren und Erregern und deren Verbreitung und Eindämmung."

„Und was ergeben diese Studien?" Amelie war ebenfalls sehr neugierig. Es war gut, mit jemandem vom Fach zu sprechen.

„Es muss eine Immunisierung eines Großteils der Bevölkerung eintreten. Ab einer bestimmten Durchseuchungsrate tritt ein Herdenschutz ein, der die Schwächsten dann schützt. Der Virus wird dadurch quasi ausgehungert."

„Okay, das klingt plausibel." David nickte nachdenklich.

„Das ist auch plausibel. Ich meine, wie viele Viren und Erreger hatten wir bitte schon. Und wann fangen die Probleme an? Wenn die Politiker meinen, sie müssen irgendwie rumpfuschen. Was da für Interessen hinterstecken, das wäre mal interessant zu erfahren. Das Corona-Virus ist doch ein geradezu dankbares Virus."

Amelie nickte. „Du meinst: Wenn es für fast alle harmlos ist, dann ist es kein Problem, die besonders gefährdeten Gruppen besonders zu schützen und schnell eine Durchseuchung der Übrigen herzustellen, bzw. eintreten zu lassen und dann ist das Problem schnell gelöst.

„Richtig. Die Alten und Kranken müssen in der Zeit eben stark geschützt werden. Aber das wäre alles kein Problem. Wenn man diese Prämissen annimmt, dann kann man die Ressourcen ganz gezielt einsetzen, nämlich da, wo sie dringend erforderlich sind", sprach Jolene weiter.

„Aber stattdessen werden jetzt möglicherweise die Schulen und Kitas geschlossen, sodass sich diese Gruppen möglichst nicht infizieren." David runzelte die Stirn. „Das macht dann ja überhaupt keinen Sinn!"

„So sieht es aus. Und vor allem ist hochproblematisch, dass nur unter virologischen Gesichtspunkten entschieden wird. Das ist ja nicht alles, was es zu bedenken gibt. Wenn so drastische Maßnahmen ergriffen werden, die so viele Menschen so massiv betreffen, dann wird sich das auf die unterschiedlichsten Bereiche auswirken. Um das abzuschätzen, müssten viel mehr Wissenschaftszweige mit unter die Lupe genommen werden und etliche Lebensbereiche daraufhin überprüft werden, wie es sich auf diese auswirkt. Wenn die Schulen und Kitas schließen, dann wird sich das zum Beispiel darauf auswirken, wie der Alltag der Kinder und der Familien aussehen wird, aber auch auf die Arbeitssituation der Eltern und der Unternehmen, in denen die Eltern arbeiten. Es wird sich auf die innerfamiliären Strukturen auswirken und auf die Entwicklung der Kinder...", zählte Jolene auf.

„Aber sie wollen ja jetzt nur bis zu den Ferien die Schulen und Kitas schließen. Das sind ja nur zwei Wochen", wandte David ein.

„Ja. Und dann? Ich befürchte leider, dass sie das jetzt zwar so aussehen lassen, aber das es ganz anders kommen wird."

„Nein, das ist einfach nicht möglich! Wie soll das denn gehen?", rief Amelie. „Ich meine, wenn man das mal so gedanklich durchspinnt! Wissen die, was in manchen Familien los ist und was vor allem durch den regelmäßigen Schul- und Kindergartenbetrieb an Diensten geleistet wird, die elementar wichtig sind, für die Kinder?

Damit fällt nicht nur ein wesentlicher, wenn nicht der wesentliche Schutzfaktor für Tausende von Kindern weg, sondern die Situation spitzt sich dadurch auch noch massiv zu für diese Kinder, wenn sie zuhause mit einem möglicherweise gewalttätigen Elternteil eingesperrrt werden, der jetzt womöglich auch noch um den Job bangt! Und dann das Mittagessen! Wie viele Familien sind auf die Schulessen angewiesen!"

„Das ist es, was ich meine. Und das ist nur ein Bruchteil der Auswirkungen. Wenn die Interessen der Kinder jetzt für Wochen oder und das ist einer der problematischsten Faktoren, auf unbestimmte Zeit! Keine Rolle spielen sollen, hintenangestellt werden, dann werden wir Folgeprobleme kriegen, die sich jetzt noch keiner vorstellen kann. Was ist zum Beispiel mit den Kindern, die gerade Therapien machen wie Logopädien, oder Förderungen erhalten, die dann unterbrochen werden, weil sie zum Beispiel in den Schulbetrieb eingebunden sind? Mir würden noch etliche andere Sachen einfallen."

„Ja, also, von daher kann es doch gar nicht sein, dass wirklich ein längeres Aussetzen all dieser Abläufe vorgenommen wird. Einfach so, ohne nach diesen Interessen zu fragen." David schüttelte ungläubig den Kopf.

„Aber was soll man sonst machen? Ich meine, wenn man nicht weiß, wie gefährlich der Virus wirklich ist, dann ist es ja gerade wichtig, die besonders Gefährdeten so weit wie möglich zu schützen!", wandte Leonie ein.

„Auf jeden Fall und ich würde auch kein Risiko eingehen wollen, wenn ich das entscheiden müsste. Aber dann ist doch das A und O zu möglichst allen betroffenen Bereichen Experten anzuhören und die Interessen abzuwägen und nicht nur einen Teilbereich zu berücksichtigen. Gerade da lauert ja eine große Gefahr. Denn die Folgen, die durch die Maßnahmen eintreten werden, sind ja Gefahren, die ebenfalls möglichst eingedämmt werden müssen. Und wenn man von Vorneherein auch zum Beispiel die Interessen der Kinder mitberücksichtigen würde, könnte man direkt bestimmten Folgeproblemen entgegenwirken. Ich sage ja nicht, das letztlich nicht auch sehr einschneidende Maßnahmen getroffen werden können. Ich sage nur, dass alle anderen Interessen gleichberechtigt daneben stehen und mitbedacht werden müssen. Dann könnte zum Beispiel jetzt sofort gewährleistet werden, dass Kinder, die auf bestimmte Förderungen angewiesen sind, diese unter bestimmten Vorkehrungen weiter erhalten. Dann könnte direkt sichergestellt werden, dass Kinder aus armen Familien weiter Mittagessen erhalten oder dass wenigstens die Kinder, bei denen bekannt ist, dass es im häuslichen Umfeld zu Kindeswohlgefährdungen kommen könnte, weiterhin eine Anlaufstelle haben. Auch hier würden mir zahlreiche Ideen sofort einfallen. Und da frage ich mich, was eigentlich unsere Familienministerin so macht, jetzt gerade. Urlaub?"

„Und es scheint auch anders machbar zu sein. Zum Beispiel Schweden wird ja offenbar nicht die Schulen schließen", sagte Amelie.

„Gut, vielleicht lässt sich dieser Weg auch nicht sinnvoll auf jeden Ort der Welt übertragen, denn Schweden ist ja sehr bevölkerungsarm, das bliebe zu untersuchen, aber jedenfalls wirft es die Frage auf, ob es verhältnismäßig sein kann, in bevölkerungsarmen Gebieten mit derselben Keule zu kommen, wie in bevölkerungsreichen Gegenden."", überlegte Jolene laut.

„Ja und dazu müsste es dann einen breiten Diskurs geben. Mutigen Journalismus, der den Menschen zutraut, diese Dinge zu bedenken und nicht alle in der Schockstarre verharren lässt", sagte Amelie. „Aber man muss eben differenzieren. Das eine sind Zahlen und Fakten in den Medien, - und zwar aktuell solche, bei denen man sich fragen muss, was sie eigentlich aussagen sollen -, das andere sind Wertungen. Viele Medien nennen die Fakten nur noch, um ihre Wertungen unter die Leute zu bringen. Dabei kann heute jeder selber untersuchen, was an den Fakten dran ist, indem er etwas recherchiert und dann kann jeder mit sich ins Gebet gehen und eine eigene Wertung vornehmen. Das verlangt einem das Internet aber eben auch ab. So ist es konzipiert und so ist es nützlich. Viele konsumieren aber nur, was ihr PC oder ihr Smartphone ihnen an Schlagzeilen anbietet. Das ist aber nahe an dem, was sie zuletzt angesehen haben. Das muss man sich halt klarmachen, wenn man mit dem Internet umgeht, vor allem, wenn man nicht mal seinen Browserverlauf, bzw. seine Chronik löscht."

„Ja, aber mal sehen, wie lange das noch als adäquate Methode angesehen wird. Ich fürchte, dass es bald schon Bestrebungen geben wird, diese Vorgehensweise unter Generalverdacht zu stellen. Sie ist nämlich sehr bedenklich in Zeiten, wo fragwürdige Politik betrieben werden soll, Zensur aber so erstmal nicht zulässig ist", wandte Jolene ein.

„Wie meinst du das denn?" Leonie sah Jolene verwundert an.

„Naja, wenn der Staat, wie hier, nicht direkt zensieren darf, dann hat er zum Beispiel noch die Möglichkeit, über Gängelungen der Medienbetreiber oder der Betreiber sozialer Medien, sowie Löschungsaufforderungen an diese oder dadurch, diese bei kritischen Beiträgen zur Herausgabe von Warnungen zu verpflichten, indirekt zu zensieren. Dabei sind diese Methoden vielleicht noch wirksamer, als direkte Zensur, denn sie suggerieren, dass es keine Zensur gibt, sondern nur zum Schutz aller Guten zu erforderlichen Vorsichtsmaßnahmen gegriffen wird."

„Aber das wird doch nur gemacht, wenn es um Hassbotschaften geht oder um Aufrufe zu Straftaten", wandte David ein.

„Bis jetzt vielleicht. Aber wenn man sich jetzt vorstellt, dass vielleicht weitere Straftatbestände geschaffen werden", überlegte Amelie laut. „Etwa durch das Infektionsschutzgesetz."

„Das klingt aber schon etwas abwegig, oder?" Leonie runzelte die Stirn.

„Mal sehen..." Jolene seufzte.

„Tja, die Geschichte lehrt einen doch, dass immer dann eine Strohpuppe her muss, wenn es von etwas abzulenken gilt", überlegte Amelie laut.

„Na, da fallen mir aber etliche Dinge ein. Allen voran die Zeichen, auf die die Wirtschaft steht! Und auf diese Zeichen stand die Wirtschaft schon im November und Dezember", rief David.

„Ja, aber diese Strohpuppe lenkt nicht nur ab, sondern sie wird die Probleme, von denen sie ablenken soll, noch drastisch verschärfen und eine Vielzahl neuer, weiterer Probleme auslösen, die man sonst vielleicht nicht hätte." Joel nahm einen Schluck Uludaz.

„Allerdings. Das ist ja noch gar nicht absehbar in seiner Tragweite." David nahm sich eine Serviette.

„Wir werden auch keinerlei objektive, freie Nachrichten mehr sehen. Das zeichnet sich ja jetzt bereits ab. Allein dieses Dramatisieren der sogenannten Fallzahlen. - Wie gesagt. Die Durchseuchung ist das, was den Schutz bringt. Also ist es positiv, wenn diese zügig eintritt. Stattdessen wird das dargestellt, als wenn es den Untergang bedeutet. Und dann ist die Frage, was die Zahlen überhaupt besagen sollen; Die Infizierten kennen wir ja gar nicht. Nur die Positiv getesteten und die werden schon von daher zwangsläufig mehr, als dass immer mehr Tests gemacht werden. Wir wissen also gerade nichts darüber, ob oder wie die Zahlen steigen..."

„Wie meinst du das?", unterbrach Leonie Jolene.

„Naja, wenn ich morgen beginne, zu untersuchen, wie viele Menschen mit einem gebrochenen Bein gestorben sind, werde ich vielleicht einen finden. Wenn ich dann übermorgen mehr teste, werde ich vielleicht drei finden und so weiter. Das heißt aber nicht, dass die Zahlen steigen. Das zeigt schon das Beispiel. Das ist nämlich nicht ansteckend. Es ist nur darauf zurückzuführen, dass ich mehr untersuche. Dieses Beispiel zeigt zudem, dass der Umstand, wie viele Menschen mit etwas gestorben sind, nicht auch bedeutet, dass diese Leute daran gestorben sind. Nur der Umstand, dass jemand mit einem gebrochenen Bein gestorben ist bedeutet nicht, dass er daran gestorben ist. Auch das sind zwei verschiedene Dinge und dieser Unterschied ist elementar dafür, wie man weiter verfährt. Corona-Tote sind keine Menschen die daran gestorben sind, sondern damit. Welchen Nutzen aber soll es haben, nur zu wissen, wer damit gestorben ist?"

Eine Weile schwiegen alle.

„Ich meine, unser Gesundheitssystem könnte sicherlich in besserer Verfassung sein. Aber es sind gerade die Politiker, die jetzt große Reden schwingen, die es zu dem gemacht haben, was es ist."

Jolene legte ihre Gabel ab.

„Ja, wollten sie nicht vor kurzem noch 1300 der 1600 Kliniken in der BRD schließen?" Amelie erinnerte sich gut an diese schockierenden Nachrichten.

„Exakt. Das war die Leopoldina, die das vorgeschlagen hat", bestätigte Jolene. „Allerdings hat sie es natürlch anders formuliert. Sie hat nur angemerkt, dass die Kliniken anderswo, wo es auf die Bevölkerung gerechnet weniger Kliniken gibt, effektiver arbeiten."

Als Amelie an diesem Abend schlafen ging und an Sophias Zimmer vorbeikam, hörte sie wieder, dass Sophia weinte.

Es tat ihr so leid. Es musste für Sophia ein schwerer Schlag gewesen sein, dass die Nummer nicht mehr stimmte. Aber vielleicht kamen sie morgen weiter.

Amelie und Sophia brachen gegen 9:00 Uhr auf.

Amelie merkte Sophia an, dass diese aufgeregt war, aber Sophia schwieg die Fahrt über.

Sie fanden auch das Haus, dass Sophias Mutter als Wohnort ihres Vaters benannt hatte, aber als sie klingelten, öffnete eine junge Frau mit Zwillingen auf dem Arm, die ihnen erklärte, dass sie seit drei Jahren in der Wohnung lebe. Wer zuvor dort gewohnt habe, wüsste sie nicht. Sie gab ihnen aber die Kontaktdaten des Vermieters.

Auf der Rückfahrt saß Sophia mit gesenktem Kopf und hörte mit Kopfhörern Musik über ihr Smartphone.

Amelie war froh, als sie auf die Einfahrt einbogen und aussteigen konnten. Sie hoffte inständig, dass sie über den Vermieter etwas erreichen würden.

Sophia verzog sich sofort in ihr Zimmer und tauchte erst gegen Abend wieder auf, weil sie hungrig war.

In der Küche traf sie auf Jolene und Leonie, die Sushi zubereiteten.

„Hey, iss doch mit uns!", rief Jolene ihr freundlich zu, als Sophia an ihnen vorbeigehen wollte, um in die Speisekammer zu gelangen. Sophia hatte sich eigentlich Cornflakes und Milch holen wollen. Sie schaute Leonie über die Schulter, um zu sehen, was sie machte. Sushi! „Das mag ich nicht." Sophia huschte durch die Speisekammertür. Als sie die Cornflakestüte hatte, ging sie wieder in die Küche zurück, um Milch, Schüssel und Löffel zu holen.

„Wo hast du eigentlich gelebt, bevor du her gekommen bist?", fragte Jolene mit einem Mal.

Für Sophia kam die Frage unerwartet. Sie wollte nicht reden, und schon gar nicht etwas von sich erzählen.

„Andere Pflegefamilie." Schnell goss sie die Milch ein und wollte verschwinden.

„Und davor?" Leonie sah sie jetzt auch neugierig an.

„Warum?" Sophia wollte nicht reden.

„Es interessiert mich. Ich weiß noch gar nichts von dir.", erwiderte Leonie freundlich.

Sophia wusste nicht, wie sie sich dem Gespräch entziehen sollte.

„Mich interessiert es auch. Hast du denn auch mal bei deinen Eltern gelebt? Kennst du sie? Hast du Geschwister?" Jolene schnitt eine Sushirolle mit einem Messer in Stücke.

Sophia seufzte. Naja, ein bisschen konnte sie ja erzählen. War ja eh egal. „Ich hab bei meiner Mutter gelebt, bis ich acht war." Sie setzte sich mit der Schüssel an den Tisch.

„Und dann? Wieso bist du dann weggezogen?" Leonie belegte eine Reisplatte mit Gurke und Avocado.

„Keine Ahnung. Sollte ich halt." Sophia wollte darüber nicht nachdenken. Das tat sie nie. Es war eben so entschieden worden.

„Und wo bist du dann hin?" Jolene nahm sich einen Becher, in dem sie Tee hatte und setzte sich neben Sophia.

„Zu Elli, also zu einer Verwandten meiner Mutter. Da war ich ein paar Jahre."

„Ich wohne auch bei einer Verwandten." Jolene nahm vorsichtig einen Schluck.

Sophia sah sie misstrauisch an. „Wieso das denn? Wohnst du nicht schon allein? Du bist doch erwachsen."

„Schon, aber ich studier ja noch, in Hamburg und da wohne ich bei der Schwester meiner Oma."

„Ich glaube, Elli war die Cousine meiner Oma oder so."

„Wo ist sie denn jetzt?" Leonie rollte die Reisplatte auf.

„Sie ist tot."

„Oh?!", machte Leonie. „Das tut mir leid."

„Wieso, sie war ja nur eine entfernte Verwandte." Sophia spürte ein Ziehen in der Brust, als sie das aussprach, aber sie wollte keinesfalls weiter über Elli reden.

„Musstest du deshalb in eine Pflegefamilie?" Jolene nippte wieder an ihrem Tee.

„Ja."

„Willst du auch einen Tee? Es ist kühl jetzt, oder?" Jolene zog ihre Strickjacke enger um sich.

Sophia schüttelte den Kopf. „Ich will hochgehen."

„Okay." Jolene lächelte Sophia an. „Sorry, dass wir dich so ausgequetscht haben, aber wir würden dich halt gerne besser kennenlernen."

Sophia runzelte die Stirn. „Wieso?"

„Naja, einfach so. Wir sind ja beide neu in dieser Familie, oder?"

Sophia zuckte mit den Schultern. Dann stand sie auf und lief schnell die Treppe hoch.

Leonie sah Sophia seufzend nach. „Man, ist das schwierig mit der."

„Was erwartest du denn? Überleg mal, wie oft sie schon das Zuhause gewechselt hat. Sie weiß bestimmt gar nicht, wo sie hingehört."

„Aber man kommt echt gar nicht an sie ran."

„Findest du das blöd?"

„Klar, ich hatte mir das ganz anders vorgestellt." Leonie dachte daran, wie sie sich ausgemalt hatte, wie es wäre, eine Pflegeschwester zu haben, die in ihrem Alter war. Sie hätten beste Freundinnen werden können. „So wie mit dir! Wir verstehen uns doch auch super."

„Das ist lieb von dir. Aber vielleicht wird das ja auch noch. Mit Sophia muss man wahrscheinlich sehr viel Geduld haben. Sie muss erst einmal Vertrauen aufbauen."

Leonie schnaubte. „Ph, sie will ja jetzt eh wieder zu ihrer Mutter, oder zu ihrem Vater." Leonie setzte sich auf den Platz, wo eben noch Sophia gesessen hatte.

„Ja, das stimmt. Wahrscheinlich denkt sie, dass sie da hin gehört. Sie will irgendwohin, wo sie hingehört. Aber es klingt ja nicht so, als wenn sie eine starke Bindung zu ihrer Mutter hätte. Und von ihrem Vater scheint sie doch gar nichts zu wissen." Jolene klang nachdenklich.

Leonie dachte über das nach, was Jolene gerade gesagt hatte. Da war schon was dran.

In dem Moment kam Amelie in die Küche. „Es ist wohl so, wie wir es befürchtet haben. Die machen ernst und Montag ist weder Schule noch Kita. Auch viele Läden sollen ab Montag geschlossen bleiben."

12

Es hatte geschneit. Jetzt, nach der Schule aber hatten sie die Wege bereits geräumt und der Schnee lag in dreckigen Häufchen an der Seite. Glatt war es trotzdem. Der Sand, den sie gestreut hatten, knirschte unter den Schuhen, als sie den Weg von der U-Bahn nach Hause lief. Der Ranzen war schwer. Ihr war kalt. Die Jacke war nicht wintertauglich, aber sie hatte keine andere. Elli hatte ihr im Som mer das letzte Mal eine Jacke gekauft. Aber Elli konnte nichts dafür, sie war zu krank gewesen seitdem.

Als Sophia um die letzte Ecke gebogen war, bevor sie das Haus erreichte, indem Elli wohnte, sah sie sie dort stehen. Sophia blieb abrupt stehen. Sie starrte Elli an. Ellie war noch ein ganzes Stück entfernt. Sie hatte keine Schuhe an und auch keine Jacke und sie sprach offenbar Leute an.

Sophia setzte sich in Bewegung, um schnell zu Elli zu kommen. Als sie näher kam, hörte sie, was Ellie sprach.

„Ist die Schule schon aus?" Elli sagte das zu einer fremden Frau.

Die Frau sah sie nur mit unfreundlichem Blick an und lief dann weiter.

„Ist die Schule schon aus? Die Kinder müssen nach Hause kommen, bevor die Bomber kommen!", rief Elli nun einem alten Mann zu.

Der Mann sah sie mit einem komischen Gesichtsausdruck an. „Lass mich in Ruhe, Alte!", rief er. Dann ging er weiter.

Sophia war gleich bei Elli angekommen. Sie beeilte sich, so schnell sie konnte.

Als sie bei ihr war, legte sie die Arme um sie. „Elli, komm schnell nach Hause!" Sophia spürte, dass Elli zitterte.

„Die Bomber kommen gleich! Wann ist die Schule aus?", faselte Elli weiter.

„Du musst mitkommen. Wir müssen ins Haus gehen!"

„Das geht nicht! Papa ist noch in der Schule. Er kann erst nach

Hause, wenn alle seine Schüler fort sind. Er muss mit in den Keller. Ist die Schule jetzt aus?"

„Ja, Elli, die Schule ist aus. Er wird schon im Keller sein. Du musst jetzt..."

„Brauchst du Hilfe, Kleine?" Eine Frau tippte Sophia auf die Schulter.

Sophia drehte sich erschrocken um. „Nein, nein, wir spielen doch nur ein Spiel!", rief sie schnell. „Alles okay. Meine Oma macht nur Spaß!"...

Sophia drehte sich auf die andere Seite und zog die Decke fest um sich. Warum kam ihr ausgerechnet diese Geschichte wieder in den Sinn? Ihre Gedanken kreisten und ihr Herz raste. Sie musste jetzt einschlafen. Dann würde diese verdammte Denkerei endlich aufhören. Warum hatten Leonie und Jolene bloß angefangen, von Elli zu reden?

Sie wollte das nicht.

Es war ihr doch scheißegal, wo Jolene lebte. Und jetzt? Jetzt lag sie hier und konnte nicht schlafen und immer wieder drehten sich in ihrem Kopf die Gedanken im Kreis und hörten nicht auf. Dabei war das mit Elli doch scheißegal. Mama war wichtig. Sie musste an Mama denken und daran, wie sie wieder zu ihr zurück ziehen konnte.

Montag, - es war der 16. März -, fuhr Amelie zur Staatsanwaltschaft. David blieb mit den Kindern zuhause. Sie konnte klären, dass sie nur Donnerstag Sitzungsdienst machte und den Rest der Woche von Zuhause aus arbeitete.

Zuhause entdeckte Amelie, dass das Buch über Pflegekinder angekommen war. Das würde sie sich in Ruhe ansehen, aber nicht jetzt. Sie legte es erst einmal zur Seite.

Als sie David begrüßte, teilte dieser ihr mit, dass das Jugendamt angerufen habe, um den Kurs abzusagen, den sie besuchen wollten. Zudem habe auch das Entwicklungszentrum angerufen und den Termin abgesagt, weil es ja viel zu gefährlich sei, in dieser Situation für solch einen Termin nach Schwerin zu fahren. Der Termin könne ja problemlos nachgeholt werden, zumal derzeit ja sowieso keine Schule mehr stattfinde.

Amelie fand es sehr bedauerlich, dass sie nun weiterhin keinen Kurs absolvieren konnten, aber auf der anderen Seite freute sie sich, dass der Termin im Entwicklungszentrum geplatzt war. Irgendwie hatte sie das Gefühl, dass diese komplett verrückte Situation jedenfalls hinsichtlich Sophia recht günstige Folgen brachte.

Hatte sie nicht vor Kurzem zu David gesagt, sie bräuchten ein

Wunder? Nein, das war natürlich Unsinn. All das würde bestimmt stattdessen ganz andere Probleme mit sich bringen.

Am nächsten Morgen galt es zunächst, die Lernmaterialien, die die Lehrer online zur Verfügung stellten, auszudrucken. Es kam eine ganze Menge an zu bearbeitenden Seiten und Amelie war bestimmt eine Stunde beschäftigt, alles auszudrucken und den Kindern zu sortieren.

Um 12:30 hatten sie dann den HNO-Termin mit Amber in Ratzeburg. Amelie und Amber fuhren allein dorthin. Amelie sorgte sich zwar vor der nun zu erwartenden Operation von Amber, zumal Amber Herzfehler hatte, in Bezug auf jene sie sich auch noch beim Kinderkardiologen absichern mussten, andererseits wollte sie aber, dass Amber bis zum Schulbeginn möglichst keine Sprachschwierigkeiten mehr haben würde.

Diese ganzen Überlegungen jedoch stellten sich schließlich als völlig überflüssig heraus, denn die Ärztin eröffnete Amelie, dass jegliche elektiven OPs bis auf Weiteres verschoben werden würden, da die Betten für mögliche Corona-Patienten freigehalten werden sollten. Sie konnte auch weder sagen, wann sich das wieder ändern würde, noch, wie lange es dann wohl dauern würde, einen OP-Termin zu bekommen, weil ja voraussichtlich ein enormer OP-Stau entstehen würde. Es fiel Amelie schwer, zu glauben, dass das so war, denn bisher gab es nicht mal 100 bekannte Coronafälle in ganz Mecklenburg-Vorpommern und bei dieser OP handelte es sich um einen ambulanten Eingriff, der aller Wahrscheinlichkeit nach nicht einmal einen Tag lang ein Bett belegen würde. Aber was nützte es? Die Ärztin erklärte, dass es ja noch ein wenig dauerte, bis Amber eingeschult würde, sodass es noch nicht so schlimm sei. Aber wann elektive OPs wieder stattfänden, wusste sie auch nicht zu sagen. Sie schlug vor, dass Amelie sich in der Zwischenzeit um einen Kardiologentermin kümmern könnte. Sie machten einen neuen Termin aus für nach den Frühlingsferien. Bis dahin sollten die Beschränkungen vorerst bestehen.

Abends sprach Amelie mit David über den Arzttermin.

„Das kann doch nicht deren Ernst sein! Wir haben quasi überhaupt keine Fälle in MV, aber jetzt bekommen die Kliniken Geld dafür, dass sie die Betten frei halten. Und wie wird die Situation hinterher sein? Es wird wahrscheinlich Monate dauern, bis man dann einen Termin bekommt." David stopfte wütend die Waschmaschine voll Wäsche. „Und das nach zwei Jahren Hin und Her!"

Amelie stand dabei und war ebenfalls frustriert. „Und weißt du was das Schönste ist? Dank dieser sog. Corona-Krise droht jetzt das Verfahren gegen die FIFA-Funktionäre zu platzen."

„Aber da wurde doch Jahre lang dran gearbeitet?"

„Na klar, und jetzt? Verjährung. Und das ist nicht der einzige Fall, über den jetzt ganz schnell Gras drüber wächst. Die Handydatenlöschung von Von der Leyen und Scheuer, da kräht morgen kein Hahn mehr nach. Es wird jetzt nur noch panisch auf die Fallzahlen gestarrt. Joel und Jolene werden schon Recht haben. Es handelt sich nicht um eine Corona-Krise sondern um eine Massenpanik und eine Gesamtgesellschaftliche Krise.

„Ich bin auch mal gespannt, wie sich diese ganzen Maßnahmen auf meine Branche auswirken."

„Ja, mag sein, aber vermutlich wäre die wirtschaftliche Dimension der Krise sowieso eingetreten, das hat sich ja schon vorher abgezeichnet. Die Auseinandersetzung der OPEC mit den USA ums Öl, der Streit zwischen Iran und USA, der Handelskrieg zwischen China und den USA, - die USA überhaupt, also unter Trump... Die sich immer weiter verhärtenden Fronten der EU und der USA zu Russland und zur Türkei... Die Börsenkurse hatten doch schon die Spitzen erreicht und wenn man nun annimmt, was natürlich ketzerisch ist, aber wenn man annimmt, dass ein unendliches Wachstum eben nicht geht, dann, tja, dann gabs doch eigentlich schon Ende 2019 nur noch eine Richtung, nämlich nach unten."

„Ja, und was ist dann genau das, was die Verantwortlichen brauchen? Eine Krise, der man die Schuld in die Schuhe schieben kann und eine Gefahr, mit der man alles rechtfertigen kann, was man dann noch so an Sauereien ins Leben rufen möchte."

„Ja du", erwiderte Amelie ironisch. „Und unsere Regierung, die weiß, was sie tut. Die werden uns bestimmt vor dem Virus retten, nachdem sie jahrelang das Gesundheitssystem kaputtreformiert und gespart haben, die Krankenhäuser privatisiert und zu Konzernen umgewandelt haben und die Produktion von Medikamenten und dergleichen ins Ausland ausgelagert haben, legen sie jetzt ganze Teile der Wirtschaft lahm, ohne das damit irgendwie effektiv Ansteckungsketten unterbrochen werden können. Aber wenn sich die Ansteckungszahlen verringern, zum Beispiel, weil Grippevirenwellen im Frühling eben abflauen, dann werden sie es als ihren Erfolg feiern und die große Mehrheit wird sie bejubeln und dafür danken, dass das unnütze Grundgesetz endlich ad acta gelegt wurde. Dann werden sie alle brav nicken, wenn es heißt, die Beschränkungen werden wir aufrecht erhalten, nur für den Fall der Fälle und weil das Virus jetzt für immer da ist."

„Na, immerhin Schweden macht da nicht so ganz mit. Wie sie es

einem wohl verkaufen, wenn Schweden nicht untergeht?"
„Darum braucht man sich wohl keine Sorgen zu machen. Wäre ja das erste Mal, dass aus der Geschichte oder vom Nachbarn gelernt würde. Ganz im Gegenteil. Wenn sie jetzt solch drastische Grundrechtseingriffe vornehmen, dann werden sie alles daran setzen, dass keine Zweifel aufkommen, dass das auch so sein musste. Nimm doch nur mal die Behauptung, Hussein habe Massenvernichtungswaffen. Hat es hinterher irgendwen gekratzt, dass das nicht so war und das das auch vorher alle wussten, dass es nicht so war und das damit der ganze Angriff jeglicher Grundlage entbehrte?"
„Es ist, als lebten wir in einem Sciencefictionfilm."
„Scheiße nur, dass es keine Stopptaste gibt."

Am darauffolgenden Tag wurde die Monsterschau dann perfekt mit der Ansprache der Kanzlerin und dem ersten Cum-Ex-Urteil, dass praktisch keinerlei Aufmerksamkeit in der Öffentlichkeit erregte, sondern am Rande im Desinteresse versank. Jahrelange Bemühungen der Justiz, diesem größten Steuerskandal der deutschen Geschichte auf die Schliche zu kommen, der alle Steuerzahler um Milliarden gebracht hatte und der bis in die Reihen der Spitzenpolitiker reichte, die dafür die Verantwortung trugen, kümmerten niemanden, waren kaum eine Randnotiz wert. Wie sollte das auch anders sein. Diese Politiker sollten die Bevölkerung ja jetzt vor dem Corona-Virus retten. Wie hätte da so ein Skandal hineingepasst? Ganz im Gegenteil. Es schien schon wie eine glückliche Fügung, dass diese Angelegenheit nicht in den Fokus gerückt wurde. Viel wichtiger erschien der verzweifelte Aufruf einer Verkäuferin, der die Medien beschäftigte, dass sie keine Handschuhe habe.

Am Donnerstag riefen sie den Vermieter an, um herauszufinden, wo Sophias Vater lebte. Tatsächlich erreichten sie ihn und er erklärte, dass er wisse, wo der Vater lebe, aber erstmal mit diesem sprechen müsse, ob er die Daten herausgeben dürfe.
Sophia konnte es kaum fassen. Es war ein so seltsames Gefühl. Dass dieser Tag wirklich kommen sollte... Wie oft hatte sie sich vorgestellt, ihren Vater kennenzulernen!
Sie traute sich aber kaum, daran zu denken, denn was, wenn jetzt doch noch etwas schief ging?
Aber bereits am Freitag rief der Vermieter zurück und teilte ihnen mit, dass er mit Sophias Vater gesprochen habe und dieser der Weitergabe seiner Kontaktdaten zugestimmt habe.
Sophia war so aufgeregt, dass Amelie anbot, ihn anzurufen und

das tat sie dann auch.

Auch Amelie war sehr aufgeregt. Sie hatte keine Ahnung, was sie erwartete, aber zum einen war es schließlich ein gutes Zeichen, dass er der Kontaktaufnahme zugestimmt hatte, zum anderen wollte sie für Sophia stark erscheinen, um ihr eine Stütze zu sein, egal was kam.

So wählte Amelie am Samstag Vormittag die Nummer.

Der Mann am anderen Ende der Leitung hatte eine freundliche Stimme und einen nordrheinwestfälischen Dialekt und Amelie hörte deutlich, dass seine Stimme zitterte. Woran das lag, wusste sie natürlich nicht. Womöglich war auch er aufgeregt.

Er hieß Niko Spalt und er wohnte nur einen Wohnblock entfernt von dem Haus, wo sie geklingelt hatten. Sie vereinbarten, sich am folgenden Tag zu treffen.

So fuhren Amelie und Sophia schon am nächsten Tag, dem Sonntag, wieder nach Lübeck.

Obwohl Sophia die ganze Fahrt über schwieg, spürte Amelie Sophias Aufregung.

Sie parkten auf demselben Parkplatz wie beim letzten Anlauf und klingelten diesmal ein Haus weiter.

Der Mann, der ihnen die Tür öffnete, war nicht sehr groß, schlank und etwa fünfzig Jahre alt. Er hatte leicht ergrautes Haar und traurige Augen.

Amelie bemerkte, dass Sophia ihn misstrauisch begutachtete. Sie wirkte sehr reserviert.

„Hallo, mein Name ist Amelie Kästner." Amelie streckte ihm die Hand entgegen.

Der Mann reichte ihr seine rechte Hand. Er war zittrig.

„Niko. Niko Spalt. Kommen Sie doch herein." Er roch nach Zigarette.

Herr Spalt hielt auch Sophia die Hand hin, aber die hob ihre nur zu einem kurzen Winken und er ließ die Hand wieder sinken, um sogleich zur Seite zu treten und beide einzulassen.

In der Wohnung roch es leicht verqualmt. Die Wohnung selber war sehr spartanisch eingerichtet und ordentlich.

„Wir können uns ins Wohnzimmer setzen. Auf die Chaisselongue." Er zeigte auf eine Tür.

Amelie hörte deutlich seinen Dialekt. Sie kannte die Bezeichnung Chaisselongue für ein Sofa auch von ihren Freunden in NRW. Ein Überbleibsel der Französischen Besatzung unter Napoleon.

„Wollen Sie was trinken? Ich habe Limo da."

Amelie sah beim Betreten des Wohnzimmers, dass er bereits

Gläser und eine Flasche Orangina auf dem Wohnzimmertisch vor der Couch aufgestellt hatte.

„Okay, gerne." Amelie ging vor. Sie spürte, dass Sophia erst einmal ankommen musste. Es musste sehr seltsam für sie sein, ihrem Vater zum erstenmal gegenüberzustehen.

Alle nahmen Platz.

„Und du bist also Sophia?" Herr Spalt lachte ein nervöses Lachen.

Sophia nickte.

„Wussten Sie, dass sie eine Tochter haben?"

„Hm." Er nickte.

„Warum kennen wir uns dann nicht?", fragte Sophia.

„Das ist nicht so einfach... Aber jetzt... ich freu mich..." Wieder lachte er leicht nervös auf.

Amelie fand, dass er alles in allem sehr nervös und zittrig wirkte.

Sophia schien die Antwort nicht zu genügen.

Das merkte wohl auch Herr Spalt. „Jetzt wohne ich hier wieder. Aber manchmal geht es mir nicht so gut. Dann bin ich auch mal im Krankenhaus. Ich bin nicht geeignet als Vater. Also für ein Kind", sagte er leise.

Es herrschte Schweigen.

Amelie hätte gerne gefragt, wie er das meinte, aber das erschien ihr zu persönlich. Sie hatte sowieso schon das Gefühl, fehl am Platz zu sein, andererseits hatte sie nicht den Eindruck, die beiden wären lieber unter sich.

Sie wollte irgendwie das Gespräch in Gang bringen. Wenn sie schon hier war. „Was arbeiten sie denn?", fragte sie deshalb. Das war doch unverfänglich.

„Ich arbeite in einer Fabrik. Ich sortiere Teile."

„Ich will jetzt wieder los", erklärte Sophia überraschend.

„Aber... Okay?!" Amelie wusste nicht, was sie sagen sollte.

„Hab ich was Falsches gesagt?" Herr Spalt sah Sophia mit ratlosem Gesichtsausdruck an.

„Nee. Aber ich will jetzt los." Sophia stand auf.

„Okay, dann, ... okay." Herr Spalt erhob sich ebenfalls. „Aber ich würde mich sehr freuen, wenn wir uns wieder treffen könnten. Ich würde dich gerne kennenlernen."

„Ja, mal sehen." Mit diesen Worten ging Sophia Richtung Wohnungstür.

Amelie lief ihr schnell nach. Sie verabschiedete sich von Herrn Spalt und folgte Sophia, die bereits beim Auto wartete. „Ist etwas los?"

„Nee. Nichts."

Mehr war aus Sophia nicht herauszubekommen.

Sophia konnte es nicht fassen. Das sollte ihr Vater sein? Um Gotteswillen. So ein peinlicher Versager. Fabrikarbeiter. Alt, klein, zittrig. Das war nicht der Vater, den sie sich vorgestellt hatte. Wie sollte sich so einer um sie kümmern? Den konnte sie ja nicht mal vorzeigen. Mit dem konnte sie sich auf keinen Fall vor irgendwem blicken lassen. Das war doch nicht möglich, dass so einer ihr Vater war?

Was sich Mama dabei gedacht hatte? Ob er früher auch schon so gewesen war? Das konnte unmöglich sein. Wieso hatte Mama sich mit so einem eingelassen? Oder war es eine Verwechselung?

Sophia konnte keinen klaren Gedanken fassen. Sie versuchte, sich die Erinnerung an den Vater zurück ins Gedächtnis zu rufen, den sie sich all die Jahre vorgestellt hatte, aber das gelang ihr nicht mehr. Es war, als zerbröselte oder verrann das Bild, bevor sie es sehen konnte.

Wie war das nur möglich? Sie wollte das Bild zurück. Aber stattdessen drängte sich dieser Typ, den sie heute kennengelernt hatte und der behauptete, ihr Vater zu sein in ihren Kopf. Er sollte verschwinden. Sie wollte ihren Vater zurück, so, wie sie ihn sich vorgestellt hatte...

Spät am Abend konnte sie noch immer nicht schlafen. Die Unruhe hatte sie vollkommen im Griff. Sie wollte diesen Typen einfach vergessen. Das konnte nicht sein, dass der ihr Vater sein sollte. Aber wie? Sie ertrug es nicht länger, in ihrem Bett zu liegen und in die Dunkelheit zu starren. Sie musste hier raus. Ob die anderen schon schliefen? Keinesfalls wollte sie irgendjemandem begegnen.

Sie knipste ihre Nachttischlampe an und zog sich schnell eine Jeans und einen Pulli über und kramte ihre Taschenlampe aus der Reisetasche. Dann ging sie ans Fenster. Sie öffnete es und spähte hinaus. Etwas unterhalb ihres Fensters verlief das Dach der Garage. Darauf konnte sie sich hinabhangeln und dann von dort weiter nach unten springen. In Hamburg war sie auch oft abends aus dem Fenster verschwunden, darin hatte sie Übung.

Sie machte es, wie beabsichtigt und befand sich wenige Augenblicke später auf dem Boden unter ihrem Fenster.

Das Licht in der Küche war bereits erloschen. Sie ging ums Haus herum und stellte fest, dass nur im Wohnzimmer oben noch Licht brannte.

Dann begab sie sich zu dem roten Häuschen. Irgendetwas zog sie an diesem Gebäude an. Sie wusste aber nicht, was es war.

Sie kannte das Häuschen mittlerweile in- und auswendig und

heute wollte sie sich eine Leiter holen und sich auf den Balken setzen. Von dort konnte man bestimmt aus dem kleinen Fenster sehen.

Eine Leiter stand in der Scheune, die ebenfalls zum Grundstück gehörte. Die holte sie sich und lehnte sie an den Balken.

Als sie oben war, kletterte sie auf den Balken und krabbelte darauf bis ans hintere Ende des Häuschens ans Fenster. Hierher hatte sie schon lange gewollt, aber bislang hatte sich die Gelegenheit noch nicht ergeben.

Sie versuchte, das Fenster zu öffnen. Der Holzladen war mit einem Draht festgebunden, der sich aber lösen ließ. Dann konnte sie den Holzladen nach außen öffnen.

Nun konnte sie weit sehen. Dunkel lagen der Garten und dahinter die Felder vor ihr. Am Himmel stand der Mond.

Sophia setzte sich so hin, dass sie sich bequem anlehnen konnte und sah aus dem Fenster.

So saß sie eine ganze Weile und sie wurde etwas ruhiger.

Sie hörte den Wind säuseln und zweimal fuhr ein Auto vorbei, das konnte sie aber nur hören, nicht sehen.

Schließlich spürte sie, dass sie endlich müde wurde, aber sie wollte nicht wieder reingehen. Drinnen würde das Grübeln von Neuem beginnen. So blieb sie sitzen und schließlich wurden ihre Augenlider schwerer und sie spürte, wie der Schlaf sie übermannte. Als sie gerade einschlief, verlor sie für einen Augenblick den Halt. Sie schreckte hoch und konnte sich gerade noch halten, bevor sie abstürzte und da spürte sie etwas. Dort, wo ihre Hand sich ans Mauerwerk geklammert hatte, dort war eine Nische. Sie tastete vorsichtig hinein und spürte etwas liegen. Es war kühl und weich. Sie griff danach und zog es hervor. Zu ihrem Erstaunen hielt sie ein ledernes Buch in der Hand.

Sie besah es von allen Seiten und stellte fest, dass es sehr eingestaubt war. Es musste lange dort gelegen haben. Sie öffnete es und schaute hinein. Es war handbeschrieben. Was mochte das sein? Sie blätterte zur ersten Seite und las, was dort geschrieben stand. Es fiel ihr schwer, die Worte zu entziffern, aber da stand „Tagebuch Marie Ebert". Es war die Schrift eines Kindes.

Sophia blätterte noch eine Weile in dem Buch herum und stellte fest, dass es fast voll beschrieben war. Schließlich legte sie es verwirrt an seinen Platz zurück und beschloss, nun schlafen zu gehen. Sie würde vielleicht tagsüber noch einmal herkommen und sich das genauer ansehen. Aber nicht jetzt. Sie las ja ohnehin nicht gerne. Aber warum dort ein Tagebuch herumlag, das verwunderte sie.

13

Am Sonntag verbrachte Amelie den Vormittag mit Julien und Amber im Garten. Sie legten ein Beet für Amber an. Das Wetter war so mild, dass Amelie meinte, es sei bereits Frühling. Und wenn schon mal Zeit für so etwas war, dann war es auch egal, wenn das Bepflanzen noch etwas auf sich warten lassen musste. Julien übernahm die Koordination und gab weltmännisch vor, wie das zu machen war. Sie setzten sogleich einige Erdbeerpflänzchen aus anderen Beeten in das kleine, neue Beet. Drumherum platzierte Amber Steine, die sie im Garten fand, - die meisten hatte sie aus den Umrandungen anderer Beete gepult, aber das sah Amelie ihr gerne nach, weil sie so süß war, wie sie emsig die Steinchen schleppte! -. Dann brachten sie Juliens Beet in Ordnung.

Die ganze Zeit über musste sie an den Besuch bei Sophias Vater denken. Auf sie hatte Niko Spalt einen sympathischen, netten Eindruck gemacht. Sie war von Sophias Reaktion überrascht gewesen. Vermutlich hatte Sophia ein bestimmtes Bild im Kopf gehabt, wie ihr Vater sein würde und vermutlich hatte er diesem Bild nicht entsprochen.

Amelie vermutete, dass es für Sophia befremdlich gewesen sein musste, ihren Vater zum ersten Mal zu sehen. Aber brauchte sie nur etwas Zeit? Oder wollte sie mit diesem Menschen nichts zu tun haben? Sie hätte gerne mit Sophia gesprochen, aber dazu brauchte sie Ruhe. Das ging nicht, wenn Amber und Julien um sie herumturnten.

Während sie noch so nachdachte, sah sie aus dem Augenwinkel, dass Sophia das Haus verließ.

Wollte sie sich zu ihnen gesellen? Wollte sie spazierengehen? Amelie beobachtete, was Sophia tat.

Sophia hatte sie wohl gar nicht bemerkt. Amelie sah, dass sie zum roten Häuschen ging und darin verschwand.

Sollte sie ihr nachgehen? Fragen, was sie vorhatte? Jedenfalls sollte sie ihr Bescheid sagen, dass sie vorsichtig sein musste, da dort auch alte Nägel und Schuttreste herumlagen. Aber Sophia war auch kein kleines Kind mehr. Erst gab sie noch eine Kanne Wasser an die Erdbeeren und dann sagte sie zu Amber und Julien, dass sie gleich zurück sei.

Sie ging zum roten Häuschen, einem ehemaligen Schweinestall, den sie aber bisher nur als Ablage für Gerümpel, Holz und anderen Kram genutzt hatten, und sah hinein. „Sophia?"

Sophia war nicht zu sehen.

„Ja?"

Amelie blickte sich überrascht um. Die Stimme kam von oben! Da entdeckte sie Sophia auf dem Balken. Die Leiter war daran angelehnt.

„Was machst du da oben? Verletz dich bloß nicht!", rief sie erschrocken.

„Nein, alles okay. Ich sitze hier nur."

Amelie fand, dass Sophia klang, als wenn sie sich ertappt fühlte. Aber bei was? Vielleicht einfach dabei, hier zu sein?!

„Seit wann steht denn die Leiter hier? Hast du sie hergeholt?"

„Ja, gestern abend."

„Okay", sagte Amelie. Was sprach schon dagegen, wenn sich Sophia hier umsah? „Aber sei vorsichtig. Hier liegt auch viel Schrott rum. Verletz dich bitte nicht."

„Ja."

„Wenn du möchtest, kannst du gerne zu uns in den Garten kommen. Wir richten die Beete her. Du könntest auch ein eigenes Beet haben... Mit Erdbeeren, zum Beispiel."

„Okay."

Einen Augenblick stand Amelie noch in der Tür. Dann sagte sie: „Ich habe überlegt, ob du noch einmal mit mir sprechen möchtest, wegen dem Besuch bei..."

„Nein."

Sophia war vor Schreck fast von dem alten Balken heruntergefallen. Wo war denn Amelie mit einem Mal hergekommen? Sie hatte sie gar nicht bemerkt und gedacht, sie befinde sich mit Leonie und den anderen Kindern bei den Pferden. Zum Glück hatte Amelie nicht gesehen, dass Sophia sich das Buch geschnappt hatte. Sie wollte es ja nicht wegnehmen. Nur untersuchen. Sie war froh, als Amelie wieder gegangen war. Sicherlich wollte sie nicht über diesen Typen reden. Vergessen wollte sie den.

Es war sicher das beste, das Buch mitzunehmen und woanders anzugucken. Hier würde Amelie noch Fragen stellen, was sie hier wollte, ihr vielleicht sogar verbieten, hier zu sein. So steckte sie das Buch unter ihr T-Shirt und kletterte die Leiter wieder herunter. Schnell lief sie über den Hof und zurück zur Küchentür hinein.

Am nächsten Morgen war der 23. März.

Die Zustände wurden immer absurder; Ab diesem Tag begann die sogenannte Kontaktsperre in der Bundesrepublik, das heißt, es durften sich nicht mehr als zwei Personen, die nicht in einem Haushalt lebten, in der Öffentlichkeit treffen.

Amelie konnte wieder klären, dass sie alle Arbeiten von zuhause aus erledigte, bis auf den Sitzungsdienst am Donnerstag.

Vormittags machten Leonie und Amber ihre Hausaufgaben und Amelie arbeitete an ihren Akten. Amber wollte ebenfalls Hausaufgaben machen, so gab Amelie ihr welche auf. Sie malte die Aufgaben, damit Amber selbstständig arbeiten konnte. Auf diese Weise übte sie erste Buchstaben und Zahlen, malte Bilder aus und goss Blumen.

Die erste Woche verstrich gemächlich. Amelie hatte den Eindruck, dass die Zeit langsamer lief. Das war angenehm. Während sie sonst oft von Termin zu Termin hetzte und am Freitag nie wusste, wo die Zeit geblieben war, hatten sie mit einem Mal viel weniger Autofahrerei, weniger Termine und Veranstaltungen.

Aber am Freitag ereignete sich etwas überraschendes: Als Leonie und Julien gerade begonnen hatten, an ihren Sachen zu arbeiten, hörte Amelie plötzlich Sophias Stimme aus deren Zimmer dringen. Es klang, als wenn Sophia weinte.

Während Amelie noch unschlüssig vor Sophias Zimmertür stand und überlegte, was sie nun tun sollte, wurde die Tür plötzlich aufgerissen und Sophia kam heraus. Sie hatte ihr Handy am Ohr und wischte sich Tränen aus dem Gesicht. „Mama will mit dir sprechen!", schluchzte sie.

Amelie war vollkommen verdutzt, aber sie griff nach dem Hörer, den Sophia ihr entgegenstreckte und nahm ihn ans Ohr. „Kästner?"

„Frau Kästner, sind Sie die Pflegemutter von Sophia?"

„Ja?"

„Ich bin die leibliche Mutter. Sagen Sie ihr endlich, dass sie mich in Ruhe lassen soll. Ich will nichts mit ihr zu tun haben. Ich habe keine Zeit für sie und ich will dieses Theater nicht mehr. Sie soll aufhören, mich anzurufen und mich in Ruhe lassen. Ein für alle Mal. Ich werde sie niemals zurücknehmen." Dann war die Verbindung unterbrochen.

Amelie stand wie vom Donner gerührt. „Was war das denn?", stammelte sie.

„Was hat sie gesagt?" Sophias Gesichtsausdruck war flehend.

„Das... das musst du doch gehört haben, so laut, wie sie geschrien hat?!"

„Nein, das kann nicht sein, das hat sie nicht gesagt!"

„Doch..." Amelie wusste nicht, was sie tun sollte. Sophia stand wie ein Häuflein Elend vor ihr. Sollte sie sie in den Arm nehmen?

„Das hat sie nicht so gemeint. Wir fahren zu ihr, dann klärt sich das auf. Sie muss mich nur sehen, dann ändert sie ihre Meinung!"

Amelie sah Sophia ratlos an. Was redete sie da?

Dann begann es, ihr zu dämmern, was hier geschah: Sophia wollte unbedingt zu ihrer Mutter zurück, aber die wollte das überhaupt nicht. Sophia machte sich etwas vor. Sie konnte die Wahrheit nicht sehen, weil sie sie nicht ertrug.

Mit einem Mal spürte Amelie die Verzweiflung, in der sich Sophia befand. Deshalb konnte sie auch nicht ankommen, weil sie in dieser Illusion gefangen war.

Amelie überlegte fieberhaft, was sie nun tun sollte.

Wie konnte sie Sophia jetzt helfen?

„Es tut mir so leid, Sophia...", begann sie vorsichtig.

„Was tut dir leid? Was soll das? Sie muss mich nur sehen!", schrie Sophia.

„Nein, Sophia. Sie wird dich nicht sehen. Sie will es nicht."

„Das sagst du nur, weil du mich hasst!"

„Was?" Oh Gott, wenn sie doch nur einen Kurs besucht hätte, der ihr jetzt helfen konnte.

Okay, sie musste versuchen, Ruhe in die Situation zu bringen. „Ich hab dich gerne Sophia. Es tut mir wahnsinnig leid, was gerade vorgefallen ist. Ich möchte dir helfen."

„Du kannst mir nicht helfen. Ich hab ja schon gesagt, dass du mich zu meiner Mutter fahren sollst."

Amelies Gedanken drehten sich im Kreis. Schneller und schneller. Was war jetzt das Klügste? Sollte sie Sophia schützen und einen Kontakt, der zu einer weiteren Enttäuschung führen würde, verhindern oder brauchte Sophia diese Bestätigung? Was sollte sie tun? „Okay. Ich denke darüber nach. Ich spreche mit David darüber."

„Nein. Ich will jetzt sofort zu meiner Mutter. Jetzt ist sie zuhause. Jetzt!"

Amelie atmete tief durch. „Okay. Okay. Ich werde David anrufen, dass er herkommen soll und dann fahren wir beide. Wenn du es so unbedingt willst." Vielleicht brauchte Sophia diese Erfahrung, um sich anschließend für anderes zu öffnen. Hoffentlich war es so. Aber wenn Amelie daran dachte, wie es mit ihr und ihrem Vater gewesen war... Sie hätte auch unbedingt persönlich mit ihm sprechen wollen und es nicht ertragen, wenn ihr das verwehrt worden wäre.

„Gut, dann hol ich meine Sachen." Es war als hätte sich bei Sophia ein Schalter umgelegt und mit einem Mal kam sie in Aktion. Sie begann, wie wild ihre Sachen zusammen zu packen.

Amelie spürte, dass in ihr Aufregung hochstieg. Ruhig bleiben. Das würde noch heftig werden, wenn Sophias Mutter ihr das direkt ins Gesicht sagen würde und das würde sie, da war sich Amelie sicher.

Amelie rief also David an und der sagte zu, sich in einer halben Stunde auf den Weg nach Hause zu machen. Solange konnte Leonie auf Julien und Amber aufpassen.

Sophia nahm alles mit, was sie besaß. Sie hatte offensichtlich nicht vor, wieder mit nach Karmin zu fahren. Sie war fest davon überzeugt, sie würde bei ihrer Mutter bleiben.

Amelie fand die Adresse über Google Maps heraus und sie fuhren los.

Während der Fahrt stellte Amelie das Radio an, weil das Schweigen nicht auszuhalten war.

Was sie wohl erwartete? Amelie musste sich eingestehen, dass sie Angst hatte, was auf sie zukommen würde und ob sie Sophia auffangen konnte. Sie überlegte hin und her, ob es das Richtige war, was sie tat, aber sie wusste es einfach nicht. Ihr Kopf sagte nein, ihr Gefühl sagte ja.

Dann fuhren sie in die Zielstraße ein. Sie befanden sich am Stadtrand von Lübeck.

Sie parkten und stiegen aus.

Das Klingelschild befand sich an der Eingangstür zu einem Hochhaus.

Amelie sah, dass Sophia zögerte, aber sie klingelte doch.

Es tat sich nichts. Sie warteten und warteten. Dann klingelte Sophia nochmals, aber wieder kam keine Reaktion.

Plötzlich wurde die Tür von innen geöffnet und eine alte Frau kam heraus. Amelie stellte instinktiv einen Fuß in die Tür und Sophia huschte hinein.

Sie hatten an dem Klingelschild bereits gesehen, dass sich die Wohnung im siebten Stock befinden musste. Also nahmen sie den Aufzug.

„Hast du hier früher gelebt?", fragte Amelie.

„Ja."

„Aber das ist lange her. Erinnerst du dich noch daran?"

„Ein bisschen."

Es machte „Kling" und der Fahrstuhl stoppte. Die Türen öffneten sich und sie standen im Korridor.

Es war ein dunkler Flur mit grünem Linoleumboden. Es roch nach Zigarettenrauch und Weichspüler.

„Hieran erinnere ich mich noch." Sophia blickte sich um. „Da ist es." Sie zeigte auf die Tür hinten links.

Als sie vor der besagten Tür standen, konnte Amelie den unverkennbaren Geruch von Marihuana riechen. Aus einer Wohnung drangen Kinderstimmen. Amelie fühlte sich unwohl.

Sophia klingelte. Man hörte das Klingeln. Nach einer Weile waren Schritt vernehmbar und es klackte an der Tür. Ob durch den Spion geschaut wurde? Dann ging die Tür auf und eine Frau mittleren Alters erschien.

„Mama!", rief Sophia.

„Nee, jetzt." Die Frau verdrehte die Augen. Eine Alkoholfahne drang Amelie entgegen. Mit einer Hand, in der sich eine qualmende Zigarette befand wedelte die Frau in Amelies Richtung. „Was wollen Sie hier? Ich sagte, ich will mit ihr", - sie nickte in Sophias Richtung -, „nichts zu schaffen haben."

„Mama, ich bin es, Sophia. Ich will wieder zu dir ziehen. Ich habe alles dabei."

Amelie stellte sich etwas seitlich hinter Sophia.

„Nee, das gibt's doch nicht." Es schien, als spucke sie das eher, als dass sie es sagte. „Ich sags zum letzten Mal. Lass mich in Ruhe. Hier gibt's nichts für dich."

„Bitte, ich will zu dir ziehen! Elli ist tot."

Die Frau schien einen Moment zu überlegen. Dann schüttelte sie den Kopf und zog an der Zigarette. Während sie den Qualm ausstieß, schnaubte sie: „Du bist damals raus hier. Und dabei bleibt's jetzt. War nicht witzig, so ohne das Kindergeld und so. Aber ich komm jetzt alleine gut über die Runden."

„Aber ich wollte doch gar nicht wegziehen!", flehte Sophia unbeirrt weiter.

„Hä? Du hast doch den ganzen Scheiß über mich beim Amt erzählt. Und jetzt brauchst du auch nicht mehr anzukommen. Ich hatte genug Ärger wegen dir."

„Ich hab nichts erzählt. Bitte, Mama, lass mich rein!"

„Nein, verdammt. Und jetzt verschwinde. Sonst hören die Nachbarn noch was."

„Mama..."

„Verschwinde jetzt endlich, bevor ich mich vergesse. Und Sie", sie wandte sich Amelie zu. „Schleppen Sie sie nie wieder her. Sonst können Sie mich kennenlernen. Ich hatte genug Ärger wegen der und jetzt hab ich auch genug Probleme. Ich hab keine Zeit für sie."

Amelie konnte kaum zu Ende zuhören, weil sie spürte, dass Sophia drauf und dran war, davon zu laufen. Sie griff nach Sophias

Schultern und hielt sie fest.

„Lass mich los!", Sophia rannen Tränen über die Wangen.

„Nein. Bleib bei mir", flüsterte Amelie eindringlich und hielt Sophia fest an den Schultern.

Sophia versuchte, sich loszumachen, aber es schien, als wenn sie gar keine Kraft hatte.

„Du machst mir jetzt hier keine Szene, Fräulein. Ich hab nicht gesagt, dass du herkommen sollst. Ich will nicht, dass die Nachbarn was hören!", zischte Sophias Mutter in wütendem Ton.

„Mama...", schluchzte Sophia.

Die Tür fiel ins Schloss. Sophia sackte weinend zusammen.

Amelie versuchte, sie zu halten, aber das war schwer und so ließ sie sie langsam zu Boden gleiten.

Amelie hockte sich neben Sophia und umarmte sie. Sophia weinte leise.

Eine Weile saßen sie so da und Amelie überlegte, was sie jetzt tun sollte, während sie über Sophias Haar strich und versuchte, sie zu beruhigen. Schließlich schaffte Amelie es, Sophia zum Auto zu bringen. Schnell startete sie und fuhr los. Bloß weg hier.

Unterwegs starrte Sophia aus dem Fenster. Amelie dachte nach.

Sollten sie einfach nach Hause fahren? Aber was sonst?

Ja, sie mussten zu Frau Weiler. Irgendwie zu Frau Weiler. Das war doch ein Notfall, da musste Frau Weiler doch auch spontan Zeit haben?!

„Ich rufe Frau Weiler an", sagte sie mehr zu sich, als zu Sophia.

Und tatsächlich. Amelie war richtiggehend positiv überrascht. Das war dann wohl wirklich eine gute Therapeutin. Also fuhren sie direkt nach Ratzeburg und dort zu Frau Weiler.

Sophia fühlte sich wie erstarrt. Als sei ihr der Boden unter den Füßen weggerissen worden und ein Haus über ihr zusammenstürzt. Sie hasste diese Gefühle und sie musste sie loswerden. Sie waren unerträglich. Daran war nur Amelie schuld. Warum waren sie auch gefahren? Warum hatte sie Amelie überhaupt den Hörer gegeben? Wahrscheinlich war es für Mama nur eine blöde Situation gewesen und wenn sie sich anders verhalten hätte, dann hätte Mama auch anders reagiert.

Jetzt wollte Amelie zu Frau Weiler fahren. Was sollte das bitte bringen? Die Wut auf Amelie gab ihr wieder Kraft. Das war ein gutes Gefühl. Sie musste aus dieser Schockstarre raus. Naja, wenn Amelie das unbedingt wollte! Ihr würde schon was einfallen, worüber sie mit der dämlichen Weiler reden konnte.

Als sie in Frau Weilers Zimmer saßen, wartete Sophia aber erstmal ab.

„Was führt Sie heute so überraschend zu mir?" Frau Weiler sah zwischen ihr und Amelie hin und her.

„Ja, das ist so. Wir haben heute Sophias leiblicher Mutter einen Besuch abgestattet..."

„Oh!", machte Frau Weiler.

„Ja, das können Sie wohl laut sagen. Es war furchtbar." Amelie sah immer wieder zu Sophia rüber. Als wollte sie sich vergewissern, ob die noch da war.

„Was meinen Sie damit?"

„Nunja, vielleicht will Sophia selber erzählen?..."

Sophia schüttelte den Kopf.

Amelie erzählte, was vorgefallen war. „Ich denke, dass das für Sophia ein schwerer Schock war, was sich da gerade abgespielt hat. Ich fand es auch schrecklich. Es tut mir so leid... Sophia hat ja schon oft erzählt, dass sie gerne zu ihrer Mutter ziehen möchte,... aber dass das so...", schloss Amelie stockend.

Sophia blickte immer mal wieder vorsichtig zu Amelie hinüber, während diese erzählte. Einen kurzen Augenblick lang erwischte sie sich dabei, dass ihr Amelie leid-tat, aber dieses Gefühl schob sie schnellstens beiseite. Warum schleppte Amelie sie zu dieser Kuh? Die war so dämlich und jetzt sollte es hier um Mama gehen. Das wollte sie alles nicht. Sie wollte nur weg. Sie hatte außerdem Frau Weiler schon erzählt, wie scheiße es bei Amelie und David war und die hatte ihr den ganzen Schwachsinn voll abgekauft. Sie musste im Stillen grinsen. Es war so leicht, Leuten Scheiß zu erzählen!

Wie aufs Stichwort fragte Frau Weiler in diesem Augenblick: „Sophia, möchtest du, dass Frau Kästner im Raum bleibt, oder möchtest du lieber mit mir allein sprechen?"

„Lieber allein", sagte Sophia nur.

Nachdem Amelie aus dem Raum gegangen war, sah Frau Weiler Sophia erwartungsvoll an. „Nun, Sophia, möchtest du mit mir sprechen?"

Sophia zuckte mit den Schultern und sah auf die Tischplatte vor sich.

„Stimmt es, was Frau Kästner erzählt hat?"

Sophia schüttelte den Kopf.

„Okay?" Frau Weiler notierte etwas auf ihrem Zettel. „Und was ist dann vorgefallen?"

„Es gab tierisch Stress. Und jetzt will sie davon ablenken."

„Ach so? Hm?"

„Sie hatte halt wieder ihren Lover da. Der ist ja höchstens halb so alt wie sie. Der kommt immer, wenn David, also Herr Hege arbeiten ist."

„Und das hast du mitbekommen? Wie war das für dich?"

„Alle kriegen das mit. Auch die Kinder von denen. Aber die dürfen nichts sagen."

„Wie kommst du darauf?"

„Na, sie sagt uns das ja immer. Aber ich hab es David, also Herrn Hege erzählt, als er nach Hause kam und er ist richtig ausgerastet." Sophia spürte, wie gut ihr das Erzählen tat. Sie bestimmte, worum es ging. „Er ist auf Amelie, also Frau Kästner losgegangen. Das war irre." Mit Genugtuung stellte Sophia fest, dass Frau Weiler sie geschockt ansah.

„W...was meinst du mit losgegangen?", hakte sie nach.

„Naja, was es eben heißt. Er hat sie voll ins Gesicht geschlagen! Und dann gegen die Wand geschubst und so. Sie hat geheult und die Kinder von denen sind auch ausgeflippt. Die standen an der Treppe."

„Und was geschah dann? Wann war das?"

„Na, äh... gestern!"

„Das ging immer weiter und schließlich musste Frau Kästner sogar ins Krankenhaus."

„Gestern?"

„Ja klar. Herr Hege ist mit ihr gefahren. Das war schon spät abends. Ich hab auf die Kinder von denen aufgepasst. Die haben ja nur geheult und so."

„In welches Krankenhaus sind sie denn gefahren? Weißt du das?"

„Klar", Sophia musste nur kurz überlegen. Sie erinnerte sich, dass sie an einem Schild vorbei gefahren waren, auf dem stand, dass es Richtung Krankenhaus ging. Hier in Ratzeburg gab es also eines und es war auch realistisch, dass sie hier her gefahren sein würden, denn Ratzeburg war wahrscheinlich das nächste Krankenhaus. „Hier nach Ratzeburg sind sie gefahren. Und als die zurück waren ist Herr Hege auf mich losgegangen."

„Okay?" Frau Weiler notierte wie eine Besessene.

Sophia spürte die Energie, die es ihr gab, dass Frau Weiler ihr alles abkaufte.

„Sophia, es ist sehr wichtig, dass du mit mir darüber sprichst."

„Es war so schrecklich. Ich hab gedacht, er bringt mich um. Er war so sauer!" Sophia senkte den Blick. Sie wusste um die Wirkung.

„Ist Herr Hege schon öfters gewalttätig gewesen?"

„Nicht so oft, aber manchmal flippt er aus."

„Gegen wen richtet sich das dann?"

„Vor allem gegen Frau Kästner, aber auch gegen mich. Ich glaube, er will gar nicht, dass ich da bin. Er will bestimmt nicht, dass jemand mitkriegt, was bei denen abgeht."

Sophia spürte die Genugtuung und die Energie, die ihr das Erzählen dieser Geschichte gegeben hatte noch bis sie wieder in Karmin ankamen. Sie entschied, mit wem sie worüber sprach. Das mit Mama ging niemanden was an und je weniger sie darüber sprach und nachdachte, dessto eher vergaß sie es wieder. Es war sowieso eigentlich nicht so schlimm gewesen. Dass sie geheult hatte, hatte nichts zu bedeuten. War halt so passiert, aber nur, weil Amelie immer so ein Theater um alles machte. Sie hätte Amelie lieber unten an der Straße warten lassen sollen. Dann wäre das alles anders gelaufen. Vielleicht war das auch der Grund dafür, dass Mama so komisch reagiert hatte. Sie fand Amelie bestimmt auch ätzend. Und so begannen die Gedanken schließlich doch wieder zu kreisen. Sie hasste das. Diese innere Unruhe machte sie wahnsinnig. Wie sollte es bloß weitergehen?... nein, darüber durfte sie jetzt nicht auch noch nachdenken. Das war völlig hoffnungslos...

Am Samstag, es war der 28.3., fuhr David mit Leonie zu den Pferden.

Amelie nutzte den Vormittag, um mit Julien ein Gedicht für die Schule zu üben und ein Bild dazu zu malen.

Als sie damit gerade fertig waren und Amelie sich an die Vorbereitung des Mittagessens machen wollte, stürmte David herein.

„Komm mal bitte", sagte er in ernstem Ton.

Amelie horchte auf. Das verhieß nichts Gutes. Wo war Leonie?

„Wo ist Leonie?"

14

„Komm mal, hab ich doch gesagt."

Amelie folgte David zum Auto und ihr ungutes Gefühl wuchs stetig. Da entdeckte sie Leonie auf dem Beifahrersitz. Sie weinte.

„Was ist passiert?" Amelie lief schnell zu Leonie und sah sie besorgt an.

„Mama, sie ist mir auf den Fuß getreten..."

Amelie atmete tief durch, bevor sie zu Leonies Füßen blickte. Sie erstarrte. Der linke Fuß war nackt und stark geschwollen und blau verfärbt. Die Zehen waren bleich.

„Okay, was tun wir?" Amelie sah zu David.

„Wir müssen in die Notaufnahme. Wir bringen Amber und Julien zu Oma."

„Aber... wir sollen doch die Kontakte meiden..."

„Ja, egal, geht jetzt nicht. Oder willst du hierbleiben?"

„Nein... Mama, du sollst mit... bitte...", schluchzte Leonie.

„Nein, natürlich komme ich mit. Hast du sie angerufen? Sind sie zuhause?"

„Ja, wir können gleich vorbei fahren."

„Dann los, ich hole Julien, du Amber und ich sag Sophia Bescheid. Brauchen wir noch irgendwas?" Amelie dachte schnell nach. Tasche, Krankenkassenkarte, was zu trinken... Brauchten sie auch Sachen für den Fall, dass Leonie dort bleiben musste?

Zehn Minuten später saßen sie alle im Auto.

Sie lieferten Julien und Amber ab und fuhren weiter nach Schwerin in die Heliosklinik.

Sie parkten auf dem Gelände und nahmen Leonie zwischen sich, so dass diese sich bei ihnen abstützen konnte. Leonie weinte noch immer.

In der Notaufnahme gingen sie zum Tresen. Die Notaufnahme war leer. Nur ein älterer Mann saß im Wartebereich.

Der Mann hinter dem Tresen sah sie fragend an.

„Unsere Tochter hat sich am Fuß verletzt. Ein Pferd ist ihr auf den Fuß getreten", erklärte Amelie.

„Ja, okay, aber sie können hier nicht beide mit rein, Sie wissen schon, wegen Corona... Sie müssen jetzt entscheiden, wer mitgeht. Der andere muss bitte draußen, also außerhalb des Gebäudes warten."

Amelie und David sahen sich ungläubig an. Schließlich war es allgemein bekannt, dass es quasi überhaupt keine Fälle in ganz MV gab. Hier in Schwerin mit Sicherheit noch viel weniger. Wenn es denn überhaupt irgendjemanden in der Heliosklinik gab. „Okay, dann geht ihr beide, schließlich war ich nicht dabei. Vielleicht kannst du eher etwas dazu sagen, was passiert ist", entschied Amelie spontan. Sie hätte dem Typen am Tresen am liebsten einen Vogel gezeigt, aber das half ja auch nichts. Er war schließlich auch nur ein Rädchen im Uhrwerk und führte nur aus. Zudem war das Einzige, was jetzt gerade zählte, dass Leonie untersucht und behandelt wurde.

Amelie half noch, Leonie auf einen Stuhl zu setzen und dann verließ sie die Klinik. Sie setzte sich ins Auto und wartete dort. Erstaunlich schnell kamen auch David und Leonie zurück. Leonie hatte einen Verband und David stützte sie.

„Und?", sagte Amelie ungeduldig.

„Es scheint nicht gebrochen zu sein. Nur eine starke Prellung. Wir sollen es beobachten und falls es schlimmer wird, wiederkommen. Schmerzgel, Ruhigstellung, Abwarten.

„Ein Glück. Haben sie denn geröngt?"

„Klar."

„Und wie geht es dir jetzt? Tut es noch sehr weh?" Amelie strich Leonie über das Haar.

„Hm", seufzte Leonie.

Auf dem Rückweg holten sie Julien und Amber wieder ab und fuhren dann nach Hause.

Dort angekommen, sahen sie, dass ein Polizeiwagen an der Einfahrt zum Haus stand.

David und Amelie sahen sich verwundert an: Was hatte das zu bedeuten?

Sie hielten und stiegen aus.

Die Polizisten stiegen ebenfalls aus und kamen auf sie zu.

Amber griff nach Davids Hand und Julien nach Amelies.

„Guten Tag?" David nickte den beiden zu.

„Sind Sie Herr Hege?"

„Ja."

Die Polizisten sahen sich um. „Wo ist denn Sophia Valentin? Die lebt doch bei Ihnen?"

„Ja, sie ist zuhause. Sie muss hier sein." David sah die Polizisten irritert an.

„Können wir kurz zu Ihnen reinkommen? Sie wollen sicher nicht hier auf offener Straße mit uns sprechen?"

Amelie hatte den Eindruck, dass die beiden sich, nachdem sie sahen, dass Leonie verletzt war, einen sonderbaren Blick zuwarfen. Sie spürte Nervosität in sich aufsteigen.

„Ja, okay." David klang beunruhigt.

Sie gingen vor und die Polizisten hinterher.

„Mama, warum ist die Polizei hier?", flüsterte Julien Amelie zu.

„Das weiß ich auch nicht. Sie sagen es uns bestimmt gleich", flüsterte Amelie zurück.

Amelie schloss auf und alle betraten das Haus.

„Gehen wir in die Küche?" Amelie sah die Polizisten fragend an.

„Ja, können wir machen. Wo ist denn Sophia Valentin?", fragte einer der Beamten.

„Ich seh mal nach ihr. Hatten Sie geklingelt?" Amelie ging zur Treppe.

„Ja, hatten wir, aber keiner hat geöffnet."

„Wahrscheinlich hat sie die Klingel nicht gehört." David nahm Amber die Jacke ab und brachte sie in den Flur. „Da oben hört man das nicht so gut."

Dann sagte er leiser zu Julien und Amber. „Ihr geht jetzt bitte zusammen in Juliens Zimmer. Da bleibt ihr, bis wir euch holen."

„Aber...", wollte Julien widersprechen. Er war natürlich neugierig, was hier los war.

„Kein Aber. Du gehst bitte mit Amber hoch und bleibst bei ihr. Wie ich es sage."

Julien und Amber fügten sich und gingen nach oben.

David half nun Leonie, sich im Wohnzimmer unten auf das Sofa zu setzen und den Fuß hochzulegen. Leonie beobachtete die Polizisten mit irritiertem Blick.

„Was ist denn mit deinem Fuß passiert?", fragte einer der Polizisten.

„Mein Pferd hat sich draufgestellt."

„Ach?", machten beide Polizisten und sahen, wie David fand, mit komischer Miene zu ihm herüber.

In dem Moment kamen Amelie und Sophia die Treppe herab. Sophia blieb auffällig hinter Amelie. Sie sah die Polizisten misstrauisch an.

„Bist du Sophia Valentin?"

„Ja." Sophia sprach sehr leise.

„Kommst du mal bitte hier herüber?" Der Polizist zeigte auf eine Stelle am Boden in seiner Nähe.

Sophia ging zögerlich an diese Stelle.

Amelie ahnte, dass sie Sophia weiter von ihr und David entfernt stehen sehen wollten. Was passierte hier?

In dem Moment klingelte es.

„Das werden unsere Kollegen sein. Ich werde öffnen." Der andere Polizist ging zur Tür. Mit ihm erschienen zwei weitere Polizisten.

Amelie verstand gar nichts mehr. Wieso mussten vier Polizisten mit ihnen sprechen und wieso wollten sie, dass Sophia von ihnen entfernt stand?

„Das Jugendamt wurde von der Therapeutin von Sophia, Frau Weiler, informiert, dass hier möglicherweise eine Kindeswohlgefährdung vorliegt und wir sollen Sophia abholen und prüfen, wie sich die Situation hier darstellt," erklärte einer der Polizisten.

„Was? Wie kommt sie denn darauf?" David sah die Polizisten entgeistert an.

Sophia wirkte mit einem Mal hin und hergerissen. Schließlich ging sie näher zu den Polizisten.

Amelie konnte sich denken, wie Frau Weiler darauf kam. Sophias Verhalten war mehr als auffällig.

„Sophia? Hast du Frau Weiler...?"

„Stopp, keine Beeinflussung, keine Fragen.", fuhr einer der Polizisten dazwischen. „Wir werden Sophia jedenfalls jetzt mitnehmen. Sophia, hol bitte deine Sachen, die Kollegin Sehring wird dich begleiten."

Amelie war fassungslos. Wie konnte das sein? Was passierte hier? Ihr Puls raste.

Sophia blickte zu Boden. Dann gingen sie und eine Polizistin die Treppe hoch.

Amelie wollte wissen, was genau der Verdacht war. „Wie genau lautet der Vorwurf? Was sollen wir gemacht haben?", fragte sie die Polizisten, als Sophia oben war.

„Sophia hat sich in der Therapie dahingehend geäußert, dass es gewalttätige Auseinandersetzungen in der Familie gegeben habe, die von Ihnen, Herrn Hege ausgingen. Sie sollen Frau Kästner und Sophia körperlich angegriffen haben."

Amelie sah die Polizisten fassungslos an. „Das ist Unsinn."

„Das können wir jetzt hier nicht beurteilen. Wenn solch ein Verdacht besteht, müssen wir jedenfalls sicherheitshalber das betroffene Kind erstmal aus der Situation holen. Alles Weitere wird dann später geklärt."

„Wir wollen Sie auch darüber informieren, dass Ihnen psychologische Beratung zur Verfügunge steht und auch die Frauenhäuser als Anlaufstellen in Anspruch genommen werden können. Ihre Kinder können sie dort mit hinnehmen. Jedenfalls alle Mädchen und alle Jungen unter vierzehn Jahren", ergänzte ein anderer Polizist.

„Wir können Sie auch direkt von hier dorthin fahren, wenn Sie das möchten." Der Dritte, im Raum verbliebene Polizist stellte sich zwischen Amelie und David.

„Papa tut uns überhaupt nichts!", schrie Leonie vom Sofa aus. „Das hat er noch nie gemacht. Wie kann sie sowas sagen? Alle hier waren nett zu ihr. Wir wollten, dass sie es schön hat und ein Zuhause bekommt! Wie kann sie nur...?" Leonie sprang mühsam auf und hüpfte auf einem Bein zu David. Sie schlang die Arme um ihn und drückte sich fest an ihn. Sie weinte.

Amelie trat zu Leonie und legte den Arm um sie. „Das ist ein Missverständnis. Das klärt sich auf. Mach dir keine Sorgen." David beugte sich zu Leonie herunter und strich ihr übers Haar.

„Ja, genauso ist es. Es wird alles gut. Wenn sie sowas erzählt hat, dann muss sie eben jetzt erstmal mit den Polizisten mitfahren und dann sehen wir später weiter. Das klärt sich auf. Ganz bestimmt."

In diesem Augenblick kam Sophia die Treppe herunter. Hinter ihr folgte die Polizistin. Sophia hatte ihre Tasche in der Hand. Sie hielt sich dicht bei der Polizistin und blickte zu Boden.

Amelie wagte nicht, noch irgendetwas zu Sophia zu sagen. Sie drückte nur Leonie fest an sich und versuchte, ruhig zu bleiben, dabei war ihr speiübel und ihr Herzschlag dröhnte in ihren Ohren. Am liebsten hätte sie Leonie nach oben geschickt, damit sie dieser schrecklichen Szene nicht weiter ausgesetzt war, aber dafür war es zu spät. So konnte Leonie nicht allein in ihrem Zimmer sein und sie konnte auch nicht zu Julien und Amber, denn dann würden diese ebenfalls aufgewühlt und verunsichert. Aber vielleicht war es auch okay, das Leonie, die ja schon recht groß war, dies alles mitbekam.

„Frau Kästner, möchten sie mit uns mitkommen?", fragte einer der Polizisten, als Sophia mit der Polizistin das Haus verlassen hatte.

„Nein. Natürlich nicht."

„Denken Sie aber bitte auch an Ihre Kinder." Der Polizist sah sie mit zusammengepressten Lippen an.

„Da machen Sie sich mal keine Sorgen. An meine Kinder denke ich an erster Stelle." Amelie musste sich sehr zurückhalten, um nicht unfreundlich zu werden.

„Gut, dann gehen wir jetzt."

„Moment mal", Amelie machte einen Schritt vor. „Wo bringen Sie denn Sophia jetzt hin? Wie geht es weiter?"

„Sophia wird jetzt in Schwerin untergebracht und dann am UKE in Hamburg von der Gerichtsmedizin untersucht und von Psychologen befragt, um mögliche Beweise zu sichern. Bei Ihnen wird sich das Jugendamt wohl am Montag melden. Da können Sie dann alles Weitere besprechen."

Damit verließen die Polizisten das Haus.

Amelie, David und Leonie mussten sich erstmal setzen.

Amelie war übel und ihre Hände zitterten, David war kreidebleich und Leonie umklammerte mit ihren Armen Davids Arm und weinte.

„Papa, warum hat sie das getan? Was passiert jetzt? Kommst du jetzt ins Gefängnis?"

„Nein", versuchte Amelie Leonie zu beruhigen. „Es wird sich aufklären. Ich weiß nicht, warum sie das getan hat. Wir müssen uns erstmal beruhigen und dann abwarten. Wir sollten vom Besten ausgehen."

David wirkte abwesend. Dann sagte er unvermittelt: „Wenn sie sie untersuchen, dann werden sie doch bestimmt feststellen, dass...“ „Scht“, unterbrach Amelie ihn. „Es wird sich alles aufklären. Lass uns das später in Ruhe besprechen. Nicht jetzt. Auch Leonie ist sehr aufgebracht. Wir werden jetzt zu Julien und Amber gehen und dann essen.“

„Ich kann jetzt nichts essen, Gott, wie kann das sein? Jetzt stehe ich als Kinder...“

„Scht“, machte Amelie wieder, aber David war zu fassungslos, um zu merken, dass sie einfach nicht wollte, dass er jetzt im Beisein von Leonie noch mehr Fässer aufmachte. „Wir reden später in Ruhe. Jetzt brauchen wir etwas Normalität.“

„Nein.“ David sprang auf. „Nein, sorry, aber es gibt jetzt keine Normalität mehr. Ich... ich muss hier weg..., es tut mir leid, Schatz, aber ich muss weg hier.“ Er wirkte unschlüssig.

Amelie sah, dass es in seinen Augen glitzerte. Sie machte einen Schritt auf ihn zu und wollte ihn umarmen. Es zerriss ihr das Herz, dass er weinte, dabei hatte er nichts getan...

Aber David wich zurück. „Verzeih mir, aber ich... komme wieder...“ Mit diesen Worten drehte er sich um und lief aus dem Zimmer.

Leonie wollte hinter ihm her, aber Amelie hielt sie zurück. „Bleib hier sitzen, ich rede allein mit ihm.“

Leonie gehorchte und Amelie setzte David nach.

Sie erwischte ihn an der Treppe. Er wollte zur Haustür.

„Bleib stehen“, flüsterte sie und warf sich ihm in den Weg.

„Ich muss hier raus!“, presste er zwischen zusammengebissenen Zähnen hervor.

„Okay, aber du fährst nicht Auto“, flüsterte sie. Es gab kaum etwas gefährlicheres, als in so einer Verfassung Auto zu fahren.

David wand sich. Schließlich lenkte er ein. „Okay. Ich werde...“

„Nein, Schatz, du kannst so auch kein Holz hacken. Kein scharfes Werkzeug in Wut!“ Sie sah ihn flehend an.

„Ich muss aber irgendetwas...“, erwiderte er rastlos.

Amelie überlegte fieberhaft. „Dann lauf.“

„Laufen?“ Er sah sie mit verzweifeltem Gesichtsausdruck an.

„Ja, Laufen.“

„Okay.“ Er wollte sich wegdrehen.

Sie hielt ihn zurück. „Oder bleib hier und...“

„Nein, das geht jetzt nicht.“

„Gut. Laufen. Und dann kommst du zurück.“

„Laufen... und zurückkommen.“

Amelie beobachtete, als er sich die Schuhe anzog und dann zur

Haustür hinaus verschwand.

Sie schloss die Tür und lehnte sich mit geschlossenen Augen von innen dagegen. Dann ging sie wieder zu Leonie. „Er ist Laufen gegangen. Er muss sich abreagieren", sagte sie.

„Ich hasse sie. Ich hasse sie, dieses Biest!", zischte Leonie.

Amelie setzte sich neben sie und nahm sie in den Arm. „Nein, Schatz, das nützt auch nichts."

Dann begann Leonie von Neuem zu weinen.

Da hörte Amelie, dass Julien und Amber die Treppe herunterkamen.

Leonie löste sich aus der Umarmung und wischte sich die Tränen weg.

Amelie drehte sich zur Tür. Sie rang sich ein Lächeln ab.

„Mama, was ist passiert? Was wollten die Polizisten?" Amber hielt Juliens Hand mit beiden Händchen umklammert.

„Amber wollte jetzt runtergehen. Ich hab ihr gesagt, dass wir noch warten sollen", erklärte Julien.

„Das ist okay, Schatz. Super, dass ihr so lieb wart und oben gewartet habt." Amelie ging zu den beiden und kniete sich auf den Boden, um sie zu umarmen.

„Wieso bist du traurig, Mama? Wo ist Papa?" Julien nahm die Gefühle anderer immer sofort wahr.

„Leonie!" Amber löste sich von Julien und lief zu ihrer Schwester. Sie warf sich neben sie aufs Sofa und umarmte sie. „Was ist denn?"

Leonie erwiderte die Umarmung und konnte tatsächlich wieder lächeln. „Ist schon gut, ich bin nur traurig, wegen Papa."

„Die Polizisten haben Sophia mitgenommen, weil Sophia gesagt hat, dass sie hier nicht mehr sein will und Papa hat sich sehr aufgeregt und ist deshalb laufen gegangen. Er kommt gleich zurück. Wollen wir zusammen essen machen?" Amelie strich Julien über das Haar und drückte ihre Nase in seine Wange. Sie liebte das weiche Gefühl. Sie fühlte sich gleich wieder etwas besser. Zugleich hätte sie heulen können. Schnell erhob sie sich und atmete tief durch.

„Wir können ja Papa was kochen", schlug Amber vor.

„Gute Idee." Amelie nickte bekräftigend. „Was mag Papa denn?"

„Papa liebt Grillen", rief Julien.

„Ja." Amelie überlegte kurz. „Ja, du hast absolut Recht. Dann machen wir das auch. Was brauchen wir dafür? Was haben wir da?"

„Nudelsalat!", rief Leonie.

Amelie liebte die Kinder. Wie schnell sie in einer solchen Katastrophensituation nach dem Tau griffen und alle in dieselbe Richtung zogen...

Sophia saß zusammengesunken in dem Polizeiwagen. Vorne saßen zwei Polizisten und neben ihr die Polizistin. Sophia hielt den Kopf so sehr gesenkt, das ihr Kinn auf ihrer Brust lag. Was hatte sie nur getan? In ihrem Kopf drehte sich alles. Das hatte sie nicht gewollt. Wieso hatte diese beschissene Kuh rumerzählt, was sie ihr erzählt hatte? Gab es keine Schweigepflicht? Sie durfte doch gar nichts erzählen! Wenn sie das gewusst hätte, hätte sie das nicht getan. Was würde jetzt geschehen? Wo brachten sie sie hin? Aber sie wollte nicht fragen. Es war eh alles so scheißegal... Es hatte keine Bedeutung mehr. Zurück konnte sie sowieso nicht mehr. Amelie und David würden ihr das niemals verzeihen und Leonie und Julien und Amber auch nicht...

Sophia spürte ein schmerzhaftes Ziehen in der Brust und Tränen stiegen ihr in die Augen. Sie biss sich auf die Lippen und krallte sich mit den Fingernägeln der Rechten in die linke Hand.

Nicht heulen. Nicht nachdenken.

Schließlich hielt der Polizeiwagen an. Sophia erlebte alles wie in Trance. Sie hatte das Gefühl, ihr würde der Boden unter den Füßen weggerissen, als schwebe sie und alles um sie herum war gedämpft und weit weg. Sie gingen in ein fremdes Haus.

Eine Frau laberte auf sie ein.

Sie wurde in ein Zimmer gebracht.

Sie warf die Tasche auf den Boden und legte sich auf das Bett.

Irgendwann holte sie ihr Smartphone aus der Tasche und ihre Kopfhörer und dann machte sie Musik an, so laut sie konnte und schloss die Augen...

David war schließlich zurückgekehrt. Er war fix und fertig, hatte sich völlig verausgabt, aber er war auch wieder ruhiger. Er verschwand unter der Dusche und kam dann zu ihnen in den Garten. Das Wetter war wunderbar, an diesem Samstagabend. Sie hatten gemeinsam gegrillt, sie hatten dann zusammen Julien und Amber ins Bett gebracht.

Die ganze Zeit über hatten sie alle versucht, nicht daran zu denken, was vorgefallen war und das war ihnen auch recht gut gelungen.

Aber Leonie konnte nicht in ihr Zimmer. Sie rührte sich nicht von Davids Seite. Schließlich beschlossen sie, gemeinsam den Kinofilm die „Känguru-Chroniken" zu sehen, der jetzt bei Sky gekauft werden konnte, weil die Kinos ja geschlossen waren wegen der Corona-Panik.

Anschließend schlief Leonie im Wohnzimmer auf dem Sofa, da sie auf diese Weise dicht bei ihnen war.

15

„Was soll ich?" Sophia sah die Frau ungläubig an. Sie war müde und wollte weiterschlafen. In der Nacht hatte sie die meiste Zeit wachgelegen und sich herumgewälzt. Sie hatte Kopfschmerzen und ihr war schlecht.

„Du wirst gleich abgeholt. Um acht musst du am UKE in Hamburg sein. Dort wird ein Rechtsmediziner dich untersuchen."

„Warum?"

„Nun, es müssen Beweise gesichert werden."

„Was für Beweise?"

„Wegen der Verletzungen, die dir zugefügt wurden."

„Ich hab keine Verletzungen."

„Das wird der Arzt mit dir besprechen. Mach dich jetzt bitte fertig."

„Nein, ich will nicht. Ich fahr da nicht hin."

„Doch, das tust du."

„Nein."

Die Frau sah Sophia genervt an. „Seid du hier bist, haben wir Ärger mit dir. Begreifst du das denn nicht? Du bist doch kein kleines Kind mehr. Es muss untersucht werden, ob du Verletzungen hast."

„Ich habe keine Verletzungen!"

„Das muss aber ein Arzt feststellen." Auch die Frau wurde immer lauter.

„Und, was wollt ihr machen, wenn ich nicht gehe?"

„Dann müssen wir dich eben... bringen."

„Dann macht das. Ich gehe nicht. Ich will nicht."

Die Frau schien nicht weiter zu wissen.

Sophia blieb liegen.

Die Frau verließ den Raum.

Nach etwa einer halben Stunde kam sie wieder. Sie war in Begleitung einer anderen Frau. Die hatte eine Tablette und ein Glas Wasser bei sich.

„Du nimmst jetzt bitte diese Tablette", sagte die Frau.

„Nein, was ist das?"

„Danach wirst du ruhiger sein."

„Nein."

„Doch."

„Nein!" Sophia bekam Angst. Was hatten die vor?

Dann sprach die andere Frau. „Sei doch vernünftig. Mach dich jetzt bereit für die Abfahrt und hör mit dem Unsinn auf. Du fährst zur Untersuchung. Da führt kein Weg dran vorbei.

„Nein." Sophia spürte Panik in sich aufwallen. Was hatten sie vor? Würde sie gegen diese beiden Hexen ankommen? Doch... vielleicht... wenn sie abhaute?"

„Wir brauchen mal Hilfe!", rief eine der Frauen plötzlich laut.

Sophia sah sich panisch um.

Da kamen zwei Männer in den Raum. Sie trugen weiße Kittel.

Sophia spürte, dass ihr Atmen außer Kontrolle geriet.

„Sie stellt sich quer. So kriegen wir das mit der Tablette auch nicht hin. Da hilft nur noch eins." Die Frau verließ eilig den Raum, die Männer stellten sich in die Tür.

„Willst du es dir nicht doch nochmal überlegen? Nimm doch die Tablette. Wenn du Angst hast, hilft dir die Tablette. Es ist nur ein Beruhigungsmittel."

„Das ist eine Droge. Ich will das nicht. Ich bin alt genug, das zu entscheiden. Ich will nicht zur Untersuchung. Ich will hier raus." Sophia drückte sich gegen die Wand hinter ihrem Bett.

„Okay, dann...", begann die Frau.

In dem Moment kam die andere zurück. Sie hatte eine Spritze in der Hand. „Los. Je schneller, dessto besser", zischte sie und sah die Männer auffordernd an.

Sophia riss die Augen weit auf. Panik ergriff Besitz von ihr.

„Nein!", schrie sie.

Aber die Männer machten die wenigen Schritte zum Bett und ergriffen ihre Arme. Sie hielten sie fest.

Sophia versuchte sich loszureißen. „Loslassen!", schrie sie aus Leibeskräften. „Nein! Ich will das nicht!"

Die Männer waren viel stärker als sie.

Die Frau bereitete die Spritze vor und kam ihr näher. Die andere Frau stützte sich auf ihre Beine.

Sophia zappelte so sehr sie konnte, aber sie hatte keine Chance. Sie spürte einen Stich in ihren Arm und eine kühle, brennende Flüssigkeit stieg in ihrer Ader auf, dann wurde sie schlapp und müde, alles verschwamm...

Amelie schreckte auf. Sie richtete sich ruckartig im Bett auf. Was war das? Etwas stimmte nicht. Etwas beunruhigte sie. Aber was war es?

Sie blickte auf die Uhr. 6:30 Uhr. Es begann draußen hell zu werden. David schlief neben ihr. Mit ihm schien alles in Ordnung zu sein. Aber woher kam das komische Gefühl? War etwas mit den Kindern?

Sie schlug die Decke zurück und stand auf.

Auf dem Sofa schlief Leonie. Da schien alles gut zu sein. Sie ging in Juliens Zimmer.

Julien schlief ebenfalls noch. Sie tappte über den Flur zu Ambers Zimmer.

Amber drehte sich herum, als Amelie zu ihr schaute. „Was ist, Mama?" Sie war verschlafen.

„Es ist alles okay, Liebling. Schlaf weiter."

Amelie verließ Ambers Zimmer wieder und tappte zurück. Da fiel ihr Blick auf Sophias Tür und wie ein Schlag kam die Erinnerung an den gestrigen Tag zurück. Sie blieb abrupt stehen. Hatte sie die Erinnerung eingeholt? War sie davon aufgewacht? Sie konnte es nicht sagen.

Sie öffnete die Tür und betrat den Raum.

Das Zimmer wirkte verlassen. Kalt.

So hatte sie sich hier nach Joels Auszug auch gefühlt.

Das Bett war verwühlt, ansonsten war der Raum leer und kahl.

Wo Sophia nun wohl steckte? Wie ging es ihr? War bei ihr alles okay? War sie jetzt froh, von ihnen fort zu sein? Wieso war alles so aus dem Ruder gelaufen? Sie hatten doch nur einem Kind helfen wollen. Sie hatten einem Kind einen schönen Platz geben wollen. Sie hatten alles dafür getan, Sophia einen Platz zu geben. Einen Ort zum Leben. Und nun?

Amelie ließ sich auf den Drehstuhl am Schreibtisch sinken und drehte sich leicht hin und her. Offensichtlich waren sie unfähig dazu. Offensichtlich hatten sie alles falsch gemacht.

Aber das war nicht alles. Ihr komisches Gefühl kam noch von woanders her. War etwas mit Sophia? Ja, sie machte sich Sorgen um sie. Das war das Gefühl. Aber warum? Was sollte schon mit ihr sein? Sie war jetzt in irgendeinem Heim und schlief vermutlich noch.

In dem Moment hörte sei Davids Stimme. Er stand in der Tür. „Was machst du hier? Wieso schläfst du nicht mehr?"

„Ich weiß nicht. Irgendetwas hat mich geweckt. Ein seltsames Gefühl..."

„Das hatte ich auch als erstes, als ich aufgewacht bin. Mann, scheiße, was jetzt wohl passieren wird? Ich mein, wenn die echt denken, dass ich zu so was in der Lage bin, dann kommen die noch auf die Idee, uns auch unsere Kinder wegzunehmen!"

„Da will ich gar nicht drüber nachdenken. Es muss sich einfach alles aufklären. Wir müssen alles daran setzen, dass sich alles aufklärt."

„Morgen rufen wir bei Frau Runge an."

„Das wird bestimmt schrecklich. Ich trau mich gar nicht mehr, jemandem unter die Augen zu treten."

„Nein. Du darfst dich nicht fertig machen lassen. Du hast doch nichts gemacht. "

„Das sagst du so. Und wenn sich nicht alles aufklärt? Was dann? Dann nehmen sie uns unsere Kinder weg. Es reicht doch, dass der Verdacht im Raum stehen bleibt. Wie sollen wir den denn beseitigen? Und dann? Dann trennst du dich auch noch von mir. Dann können die Kinder wenigstens bei dir..."

„Hör auf damit. Ich will das gar nicht hören. Das kommt alles gar nicht soweit." Amelie wischte mit einer Handbewegung diese schrecklichen Gedanken fort.

Sophia schob die Decke weg. Sie stank nach Pipi. Nun aber fror sie. Sie versuchte, auf der Matratze eine Ecke zu finden, die nicht nass war, aber dann passte ihr Kopf nicht mehr auf die Matratze und lag auf dem kalten Boden, oder sie rutschte nach unten, dann ragten aber ihre Beine auf den Boden. Ihr Shirt und ihre Hose waren auch nass.

Sie wollte Mama rufen, aber das durfte sie nicht. Mama schimpfte dann wieder. Sie hasste es, wenn Sophia ins Bett machte. Nein, sie durfte Mama nicht stören...

Schließlich kroch sie von der Matratze und legte sich auf den Boden. Sie deckte sich mit dem Kissen zu, so gut es ging. Lange konnte sie nicht wieder einschlafen, denn ihr war eiskalt...

Als Sophia wach wurde, wusste sie nicht, wo sie war. Hatte sie eben nur geträumt? Sie fühlte die Matratze, aber sie war trocken. Ihr war übel, sie hatte Kopfschmerzen, sie war hungrig und durstig. Es war stockdunkel. Sie versuchte, etwas zu erkennen... Es dauerte eine Weile, dann erkannte sie schemenhaft das Bücherregal. Sie war bei Elli! Oh, sie war bei Elli. Welch ein Glück. Elli konnte sie rufen. Elli würde ihr helfen. Bestimmt wusste Elli, was sie tun konnte, damit die Übelkeit wegging. Und Elli hatte auch etwas zu trinken für sie.

„Elli!", rief sie. Aber nichts geschah.

„Elli!"

Plötzlich spürte sie, dass jemand an ihr zerrte, an ihr rüttelte.

„Hör auf, zu schreien!"

Sie riss die Augen auf. Über sie gebeugt stand Frau Weber. Sie war gar nicht bei Elli! Sie war bei Frau Weber, das war die Pflegemutter. Dann war Elli fort! Diese Erkenntnis traf sie wie ein Schlag ins Gesicht. Sie wollte zurück! Zurück in ihren Traum. „Elli!", schrie sie. „Komm zurück, Elli! Elli, wo bist du?"

„Hör auf zu schreien!" Das war eine Männerstimme.

Sophia riss die Augen auf.

„Beruhig dich…", der Mann im weißen Kittel sah auf das Schild an dem Bett, in dem Sophia lag. „Sophia, beruhig dich! Es ist alles gut. Du bist im Krankenhaus."

„Warum? Was ist passiert?" Sophia wusste überhaupt nichts mehr.

„Nur zur Beobachtung. Morgen kannst du wieder nach Hause."

„Nach Hause?" Sophia war irritiert. Was bedeutete das? Was war geschehen? Sie überlegte fieberhaft. Wo war sie? Wo war zuhause? Amelie… Leonie… Amber…, ja da wohnte sie jetzt. Gott sei dank. Nicht in dem vollgepissten Bett, nicht bei Frau Weber… aber… David!!! … nein… schlagartig fiel ihr wieder ein, was vorgefallen war, was geschehen war… was sie getan hatte…

„Was ist denn los?" Der Pfleger sah sie mit besorgter Miene an.

„Oh Gott…", flüsterte Sophia nur. Sie schloss die Augen und biss sich auf die Lippen, aber die Tränen quollen unter ihren geschlossenen Liedern hervor, liefen an den Seiten ihres Gesichtes herab, über ihre Ohren, in ihre Ohren, tropften aufs Kissen… Sophia spürte Panik in sich aufsteigen. Sie atmete hektisch.

„Geht es dir nicht gut? Hast du Schmerzen?", hörte sie die Männerstimme weit weg…

Dann versank wieder alles in Dunkelheit.

Amelie und David verließen das Büro von Frau Runge.

Amelie schloss die Tür des Büros und sah David müde an.

„Lass uns nach Hause fahren. Wir reden später", sagte sie leise.

Auf dem Weg zum Auto dachte sie an Sophia. Wo die wohl jetzt war? Die Untersuchung am UKE hatte bereits stattgefunden. Was dabei wohl herausgekommen war? Inwieweit waren die Ärzte überhaupt in der Lage, solche Dinge festzustellen? Was wenn Sophia Verletzungen hatte, die von was auch immer herrührten? Würden Ärzte erkennen, woher die Verletzungen stammten?

Jedenfalls würde sie sich ebenfalls untersuchen lassen. Frau Runge hatte gesagt, das sei eine Möglichkeit, nachzuweisen, dass Sophias Behauptungen jedenfalls diesbezüglich nicht stimmten. Sie würde auch einen Nachweis des Ratzeburger Krankenhauses anfordern, dass sie nicht dort gewesen waren, sie würde alles Erforderliche tun, um diese Anschuldigungen als Lügen zu entlarven.

Frau Runge hatte auch vorgeschlagen, mit Leonie zu sprechen, um ihre Sicht der Dinge kennenzulernen. Amelie würde Leonie das vorschlagen, aber drängen würde sie sie nicht. Leonie sollte da rausgehalten werden. Es war sowieso schon alles schlimm genug für sie.

Zuhause angekommen vereinbarte Amelie sogleich einen Termin am UKE. Sie sollte morgen um 10:00 Uhr dort sein.

David fuhr zur Arbeit.

Amelie machte mit den Kindern die Hausaufgaben und kochte. Sie hatte das Gefühl, alles liefe wie in Trance ab. Sie fühlte sich müde, ausgebrannt und einsam.

Nachmittags sprach sie mit Leonie, aber Leonie war vor allem wütend. Wütend auf Sophia und auf das Jugendamt und die Polizei.

Amelie hatte keine Kraft für Leonies Wut. Sie sehnte nur den Augenblick herbei, wenn die Kinder im Bett waren und David nach Hause kam und sie auch endlich schlafen gehen konnte.

Die Untersuchung am UKE war grauenhaft. Amelie war heilfroh, als sie es hinter sich hatte. Sie hoffte inständig, diese Aktion würde David rehabilitieren.

Der Rest der Woche verlief zäh. David kam immer sehr spät nach Hause. Er sagte, er habe viel Arbeit, aber Amelie wusste, dass das nicht stimmte. Seitdem die Wirtschaft runtergefahren worden war, kamen weniger Aufträge.

Am Freitag rief Frau Runge an und brachte die erleichternde Nachricht, dass sowohl die Untersuchung von Sophia als auch Amelies Untersuchung keinerlei Verletzungen ans Licht gebracht hätten, die auf Misshandlungen hindeuteten. Außerdem hätte das Ratzeburger Krankenhaus bestätigt, dass es dort keine Behandlung gegeben hätte an dem Tag, den Sophia benannt hatte und auch sonst nicht. Frau Runge gehe nun erstmal davon aus, dass Sophia diese Anschuldigungen zu Unrecht erhoben habe, aber mehr könne sie zunächst nicht sagen. Es müssten noch psychologische Gespräche mit Sophia geführt werden und es wäre auch sehr hilfreich, wenn Leonie mit Frau Runge sprechen und ihre Sicht darlegen würde.

An diesem Abend waren Amelie und David sehr erleichtert, aber froh waren sie nicht.

„Ich denke, wir haben alles falsch gemacht, was man nur falsch machen kann", sagte Amelie traurig. Sie sah David zu, wie er das Feuer im Kamin entfachte.

„Wenn wir nicht auf die Scheißidee gekommen wären, ein Pflegekind aufnehmen zu wollen, dann wäre das alles nicht passiert und wir wären so glücklich, wie vorher." David schloss die Klappe geräuschvoll und setzte sich zu Amelie.

„Und auch den Kindern haben wir echt viel zugemutet." Amelie zog die Wolldecke enger um sich. „Wir ziehen am besten einen Schlussstrich unter dieses Kapitel und sind dankbar, dass wir diesen Verdacht entkräften konnten."

„Ja, nochmal machen wir das bestimmt nicht!" David schüttelte energisch den Kopf. „Das ist wohl ne Nummer zu groß für uns. Keine Ahnung, wie andere das hinkriegen."

„Naja, die machen vielleicht vorher einen Kurs, oder haben Ansprechpartner, die sie unterstützen."

„Ja, das hätte ich auch gerne gehabt."

Eine Weile starrten beide in das flackernde Feuer und schwiegen. Amelie dachte an die Untersuchung am UKE. Scheiße, das war wie Fleischbeschau. Und das musste Sophia auch über sich ergehen lassen? Sie war wenigstens erwachsen. Aber wenn sie sich vorstellte, sowas als Jugendliche?! Es musste furchtbar für Sophia gewesen sein. Wo sie jetzt wohl war? Was sie jetzt wohl machte? War sie froh, von ihnen fort zu sein? Oder bereute sie es doch?

Obwohl Sophia ihnen so viel Ärger gemacht hatte, spürte sie doch, dass sie hoffte, dass es Sophia gut ging...

„Was sie jetzt wohl machen wird? Wie wird es mit ihr weiter gehen?" David schien die gleichen Gedanken gehabt zu haben. „Ach was, wir müssen damit abschließen. Es ist nun nicht mehr unser Problem."

Aber irgendwie waren beide nicht glücklich mit diesem Ende.

In dem Moment klingelte es an der Tür.

„Wer ist das denn jetzt?" David sah auf die Uhr. „Es ist 22:00 Uhr!"

„Keine Ahnung. Lass uns mal gucken gehen."

Sie liefen die Treppe hinunter.

„Wer ist dort?" David horchte.

„Wir sind es, Papa!" Das war Joels Stimme.

Verwundert öffnete Amelie die Tür.

Dort standen Joel und Jolene.

„Was macht ihr denn hier? Wie seid ihr hergekommen?" David umarmte Joel.

„Das ist ja eine Überraschung. Ist alles okay?" Amelie umarmte Jolene.

„Klar, bei uns schon." Joel zwinkerte seinem Vater zu.

„Wie meinst du das denn?" Amelie blickte irritiert zurück.

„Tja, also irgendwie hat uns heute ein Notruf erreicht." Joel guckte verschwörerisch.

„Ein was?" David sah ihn stirnrunzelnd an.

„Na, ein Notruf. So nennt man das doch, wenn man angerufen wird, dass man ganz dringend kommen soll, oder?"

Amelie musste grinsen. „Ehrlich? Aber wer...?" Sie überlegte. Wer konnte das gewesen sein? Leonie? Oder Julien? Amber war zu klein, die konnte nicht allein telefonieren...

„Kommt erstmal rein, legt eure Sachen ab...“ David nahm Jolene den Mantel ab.

„Schlafen die drei schon?“ Joel zog seine Schuhe aus.

„Klar. Habt ihr mal auf die Uhr geguckt? Wobei, Leonie könnte noch wach sein. Aber sie ist in ihrem Zimmer.“ David trat einen Schritt zur Seite und ließ Joel durch, der auf die Treppe zusteuerte.

„Man, die Kleinen sind echt zu brav. Es ist Freitag. Macht ihr euch keine Sorgen?“ Joel grinste frech und lief dann die Treppe hoch.

Amelie und David blieben verdutzt mit Jolene unten stehen.

Joel lief die Treppe hoch. Er knipste oben das Licht an und steuerte auf Ambers Zimmer zu. Leise öffnete er die Tür und trat ein.

Eine kleine Lampe brannte. Amber lag friedlich in ihrem Bettchen. Ein Bein hing heraus. Er ging die wenigen Schritte zu ihr und kniete sich auf den Boden.

„Hey, Spatz“, flüsterte er und strich ihr über die Wange.

„Hm?“, machte Amber verschlafen.

„Ich bin jetzt hier. Ich hab mich beeilt, aber es ging nicht schneller...“

Amber öffnete mühsam die Augen. Sie räkelte sich. Dann nahm sie Joel wahr und riss die Augen auf. Sie richtete sich auf und legte die Arme um seinen Hals. „Da bist du... Joel...“

Joel umarmte Amber eine Weile, dann sagte er: „Schlaf jetzt weiter. Wir sehen uns morgen. Ich geh mal zu Leonie, okay?“

„Hm...“ Amber ließ sich wieder hinlegen und drehte sich zur Wand.

Joel deckte sie ordentlich zu und verließ den Raum.

Bevor er zu Leonie ging, guckte er noch nach Julien.

Julien strich er übers Haar. „Hey, Julien, ich bin jetzt da.“

Julien griff im Schlaf nach Joels Pulli und hielt sich daran fest.

Joel löste den Griff vorsichtig und legte Juliens Hand auf die Bettdecke. „Bis morgen, Julien.“

Dann ging Joel zu Leonie. Er hörte bereits von draußen an der Tür, dass Leonie noch etwas hörte. Er klopfte.

„Ja?“

Joel öffnete und streckte den Kopf herein.

Leonie richtete sich auf und legte ihr Handy zur Seite. „Was machst du denn hier?“

„Naja, gucken, was mit dir los ist, würde ich sagen.“

„Hä?“ Leonie guckte ihn verwundert an.

„Kann ich reinkommen?“

„Klar."

Joel setzte sich auf Leonies Bettkante. „Was ist los mit dir?", fragte er.

„Warte, ich mach mal eben den Film aus." Leonie tippte auf ihrem Handy rum.

„Was guckst du denn?"

„Die Pfefferkörner."

„Immer noch? Die guckst du doch schon ewig."

„Wieso bist du gekommen? Jetzt. Um diese Zeit!"

„Amber hat mich angerufen. Sie sagt, dass es dir nicht gut geht und Mama und Papa auch nicht und sie sagt, Sophia sei weg."

Leonie seufzte. „Aber Amber kann doch noch gar nicht..."

„Sie hat sich von Julien helfen lassen."

Leonie musste grinsen. „Dieser kleine Zwerg!"

„Wollt ihr gleich schlafen gehen, oder setzen wir uns noch zusammen?" David stellte die Tasche von Jolene ins Gästezimmer.

„Na, jetzt wo wir schon hier sind? Wir könnten einen Wein köpfen!" Jolene zog eine Flasche aus ihrer Tasche und hielt sie David hin.

„Oh, okay, dazu brauch ich aber eine Grundlage. Sonst bin ich gleich weg. Ich habe heute Abend noch nichts gegessen."

„Wieso das denn?"

„Kein Appetit."

„Und nun? Habt ihr was da? Vielleicht Blätterteig? Dann können wir schnell Häppchen machen."

„Da frag mal lieber Amelie. Die hat da eher einen Überblick."

Jolene sah David verwundert an. „So kenne ich dich ja gar nicht. Seit wann kennst du dich in der Küche nicht aus?"

„Ich war nicht viel zuhause, die Woche über. Viel Arbeit", erwiderte David ausweichend.

Jolene ging zur Küche.

Amelie war gerade dabei, einen Tee zu kochen.

„Halt, willst du nicht lieber mit uns einen Wein trinken?", schlug Jolene ihr vor.

Amelie drehte sich um. „Okay?!" Sie stellte den Wasserkocher aus. Dann stellte sie ihn wieder an. „Aber einen Tee mache ich trotzdem. Willst du auch?... Obwohl, nein, lieber doch kein Tee..." Sie stellte den Wasserkocher wieder aus.

„Was ist denn hier los? Ihr seid ja total von der Rolle!", rief Jolene stirnrunzelnd. „War wohl dringend fällig, dass wir kommen. Warum habt ihr denn nichts gesagt?"

„Was gesagt?"

„Naja, was hier passiert ist. Joel war voll vor den Kopf gestoßen!"
„Aber, wer hat euch was gesagt?"
„Amber hat angerufen. Sie hat sich von Julien helfen lassen. Es war etwas durcheinander, was sie erzählt hat, aber verstanden haben wir jedenfalls, dass Sophia von der Polizei abgeholt wurde und Leonie ganz viel geweint hat und Julien weiß auch nicht, warum alle so komisch sind und Sophia ist nicht wieder gekommen."
Amelie sah Jolene nachdenklich an. „Amber hat euch angerufen?", sagte sie schließlich mehr zu sich selber, als zu Jolene.
„Ja, Amber. Wenigstens eine, die noch klar sieht."
„Wie meinst du das?"
„Na, was ist denn das naheliegendste, wenn alles verrückt spielt? Man setzt sich als Familie zusammen."
„Pah!", machte Amelie. „Und genau das ist jetzt verboten!"
Jolene schüttelte den Kopf. „Ach, verboten. Wer weiß schon genau, was jetzt alles verboten ist, und was nicht. Das meiste ist mehr vorauseilender Gehorsam, als Regelkenntnis. Die hoffen doch gerade zu darauf, dass alle aus Kopflosigkeit von selbst auf alles verzichten, was eigentlich normal ist. Und in dieser Situation muss es wohl erlaubt sein, dass sich Familienmitglieder gegenseitig unterstützen. Ich sags ja: Amber ist die Einzige, die noch klar sieht."
„Genau." Joel schien gerade in der Tür erschienen zu sein. „Ihr könnt gleich weiter reden. Ich hole jetzt nur einen Tee für Leonie und einen für mich, und dann habt ihr wieder eure Ruhe. Leonie und ich haben noch viel zu besprechen, heute Abend."
„Komm mal her!" Amelie legte ihre Arme um Joels Hals. „Danke, dass du... dass ihr gekommen seid. Das ist so eine tolle Überraschung. Ich freue mich wahnsinnig!" Verstohlen wischte Amelie eine Träne weg. Sie wusste, dass sie jetzt schon wieder verheult aussehen würde, aber so war es eben.
„Bedank dich bei Amber und Julien." Joel grinste. „Und jetzt ab mit euch. Das ist ein guter Wein. Den hat uns Jolenes Tante geschenkt."

Kurz darauf saßen Amelie, David und Jolene gemeinsam im Wohnzimmer. Sie hörten Musik und tranken Wein.
Amelie tat es unendlich gut, dass Jolene und Joel gekommen waren, Sie wusste gar nicht, was sie sagen sollte.
„Ich vermute mal, die Kleinen wissen nicht genau, warum Sophia fort ist?", begann Jolene.
„Oh Gott, nein. Das sollte am besten niemand wissen." David fuhr sich durchs Haar.
„Das klingt ja grauenhaft."

„Sophia hat in der Therapie erzählt, ich sei gewalttätig gegenüber ihr und gegenüber Amelie", erzählte David leise, als könne es sonst jemand hören.

„Na, die Therapeutin hat natürlich das Jugendamt informiert und die haben die Polizei gerufen. Oder andersrum, ich weiß es nicht mehr. Wir waren... wir sind noch immer so geschockt. Das kann man ja auch keinem erzählen. Wir wissen gar nicht, was wir sagen sollen, wenn jemand fragt, warum Sophia nicht mehr da ist..." Amelie schüttelte ratlos den Kopf.

„So einen Verdacht wird man doch nie wieder los, wenn er erstmal in der Welt ist", schnaubte David. „Das ist scheißegal, was du für ein Mensch bist, wenn einmal jemand so etwas von dir behauptet, dann ist dein Ruf für immer ruiniert."

Jolene nickte nachdenklich. „Das steht zu befürchten. Scheiße... Aber warum hat sie das getan?"

„Wir wissen es nicht. Keine Ahnung..." Amelie nahm einen Schluck Wein.

„Haben sie sie untersucht?"

„Klar. Und mich habe ich auch untersuchen lassen. Damit klar ist, dass es die behaupteten Verletzungen nicht gibt."

„Das ist gut. Wo war das?"

„Am UKE, in Hamburg, in der Rechtsmedizin."

Eine Weile schwiegen alle.

„Ist irgendetwas im Vorfeld vorgefallen? Gab es einen Auslöser, bevor sie das erzählt hat?"

„Wir wissen ja nicht, wann sie angefangen hat, das zu behaupten." David ließ den Wein im Glas schwenken.

„Vermutlich ist es jetzt am Freitag gewesen. Denn sonst hätte die Therapeutin schon vorher das Jugendamt informiert", überlegte Amelie laut. „Was war davor?"

„Naja, Einiges. Ihr habt ihren Vater besucht und ihre Mutter..." David nahm einen Schluck.

„Ach?" Jolene zog die Stirn in Falten. „Das ist ja krass. Echt?"

„Naja..." Amelie hatte das Gefühl, sich verteidigen zu müssen. „Wir dachten, es wäre richtig, sie in dem, was sie will, zu unterstützen. Wir dachten, das bringt uns einander näher..." Sollte das alles falsch gewesen sein?

„Und wie war das? Wie waren die Eltern? Wie ging es Sophia damit?"

„Boa..., schwer zu sagen." David dachte offensichtlich angestrengt nach.

„Also gut bestimmt nicht", sagte Amelie überlegend. „Der Besuch bei ihrem Vater war für sie wohl enttäuschend, dabei kann ich nicht sagen, was das Problem war. Er war eigentlich ganz nett. Also, ich hatte einen positiven Eindruck von ihm. Aber Sophia wollte ziemlich schnell gehen und war danach nicht ansprechbar auf ihn."

„Hat sie ihn vorher gekannt? Hat sie sich vielleicht an etwas erinnert?" Jolene sah Amelie forschend an.

„Also, nein. Sie kannte ihn noch gar nicht." Amelie schüttelte den Kopf.

„Okay, dann kann es das nicht gewesen sein. Was war er denn für ein Typ?"

„Wie meinst du das?"

„Also, ich überleg halt. Ich denke mal, es muss einen Grund geben, warum Sophia eine Geschichte erfunden hat. Eine schlimme Geschichte. Es gab bestimmt einen Auslöser. Irgendwas steckt dahinter. Vielleicht eine alte Erinnerung, eine Erfahrung, eine Enttäuschung? Vielleicht kommt man dahinter, wenn man überlegt, was in ihr vorgegangen sein könnte, wenn man weiß, was sie erlebt hat, was sie sich vielleicht erhofft hat, ja mit den Treffen zum Beispiel: Wenn sie Erwartungen hatte, die enttäuscht wurden? Wenn sie verzweifelt war oder von etwas ablenken wollte?!"

Amelie konnte so schnell nicht folgen. „Das sind viele Überlegungen auf einmal. Ich weiß es nicht genau..."

„Und bei ihrer Mutter?" Jolene nippte an ihrem Glas.

„Oh Gott, das war die reinste Katastrophe!", prustete Amelie hervor. Fast hätte sie sich verschluckt.

Jolene sah sie mit überraschtem Gesichtsausdruck an. „Na, das klingt doch, als könnte es für Sophia ebenfalls schlimm gewesen sein."

Amelie erzählte Jolene von dem Besuch bei Sophias Mutter.

„Wie lange hat sie denn dort gelebt?", fragte Jolene schließlich.

„Bis sie so acht Jahre alt war, ungefähr", antwortete David.

„Und danach?"

„Danach hat sie wohl einige Zeit bei einer Verwandten gewohnt."

„Und dann?"

„Die ist angeblich verstorben."

„So in etwa hat sie mir und Leonie das auch erzählt. Wie ging es ihr dort? Wisst ihr das?"

„Nee, da haben wir bislang nicht so viel drüber nachgedacht", räumte Amelie ein.

„Hat sie davon mal erzählt?"

„Nein. Ehrlich gesagt nein." David schüttelte den Kopf.

Jolene schien eine Weile nachzudenken.

„Also, viel ist es nicht, was ihr von ihr wisst. Ich gehe davon aus, dass es da irgendwo einen Schlüssel gibt, der erklärt, warum sie sich so verhalten hat. Ich meine, was wisst ihr? Sie hat bei ihrer Mutter gelebt, die sie nicht wollte und die sie bis heute zurückweist. Bei ihr wollte sie aber bis zuletzt unbedingt leben und hat sich wohl auch vorgestellt, dass sie dorthin ziehen könnte. Da steckt jede Menge Enttäuschung. Dann gibt es einen Vater, der offensichtlich nicht ihren Vorstellungen entspricht. Bestimmt hat sie sich ihren Vater auf eine bestimmte Art und Weise vorgestellt und so scheint er nicht zu sein. Auch Enttäuschung?" Jolene sah Amelie und David fragend an.

Beide nickten nachdenklich.

„Dann hat sie bei einer Verwandten gelebt. Von der wisst ihr gar nichts. Nur, dass sie gestorben ist. Entweder Sophia hatte keine gute Bindung zu ihr, dann hat Sophia noch nie in ihrem Leben die Erfahrung gemacht, was eine gute Bindung ist. Das wäre verheerend. Oder sie hatte eine gute Bindung zu ihr, dann wäre das wahrscheinlich vergleichbar verheerend, denn dann hat sie den einzigen Menschen, der für sie wichtig war, durch Tod verloren. Das dürfte ihr den Boden unter den Füßen weggerissen haben. Hat sie mal eine Therapie gemacht? Hat sie diese Dinge aufgearbeitet?"

„Wohl nicht, soweit wir wissen. Deshalb haben wir ja auch gedacht, dass es gut für sie wäre, eine Therapie zu machen", entgegnete Amelie.

„Aber so genau haben wir darüber noch nicht nachgedacht", räumte David ein. „Wir waren noch sehr mit dem Alltag mit ihr beschäftigt. Wir dachten auch, sie müsste erstmal in Ruhe ankommen. Wir wollten ihr Zeit geben..."

„Man, ich meine das doch nicht als Vorwurf an euch! Ich versuche doch nur, herauszufinden, was in ihr vorgegangen sein könnte", erklärte Jolene.

„Aber weißt du, jetzt, wo du diese Dinge ausssprichst und ich darüber nachdenke, denke ich, das Paket, dass Sophia vermutlich schleppt, ist so gewaltig, dass wir ihr gar nicht helfen konnten. Aber wer könnte ihr helfen? Wie kann man ein Kind, dass so etwas durchgemacht hat, auffangen?" Amelie spürte plötzlich ein unendliches Mitleid für Sophia. „Dafür reicht doch keine Therapie und keine Zeit der Welt!"

„Und jetzt ist es sowieso zu spät." David sah nachdenklich ins Feuer im Kamin. „Wir haben es total verbockt."

„Und eigentlich könnten wir jetzt sagen, Schwamm drüber, dann sind wir den Ärger eben endlich los, aber das geht auch nicht mehr, weil sie einem schon so ans Herz gewachsen ist. Trotz allem." Amelie seufzte.

„Wer weiß, vielleicht wart ihr gar nicht auf einem schlechten Weg, aber manchmal kommt vor dem Sonnenschein eben ein ordentliches Gewitter. Das muss man dann durchhalten", sinnierte Jolene weiter. „Ich denke, zwei Dinge spielen in Sophias Leben eine zentrale Rolle. Das eine ist, dass sie keinen Halt hat und sich nicht binden kann, weil sie das nicht gelernt hat und das andere ist, dass sie auch nicht vertrauen kann, weil sie sich nicht vorstellen kann, dass jemand zu ihr hält und vielleicht hat sie sich deshalb lieber gar nicht erst auf euch eingelassen, weil sie davon ausgegangen ist, dass ihr sowieso nicht dauerhaft für sie da sein werdet. Entweder, weil sie euch nicht wichtig ist, wie es bei ihrer Mutter war, oder, weil ihr ihr weggenommen werdet. So wie es bei ihrer Verwandten möglicherweise war."

16

„Wo soll ich denn hin?" Sophia hatte keine Kraft, die Augen zu öffnen. Es war ihr auch gleichgültig, wer da an ihr herumzerrte.
„So, nun mal los hier. So kann es nicht weitergehen. Du stehst jetzt auf und ziehst dich an. Heute geht's zurück in die Einrichtung." Es war eine der Krankenschwestern.
„Aber sie hat noch Fieber. Es geht ihr noch nicht gut." Das war die Frau aus der Einrichtung.
Sophia hatte Kopfschmerzen.
„Wir brauchen die Betten aber. Fieber kann sie auch in Ihrer Einrichtung auskurieren. Dafür muss sie kein Krankenhausbett belegen. Wir sind angehalten, möglichst viele Betten für die Coronapatienten freizumachen und freizuhalten."
Sophia nervte das Gezerre. Es war ja doch egal, wo sie war. So zwang sie sich, die Augen zu öffnen, - wenigstens kurz – und sich aufzurichten. Ihr war schwindelig. Sie schlug die Decke hoch und versuchte, aufzustehen. Ihr war kalt und heiß zugleich.
Sie nahm die Jeans, die die Schwester ihr entgegenhielt und zog sich an. Es war mühsam. Sie fühlte sich matt und zittrig. Kalter Schweiß stand auf ihrer Stirn.
„Mach doch mal die Augen auf, Mädel, dann geht's besser", hörte sie die Krankenschwester weit weg sagen.
„Halten Sie sie!", rief die andere Frau.
Sophia spürte einen festen Griff an den Schultern. Fast wäre sie

umgekippt.

„Jetzt reiß dich mal zusammen!", fauchte die Krankenschwester.

„Denken Sie nicht...?", begann die Frau von der Einrichtung.

„Nein. Sie kann bedenkenlos entlassen werden und wenn sich ihr Zustand verschlechtert, gehen sie mit ihr zum Arzt. Möglichst nicht in die Notaufnahmen, aber Ärzte finden Sie in Schwerin ja auch genug. Aber das passiert auch nicht. Sie hat eben einen Infekt. Das ist die Jahreszeit. Das geht vorüber."

„Ich weiß aber gar nicht, wie ich sie so zum Auto kriege..."

„Okay, dann hole ich einen Rollstuhl, den können Sie dafür nutzen. Aber ich denke, dass sie ein wenig simuliert."

Sophias Knie fühlten sich an wie Pudding. Sie setzte sich wieder auf die Bettkante.

Sie schloss die Augen wieder und ließ sich im Takt ihres Atems wiegen, dann war das Sitzen erträglicher.

Plötzlich ruckte jemand an ihr und schon saß sie im Rollstuhl. Erleichtert ließ sie sich zurücksacken und lehnte den Kopf an. Dann setzte sich der Rollstuhl in Bewegung.

Sophia spürte den Luftzug, der durch das Fahren verursacht wurde...

...es war windig hier oben. Sophia war dünn angezogen. Aber sie wollte auf keinen Fall zurück ins Treppenhaus. Da war es dunkel und es stank. Man hörte, was in den Wohnungen geschah und das war gruselig.

Sophia wollte lieber hier auf dem Balkon, der zum Treppenhaus gehörte, warten bis Mama sie wieder rein ließ. Sie kauerte sich in der hintersten Ecke des Balkons auf den Boden. Der Boden war hart und kalt. Durch den Spalt unter der Absperrung drang der Windzug durch. Am Himmel stand der Mond.

Plötzlich hörte sie Geräusche im Treppenhaus. Ihr Herz hämmerte wild. Wer mochte das sein? Hoffentlich nicht der betrunkene Nachbar Herr Werner. Hoffentlich sah sie niemand. Wenn sie doch nur endlich wieder ins Bett konnte... Aber Mama war so wütend, weil sie ins Bett gemacht hatte. Mama hasste das... Da war wieder die Stimme... Aber so weit weg... näher, sie kam näher. Oh Gott, die rief ihre Stimme... „Sophia!"

Sophia schreckte auf. „Was?" Wo war sie? Es war eisig kalt. Sophia zitterte. Sie war mit der Frau von der Einrichtung am Auto. Dann war sie wohl nur kurz weggenickt und hatte geträumt.

„Sophia, steig bitte ins Auto. Wir müssen jetzt los. Komm, ich helf dir. Aber du musst schon mitmachen."

Sophia ließ sich von der Frau ins Auto helfen.

Als sie den weichen Sitz unter sich spürte, sackte sie erleichtert zur Seite und ließ den Kopf einfach hängen.

Hier war es etwas wärmer. Es roch nach Leonies Haarschampoo.

„Ich bringe den Rollstuhl zurück. Bin gleich wieder da."

Dann hatte Leonie einen Rollstuhl bekommen? Dann musste ihr das Pferd ja heftig auf den Fuß getreten sein...

Sophia tat das leid. Sie sagte zwar immer, dass sie keinen Bock auf die Pferde hatte, aber eigentlich wollte sie schon gerne mal mit zu ihnen fahren. Sie konnte ja Leonie anbieten, ihr jetzt zu helfen... Nein, so ein Quatsch. Sie konnte das gar nicht... Aber schon ging Sophia auf Leonie zu. Leonie saß in einem Rollstuhl. Sie saß Sophia mit dem Rücken zugewandt. Sophia ging automatisch auf Leonie zu. Sie konnte es nicht stoppen. Wie gesteuert tippte sie auf Leonies Schulter und sagte: „Ich kann dir helfen mit den Pferden."

Da drehte sich Leonie um und es war Amelie. Amelie riss den Mund weit auf und lachte aus voller Kehle. „Du Idiotin? Du kannst doch überhaupt nichts. Du bist nutzlos und wertlos. Du bist Dreck! Verschwinde aus unserem Leben. Du hast alles kaputt gemacht. Du gehörst nirgendwo hin! Wir wollten dich sowieso gar nicht bei uns haben. Endlich bist du weg!"

Sophia schreckte entsetzt auf. Sie war im Auto. Sie musste wieder eingeschlafen sein! Erschöpft lehnte sie sich zurück.

Das Auto rollte los. Vorne saß die Frau von der Einrichtung.

Sophias Herz raste. Ihr war heiß und kalt zugleich und ihr ging das verzerrte Gesicht von Amelie nicht aus dem Kopf.

Dabei war sie nicht mehr bei Amelie.

Sie würde nie mehr bei Amelie und Leonie sein.

Sie hatte es verloren... nein... zerstört. Für immer.

Ihr Magen krampfte sich zusammen und durch ihre geschlossenen Augenlider drangen die Tränen, ohne dass sie sie aufhalten konnte.

Dabei war es doch so sinnlos! Als wenn es hätte anders laufen können?

Es war immer nur eine Frage der Zeit und dann bemerkte jeder, dass sie nichts wert war. So wie Mama und dieser Typ, der ihr Vater sein sollte und die Webers... Niemand wollte sie und das würde immer so bleiben. Wenn sie zeigte, wer sie war, wenn sie ihr hässliches Gesicht zeigte, dann rannten alle weg.

Der einzige Mensch, der anders gewesen war... nein, da durfte sie jetzt nicht auch noch drüber nachdenken... Elli war tot. Fertig.

„Mama, Mama, Joel hat gesagt, sie fahren heute nicht ab!" Amber lief so schnell sie konnte - und das war schneller als sie sollte -, die Treppe hinunter.

„Langsam, Mäuschen!", rief Amelie. Sie wollte ihre Tochter nicht die Treppe runtersausen sehen.

Hinter Amber kam Joel die Treppe runter.

„Ach, ihr bleibt länger?", wandte sich Amelie an Joel.

Amber war bei Amelie angekommen und hüpfte, an ihren Arm geklammert, auf und ab.

„Naja, uns drängt ja nichts. Ich konnte mir Urlaub nehmen und bei Jolene läuft derzeit alles online. Wir könnten über Ostern bleiben. Hier kann man wenigstens in den Garten. In Hamburg sitzen wir in der kleinen Wohnung fest und es ist nichts los."

„Klar, wir freuen uns, wenn ihr ein paar Tage bleibt. Nicht Amber?"

Amber nickte strahlend. Dann nahm sie Joels Hand. „Dann können wir draußen picknicken!"

Amelie überlegte kurz. Das Wetter war so schön, wie man es sonst von Ende Mai kannte. Das Essen konnten sie auch draußen auftischen. „Machen wir. Zum Wochenende soll es ja auch etwas abkühlen. Dann nutzen wir mal die schönen Tage bis dahin. Na los, Amber, hol schon mal die Teller heraus und das Besteck."

Amelie füllte die Spagetti in ein Sieb.

„Wir brauchen eine Wolldecke und was zu Trinken. Saft am liebsten!", rief Amber eifrig.

„Was habt ihr denn vor?" David sah verwundert in die Küche.

„Papa, holst du eine Wolldecke?" Amber klapperte wild mit dem Besteck in der Schublade.

„Och, wenn ich das gewusst hätte, dann hätten wir ja auch grillen können!" David schlurfte lustlos los, um die Wolldecke zu holen.

„Grillen? Das machen wir morgen, okay?" Jolene kam soeben aus dem Gästezimmer.

David drehte sich schlagartig um und rief: „Da sollte doch wohl nichts gegen sprechen, oder? Ich fahr auch und besorg die Sachen dafür!"

Kurz darauf saßen sie alle draußen auf dem Rasen auf der Wolldecke und aßen Spagetti Carbonara.

Amelie spürte die warmen Sonnenstrahlen auf ihrem Shirt und im Gesicht und stellte fest, dass schon zahlreiche Blumen blühten. Um sie herum schwirrten auch etliche Insekten. Letztes Jahr hatte sie zu dieser Zeit den Eindruck gehabt, dass es kaum Insekten gab. Letztes Jahr hatte es auch kaum Äpfel gegeben. Aber ob das an fehlenden Insekten oder dem plötzlichen Kälteeinbruch um Ostern gelegen hatte, konnte sie nicht sagen.

Amelie freute sich, dass alle zusammen waren. Es erschien ihr hier, zwischen allen Menschen, die ihr wichtig waren, abwegig und weit weg, was gerade weltweit geschah. Hier wirkte alles wie immer. Nur eines störte. Ja, etwas fehlte...

Amelie spürte dem Gefühl nach. Dann fiel ihr Blick auf das Fenster von Joels altem Zimmer... von Sophias Zimmer... Ja, es war nun Sophias Zimmer, aber Sophia war fort und das störte. Obwohl es mit Sophia schwierig gewesen war, hatte sie nun ein Loch zurückgelassen... War sie Sophia böse? Amelie versuchte, zu ergründen, was sie in Bezug auf Sophia fühlte. Das war schwer zu sagen, aber es war jedenfalls kein Zorn. Keine Wut, nicht einmal Ärger. Dafür spürte sie Traurigkeit und den Wunsch, zu erfahren, wie es Sophia ging... Wenn sie einen Wunsch frei gehabt hätte, dann hätte sie sich gewünscht, dass all das nicht passiert wäre und Sophia jetzt mit ihnen im Garten säße.

„Das Problem ist doch, dass sie zwar versuchen, die Probleme einzelner Gruppen zu lösen, dabei aber nicht im Blick haben, dass damit Folgen für andere Gruppen ausgelöst werden. Sie handeln nicht gesamtheitlich sondern doktern an einzelnen Brennpunkten herum, wodurch andere Brennpunkte entstehen." Joel drehte die Saftflasche für Amber auf und schenkte ihr ein. „Sie agieren nicht zielführend, sondern reagieren nur schnellschussmäßig. So löst man die Probleme nicht. Daran ändern sie auch nichts, wenn sie mit riesen Gesetzespaketen kommen, die nur noch mehr Chaos stiften und zum Beispiel auf europäischer Ebene zu neuen Problemen führen."

„Mit mehr Besonnenheit wären diese „blinder-Aktionis-mus-Monster" überhaupt nicht notwendig gewesen. Man vergleiche nur mal Schweden. Aber da stellt sich ja die Frage, ob es nicht eben genau so gewollt war, wie es jetzt gekommen ist. Denn die wirklich interessanten Vorgänge werden doch von diesem ganzen Spektakel völlig in den Schatten gestellt." Jolene stellte ihren Teller beiseite und legte sich ins Gras.

Amelie nickte. „Ja, zum Beispiel das Cum-Ex-Verfahren oder die dramatisch voranschreitende Umweltzerstörung. Von der friday-for-future Bewegung redet kein Mensch mehr. Ich meine, Demos im Internet. Was soll das denn sein? Man stelle sich mal vor, die hätten damals via Internetdemo versucht, die Monarchien zu stürzen. Die Französische Revolution via Internet?! Das hätte Louis Quatorze bestimmt mächtig beeindruckt."

„Vorsicht, Amelie. Du klingst ja fast wie ein Normpathologe! Wo bleibt deine kognitive Dissonanz?" Jolene grinste provokativ.

„Was ist das denn?" Julien stellte seinen Teller ebenfalls zur Seite.

„Tja, wie erklärt man das in Kindersprache?" Joel verzog das Gesicht nachdenklich.

„Kluge Leute meinen, es sei gar nicht so, dass das Handeln von Menschen auf Motive zurückzuführen ist, die situationsunabhängig wirksam seien. In modernen Gesellschaften werden danach Menschen produziert, die flexibel ihre Wahrnehmung den Gegebenheiten anpassen können, um nicht über Widersprüche zu stolpern und vor allem, um Disharmonien und Widersprüche nicht aushalten zu müssen. Menschen die eine bestimmte Ethik oder Moral haben, die sie situationsunabhängig immer anwenden oder zugrundelegen und zu verwirklichen versuchen, landen in solchen Gesellschaften in der Psychiatrie. Erfolgreich sind hingegen Menschen, die opportunistisch sind und sich und ihre Moralvorstellungen und ihre Ethik den Gegebenheiten anpassen können. So kommt der Satz zustande: „Fragen Sie mich das als Mensch oder als Arzt, als Mensch oder als Politiker" und so weiter. Und solche Menschen treiben eben auch die Zerstörung der Welt voran, ohne sich dabei schlecht zu fühlen. Sie kaufen den dritten riesen Familienwagen und fühlen sich dabei grün, weil das Polster BPA-frei ist. Solche Menschen glauben derselben Regierung, die bis vor wenigen Wochen die Privatisierung der Kliniken als alternativlos gefeiert hat und in der zahlreiche Politiker Beraterverträge mit der Pharmaindustrie haben, dass sie die Corona-Krise im Sinne der Bevölkerung lösen kann und will. Denn es geht nicht um Logik, sondern um das Nichtaushalten von Diskrepanzen und Disharmonien. Und wer es am besten schafft, sich selber die Hucke voll zu lügen, um die innere Harmonie wieder herzustellen, bei größtmöglicher Widersprüchlichkeit, der kommt in den modernen Gesellschaften am besten zurecht. Das nennt sich dann kognitive Dissonanz und erklärt, warum wir, überspitzt gesagt, tatsächlich in den Psychiatrien die Falschen behandeln." Jolene sah Julien mit hochgezogenen Augenbrauen an. „War das verständlich?"

Julien sah sie nachdenklich an. „Ich weiß nicht..."

„Keine Sorge, Julien, das musst du noch nicht verstehen!" David strubbelte ihm übers Haar.

„Ungefähr 90 % der Erwachsenen verstehen das nicht. Deshalb funktioniert es ja so gut." Amelie seufzte.

Kurz vor Ostern wurde der geplante Ostseespaziergang verboten. Auch Bewohner Mecklenburg-Vorpommerns durften nicht an die Ostsee fahren.

Am 9. April, Gründonnerstag wurde dieses Ostertagesausflugsverbot vom Greifswalder Oberverwaltungsgericht gekippt und sie beschlossen, diesen rechtsstaatlichen Lichtblick in dieser Zeit rechtsstaatlichen Vollversagens zu nutzen und Sonntag an die

Ostsee zu fahren.

Es war wunderbar. Trotz angesagten schlechten Osterwetters schien an diesem Tag die Sonne so warm vom Himmel, dass sie die mitgebrachten Jacken, Schuhe und Mützen am Strand in den Sand legten und barfuß spazieren gingen.

Während Leonie, Julien und Amber ausgelassen herumtobten und Joel und Jolene Arm in Arm offenbar einiges unter sich zu besprechen hatten, sprach Amelie David gegenüber aus, was sie bereits seit gestern mit ihm hatte besprechen wollen.

„Bist du dir sicher?" David sah sie fragend an.

„Ja, bin ich."

„Okay." Eine Weile dachte David offensichtlich nach. „Ja, okay, ich denke das auch so. Sie konnte bestimmt nicht anders. Sie hat nie gelernt, dass jemand sie aushält, egal, wie ekelhaft sie ist. Das ist aber genau die Erfahrung, die sie vermutlich benötigt, um uns vertrauen zu können. Wenn wir sie jetzt fallenlassen, dann hat sie diese Gewissheit wieder bestätigt."

„Und ich muss ganz ehrlich sagen, ich möchte wirklich, dass sie zurückkommt."

„Gut, ich habe sie noch nicht so wirklich kennengelernt, aber ich denke, dass das auch daran lag, dass sie von Anfang an versucht hat, sich herauszuhalten und sich nicht zu integrieren. Aber wenn du das sagst, dann versuchen wir es nochmal mit Sophia."

„Sie hat nur ihre Strategien gelernt und die wendet sie an. Sie weiß weder, dass es ihr bei uns anders gehen kann und damit andere Bedingungen für sie herrschen, noch weiß sie, dass es andere Strategien gibt."

„Aber das wird bestimmt auch beim zweiten Versuch nicht einfach mit ihr."

„Nur, wenn wir das nicht versuchen, dann festigt sich bei ihr noch mehr ihre Gewissheit, dass sie niemandem vertrauen kann."

„Ja, das bestimmt."

„Aber wie? Was sollen wir nur tun?"

„Anrufen, ... beim Jugendamt? Fragen, ob wir mit ihr sprechen können?", schlug David vor.

„Das habe ich auch schon überlegt, aber ich fürchte, dass sie uns zwar vielleicht nicht nicht glauben, aber ob sie uns deswegen glauben, ist eine andere Frage."

David sah sie nachdenklich an. „Ich weiß, was du meinst."

Eine Weile liefen sie schweigend nebeneinander her.

„Uns fällt schon was ein. Aber heute genießen wir den wunderschönen Tag!" David gab Amelie einen Kuss.

„Okay." Amelie lächelte David an. Manchmal fanden sich Lösungen am ehesten, wenn man sie nicht krampfhaft suchte.

„Was habt ihr vor?" Leonie hatte offenbar gehört, dass sie etwas besprochen hatten.

„Wir haben über Sophia gesprochen." Amelie strich Leonie übers Haar.

„Zum Glück ist sie weg. Die will ich nie wieder sehen!", rief Leonie heftig.

„Bist du ihr noch so böse?" David legte den Arm um sie.

„Bist du irre? Hast du vergessen, was sie rumerzählt hat? Und dann das mit der Polizei..."

„Nein, das habe ich nicht vergessen. Aber ich habe es ihr vergeben."

„Wie kannst du ihr denn so was Schreckliches vergeben?"

„Sie hat es ja nicht aus Böswilligkeit getan, sondern, weil sie wahrscheinlich nicht anders konnte."

„Wieso nicht anders konnte?" Leonie sah ihren Vater verständnislos an.

„Erinnerst du dich noch daran, wie sehr du dich auf ein Pflegekind gefreut hast?"

Leonie schnaubte. „Ja, und ob ich mich erinnere. Und dann kam sie." Leonie betonte das sie verächtlich.

„Du bist enttäuscht, aber das brauchst du nicht zu sein. Weißt du, Sophia ist nicht so aufgewachsen wie du. Sie hat es sehr schwer gehabt."

„Ja und? Aber bei uns hatte sie es doch gut."

„Das hoffe ich, aber für jemanden, der das noch nie erlebt hat, ist es nicht einfach damit umzugehen. Sie hat gelernt, mit schwierigen Situationen zurecht zu kommen, aber sie hat nicht gelernt, wie man in einer guten Situation zurecht kommt."

Leonie lief eine Weile schweigend neben David her. Sie schien nachzudenken. „Und jetzt wollt ihr sie zurückholen?" Ihre Stimme klang versöhnlicher.

David zuckte die Schultern. „Was heißt zurückholen? Wir wissen gar nicht, ob das möglich ist. Wir wissen ja auch nicht, was Sophia will, aber wir haben darüber gesprochen, dass es für Sophia vielleicht wichtig wäre, die Erfahrung zu machen, dass wir sie nicht fallen lassen, obwohl sie das getan hat."

„Aber..." Leonie sprach nicht weiter.

„Aber was?" David sah sie aufmunternd an.

„Aber es war einfach nur scheiße mit ihr!"

David musste grinsen wegen Leonies direkter Art. „Ja. Das stimmt", sagte er.

„Ja, aber wieso wollt ihr sie dann wieder bei uns haben?"

David dachte eine Weile nach. „Weil es wohl einfach so ist. Wenn ein Kind zu einem ins Leben kommt, dann ist es wie es ist und man liebt es einfach."

„Ihr liebt Sophia?", fragte Leonie ungläubig.

„Naja, was heißt lieben, aber wir haben sie lieb gewonnen und es ist uns wichtig geworden, was aus ihr wird und dass es ihr gut geht. Wir können sie nicht einfach aus unserem Leben streichen und sie vergessen. Wir glauben eben, dass es für sie eine entscheidende Rolle spielen könnte, wenn wir ihr signalisieren, dass wir sie nicht fallen lassen."

Leonie schien wieder eine Weile nachzudenken. „Aber sie wollte doch sowieso wieder zu ihrer Mutter zurück."

„Ja, das wissen wir auch, aber wir haben gesehen, wie es sich damit verhält." David seufzte. „Eigentlich denke ich, dass dieses ganze Drama mit ursächlich war, dafür, dass Sophia diesen Mist gebaut hat. Ich meine, stell dir mal vor, du wünschst dir so sehr, bei Mama leben zu können und Mama stößt dich so grausam zurück."

„Das wäre schrecklich. Wenigstens hätte ich dann noch dich ... und Julien und Amber ... und Joel!"

„Ja, genau, und jetzt überleg mal, wen Sophia noch hat."

Leonie sah ihren Vater betroffen an. Sie schwieg.

Am Ostermontag saßen schon alle beim Frühstück, als Leonie herunter kam. Sie sah in die Küche und seufzte. „Ich habe nachgedacht. Ich will auch, dass ihr Sophia wieder zurückholt. Ich meine, wenn das geht. Ihr sollt ihr auf jeden Fall zeigen, dass ihr sie wieder hier haben wollt."

Amelie lächelte. „Du bist ein Schatz. Aber jetzt komm erstmal und iss etwas."

Leonie umarmte David und setzte sich an den Tisch. „Aber wie kann man das hinkriegen? Wir wissen ja gar nicht, wo sie ist und so?!" Leonie schien fest entschlossen zu sein.

Amelie hielt Leonie die Brötchen hin. „Das haben wir auch schon überlegt, aber wir haben noch keine Idee. Es ist einfach zu ärgerlich, dass es immer noch keinen Kurs gegeben hat, wo wir solche Sachen gelernt hätten."

In diesem Moment klingelte das Telefon.

David nahm ab. „Hege. ...Wer ist da?"

Alle lauschten gespannt. „Ach...", machte David. „Ja?, ja, klar... Nein, sie ist..." David stockte. „Nein, sie lebt nicht mehr bei uns."

Wer konnte da am Telefon sein? Amelie dachte nach. Oma und Opa ja wohl eher nicht... aber wer dann?

„Das ist eine lange Geschichte..." David klang ausweichend. „Wir wollen dasselbe. Ich weiß nicht... wenn wir uns treffen? Uns zusammensetzen?"

Amelie überlegte noch immer. Konnte das Frau Runge sein? Quatsch. Doch nicht am Ostermontag!

„Morgen? Ja. Morgen um drei?... Ja... Okay." Dann legte David auf. Er sah in die fragenden Gesichter. „Ihr glaubt nicht, wer das war!"

„Oma! Wir sehen Oma morgen?", rief Amber begeistert. Sie hasste es, Oma zur Zeit nicht sehen zu können.

„Leider nein, Maus." David gab Amber einen Kuss.

„Manno, dann ist es mir doch egal, wer das war." Amber verschränkte zornig die Arme vor der Brust und schob die Unterlippe vor.

„Komm her, Schatz. Dafür sind wir ja zu Besuch." Joel streckte ihr die Arme entgegen und sie setzte sich ihm auf den Schoß.

„Das war Sophias Vater", klärte David das Rätsel auf.

„Was? Wer?" Amelie sah ihn überrascht an.

„Ja, tatsächlich." David nahm einen Schluck Kaffee.

„Was wollte er denn?" Jolene sah David neugierig an.

„Er will sie wiedersehen."

„Aber, ... er hat sie doch gar nicht gekannt. Er hat sich noch nie für sie interessiert!" Amelie schüttelte verständnislos den Kopf.

„Ja, aber jetzt. Vielleicht hat es etwas in ihm verändert, dass er sie getroffen hat", überlegte Joel. „Das ist doch super!"

„Ja, auf jeden Fall. Da wird Sophia sich doch freuen!", rief Leonie.

„Naja, das weiß ich nicht so genau", wandte Amelie ein. „Sie war nicht sonderlich begeistert von ihm.

„Ja, das ist doch klar, aber das ändert sich vielleicht, wenn die Initiative jetzt von ihm ausgeht!" Jolene sah nachdenklich drein. „Bislang hat er noch nie gezeigt, dass er sich für sie interessiert. Wenn er das jetzt tut, könnte das sehr positiv für sie sein."

„Ja und ich habe überlegt, dass wir vielleicht mit ihm zusammen eine Idee bekommen, wie wir Kontakt zu ihr aufnehmen können", erklärte David. „Morgen um drei fahren wir zu ihm."

Es fuhren Amelie und David. Die anderen blieben zu Hause.

Als sie in dem kleinen Wohnzimmer um den Tisch herum auf dem Sofa saßen, waren zunächst alle etwas verhalten.

„Nachdem Sie weg waren, habe ich viel nachgedacht." Herr Spalt stellte mit zittrigen Händen seinen Kaffeebecher ab. „Es war unglaublich, meine Tochter kennenzulernen." Er lächelte verlegen.

„Aber Sie wussten doch schon vorher, dass sie eine Tochter haben!", David stellte ebenfalls seinen Becher ab.

„Ja, das ist richtig, aber wissen Sie, ich habe sie ja nicht gekannt, ich habe sie noch nie gesehen. Ich dachte, sie will mich bestimmt nicht kennenlernen und ich wollte mich nicht aufdrängen..."

„Wieso dachten Sie sowas? Eigentlich will doch jedes Kind seinen Vater kennenlernen." Amelie wusste aus eigener Erfahrung, dass auch ein schwieriger Kontakt zum Vater besser war, als gar keiner.

„Wissen Sie, mein Vater war kein einfacher Mensch, wobei, eigentlich war er einfach, aber mit ihm war es nicht sehr einfach. Mein Vater hatte einen, sagen wir problematischen Bezug zum Alkohol und war deswegen nicht unbedingt jemand, auf den man bauen konnte, aber dennoch hätte ich ihn nicht missen wollen. Rückblickend nicht und damals auch nicht."

Herr Spalt blickte drein, als fühlte er sich ertappt. Amelie hatte das schon vorher geahnt. Wenn man einen Vater gehabt hatte, der Alkoholiker war, dann merkte man das bei anderen schnell. „Ich habe mir gesagt, dass sie es ohne mich besser hat", sagte Herr Spalt leise. „Aber jetzt, jetzt habe ich sie kennengelernt und sie ist... toll!"

Amelie und David sahen ihn überrascht an. Dann mussten sie intuitiv lachen. Es war Herrn Spalt deutlich anzumerken, dass es ihn tief ergriffen hatte, sein Kind kennenzulernen. Das war unglaublich berührend. Die Bezeichnung mit dem Adjektiv „toll" war mit Sicherheit nicht Sophias Verhalten zuzuschreiben, sondern ausschließlich Ausdruck seiner Ergriffenheit, Bekanntschaft mit seinem Kind gemacht zu haben.

„Ja, das ist doch... das ist toll!", rief Amelie.

„Aber jetzt lebt sie nicht mehr bei Ihnen?"

Amelie und David erzählten ihm, was geschehen war.

„Oh Mann, das ist ja eine üble Geschichte!" Herr Spalt guckte betreten drein.

„Wir wissen nicht, wie das Jugendamt reagiert, wenn wir jetzt versuchen, Kontakt zu Sophia aufzubauen, aber wir denken, dass es das Richtige für sie wäre. Es darf so nicht enden", sagte Amelie.

„Und ich weiß gar nicht, ob sie mich überhaupt wiedersehen will...", räumte Herr Spalt mit niedergeschlagenem Gesichtsausdruck ein.

Amelie und David wollten ihm in dieser Situation nicht unbedingt erzählen, wie Sophia sich über ihn geäußert hatte. Aber mussten sie das denn? Schließlich gingen sie davon aus, dass Sophia ihre Einstellung überdenken würde, wenn nun ihr Vater die Initiative ergriff.

„Ich... wir denken, dass sie sich sehr freuen wird, wenn Sie den Kontakt zu ihr suchen. Das wird etwas ganz Neues für sie sein. Wissen Sie, Ihre Mutter hat sie in ganz üble Weise zurückgewiesen, als sie den Kontakt zu ihr gesucht hat. Sie braucht dringend Menschen, die ihr signalisieren, dass sie für sie wichtig ist." Amelie sah ihn aufmunternd an. „Vielleicht haben wir gemeinsam eine Chance, das zu tun!"

„Es ist... es ist meine Schuld!", sagte Herr Spalt leise.

„Was meinen Sie?" David sah ihn stirnrunzelnd an.

„Ich wusste das damals. Ihre Mutter kam damals zu mir, als sie ... als sie schwanger war und sie sagte, sie wolle das Kind nicht..."

„Ach, sie hatten dann noch Kontakt, als Sophia unterwegs war?", fragte Amelie.

„Ja, also nur kurz. Sie hat mir gesagt, dass sie kein Kind will. Sie wollte überhaupt keine Kinder haben."

„Und dann?"

„Ich wusste nicht, was ich sagen sollte. Ich konnte ihr nicht helfen. Ich war damals ... sehr krank... schon sehr krank... Es ist nicht nur der Alkohol, ich habe auch mit der Psyche und so... Ich war mehrmals im Krankenhaus, lange... Ich habe gedacht, sie wird sich schon darein finden. Das ist ja oft so. Erst kann man sich das gar nicht vorstellen, aber dann, wenn das Kind erstmal da ist, dann geht's schon... dann liebt man es doch. Aber so ist es bei ihr wohl nicht gelaufen. Wenn ich das gewusst hätte! Aber danach hat sie von mir Unterhalt gekriegt und gesagt, ich soll mich raushalten."

„Sie hat gesagt, Sie sollen sich raushalten?", fragte David. „Und das haben Sie einfach so hingenommen?"

„Naja, ich ... was kann ich einem Kind schon bieten? Ich habe gedacht, wenn sie mich gar nicht erst kennenlernt, dann hat sie es besser."

Amelie ging plötzlich ein Gedanke durch den Kopf: „Und hat sich denn damals, als Sophia ihrer Mutter weggenommen wurde das Jugendamt nicht bei Ihnen gemeldet? Wenn Sie doch auch Unterhalt gezahlt haben?"

„Nein. Niemals. Ich habe nur erfahren, dass ich den Unterhalt ans Amt überweisen soll. Mehr habe ich nicht erfahren."

„Aber warum sind die nicht an Sie herangetreten?"

„Ich weiß es nicht. Keine Ahnung."

„Und uns haben sie dort gesagt, der Vater sei unbekannt. Gut, das können wir nicht aufklären. Die Pfade der Behörden sind unergründlich. Aber jetzt können wir gemeinsam versuchen, Sophia zu finden", schlug David vor.

„Ich kann mich ja auch nicht um sie kümmern. Aber ich möchte für sie da sein. Mit ihr Zeit verbringen." Herr Spalt seufzte.

„Dann würde ich Folgendes vorschlagen. Wir versuchen jeweils über das Jugendamt herauszufinden, ob Sophia bereit ist, mit einem von uns zu sprechen. Der erste, der sie erreicht, spricht mit ihr. Wenn wir sie treffen können, werden wir ihr berichten, dass Sie sie wiedersehen wollen. Wenn Sie sie erreichen, dann richten Sie ihr bitte aus, dass wir ihr nicht böse sind und dass wir sie unbedingt wiedersehen wollen und mit ihr sprechen wollen", schlug Amelie vor. „Sie hat leider die SimKarte nicht mitgenommen, die ich ihr besorgt hatte. Sonst wäre es leichter gewesen."

David sah auf seine Armbanduhr. „Wir versuchen es jetzt gleich. Es ist Dienstag vormittag. Es müsste jetzt klappen, Frau Runge zu erreichen."

Herr Spalt rief zuerst an.

Amelie und David saßen gespannt daneben.

Herr Spalt erreichte immerhin, dass Frau Runge ihm versicherte, sie werde es Sophia ausrichten, dass er sie sehen wolle.

Dann rief Amelie bei Frau Runge an. Frau Runge war sehr zurückhaltend und erklärte, derzeit habe sie nicht die Kapazitäten, um derlei zu regeln. Sie mögen warten, bis voraussichtlich im Mai oder Juni wieder der Normalbetrieb an den Ämtern laufe. Amelie unternahm einen Versuch, Frau Runge zu verdeutlichen, dass es für Sophia sicherlich wichtig sei, diese Sache zu klären, aber Frau Runge erklärte, dass jetzt, in dieser furchtbaren Coronakrise wirklich andere Dinge wichtig seien. Schließlich beendete Amelie das Gespräch. Es machte keinen Sinn, weiterzudrängen, aber sie war enttäuscht und wütend. Anscheinend war niemand mehr bereit, noch andere Dinge neben Corona für wichtig zu erachten. Jetzt ruhten alle Hoffnungen auf Sophias Vater.

Damit hatte Amelie nicht gerechnet. Welch eine Wendung. Womöglich war es doch gut gewesen, Sophia darin zu unterstützen, ihren Vater kennenzulernen... Hoffentlich!

17

Sophia drehte sich zur Wand. Sollten sie doch klopfen, so viel sie wollten. Sie wollte niemanden sehen und es war ja eh einerlei. Sie würden auch reinkommen, wenn sie nicht reagierte.

„Sophia, ich bringe das Mittagessen!", drang es durch die Tür.

Sophia schloss die Augen. Sie hörte, dass die Tür geöffnet wurde.

181

„Du musst etwas essen. Du hast schon das Frühstück nicht ange-
rührt." Die Einrichtungsmitarbeiterin stellte das Tablett geräuschvoll auf den Nachttisch. „Schläfst du? Hey, bitte aufwachen, es gibt
jetzt Essen!" Die Frau tippte ihr mit einem piksigen Fingernagel in
die Schulter.

Sophia rührte sich nicht.

„Sophia!"

In dem Moment musste Sophia husten. Der Husten stach in der
Brust und im Hals und löste pochende Schmerzen in den Schläfen
und in der Stirn aus.

„Wir messen gleich mal Fieber", erklärte die Frau. Sie verließ das
Zimmer und kam kurz darauf mit dem Thermometer wieder.

Sophia ließ es regungslos über sich ergehen, dass die Frau in
ihrem Ohr die Temperatur nahm.

„Hm, 39,8, das ist nicht schön. Ich hole dir gleich mal etwas zum
Fieber senken."

Es dauerte eine Weile, bis die Frau zurückkehrte. Sophia war zwischenzeitlich eingenickt. Sie wachte auf, als sie die Stimmen von
der Frau und einer weiteren Frau hörte.

„Sie ist jetzt schon tagelang in dem Zustand."

„Ja, aber wir können zur Zeit nicht viel machen. Hast du Fieber
gemessen?"

„Ja, 39,8."

„Jetzt zum Arzt gehen, ist Mist, weil sie sich da ja mit Corona
anstecken kann und in die Notaufnahmen soll man ja zur Zeit auch
möglichst nicht..."

„Aber wie lange sollen wir denn noch zuwarten?"

„Schwer zu sagen, hast du mal Fiebersenker probiert?
Paracetamol?"

„Heute noch nicht, aber gestern."

„Ja, also, dann machen wir das heute auch. Und dann sehen wir
weiter. Hat sie was gegessen?"

„Die ganzen Tage nicht. Wasser ein paar Schlucke."

„Naja, Wasser ist ja auch das Wichtigste. Ja, gib ihr Paracetamol
und was zu Trinken. Wenn es schlimmer wird, sag noch mal Bescheid."

Sophia ließ sich eine Tablette in den Mund legen und schluckte
sie mit Wasser herunter. Dann legte sie wieder ihren Kopf ab und
schloss die Augen. Sie wollte aber auf keinen Fall einschlafen, weil
dann wieder die Albträume kommen würden. Zuletzt hatte sie von
Leonie geträumt. Leonie musste sie jetzt hassen. Warum hatte sie
das nur getan? Warum passte sie nirgendwo hin?

Eigentlich hätte es doch gut werden können, bei den Kästners...

Aber dann hätte sie von Anfang an anders... und das konnte sie eben nicht...

Wieder klopfte es und die Tür ging auf.

„Sophia? Hier ist ein Anruf für dich."

Sophia öffnete verwundert die Augen. Sie bewegte sich zu schnell und bekam wieder einen Hustenanfall.

Als er sich gelegt hatte, richtete sie sich auf.

„Hier." Die Frau gab ihr den Hörer.

„Ja?"

„Hier ist Niko Spalt. Dein... äh... Vater."

Sophia traute ihren Ohren nicht. Das war doch nicht möglich! Noch nie hatte ein Elternteil sie angerufen und noch nie hatte sie diesen Satz von jemandem gehört!

„Ich... weiß gar nicht so richtig, was ich sagen soll", sagte er. Es entstand eine Pause.

Sophia wusste auch nicht, was sie sagen sollte.

„Ich habe viel nachgedacht, nach deinem Besuch... Ich habe mich darüber sehr gefreut..."

Komischer Typ, dachte Sophia. Sie hatte nicht erwartet, jemals wieder von ihm zu hören. Sie hatte es auch nicht gewollt. Aber jetzt... Das war ein völlig merkwürdiges Gefühl, dass er sich bei ihr meldete...

„Ich habe gedacht... vielleicht könnten wir uns mal wieder treffen?!"

Passierte das überhaupt wirklich? Oder war es wieder einer dieser Träume, die sie fertig machten?

„Ja...", flüsterte sie ungläubig.

Nachdem sie das Gespräch beendet hatten, begann sie allmählich zu realisieren, dass das gerade kein Traum war. Denn sonst wäre sie längst aufgewacht, oder es wäre irgendwie verrückt weitergegangen...

Aber konnte das sein? Sie hatten sich für morgen verabredet. Er würde sie besuchen.

An diesem Abend konnte Sophia kaum einschlafen, so aufgeregt war sie...

Am nächsten Morgen zwang Sophia sich, seit Tagen zum ersten Mal aufzustehen. Ihre Beine waren zittrig aber sie musste unter die Dusche.

Sie schaffte es, zu duschen, die Haare zu kämmen und die Zähne zu putzen, dann legte sie sich wieder hin. Sie war völlig erledigt.

Um zehn Uhr war es so weit. Sophia dachte, ihr Herz bleibe stehen, als es an die Tür klopfte.

„Hallo." Niko Spalt streckte den Kopf herein. Dann trat er ein.

Sophia spürte, dass er für sie immer noch nur Niko Spalt war. Aber das Bild von dem Vater, den sie sich ausgemalt hatte, war einfach verschwunden und sie stellte fest, dass auch die Abneigung gegen Niko Spalt verschwunden war. Sie war gespannt, was er wollte.

„Hallo", sagte sie zögerlich.

„Kann ich mich setzen?", fragte Niko Spalt und zeigte auf den Stuhl am Tisch am Fenster.

Sophia wusste nicht, was sie sagen sollte. Sie merkte auch, dass sie doch weniger Energie hatte, als sie in der Aufregung angenommen hatte.

„Wie geht es dir?", fragte Niko Spalt schließlich.

„Nicht so gut", antwortete sie leise.

„Das sehe ich... bist du krank?"

„Ja, ich glaube schon." Sie spürte, dass sie husten musste, aber sie unterdrückte es, denn sie wusste, dass dieser wieder stechende Schmerzen auslösen würde.

„Hast du Fieber?"

Sophia überraschte der besorgte Tonfall. Sie nickte.

„Du musst viel Trinken. Hast du was zu Trinken da?" Er sah sich um. Auf dem Nachttisch stand eine Flasche mit Sprudel und ein Glas. Er griff danach und schenkte etwas ein.

„Nein, ich will nichts..." Sophia schüttelte matt den Kopf.

„Doch, das ist wichtig. Trink mal was." Er hielt ihr das Glas unter die Nase.

Schließlich nahm sie doch einen Schluck.

„Seit wann geht es dir so schlecht? Wissen das die Mitarbeiter hier?"

„Seit ein paar Tagen."

Niko Spalt stellte das Glas zurück und eine Weile schwiegen sie.

„Warum sind Sie gekommen?"

„Ich habe viel an dich gedacht, seit deinem Besuch..."

Sophia wagte einen Blick zu dem Fremden. Er wirkte nervös.

„Ich habe mich gefreut, dich kennenzulernen und habe bei Frau Kästner angerufen, aber du warst dort nicht mehr."

Sophia spürte, dass die Worte ihr einen Stich versetzten. Es hätte alles so anders sein können. Ob er wusste, was dort vorgefallen war? Sollte sie ihn das fragen? Besser nicht. Möglicherweise wusste er nichts von all dem.

„Frau Kästner ist sehr traurig, dass du nicht mehr dort lebst."

Sophia fuhr regelrecht zusammen. „Was?" Nun musste sie doch husten. Augenblicklich setzte der Schmerz in der Brust wieder ein.

Niko Spalt sah sie überrascht an. „Wir haben gesprochen. Wir haben uns getroffen und gesprochen. Herr Hege und Frau Kästner haben erzählt, was geschehen ist und sie haben mich gebeten, dir auszurichten, dass sie dir nicht böse sind und dass sie sich wünschen, dass du zu ihnen zurückkehrst und ihr neu beginnt."

Sophia starrte Herrn Spalt an. Sie traute ihren Ohren nicht. Hatte er das wirklich gesagt? „Das kann nicht sein. Nicht nach dem, was ich getan habe!"

„Doch, ich verspreche es. Sie würden dir das so gerne selber sagen, aber die Frau vom Jugendamt hat sie abgewimmelt."

Sophia sah ihn ungläubig an. Das konnte nicht sein. „Nein, das glaube ich nicht. Niemals. Warum sagen Sie sowas?"

„Es ist genau so, wie ich sage."

Sophia spürte, das Tränen in ihr aufstiegen. Schnell wischte sie sich über die Augen. Sie versuchte, die Tränen zurückzuhalten, was ihre Kopfschmerzen verstärkte.

„Es stimmt wirklich. Ich erzähle keinen Unsinn. Das sind wirklich nette Leute. Überleg es dir doch noch mal."

„Aber wie können sie nicht sauer sein? Sie müssen mich hassen."

„Hass ist ein starkes Gefühl..."

„Ja, aber Sie wissen nicht, wie das war: Die Polizei kam und hat David vorgeworfen, er sei ein Schläger und..." Sophia konnte die Tränen nicht zurückhalten. „Es war schrecklich! Leonie hat geheult und Amelie muss mich hassen! Sie waren so nett zu mir und ich habe das alles erzählt. Aber ich dachte, diese scheiß Therapeutin darf das niemandem erzählen!" Sophia vergrub ihr Gesicht in ihren Händen, dann bekam sie einen Hustenanfall. Ihre Schläfen pochten erbarmungslos.

Niko Spalt wartete einen Moment ab. „Nein, sie hassen dich nicht. Sie denken, dass du das nicht böse gemeint hast."

„Aber, das kann nicht wahr sein!", Sophia vergrub das Gesicht in den Händen. Die Tränen liefen über ihr Gesicht und tropften auf die Decke.

„Warum musst du denn so weinen..."

Sophia konnte nicht antworten.

„Hab ich was falsch gemacht?" Niko Spalt sah Sophia ratlos an. Er wusste offensichtlich nicht, was er tun sollte.

Sophia wollte sagen, dass er nichts falsch gemacht hatte, aber sie konnte nicht. Sie konnte nur weinen. Sie konnte sich nicht erinnern, wann sie schon einmal so geweint hatte. Es kam einfach aus ihr heraus und sie konnte nichts dagegen machen.

„Willst du nicht mehr zu ihnen zurück? Haben sie ... etwas gemacht?"

Sophia schüttelte den Kopf.

„Bist du... bist du traurig, weil du das erzählt hast?"

Sophia musste noch mehr weinen. Sie nickte. Es war sowieso alles egal, jetzt heulte sie ohnehin schon vor diesem Fremden, der ihr Vater sein sollte und mit einem Mal war das Gefühl so unbändig, dass sie zurück wollte, dass sie wollte, das alles sei nicht geschehen.

Zugleich kam es ihr so unwirklich vor, dass Niko Spalt, der ihr Vater sein sollte, hier bei ihr am Bett saß und erzählte, Amelie und David seien ihr nicht böse und würden wollen, dass sie zu ihnen zurückkehrte. Das war einfach zuviel... zuviel auf einmal.

„Es stimmt wirklich. Sie sind nicht wütend auf dich. Sie wollen dich auch besuchen und mit dir sprechen und dass du wieder zu ihnen ziehst."

Sophia weinte weiter in ihre Decke.

„Willst du wieder bei ihnen wohnen?", fragte Niko Spalt nach einer Weile.

Sophia nickte.

„Okay..." Niko Spalt schien zu überlegen. „Dann , dann helf ich dir dabei. Soll ich ihnen das ausrichten?"

Sophia nickte wieder.

Es dauerte noch eine Weile, dann wurde Sophia ruhiger. Schließlich wischte sie die letzten Tränen weg. „Und das stimmt wirklich?"

„Ja."

„Ich brauch ein Taschentuch."

Niko Spalt fand eine Packung Taschentücher auf dem Nachtschrank. Er reichte sie ihr.

Nachdem sie ihre Nase geputzt hatte, sagte Sophia: „Ich wollte nur nicht über mich reden und da dachte ich, ich erzähle der Kuh irgendeinen Scheiß..." Ihre Stimme war heiser. Wieder musste sie husten.

„Das klingt nicht gut. Warst du mal beim Arzt, hat dich ein Arzt abgehört?"

„Nein, wegen Corona."

Niko Spalt sah sie stirnrunzelnd an. „Die gehen nicht mit dir zum Arzt wegen Corona?"

Sophia nickte und musste wieder husten.

„Das geht nicht. Du musst zum Arzt."

Sophia zuckte mit den Schultern.

Niko Spalt sah sie komisch an.

„Was ist?", krächzte sie.

„Du hast mich gerade sehr an deine Mutter erinnert."

„Was?", Sophia sah ihn überrascht an.

„Sie war auch immer so..."

„Wie?"

„Unvernünftig und eigenwillig."

„Kennen Sie sie?"

„Klar, also früher."

„Aber wir kennen uns nicht...", Sophia legte sich erschöpft zurück. Ihr war kalt und sie war zittrig. Ihre Brust schmerzte und ihre Schläfen pochten. Sie musste die Augen ein wenig schließen.

„Nein, das ist auch alles lange her."

„Warum kennen wir uns nicht?"

„Das ist eine lange Geschichte..."

„Ich hab Zeit."

„Wir haben uns beim Einkaufen kennengelernt, also ich war einkaufen und deine Mutter war Verkäuferin. Sie hat mir gefallen und irgendwann haben wir uns getroffen und dann waren wir einige Wochen zusammen..."

„Und weiter?" Sophia wollte unbedingt mehr hören. Noch nie hatte ihr jemand von dieser Zeit erzählt und jetzt saß der Mann hier, der ihr Vater sein sollte. Endlich würde sie Antworten bekommen.

„Eines Tages sagte deine Mutter, dass sie ein Kind erwartet..."

„Und dann?"

„Naja... das warst du..."

Sophia spürte, dass er nicht weiter erzählen wollte, aber sie wollte mehr wissen. Warum musste sie ausgerechnet jetzt solche Kopfschmerzen haben? Sie musste mehr erfahren.

„Das ist alles lange her... ich ... erinnere mich gar nicht mehr so gut..."

„Doch... das stimmt nicht...", flüsterte sie. „Ich will es wissen. Sie müssen mir das erzählen. Bitte..."

„Okay... aber, mir tut das jetzt leid. Es war nicht richtig, was ich getan habe."

„Ich will es wissen."

Niko Spalt zögerte noch einen Augenblick. „Sie hat gesagt, sie will kein Kind."

Seine Worte versetzten Sophia einen Stich. Wieder sammelten sich Tränen in ihren Augen. „Und dann?", brachte sie mühsam hervor. Sie hielt die Augen geschlossen.

„Ich habe ihr gesagt, dass sie das nicht tun darf."

„Was?", flüsterte Sophia.

„Das Baby wegmachen... ich habe ihr gesagt, das darf sie nicht, das wäre schrecklich. Und dann hat sie es auch nicht weggemacht, aber wir haben immer nur gestritten und ich habe zuviel getrunken... zuviel Bier." Niko Spalt schien nachzudenken. „Ich habe immer gedacht, sie freut sich doch irgendwann auf das Baby." Er stockte. „Aber es wurde immer schlimmer und ich fand es furchtbar, dass sie so kalt war. Sie war so eiskalt und hat mich immer wieder angeschrien, dass ich ihr das angetan habe und ich wusste nicht weiter und hab immer mehr getrunken und dann bin ich gegangen, weil... ich bin gegangen... das tut mir so leid, aber ich habe es nicht mehr ausgehalten..."

Sophia konnte hören, dass auch er leise weinte, aber sie öffnete die Augen nicht, sondern weinte selber leise vor sich hin. Diese Wahrheit tat so weh. Sie stellte sich Mama vor: eine junge Frau mit dickem Bauch und sie hasste das Baby und den Mann, von dem sie es erwartete. Warum das so gewesen war, wusste sie nicht und sie würde es vielleicht auch nie erfahren... Aber sie wusste, dass es stimmte. Das war Mama, genau so, wie sie sie kannte. Wie hatte sie nur glauben können, dass sie bei dieser Frau würde leben können? Tausend Erinnerungsfetzen kreisten in ihrem Kopf durcheinander. Schreckliche Bilder. Bilder aus der Zeit, als sie mit dieser Frau gelebt hatte und zwischen beängstigenden Zornesausbrüchen beklemmende Eiszeiten geherrscht hatten.

Aber im selben Augenblick, als sie diesen Gedanken zuließ, das sie niemals zu Mama zurückkehren konnte, breitete sich die schreckliche Gewissheit in ihr aus, dass sie sonst niemanden mehr hatte... denn... nein, sie durfte nicht an Elli denken... das konnte sie jetzt nicht auch noch ertragen.. oder ... nein, jetzt mochte er hier sitzen, aber sie kannte ihn überhaupt nicht weiter... aber er hatte doch behauptet, Amelie und David, würden wollen, dass sie wieder bei ihnen lebte... wenn das stimmte...

Nach diesem Besuch hatte sich Sophias Wirklichkeit schlagartig verändert. Ihre Gedanken spielten völlig verrückt. Sie wusste nicht mehr, wo ihr der Kopf stand. Alles geriet durcheinander. Hinzu kam, dass auch ihre Erkältung, oder was das sein mochte, mit einem Mal mit voller Wucht durchschlug. In der Nacht träumte sie nur noch wirres Zeug. Sie hatte starke Schmerzen in der Brust und bekam schlecht Luft.

Als am nächsten Morgen Niko Spalt wieder auftauchte und die Einrichtungsmitarbeiter überzeugte, endlich mit Sophia einen Arzt aufzusuchen, nahm sie dies gar nicht richtig wahr.

Schließlich setzte er sich durch und ließ Sophia von einem Krankenwagen abholen.

Sophia kam erst am darauffolgenden Tag wieder zu sich.

Sie war in einer Klinik und an ein Infusionsgerät angeschlossen.

Die Kopfschmerzen waren besser und sie fühlte sich nicht mehr so zittrig. Vermutlich lag das an dem fast leeren Infusionsbeutel, der über ihr hing.

Kurz brauchte sie, um sich zu orientieren, dann fielen ihr nach und nach die Ereignisse der letzten Tage wieder ein, aber kurz danach döste sie wieder in einen unruhigen Schlaf.

Als sie erneut erwachte, konnte sie nicht sagen, welcher Tag war. Aber es musste einige Zeit vergangen sein.

Wieder begannen die Gedanken rastlos in ihrem Kopf herumzukreisen. Nein, das musste sie stoppen. Es war unerträglich. Sie sah sich um und erblickte ihre Tasche auf einem Stuhl. Sie schien noch immer nicht ausgepackt zu sein.

Mühsam und langsam richtete sie sich auf. Ihr war schwindelig.

Als sie saß, setzte sie die Füße auf den Boden und konnte nun zu ihrer Tasche greifen. Sie öffnete sie und fühlte, ob alles unverändert war.

Es schien so. Da ertastete sie einen kühlen festen Gegenstand. Sie zog ihn heraus und hielt das Tagebuch aus dem roten Häuschen in der Hand.

Eine Weile hielt sie das Buch in ihrer Hand, dann lehnte sie sich zurück in das Kissen und strich über den Ledereinband.

Sie hatte es damals, als sie von der Polizei abgeholt wurde in ihre Tasche gesteckt. Da war es bis heute geblieben...

Sie musste an das rote Häuschen denken, an ihr Zimmer, das Haus, den Garten, an Amelie, David und Leonie, an Julien und Amber...

Dann schlug sie das Buch auf.

„Tagebuch, Marie Ebert", stand dort in Kinderschrift.

18

„Juli 1879

Tante Lisbeth hat mir dieses Buch geschenkt.
Sie sagte, ich würde nun schon so schön schreiben, dass es bedauerlich wäre, wenn ich es wieder verlernte.
Ich will gerne soviel üben, wie es nur geht. Das Schreiben und Lesen gefällt mir sehr.
Liebe Tante Lisbeth, vielen Dank, dass du mir das Buch geschenkt hast. Marie"

Sophia fiel es schwer, zu lesen, aber da es sich um die sehr sorgfältige Schrift eines Kindes handelte, war es leichter als sonst.

„Ich bin jetzt schon so lange bei Tante Lisbeth. Hier ist es sehr schön, aber ich möchte wieder nach Hause. Ich sehne mich nach unserem Hof, nach Mutter und nach Kasper und Leo. Heute ist Mutters Brief eingetroffen, da habe ich geweint. Tante Lisbeth hat mich nicht gescholten, sondern sie hat mich getröstet. Ach, wenn ich doch wieder nach Hause könnte. Lieber Gott, mach, dass Kasper und Leopold alsbald genesen. Marie"

„August 1879

Heute ist ein schrecklicher Tag. Ach, warum nur?
Ich kann es gar nicht begreifen. Wenn ich doch bei Mutter sein könnte. Kasper ist tot. Dabei sollte er doch einmal den Hof übernehmen? Was sollen Vater und Mutter nur tun? Nun haben sie nur noch Leo. Marie"

„September 1879

Der Sommer vergeht bereits, bald werden alle Felder abgeerntet sein und ich bin noch immer fort von Zuhause. Aber ich will dankbar sein. Tante Lisbeth ist so gut zu mir und ich könnte es gar nicht besser getroffen haben. Gewiss ist daheim ein Jammertal und ich darf hier sein, wo alle gesund sind und wo es genug zu essen gibt. Ich darf lesen und schreiben und brauche nicht auch nur ein bisschen zu arbeiten, dabei helfe ich doch eigentlich gerne auf dem Hof, aber hier gibt es ja keine Tiere. Tante Lisbeth und ich brechen jeden Morgen in der Früh zur Schule auf. Dort ist Tante Lisbeth einstweilen Fräulein Lehmann und ich bin ihre Schülerin. Auf dem Heimweg darf ich sie dann wieder Tante nennen. Bitte, lieber Gott, ich möchte doch bitte endlich heim, Marie"

Sophia merkte nun, dass sie das Lesen doch sehr anstrengte. Sie legte das Buch auf die Decke und schloss eine Weile die Augen.

In dem Moment klopfte es an die Tür und sogleich erschien eine Krankenschwester. „Aha, sind wir aufgewacht? Ich bin Schwester Ulrike", flötete diese und schob sich durch die Tür. „Dann messen wir mal Fieber. Hast du irgendwo Schmerzen?"

Sophia schüttelte den Kopf, aber dabei bemerkte sie, dass ihr Kopf doch weh tat. „Kopfschmerzen", sagte sie leise.

„Ja, das ist gut möglich. Aber ich kann dir gleich nochmal ein Schmerzmittel geben. Das Fieber ist aber runter. Eine Lungenentzündung hast du, junge Dame."

„Und wie lange muss ich jetzt hier bleiben?"

„Das kann ich dir nicht sagen. Da musst du in der Visite morgen die Ärzte fragen. Hast du Hunger?"

Sophia schüttelte den Kopf.

„Es wäre aber ganz gut, wenn du etwas isst, du bist stark unterernährt. Deine Werte sind alles andere als rosig. Wie wäre es, wenn ich dir ein Tablett mit Frühstück bringe. Wir haben noch zwei übrig. Da ist ein schönes Brötchen bei und Käse..."

Sophia schüttelte den Kopf.

„Etwas Obst? Einen Apfel?"

„Nein."

Schwester Ulrike sah Sophia ratlos an. „Aber wie willst du denn wieder auf die Beine kommen?"

Sophia zuckte mit den Schultern.

„Na! Komm mal her, ich schüttel mal dein Kissen ordentlich auf, dann liegst du besser." Schwester Ulrike machte sich daran, ihre Ankündigung in die Tat umzusetzen. „Brauchst du neue Bettwäsche?"

„Nein."

„Gut, dann hol ich dir mal Wasser und Tee und einen Joghurt. Was meinst du? Ich bin gleich zurück."

Sophia schwieg.

Wenige Minuten später war Schwester Ulrike zurück. Sie half Sophia die Tablette einzunehmen und stellte die übrigen Sachen auf den Beistelltisch am Bett.

„Dann lass ich dich mal wieder in Frieden... Liest du?" Schwester Ulrike hatte offenbar das Tagebuch entdeckt. „Nein, du schreibst! Hast du denn einen Stift?"

„Ich brauche nichts."

„Gut, dann erstmal bis später. Wenn etwas ist, kannst du gerne klingeln. Aber nicht alleine aufstehen. Sag bitte unbedingt Bescheid, wenn du zur Toilette musst. Deine Werte sind wirklich miserabel. Nicht dass du uns hier noch aus den Pantinen kippst. Abgemacht?"

Sophia nickte.

Als sie wieder allein war, schloss sie die Augen. Sie war so müde. Weiterlesen konnte sie später...

„Es geht ihr nicht gut," rief Amelie, als David gerade seine Schuhe abstellte. Amelie war froh, dass David endlich heimgekommen war.

Sie hatte ihn nicht bei der Arbeit stören wollen, aber sie wollte ihm unbedingt von dem Anruf von Niko Spalt berichten.

„Wem? Einem der Kinder?", fragte er in besorgtem Ton.

„Nein, also ja, also... Sophia!"

„Ach?! Hat Spalt angerufen?"

„Ja und er sagt, dass es ihr sehr schlecht geht. Er hat sie ins Krankenhaus gebracht!"

„Oh, wieso das denn? Hat er gesagt, was los ist?"

„Es ist wohl eine Lungenentzündung."

„Aber wieso haben denn nicht die Einrichtungsmitarbeiter sie ins Krankenhaus gebracht?"

„Wollten sie wohl nicht, weil man ja die Krankenhäuser meiden soll, wegen Corona."

„Was? Das ist ja unglaublich."

„Allerdings, zumal Herr Spalt mir gesagt hat, Sophia sei in furchtbarer Verfassung gewesen."

„Und nun? Haben sie überhaupt gesprochen?"

„Ja, wohl ja. Er war zweimal dort. Am ersten Tag haben sie sich unterhalten und am Zweiten hat er einen Krankenwagen gerufen."

„Zum Glück war er dort! Ich will mir gar nicht ausmalen, wie es sonst weiter gegangen wäre..." David schüttelte ungläubig den Kopf.

„Ich möchte so gerne zu ihr. Wir müssen mit ihr sprechen, unbedingt!" Amelie wäre am liebsten sofort losgefahren.

David sah sie nachdenklich an. „Hat er ihr unsere Nachrichten ausgerichtet?"

Amelie nickte ungeduldig. „Sie hat sehr geweint, sagte er. Sie hat gesagt, dass es ihr leid tut und dass sie wieder bei uns wohnen will."

„Das sind doch super Neuigkeiten! Ja, dann, was denkst du? Was sollen wir tun?"

In dem Augenblick kam Amber die Treppe herunter. „Papa, Papa, bist du da? Sophia will lieber doch wieder bei uns wohnen, hat Mama gesagt. Wir müssen sie jetzt abholen!"

David nahm Amber auf den Arm. „Wir gucken, was sich tun lässt."

„Ja, was sollen wir machen? Sollen wir einfach hinfahren?" Amelie musste wieder an die arme Sophia denken, der es offenbar sehr schlecht ging und die nun allein in einem fremden Krankenhaus lag.

„Ich fürchte, das wird schwierig, weil wir ja keine Verwandten sind und sie zur Zeit grundsätzlich keine Besuche zulassen", gab David zu Bedenken.

„Verdammt!", entfuhr es Amelie. „Du wirst Recht haben, daran habe ich gar nicht gedacht. „Niko Spalt hat gesagt, er würde sie morgen besuchen. Meinst du, sie lassen ihn rein?"

„Keine Ahnung, aber wir können ihn ja mal morgen abend anrufen, wie es aussieht."

„Morgen Abend? Das dauert ja noch ewig! Wir können sie doch nicht so lange sich selbst überlassen!"

„Ich weiß aber nichts Besseres. Vorher, werden wir sie sicherlich nicht besuchen können."

„Wie sollen wir das denn noch solange aushalten?"

Als Sophia erwachte, hatte sie Schmerzen in der Brust. Sie musste husten und schmeckte Blut. Da sie kein Taschentuch hatte, landete das Blut auf der Decke. Angeekelt und erschrocken sah sie auf den roten Fleck. Wo war die Klingel? Die Schwester hatte gesagt, sie könnte klingeln!

Kurz darauf erschien eine Schwester. Es war eine andere als am Morgen.

Sophia sah sie hilflos an.

„Ach herrje, was ist denn hier passiert?", rief die Schwester. „Na, komm mal her, das kriegen wir wieder hin. Das kommt von der Lungenentzündung."

„Es tut so weh!", jammerte Sophia.

„Ja, du bekommst gleich mal ein Schmerzmittel. Das Bett mach ich dir auch frisch.

Die Schwester klingelte und kurz darauf erschien noch ein Pfleger. Gemeinsam schlossen sie einen neuen Beutel am Infusionsgerät an und maßen bei Sophia Fieber. Sie bezogen das Bett frisch und erklärten, Sophia solle sich keine Sorgen machen.

„In der Infusion ist auch ein Schmerzmittel. Das wird gleich wirken."

Sophia spürte, dass es sich schön anfühlte, dass die beiden sich so um sie kümmerten. Plötzlich spürte sie ein seltsames Gefühl, irgendwo tief in sich. Sie wusste, was es war. Sie vermisste tatsächlich Amelie. Warum war sie nur so dumm gewesen? Sie blickte zum Fenster. Draußen dunkelte es. „Welcher Tag ist heute eigentlich?"

„Heute ist Dienstag, der 21. April." Der Pfleger zwinkerte Sophia freundlich zu.

„Und wie spät?"

„Wir haben es jetzt 20 vor 8 am Abend."

„Wo bin ich überhaupt?"

„In der Helios-Klinik in Schwerin."

„Danke." Sophia merkte, dass sie noch immer keine Kraft hatte. Am liebsten hätte sie sich wieder hingelegt und weitergeschlafen.

„Willst du mal was essen?" Die Schwester sah sie aufmunternd an.

Sophia schüttelte den Kopf.

„Ich weiß aber zufällig von Schwester Ulrike, dass du den ganzen Tag noch nichts gegessen hast. Die Infusionen sind klasse, aber kein Ersatz für eine Mahlzeit." Der Pfleger zwinkerte wieder. „Wir haben dir ein Tablett vom Abendessen aufgehoben. Ich bringe es mal rein, okay?"

Sophia sagte nichts.

Der Pfleger kam kurz darauf mit dem Tablett zurück.

Als die beiden wieder gegangen waren, sah Sophia eine Weile aus dem Fenster. Sie konnte nichts essen. Ihr Magen fühlte sich an, wie eine zusammengekrampfte Faust. Sie hatte lange nichts mehr gegessen. Sie spürte bereits jeden Knochen, aber der Gedanke an Essen verursachte ihr Übelkeit.

Nach einer Weile fiel ihr das Tagebuch wieder ein. Sie nahm es zur Hand und blätterte zu der Seite, wo sie zu lesen aufgehört hatte.

„September 1879

Man kann es kaum in Worte fassen! Leo ist auch zum lieben Gott in den Himmel gegangen. Mutter wird schrecklich traurig sein. Ach, wenn ich doch zu ihr nach Hause könnte. Was soll nur werden? Wer wird jetzt den Hof weiterführen? Wenn ich nur bald nach Hause kann. Nun wird mich wohl keiner mehr mit Diphterie anstecken. Tante Lisbeth sagt, ich müsse trotzdem sicherheitshalber noch eine Weile bei ihr bleiben, Marie"

„Oktober 1879

Nun bin ich endlich wieder daheim bei Mutter und Vater und bei den Tieren, aber es ist schrecklich hier. Ohne Kasper und Leo ist es so still und so trübe.

Niemand, der durchs Haus läuft, niemand der mehr lacht. Jeder Schritt, und setze ich ihn noch so leise, hallt durchs Haus wie ein Paukenschlag. Jedes Knarren der Dielen klingt, als würde ein Baum zersägt...

Ich bin so froh, dass Tante Lisbeth mir den Gedichteband von Friedrich Schiller geschenkt hat, so kann ich wenigstens abends beim Lesen an etwas anderes denken. Was soll nur aus dem Hof werden... Marie"

„April 1880

Lange habe ich nicht mehr in mein Tagebuch geschrieben, aber es war mir nicht möglich. Die vergangenen Monate waren voll von

Schwermut und Traurigkeit. Der Winter war kaum zu ertragen. Aber nun endlich zeigen sich die ersten Boten des Frühlings, die Tulpen und Krokusse, Narzissen und Apfelblüten. Endlich geht es wieder raus aufs Feld und ab und zu sprechen Vater und Mutter wieder. Nur die Sonntage sind noch immer entsetzlich. Der schwere Gang zum Friedhof in Salitz, wo Kasper und Leo ruhen. Ob die Freude jemals zurückkehren kann? Ach bitte, lieber Gott, wenn es doch Mutter endlich wieder besser ginge, Marie"

Sophia las noch einige Seiten weiter. Noch nie hatte sie freiwillig so viel gelesen. Dass sie am Lesen nicht verzweifelte, wie sonst immer, musste daran liegen, dass sich die Schrift allmählich von einer sauberen Kinderhandschrift in eine noch sauberere Mädchenhandschrift verwandelte. Sophia hatte sogar den Eindruck, dass das Lesen leichter wurde und sie sogar schon etwas schneller las, als noch zu Beginn des Tagebuches. Auch hatte sie noch nie eine Geschichte so gefesselt. Sie las von Marie, die die Jahreszeiten beschrieb, die Arbeiten auf dem Hof und wie langsam, nach Monaten das Leben einigermaßen zurückkehrte. Aber wer den Hof einmal übernehmen sollte, das schien keiner zu wissen.

Sophia kannte die Gefühle nur zu gut.

Sie kannte das Gefühl, eine Mutter zu haben, an die man nicht herankam, weil sie so sehr mit sich selbst beschäftigt war. Diese Einsamkeit, die Leere, die Kälte, die Dunkelheit, die einen verschluckten, wie ein eiskaltes, schwarzes, unendlich tiefes Meer.

Sie kannte auch das Gefühl, dass jemand unwiederbringlich fort war und nun ein riesiges, klaffendes Loch hinterlassen hatte. Es war ein grauenhaftes Gefühl. Wie ein großer, schwerer Stein, der einem auf der Brust lag und einen zu Boden drückte. Wie ein Abgrund, in den man stürzte, ohne dass ein Grund in Sicht kam.

So hatte sie sich gefühlt, als Mama damals mit einem Mal weg war, und so hatte sie sich gefühlt, als Elli mit einem Mal fort war. Dieses Gefühl verließ einen nie. Es kam sofort wie ein Schlag in den Magen zurück, wenn man nur einen Augenblick an den verlorenen Menschen dachte.

Sophia hatte sich geschworen, dass ihr das niemals wieder geschehen würde. Sie wusste, dass dieser Schwur dem Wunsch, bei Amelie und ihrer Familie zu leben entgegenstand. Sie wusste, dass sie sich entscheiden musste. Tief in sich drinnen wusste sie das... aber sie wollte daran nicht denken. Sie wollte nur an Marie denken und herausfinden, wie Marie und ihre Familie mit diesem Schicksalsschlag umgehen würden, wie es mit ihnen weiterging. Sie würde das entscheiden, aber nicht jetzt, nicht heute.

Schließlich stellte Sophia fest, dass sie soviel gelesen hatte, wie noch nie in ihrem Leben. Und es ging. Immer hatte sie das Lesen gehasst, denn es war ihr immer furchtbar schwer gefallen, aber bei diesem Buch ging es wie von allein. Gewiss, langsam las sie, aber sie kam voran und es gefiel ihr sogar.

Dann aber war sie doch irgendwann sehr müde und legte das Buch beiseite. Sie fiel in einen unruhigen Schlaf.

Sie träumte von Marie und dem Hof, aber dann wieder von Amelie und auch von Mama. Zwischendrin schreckte sie mehrfach auf und musste sich orientieren, wo sie war. Am schlimmsten war ein Traum mit Elli. Sie träumte, dass Elli auf dem Friehof in Salitz lag. Nach diesem Traum brauchte sie eine ganze Weile, um wieder zur Ruhe zu kommen.

Sophia war froh, als die Nacht um war und es Tag wurde. Aber ausgeruht war sie nicht.

Um 9:00 Uhr kam die Visite.

Die Ärzte teilten Sophia mit, dass sie noch einige Tage würde bleiben müssen, bis das Antibiotikum angeschlagen hatte. Sie wollten auch abwarten, dass sie etwas Essbares zu sich nahm, denn sie sei stark untergewichtig.

An diesem Tag las sie wieder in dem Tagebuch.

Als sie auch zu Mittag nichts zu essen vermochte, legte Schwester Ulrike, die an diesem Morgen wieder Dienst hatte, ihr eine Magensonde. Das war zwar ziemlich unangenehm, aber Sophia war froh, als das Ding endlich drin war und sie sich wegen des Essens keinen Kopf mehr zu machen brauchte. Anschließend las sie weiter.

Es hatte größere Zeitsprünge gegeben und es war inzwischen 1884. Marie war schon fünfzehn Jahre alt. Ihre Schrift war immer feiner und fließender geworden und sah gar nicht mehr aus wie die Kinderschrift auf den ersten Seiten des Tagebuchs. Marie hatte eine sehr ordentliche Schrift. Sie schrieb auch seltener von ihren verstorbenen Brüdern und von den Eltern, die offenbar noch immer keine Lösung hatten für das Problem der Hofübernahme, dafür hatte Marie bei ihren Eltern durchgesetzt, die Dorfschule besuchen zu können.

„August 1884

Heute war ein herrlicher Tag! Bin ich froh, dass ich Schreiben kann und all das meinem Tagebuch anvertrauen kann, sonst würde ich verrückt werden.

Beim Tanz heute, auf der großen Wiese hat er mich aufgefordert!

Lukas, der Sohn des Schmieds! Alle Mädchen waren gelb vor Neid, denn er ist wahrlich der hübscheste und der galanteste und der beredtste weit und breit.

Ich werde heute kein Auge zu tun. In meinem Kopf singt noch immer die Musik des Zieharmonikaspielers und meine Beine mögen nicht stillstehen. Mein Herz wird zerspringen, wenn ich versuche, mich ins Bett zu legen!

Lieber Gott, das war ein wunderbarer Tag, Marie"

„September 1884

Ich habe mich nicht getäuscht. Lukas zieht mich wirklich den anderen Mädchen vor. Wenn die wüssten, dass wir heute bestimmt zwei Stunden unter der alten Eiche zugebracht haben. Wir haben gesprochen und gelacht, es war wunderbar. Aber verrückt ist er schon, der Lukas. Auswandern will er nach Amerika. Er spart dafür bereits. Dabei weiß er auch schon soviel über dieses ferne Land. Er liest Traugott Brommes Hand- und Reisebuch für Auswanderer und Reisende und spricht kaum von etwas anderem. Er sagt, sie bräuchten dort Schmiede und auch Leute jeden anderen Handwerks.

Wenn zutrifft, was er schildert, dann muss es dort in Amerika wunderbar sein. Wahrlich eine neue Welt, eine Bessere, wo jeder sein Glück machen kann.

Aber, wenn ich nur daran denke, dass er fort geht, dann werde ich sogleich ganz unglücklich. Marie"

„Oktober 1884

Lukas hat um meine Hand angehalten! Oh, es ist so wunderbar! Wenn ich es doch nur Mutter berichten könnte. Ob sie sich wohl freuen wird? In dieser Zeit ist sie natürlich mit nichts anderem beschäftigt, als den herbstlichen Aufgaben auf dem Hof.

Was soll ich Lukas nur antworten? Vaters Hoffnungen ruhen natürlich auf einer aussichtsreichen Vermählung mit einem fähigen Bauern, der den Hof weiterführt. Gewiss wird es für ihn schwer zu ertragen sein, wenn ich ihm offenbare, dass ich Lukas heiraten will, aber wie gerne wäre ich Lehrerin. Und wie gern würde ich Lukas heiraten. Ich würde auch mit ihm nach Amerika gehen. Ja, all das wäre die Erfüllung meiner Träume, nur, was wird dann aus unserem Hof und unserem Land, all dem, wofür Vater und Großvater und Urgroßvater all die Jahre gearbeitet haben?

Was soll ich nur tun? Wenn es nur einen Menschen gäbe, dem ich mich anvertrauen, der mir Rat geben könnte... Marie"

„November 1884

Ich bin noch immer fassungslos. Wie ist das möglich? Wie kann Vater das von mir verlangen? Heute war Herbert Brook auf dem Hof. Vater hat ihn geladen, um uns einander vorzustellen. Es war entsetzlich. Herbert Brook ist ein Greis! Er machte auf mich zudem einen mehr als groben und ungebildeten Eindruck. Sein einziger Vorzug besteht in dem Vermögen, dass er vorzuweisen hat. Ihn soll ich heiraten? Gott ist mein Zeuge, dass ich wirklich und wahrhaftig dem Gedanken, dem Erhalt des Hofes wegen einer Vermählung mit einem geeigneten Bauern vorbehaltlos gegenüberstand. Aber das vermag auch ich nicht. Es graut mir, es macht mir Angst. Ich kann mich diesem Schicksal nicht ergeben.

Ich hoffe, das Vater noch einmal mit sich reden lässt, dass er auf einen anderen Werber wartet und mich nicht hierzu zwingt. Marie"

„November 1884

Ich habe es nicht gewagt, Lukas von Brook und von Vaters Plänen zu berichten. Ich wollte es, aber es kam mir nicht über die Lippen. Ich konnte den Zauber unseres kurzen Zusammenseins nicht damit verderben. Ich habe auch solche Angst, dass Lukas mich zurückweist, wenn er davon erfährt...

Lukas hingegen spricht von nichts anderem mehr als von Amerika. Er spricht bereits, als sei es selbstverständlich, dass ich mit ihm gehe.

Was soll ich nur tun? Wie mich entscheiden?

Ich muss versuchen, noch einmal mit Vater zu sprechen.... Marie"

„Dezember 1884

Vater ist keinem Argument zugänglich, keinem Flehen, keinen Bitten. Er habe Brook sein Wort bereits gegeben, sagt er. Warum hat er das getan? Ist es denn so eilig? Und was soll nur aus meiner Lehrerinnenausbildung werden? Wenn ich vermählt sein werde, werde ich nicht mehr lernen können...

Dann werden wohl auch in Kürze Mutterpflichten auf mich zukommen... Um Himmelswillen, daran will ich gar nicht denken. Nein, ich kann diesen Menschen nicht heiraten. Ich kann es nicht. Wenn Vater das verlangt... dann... dann ... dann muss ich mit Lukas gehen. Marie"

198

„Januar 1885

Ich erkenne Vater nicht wieder. Ich bin so verzweifelt. Heute hat er die Verlobung mit Brook bekanntgemacht. Und Mutter? Sie meint, nun gebe es kein Zurück mehr. Kein Wort des Trostes, nicht mal ein freundliches Wort. Was tu ich nur? Morgen sehe ich Lukas endlich wieder. Ob ich ihm all das Schreckliche nun endlich anvertraue? Wenn es doch nur einen Ausweg gäbe! Nun, der Ausweg ist Lukas. Der Ausweg ist Amerika, aber er bedeutet das Ende für den Hof... Er bedeutet den Abschied von Mutter und Vater für immer...

„Januar 1885

Ach liebe, gute Tante Lisbeth, heute erreichte uns die Nachricht deines Todes. Mutter ist ganz verzweifelt. Hatte sie doch nur dich zur Schwester...
Auch ich bin verzweifelt. Du warst so gut zu mir, als ich nicht mehr hier sein konnte. Du brachtest mir das Lesen und Schreiben bei und du hast in mir den Wunsch geweckt, Lehrerin zu werden. Du schenktest mir dieses Tagebuch und damit einen Ort, an dem ich all meine Sorgen und meine Gedanken aber auch all mein Glück lassen konnte und kann und nun ist meine Welt noch leerer und einsamer geworden ohne dich... Marie"

Sophia starrte auf diese letzten Sätze, die sie soeben gelesen hatte. Vor die Bilder von Marie und Lisbeth schoben sich Bilder von Elli und ihr. Maries Geschichte glich ihrer so sehr. Wie war das möglich?

Sophia hatte all die Monate seid Ellis Tod jede Erinnerung vermieden, jeden Gedanken an Elli sofort aus ihrem Kopf verbannt. Es war ihr gelungen, indem sie sich an den Wunsch geklammert hatte, zu Mama zurückzukehren. Die Logik war einfach. Mama war toll und Elli spielte keine Rolle für sie. Jetzt, wo sie von Marie und Lisbeth las, drängte sich jedoch in ihr Bewusstsein, was sie bislang erfolgreich ignoriert hatte. Das Loch, dass der letzte Besuch bei Mama in ihr gerissen hatte, füllte sich nun mit den Gefühlen und Erinnerungen, die sie mit Elli verband.

Sophia wollte das nicht. Es überstieg ihre Kräfte. Es glich dem Sturz in einen Abgrund.

Am liebsten hätte sie dieses Buch in den Müll geworfen, aber das konnte sie nicht, da sie unbedingt wissen wollte, wie es mit Marie weitergegangen war. In diesem Moment fühlte sie sich so allein. Wenn nur irgendjemand dagewesen wäre, aber wer sollte das sein?

19

„Ja, so ist es. Sie lassen keinen Besuch zu."
Amelie konnte nicht glauben, was sie hörte. „Aber sie ist doch ein Kind. Sie ist völlig allein dort, seit Tagen!" Amelie sah auf den Kalender. Heute war der 24. April. „Und wie soll sie gesund werden, wenn sie denkt, sie sei allein auf der Welt?"
„Sie sagen, sie sei doch schon fünfzehn und da hätte es keine Priorität", erklärte Niko Spalt durch den Hörer.
Amelie überlegte. „Wissen Sie denn, wann sie entlassen wird? Kann sie dann Besuch empfangen?"
„Ich habe in der Einrichtung angerufen, nachdem ich beim Krankenhaus war. Dort gehen sie davon aus, dass sie in einigen Tagen nach Hause..., also das Krankenhaus verlassen kann. Da habe ich sie ja bereits besucht. Das tu ich wieder und sie wollte Sie ja auch gerne sehen. Ich setze mich dafür ein."
„Das ist sehr nett, vielen Dank."
Als Amelie aufgelegt hatte, lief sie rastlos auf und ab.
Die Situation machte sie wahnsinnig. Gab es denn niemanden mehr, der noch die Bedürfnisse eines Kindes sah und für relevant erachtete? Es war geradezu symbolisch für das Verhalten der ganzen Republik, dass die Interessen dieses einen Kindes völlig ausgeblendet wurden. Sie sollte offenbar in dieser Zeit allein sehen, wie sie klar kam. Es genügte anscheinend, dass sie versorgt war mit dem, was man so zum Überleben brauchte. Alles andere hatte in den Hintergrund zu treten, hatte zu warten. Genau so lief es nun seit Wochen für alle Kinder im ganzen Land. Aber die Kinder hatten ja auch keine Lobby. Wer stellte sich schon in die Öffentlichkeit und zeigte mal in aller Deutlichkeit auf sie und fragte danach, was man ihnen eigentlich zumutete? Keine Schule, keine Kita, für viele Kinder kein Mittagessen mehr. Dafür Eltern, die zum Teil ihre Arbeit oder ihr Einkommen verloren hatten, die in Kurzzeit oder im Homeoffice arbeiteten, während die Jüngsten um sie herumtobten und die etwas Älteren Hilfe beim Homeschooling benötigten. All das in vielen Fällen in viel zu kleinen Wohnungen, ohne Kontakte nach außen, ohne frische Luft und Spielplätze. Amelie graute vor der Vorstellung, was in so mancher Familie vor sich ging, in der es schon vor der Corona-Krise tätliche Auseinandersetzungen gegeben hatte, all die kleinen Seelen, auf die nun niemand mehr schaute. Eingesperrt in ihren Wohnungen mit der Sorge, zur

Gefahr für die eigenen Großeltern zu werden.

Sophia war auch eingesperrt. Eingesperrt in ihrer einsamen Wirklichkeit ohne einen Menschen, der sich ihrer annahm. Oder war es eher ein Ausgesperrtsein? Jedenfalls war es in menschlicher Hinsicht eine Katastrophe und Amelie konnte nur hoffen, dass dieser Zustand nicht weitere Schäden für Sophia bedeutete.

Sophia war nun bereits seit 9 Tagen im Krankenhaus. Es war bereits der 27. April. Sie merkte deutlich, dass das Antibiotikum und auch die über die Sonde verabreichte Nahrung zu einer Verbesserung ihres Allgemeinbefindens beitrugen. An diesem Morgen hatte sie mit Hilfe von Schwester Ulrike einige Schritte über den Krankenhausflur gemacht. Aber als sie wieder in ihrem Bett lag, merkte sie doch, wie anstrengend es war, zu gehen.

Sie ruhte sich eine Weile aus und griff dann wieder nach dem Tagebuch.

„Februar 1885

Wenigstens kann ich in dieses Tagebuch schreiben, was mich umtreibt. Denn sonst ist da keine Menschenseele.
Ich habe beschlossen, mit Lukas nach Amerika zu gehen.
Hier kann ich nicht bleiben. Brook zu heiraten wäre mein Ende.
Mit Lukas gehen werde ich nur zu gerne, aber der Abschied wird doch auch schwer. Ich habe ebenfalls begonnen, ein wenig Geld beiseite zu schaffen. Es ist nicht viel, aber hier und da kommt etwas zusammen. Lukas sagt, wir gehen im Frühling. Marie"

„März 1885

Nun rückt die Abreise immer näher. Es ist unendlich schwer geworden, Vater und Mutter nichts zu erzählen. Ach, sie werden schrecklich enttäuscht von mir sein. Nach dem Verlust der Söhne, werden sie zuletzt auch mich verlieren, aber ich sehe keinen anderen Weg. Ich kann nicht hier bleiben und Brook heiraten. Mutter und Vater reden jedoch von nichts anderem mehr. Sie sind so voller guter Dinge, dass der Hof damit gerettet sein wird und sie hier ihren Lebensabend verbringen können... ach, ich darf gar nicht daran denken...
Lukas ist gleichermaßen voller guter Dinge. Er malt sich schon aus, wie es sein wird, wenn wir nur erst in der neuen Welt sein werden. Land will er kaufen und ein Haus will er bauen. Das alles weit im Westen.

Ich fürchte mich vor den Wilden, die dort leben, aber er versicherte mir sogleich, die Armee habe das unter Kontrolle und sorge für die Sicherheit der Siedler. Das Land dort sei unendlich weit und ich könne dort auch als Lehrerin arbeiten. Marie"

„April 1885

Morgen wird der große Tag endlich gekommen sein. Ich bin wie zerrissen. Ach, wenn ich mich doch von Mutter und Vater verabschieden könnte, aber sie so still und heimlich zu verlassen, schmerzt mich doch mehr, als ich erwartet hatte.
Gepackt habe ich mein Bündel bereits. Es liegt unter meinem Bett. Morgen erwartet Lukas mich um sechs Uhr früh an der Eiche. Von dort nimmt uns Karl Friedrich, der Müller mit nach Gadebusch. Um sieben Uhr fährt von dort die Postkutsche nach Büchen, wo wir die Bahn aus Berlin nach Hamburg nehmen werden. Von Hamburg geht der Dampfer nach Amerika. Oh, ich kann es noch immer nicht glauben. Ich freue mich auf dieses Abenteuer. So lange Lukas und ich zusammen sein werden, wird alles zum Besten kommen... Marie"

„Mai 1885

Lange habe ich nicht mehr geschrieben...
Es ist alles anders gekommen.
Warum nur, Lukas, warum? Warum gingst du ohne mich?
Ich habe keine Tränen mehr, ich habe keine Kraft mehr und keine Freude...
Wo du nun sein magst? Allein in der Fremde. Warum hast du mich zurückgelassen? Was soll nun aus mir werden? Hier gibt es nur ein Schicksal für mich...
Und niemand ahnt, dass ich beinahe fortgegangen, beinahe entkommen wäre. Niemand, dem ich es anvertrauen könnte, niemand, dem ich sagen könnte, wie verlassen ich bin...
Alle sprechen und lachen und scherzen, als hätte es uns, - dich und mich -, nie gegeben... Als sei es nur ein Traum gewesen... Aber mein Herz hast du mitgenommen und nun werde ich mich in mein Schicksal fügen müssen, kein Ausweg mehr... Keine Hoffnung...
Marie"

Sophia legte das Buch auf der Bettdecke ab und schloss die Augen. Sie sah Marie deutlich vor sich. Warum hatte er sie im Stich gelassen? Aber anders war auch nicht zu erklären, dass sich das Tagebuch in dem Versteck im roten Häuschen befunden hatte. Sie musste es später dort abgelegt haben, oder vergessen haben... Sophia überlegte, dass Marie ungefähr so alt wie sie gewesen war, als all das geschehen war. Sie hatte mit Lukas nach Amerika fliehen wollen und er hatte sie einfach sitzenlassen. Nun sollte sie einen älteren Mann heiraten, den sie nicht heiraten wollte. Ihre Eltern verlangten das, um den Hof zu retten. Dabei wollte Marie Lehrerin werden, was dann wohl auch nicht mehr möglich war. Das war schon eine andere Zeit gewesen. Heute wäre so etwas undenkbar, jedenfalls hier. Heute konnten einem Eltern nicht mehr vorschreiben, wen man heiratete und ob man arbeiten durfte oder nicht...

Heute brauchte man niemanden mehr, der einen aus solch einer Lage rettete...

Heute konnte man selber entscheiden was man wollte...

Marie wollte Lehrerin werden. Das wäre kein Beruf für Sophia gewesen, aber Kinderkrankenschwester... Das wollte sie früher immer werden...

Sophia dachte lange nach. Wo war dieser Wunsch eigentlich geblieben. Wollte sie das immer noch?

Sie dachte an Elli, die ihr von dieser Arbeit gerne erzählt hatte. Klar, das war wieder eine andere Zeit gewesen, Elli war alt gewesen, aber ihr hatten die Geschichten als Kind gefallen. Sie hatte es geliebt, wenn Elli erzählt hatte, also damals, bevor sie so verrückt wurde und nur noch alles durcheinander brachte...

Und jetzt lag sie hier im Krankenhaus und die Krankenschwestern und Pfleger waren echt nett zu ihr, so wäre sie auch geworden, als Krankenschwester...

Ja, irgendwie war der Gedanke daran, Krankenschwester in einem Kinderkrankenhaus zu sein noch immer schön...

Aber wie sollte sie da hin gelangen? Es war alles verdorben. Sie hatte alles verdorben... Es war niemand da, der ihr dabei helfen konnte...

Wieder überlegte sie lange.

Aber brauchte sie denn jemanden, der ihr half?

Gerade hatte sie doch festgestellt, dass man heute niemanden mehr brauchte, der einen „rettete". Aber galt das auch für sie?

Sie hatte sich immer vorgestellt, dass sie ihren Vater vielleicht eines Tages finden würde und er wäre ein super Vater, der mit Anzug und Kravatte irgendeinen wichtigen Beruf hatte und viel Geld verdiente und ihr helfen würde, aus dem ganzen Dreck rauszukommen.

Das war ein Reinfall! Dieser Typ, der ihr Vater sein sollte, war alles andere als ein super Vater, der ihr helfen konnte... - Kurz dachte sie daran, dass er es gewesen war, der sie ins Krankenhaus gebracht hatte, soviel hatte sie noch mitgekriegt -... Aber wo war er jetzt? Er besuchte sie nicht mal. Und er war auch alles Mögliche, aber nicht das, was sie sich vorgestellt hatte...

Aber brauchte sie ihn überhaupt? Ja, zu Maries Zeiten, da brauchte man Väter und Ehemänner, sonst war man verloren, aber heute? Was, wenn sie es selber in die Hand nahm? Okay, da kam ein richtig langer, ätzender Weg auf sie zu, aber es war doch möglich und dann... Es war ein Ziel. Ein Ziel, dass sie irgendwie mit Elli verband. Also mit der Elli, die noch normal war und richtig im Kopf. Mit der Elli, die sich echt um sie gekümmert hatte...

Sophia hatte das eigenartige Gefühl, als sehe sie nach langer Fahrt Land. Ja, das traf es. Als sei sie lange über ein Meer gedriftet, ohne Schimmer, wo sie war und wo Land war und nun sah sie Land. Es war ein gutes Gefühl. Das erste gute Gefühl seit langem.

Sie wollte dieses Gefühl unbedingt erhalten. Sie wollte diesem Gedanken nachgehen, um ihn nicht wieder zu verlieren.

Ja, vielleicht konnte das klappen. Sie musste einfach aufhören, immer zu denken, irgendjemand würde ihr helfen. Sie brauchte niemanden, der ihr half. Sie konnte das allein schaffen. Sie musste nur daran denken, was Elli ihr erzählt hatte... Elli hatte auch oft davon erzählt, wie schwer es nach dem Krieg gewesen war, als alles verloren war und sie mit nichts neu beginnen musste. Elli hatte ihre Familie damals auch verloren. Trotzdem hatte sie auch weiter gemacht. Trotzdem hatte sie ihre Ausbildung gemacht und ihr Leben gelebt...

Warum war Sophia da nicht schon eher drauf gekommen? Diese Sachen wusste sie doch alle schon lange von Elli...

Vielleicht, weil dazu gehörte, Mama endlich aufzugeben...

Vielleicht, weil es ein beschissenes Gefühl war, dass Elli fort war. Für immer...

Ja, Sophia spürte sofort, dass das jedenfalls auch dahinter steckte. Aber irgendwie fühlte es sich auch gut an, an Elli zu denken. Auch wenn es weh tat, aber es war doch, als käme sie nach Hause...

Und das hatte sie sich so lange verboten...

Sie strich über den Ledereinband und musste fast lachen. Und all das nur wegen dieses uralten Buches, dass irgendein Mädchen vor über Hundert Jahren geschrieben hatte... Das war doch komplett verrückt! Dabei kannte sie Marie überhaupt nicht... und doch hatte sie das Gefühl, Marie gut zu kennen...

Was mochte aus ihr geworden sein?

Sie musste weiterlesen.

„Juni 1885

Heute ist ein trüber Tag! Ich habe Abschied genommen von der Schule. Vater und Mutter und Brook sind der Ansicht, dass es sich mehr schickt, nun die Ausbildung abzubrechen und mich auf meine ehelichen Pflichten vorzubereiten und dabei zerbricht es mir das Herz... Erst habe ich Lukas verloren und nun muss ich auch noch aufgeben, Lehrerin zu werden. Marie"

„Juli 1885

Nun weiß ich, was mich erwartet an der Seite dieses ungehobelten Mannes.
Es war entsetzlich. Mutter hat Brook zum Kaffeetrinken am Nachmittag draußen unter dem Kirschbaum geladen.
Beim Essen kam sie darauf zu sprechen, dass Leo auf die Kirschen so versessen war. Vater hat sie daraufhin zurechtgewiesen, sie möge diese alten Geschichten vor unserem Gast nicht wieder auftischen. Die Jungen seien nun schon so lange tot, und das verderbe unserem Gast doch den Appetit. Daraufhin lachte Brook laut auf und erklärte, die Weiber seien doch immer so gefühlsduselig und würden ihren Gatten auch noch zur silbernen Hochzeit Vorhaltungen machen wegen Lapalien, die sich zur Verlobungszeit zugetragen hätten.
Mutter brach sodann in Tränen aus und ließ in dieser Verfassung die Kaffeekanne fallen.
Da sprang Brook, der ob dieses Maleurs Kaffeeflecken an seiner Hose davongetragen hatte, vom Stuhl auf und fuhr sie so harsch an, sie möge doch aufpassen, dass Mutter zusammenschreckte, als sei ein Blitz eingeschlagen. Und ihn soll ich heiraten? Mir graut davor. Marie"

„August 1885

Heute ist mein letzter Abend in Freiheit.
Morgen geht's vor den Altar.
Ich werde kaum schlafen können. Wenn es doch nur einen Ausweg gäbe, aber von Lukas habe ich noch nicht einmal einen Brief erhalten. Er ist einfach fort... Marie"

„August 1885

Nun endlich habe ich Zeit gefunden, in mein Tagebuch zu schreiben.

Es ist nicht einfach zu machen, für einen Moment allein zu sein. Brook überwacht jeden meiner Schritte. Aber jetzt schläft er. Es ist bereits zwei Uhr in der Nacht. Ach, die Hochzeit glich mehr einem Begräbnis. Meinem Begräbnis. Und dann die Nacht... Ich will gar nicht daran denken. Jeden Abend fällt er über mich her wie ein Besessener. Er ist mir schon so widerlich. Es ist kaum zu ertragen.

Wenn ich nicht tue, was er sagt, möglichst noch bevor er es gesagt hat, dann geht der Zorn mit ihm durch und schon mehrmals hat er mit dem Besen auf mich losgeprügelt.

Vater hat Mutter dann sogleich aus der Küchentür geschoben und die Tür hinter sich und Mutter geschlossen. Er mag das wohl nicht mit ansehen. Marie"

Amelie schloss die Tür zu ihrem Büro auf. Sie war einige Tage nicht hier gewesen. Es war Zeit, die dringlichsten Angelegenheiten in Angriff zu nehmen.

Das Homeoffice war zwar mit den Kindern, die ja nicht mehr ganz klein waren, gut zu bewältigen, aber heute spürte sie regelrecht, dass es gut tat, mal die Bürotür hinter sich zuzumachen und niemanden um sich zu haben, der einen Kakao wollte, oder seinen Tintenkiller suchte, oder Hilfe bei den Hausaufgaben brauchte, oder der mit seinen Büroarbeiten mal wieder sträflich in Verzug war und dabei Unterstützung benötigte, die Unterlagen der letzten vier Wochen auf Vordermann zu bringen.

Heute konnte David all diese Dinge zu Hause wuppen und sie konnte sich daran machen, in Ruhe die Akten durchzugehen, zu sortieren, Fristen abzuarbeiten und Emails zu beantworten und Rückrufe zu tätigen. Aber erstmal brauchte die Orchidee auf der Fensterbank Wasser. Das war ein eindeutiges Indiz dafür, dass sie lange nicht hier gewesen war.

Irgendwie war es schon fast normal geworden. Vor einigen Wochen noch, im Februar, wäre die ganze Lage unvorstellbar gewesen und jetzt hatte man eben Freunde nicht mehr zu treffen, man arbeitete im stillen Kämmerlein, während die Kinder betreut und beschäftigt werden mussten und einen Ersatzlehrer in jedem Fach brauchten. Jetzt ging es nur noch mit Maulkorb vor die Tür und wer nicht parierte, der war ein Volksschädling. Ein Egoist, ein Rüpel, ein Verschwörungstheoretiker, ein Impfgegner und ein Rechter. So schnell war zur Realität geworden, was vor wenigen Wochen niemand geglaubt hätte. Wie war der Fachterminus dafür? Ach ja, Amelie hatte ihn bei Welzer gelesen: shifting baselines.

Und wie in Welzers Buch beschrieben, ließ sich auch diesmal

nicht sagen, wann die Entwicklung begonnen hatte. Hatte sie wirklich mit der Coronakrise begonnen, oder nicht schon viel eher? Das war wohl abhängig davon, worauf sich die shifting baseline bezog. Wenn als Kern des Wandels die Priorisierung des Gesundheitsschutzes vor anderen schützenswerten Interessen angesehen würde, dann vielleicht mit der neu eingeführten Impfpflicht oder mit dem Rauchverbot in Gaststätten und anderen Räumlichkeiten? Wenn man den Kern hingegen darin sah, dass die Freiheit in zunehmendem Maße der Sicherheit geopfert wurde, dann wohl spätestens mit den Gesetzesänderungen nach 2001. Möglich war aber auch, den Kern darin zu sehen, dass die Entscheidungsgewalt sich von den staatlichen Institutionen zu privaten Organisationen, Personen oder Einrichtungen ganz allgemein verschob, dann hatte diese Entwicklung sicherlich mindestens schon seit der Privatisierung der Krankenhäuser begonnen. Und nicht zuletzt war auch denkbar, den Kern in der Digitalisierung aller Lebensbereiche zu sehen, die nun auch maximal vorangetrieben wurde, unter Vernachlässigung aller Bedenken, die bis vor der Krise noch bestanden hatten, wie dem Datenschutz oder der Privatsphäre. Und wohin würde sie noch führen? Jetzt wurden alle, die dahingehende Befürchtungen benannten, als Verschwörungstheoretiker verunglimpft, aber wie lange würde es dauern und was würde letztlich alles Realität werden von den Dingen, die jetzt noch angeblich nur Theorie waren? Immunitätsnachweis? Impfpflicht? Maskenpflicht für immer? Grundrechtsbeschneidungen auf Dauer? Verordnungen an den Parlamenten vorbei als neue Regel? Wer zog an welchen Strippen? Letztlich war es der Demokratie egal, denn die Masse schwamm immer auf der shifting baseline. Und die Masse war im Zweifel die demokratische Mehrheit und die Mehrheit zählte in der Demokratie. Der einzige Ansatzpunkt war die Frage nach den Minderheitenrechten und die wurde derzeit komplett ausgeblendet unter dem Deckmantel der Priorisierung von Sicherheit und Gesundheitsschutz vor allem anderen. Fragte sich also nur, ob eigentlich die Mehrheit die shifting baseline bestimmte oder ob die shifting baseline die Mehrheit bestimmte.

Amelie schüttelte die Gedanken ab. Sie hatte zuviel Arbeit, um ihnen weiter nachzugehen.

Am 2. Mai hatte sich Sophias Zustand so verbessert, dass sie die Klinik verlassen konnte.

Eine Einrichtungsmitarbeiterin holte sie ab und brachte sie in ihr Zimmer.

Sophia hatte sich im Krankenhaus noch recht fit gefühlt, aber schließlich war es doch sehr anstrengend gewesen, zurück in die Einrichtung zu kommen. Völlig erschöpft ließ sie sich auf ihr Bett plumpsen und aus den Klamotten helfen. Dann sackte sie in sich zusammen und schloss die Augen. Die Mitarbeiterin half ihr, die Beine aufs Bett zu legen und deckte sie zu. „Du brauchst noch Ruhe. Aber das wird schon wieder."

Erst nachdem sie etwa zwei Stunden geschlafen hatte, konnte sie weiterlesen.

„Oktober 1885

Ich habe lange nichts mehr geschrieben, es fällt mir schwer, all das niederzuschreiben.

Aber heute ist neues Leid über uns hereingebrochen und so greife ich zur Feder.

Bei der Feldarbeit ist Mutter verunglückt. Mutter und ich wollten den Korb mit dem Mittagessen zum Feld bringen und wie sie hinter dem Wagen der Wieländers stand, ist dieser abgerutscht und nach hinten gerollt und hat Mutter, deren Rock sich unter dem Rad verfangen hat überrollt. Ich stand dabei und konnte nichts tun. Oh, nie werde ich ihre Schreie vergessen, aber als sie sie befreit hatten, strömte aus einer furchtbaren Wunde am Bein das Blut hervor, bis die Kräfte sie verließen. Ach Mutter, warum nur musste das geschehen und warum hat es nicht mich getroffen? Marie"

„Weihnachten 1885

Nun, soll ich mich wohl freuen... Oder doch nicht? Wir haben Weihnachten und ich bin guter Hoffnung, jedenfalls nannte es die Hebamme so, die ich heute zu Rate zog. Der Gedanke ist noch so fern, und doch spüre ich, dass es wahr ist. Du kleines Würmchen, in welch ein Leben willst du nur treten? Marie"

„Februar 1886

Ich kann mich kaum mehr durchringen, überhaupt noch etwas zu schreiben. Auch bleibt mir kaum jemals Zeit dazu. Brook überwacht mich auf Schritt und Tritt und tatsächlich hat er mehrfach bekundet, sich auf das Kind zu freuen, doch seinen Wutanfällen tut dies kein Abbruch. Sie werden immer schlimmer. Gestern ist er so grob mit mir verfahren, dass ich um das Kind bangen musste. Noch am Boden hat er mit den Füßen nach mir ausgeholt. Überall habe ich blaue Flecken und am Kopf hat eine Wunde so stark geblutet, dass

Vater Dr. Seefeld holen wollte. Das hat Brook jedoch nicht gestattet.
Ich ertrage es bald nicht mehr. Wie soll es nur werden, wenn das
Kind da ist? Ach, immerzu denke ich an Lukas. Ob er wohl nun Land
erworben hat und ein Haus gebaut? Ob er jemals an mich denkt, so
wie ich an ihn? Oder hat er eine andere Frau geheiratet? Wenn ich
nur wüsste, was ihn bewogen hat, mich zu verlassen? Wenn ich ihn
nur einmal wiedersehen könnte, ich würde alles tun, um bei ihm
sein zu können, aber dieses Leben ertrage ich nicht mehr lange.
Marie"

„29. März 1886

Nun bin ich ganz allein. Vater ist am heutigen Morgen nicht mehr
erwacht. Wie soll es nur weitergehen? Marie"

„10. April 1886

Endlich habe ich einen Entschluss gefasst. Und wenn die Himmels-
pforte mir verschlossen bleibt, so gelangt doch wenigstens das Kind
in den Himmel. Dort erwarten es Mutter und Vater und Kasper und
Leo. Aber hier unten erwartet auch das Kind nur die Hölle.
Bitte Vater im Himmel, sei gnädig mit mir. Marie"

Sophia starrte verwirrt auf die letzten Worte, die sie diesem Buch
entnehmen konnte. Dann blätterte sie hektisch die letzten Seiten
durch, aber sie waren leer. Mehr stand nicht in dem Tagebuch.
Mehr würde sie nie erfahren.

Konnte das das Ende sein? Marie musste sich das Leben genommen haben. Aber wie? Was war dann geschehen, nachdem sie diese
letzten Sätze geschrieben hatte? Vielleicht war ja auch etwas
anderes geschehen und sie war nicht gestorben Aber warum hatte
sie dann nicht weitergeschrieben?... Nein, auch wenn Sophia gerne
etwas anderes geglaubt hätte, der Umstand, dass Marie nicht weiter
geschrieben hatte, obwohl noch Seiten frei waren, sprach eindeutig
dafür, dass sie an diesem Tag starb.

Wieder blätterte Sophia das Tagebuch durch. Sie wollte so gerne
wissen, was dann geschah, aber es gab keinen Hinweis. Nur all das,
was sie bisher gelesen hatte.

Sie klappte das Buch zu, legte es auf die Decke und ließ das Ge-
lesene noch einmal in ihrem Kopf Revue passieren. Dann blätterte
sie wieder in dem Buch herum.

Das Ende war schrecklich! Warum hatte es keine Rettung für Marie gegeben? So sollte es nicht enden...

Sophia musste daran denken, wie oft sie darüber nachgedacht hatte, dass sie nicht mehr leben wollte. Wie oft war es ihr gleichgültig gewesen, was aus ihr, was aus ihrem Leben wurde... Und Marie? Sie hatte leben wollen. Sie hatte Lehrerin werden und Lukas heiraten wollen. Sie wollte dafür eine Reise um die halbe Welt unternehmen, um tun und lassen zukönnen, was sie wollte... Aber das Schicksal hatte es anders bestimmt. Oder waren es die Leute damals? Schwer zu sagen... Jedenfalls hatte sich alles für Marie zum Schlechten gewendet und sie hatte nichts dagegen tun können... Oder hätte sie doch? Hätte sie ohne Lukas fliehen sollen? Aber wie hätte sie das tun sollen? Hätte sie die Überfahrt allein wagen sollen? Hätte sie dafür überhaupt das Geld gehabt?

Unweigerlich musste Sophia darüber nachdenken, was sie selber getan hätte. Hätte sie den Mut gehabt, allein aufzubrechen? Bei den damaligen Verhätnissen war das kaum denkbar.

Und heute? Sophia hatte das Gefühl, dass sie anders über sich nachdenken konnte, wenn sie sich wie Marie in der Dritten Person sah, als Fremde. Was hätte Marie ihr gesagt?

Sophia lag sehr lange einfach nur da und überlegte. Sie wusste genau, was Marie gesagt hätte.

Plötzlich tauchte auch Elli in ihren Gedanken auf. Sie wusste auch genau, was Elli gesagt hätte. Wieder spürte sie den Schlag in den Bauch, der sie jedesmal traf, wenn sie an Elli dachte. Aber es gab keinen Zweifel. Elli hätte sich -, Elli hatte sich gewüscht, dass sie etwas aus ihrem Leben machte. Sophia konnte sich noch daran erinnern als sei es gestern gewesen, wie Elli sich gefreut hatte, als Sophia bekundet hatte, ebenfalls Kinderkrankenschwester werden zu wollen und dass sie später viele Freunde haben wollte. Die sollten alle wie Elli sein, das hatte sie damals erklärt und sie hatte es absolut ernst gemeint... Dann hatte Elli sie in den Arm genommen und gelacht... Sophia schluckte gegen den Kloß im Hals an und biss sich auf die Zunge, aber es half diesmal nicht. Ihre Augen füllten sich trotzdem mit Tränen und diesmal überrollten sie die Erinnerungen an Elli und die furchtbare Gewissheit, dass Elli nie mehr zurückkommen würde...

Wie einen Damm, der gebrochen war, überschwemmten sie all die unterdrückten Gefühle und Erinnerungen und während sie ihr Kissen nass weinte, löste sich ein Knoten in ihr. Mit einem Mal spürte sie einen unbändigen Zorn auf Mama. Wieso war sie so bescheuert gewesen, zu denken, dass Mama sich geändert haben konnte? Wie hatte sie all die Schläge und Zurückweisungen, die Beleidigungen und Vernachlässigungen vergessen können? Elli hatte sich solche

Mühe gegeben, all das wieder gut zu machen, was Mama angerichtet hatte und was hatte sie getan? Sie hatte Elli vergessen und sich wieder an Mama geklammert! Und dabei hatte sie alles zerstört, was bei Amelie hätte werden können... Sie musste mit Amelie sprechen und sich entschuldigen. Ja, das würde sie und dann würde sie sich von Amelie verabschieden, denn das war ein für alle Mal verloren. Das war auch besser so, denn sie wollte nie wieder jemanden so brauchen wie Mama und Elli und diesen Menschen dann verlieren. Sie würde ihr Leben in den Griff kriegen. Für Elli und um es Mama zu zeigen, aber allein. Noch einen Verlust würde sie nicht erleben. Nie mehr.

Über diesen Entschlüssen spürte sie, dass sie allmählich wieder freier atmen konnte.

Schließlich schlief sie über dem Gefühl ein, dass sich etwas in ihr verändert hatte...

Am nächsten Morgen teilte sie der Mitarbeiterin, die Dienst hatte, mit, dass sie mit Amelie sprechen wolle.

Die Mitarbeiterin fragte sie, ob sie sich sicher sei und ob nicht schlimme Dinge bei Amelie vorgefallen seien.

Sophia erklärte, dass sie das nur behauptet hatte und dass da nichts Wahres dran sei. Die Mitarbeiterin wirkte irritiert, aber schließlich willigte sie ein, Amelie Bescheid zu sagen.

20

Amelie konnte ihre Freude kaum im Zaum halten. Dann hatte es doch etwas genützt, dass Niko Spalt mit Sophia gesprochen und ihr ausgerichtet hatte, dass sie ihr nicht böse waren und sich wünschten, dass sie wieder bei ihnen wohnte. Gut das David fuhr, denn Amelie war dazu viel zu aufgeregt.

Die Kinder freuten sich offensichtlich auch, denn sie redeten alle fröhlich durcheinander, während das Auto sich quälend langsam durch den Schweriner Verkehr von Ampel zu Ampel schob. Amelie hörte zu, wie die Kinder sich unterhielten. Sie hatte wirklich Glück, so großherzige Kinder zu haben.

Amber war fest davon überzeugt, dass Sophia gleich heute mit ihnen nach Hause fahren würde. Sie hatte in Sophias Zimmer ei-

211

nen Strauß Vergißmeinnichtblumen gestellt, die jetzt blühten.
Julien war etwas weniger euphorisch, aber er hatte versichert, jetzt mehr Zeit mit Sophia verbringen zu wollen, damit sie sich mehr als familienzugehörig fühlte. Zu diesem Zweck hatte er schon einmal ein paar Puzzles bereitgelegt, die er mit ihr machen wollte.

Leonie konnte heute die Krücken zu Hause lassen, so sehr hatte sich ihre Fußverletzung gebessert, aber noch immer war der Fuß verfärbt und die Zehen bewegten sich nicht. Sie hatte sehr mit sich gerungen, Sophia noch eine Chance zu geben, aber sie hatte sich letztlich überwunden. Sie hatte angenommen, dass Sophia nicht anders gekonnt hatte, so wie Amelie und David es ihr erklärt hatten.

Ursprünglich hatte Amelie vorgehabt, erstmal allein mit Sophia zu sprechen, aber als die übrigen Familienmitglieder erfahren hatten, dass Sophia besucht werden konnte, wollten alle unbedingt mitfahren.

Sie hatten sich darauf geeinigt, dass trotzdem erstmal nur Amelie mit ihr sprach und danach alle andern dazu kämen.

Als sie vor der Einrichtung geparkt hatten, blieb David mit den Kindern beim Auto, Amelie ging wie besprochen allein hinein.

Eine Mitarbeiterin zeigte ihr, wo Sophias Zimmer war. Amelie klopfte und öffnete.

Als sie Sophia sah, musste sie unweigerlich schlucken. Sophia sah so klein und schmal aus. Sie war völlig abgemagert und blass. Am liebsten hätte Amelie sie sofort in den Arm genommen, aber sie ging lieber zurückhaltend vor. So ging sie langsam zum Bett und setzte sich auf den Stuhl davor. „Hallo Sophia!", sagte sie.

„Hi." Sophias Stimme klang rauh.

„Wie geht es dir?"

„Besser."

„Okay, das ist gut... aber du siehst noch sehr... blass aus."

Amelie hatte den Eindruck, als wenn Sophia versuchte, sich aufzurichten.

„Ich wollte mit dir sprechen."

Amelie fand, dass Sophia sehr förmlich klang. „Ja, okay, ich bin hier. Du kannst mir alles sagen."

„Ich..." Sophia hüstelte gegen ihre belegte Stimme an. „Ich wollte mich entschuldigen."

Amelie sah Sophia überrascht an. „Das ist...Danke."

„Bei euch allen. Ich wollte mich bei euch allen entschuldigen. Es tut mir so leid, was ich getan habe."

Amelie sah, dass Sophia das Atmen schwer fiel. Sie wirkte sehr angestrengt.

„Das braucht es nicht. Wir sind dir nicht böse."

Sophia wirkte irritiert. „Doch, es war schlimm, was ich getan habe. Und es tut mir leid. Das wollte ich nur sagen."

„Du hast Mist gebaut, das machen Kinder eben mal. Ich freue mich nur, dich zu sehen. Ich habe mich so gefreut, dass du gesagt hast, dass ich dich besuchen darf."

„Ich wollte mich entschuldigen."

„Okay, das hast du ja auch." Amelie überlegte kurz. „Warum hast du das überhaupt erzählt?"

„Ich... ich weiß es nicht..." Sophia senkte den Blick. „Ich wollte nicht mit der Therapeutin reden. Ich wusste nicht, was ich ihr sonst sagen sollte..."

Amelie sah Sophia nachdenklich an. „Das kann ich verstehen."

Sophia runzelte die Stirn. „Wie kannst du das verstehen?"

„Du warst in die Ecke getrieben. Es war..." Amelie hatte sagen wollen, es sei dumm von ihr gewesen, aber sie hatte ja auch nichts besseres gewusst. „...ich habe einfach nichts anderes gewusst, ich dachte, es würde dir helfen."

Eine Weile schwiegen sie.

„Aber wenn... wenn du uns noch eine Chance gibst, vielleicht finden wir gemeinsam heraus, was dir wirklich helfen kann..."

Sophia sah Amelie mit ungläubigem Blick an. „Nein, ich... ich kann nicht mehr bei euch wohnen."

Amelie war wie vor den Koppf gestoßen. „Was? Warum? Wieso kannst du nicht mehr bei uns wohnen? Was willst du dann machen?"

Sophia atmete tief durch. „Ich will Kinderkrankenschwester werden. Ich zieh das durch. Ich geh zur Schule und mach einen Abschluss und dann werde ich Kinderkrankenschwester."

„Wow!", Amelie war ehrlich erstaunt. „Das ist toll! Das würde mich wahnsinnig freuen! Aber warum kannst du das nicht machen, wenn du bei uns wohnst? Wo willst du dann wohnen?"

Sophia sah Amelie verunsichert an. Sie hatte sich das Gespräch leichter vorgestellt. Sie war davon ausgegangen, dass es schwer würde, sich zu entschuldigen, weil Amelie einfach sauer sein musste, aber dass danach das Gespräch schnell zu Ende sein würde und Amelie ohne Weiteres nach Hause fahren würde. Nun verlief alles anders und mit einem Mal war es schwer, diese Haltung zu bewahren. Amelie schien echt nicht sauer zu sein und ehrlich zu wollen, dass Sophia wieder bei ihr einzog.

Sophia fand diesen Gedanken wirklich verlockend. Es wäre so einfach gewesen. Sie hätte ein Zuhause gehabt. Ein Zimmer, eine Familie, in der alles okay war... Aber das konnte nichts werden. Das war zu einfach. Sophia kannte den Preis und der war hoch. Sie würde sich wieder auf Menschen einlassen müssen, die sie verlieren konnte. Sie hatte sich geschworen, diesen Fehler nicht noch einmal zu machen. Und doch hätte sie in diesem Moment so gerne zugestimmt. Dabei konnte sie kaum fassen, dass Amelie sie nicht hasste... Amelie musste am besten ganz schnell gehen, damit es nicht noch schwerer für Sophia wurde, bei ihrem Vorsatz zu bleiben. Aber was sollte sie ihr sagen? Sollte sie irgendwas erfinden, oder einfach die Wahrheit sagen?

Nein, sie konnte nichts erfinden. Sie konnte Amelie nicht belügen. Das brachte sie nicht fertig... „Ich möchte das nicht mehr."

Amelie sah sie mit fragender Miene an. „Was möchtest du nicht mehr?"

„Okay, ich sag es dir einfach. Ich will nie mehr jemanden... verlieren..." Sophia spürte schon wieder, wie Tränen in ihr aufstiegen. Nein, das sollte jetzt nicht passieren. Sie biss sich auf die Lippe.

Amelie sah sie mit weit aufgerissenen Augen an. „Ach Mäuschen!", flüsterte sie. Dann beugte sie sich vor und strich Sophia über das Haar.

Und das führte dazu, dass Sophia ungehalten losweinen musste. Sophia vergrub das Gesicht in den Händen.

„Süße!" Amelie erhob sich und beugte sich über Sophia. Sie nahm sie in den Arm.

Das letzte Mal, dass sie jemand in den Arm genommen hatte, war unendlich lange her. Es war Elli gewesen, vor Jahren, bevor sie verrückt wurde... Sophia spürte den Wunsch, dass Amelie sie nie wieder losließ. Scheiße, alles verlief ganz anders, als sie es geplant hatte!

Es dauerte lange, bis Sophia sich wieder einigermaßen im Griff hatte.

Amelie hielt sie die ganze Zeit nur fest, aber schließlich sagte sie: „Nein, das geht nicht. Du wirst Menschen an dich heranlassen müssen. Jeder braucht Menschen. Und ja, es ist leider so: Wenn du Menschen an dich heranlässt, kann es passieren, dass du sie verlierst. Ich kann dir auch nicht versprechen, immer für dich da sein zu können, aber das Risiko gehört zum Leben dazu. Und weißt du, der Vorteil ist doch, dass wir eine große Familie sind. Selbst wenn du mich oder David oder einen von uns irgendwann verlierst, sind noch genug andere Familienmitglieder da. Wenn das der einzige Grund ist, warum du nicht mehr bei uns leben möchtest, dann kann ich dich nicht hier lassen. Dann muss ich darauf bestehen, dass du wieder zu uns zurückkommst."

„Aber..." Sophia wollte widersprechen, aber sie wusste nicht, was sie sagen sollte.

„Auch David und Leonie und Julien und Amber möchten unbedingt, dass du zurückkommst!"

Sophia merkte, dass sie ihren Vorsatz aufgeben musste. Sie konnte ihn nicht aufrechterhalten, nicht, wenn all das stimmte, was Amelie sagte.

Als wenn Amelie Gedanken lesen konnte sagte sie: „Lass mich David kurz anrufen. Sie sind alle hier und werden dir das auch sagen, was ich sage."

„Aber..." Das war ein noch halbherzigerer Versuch, zu widersprechen.

„Du bist in unsere Familie gekommen und für uns gehörst du jetzt einfach dazu. Das ist so. Geschichte lässt sich nicht zurückdrehen. Solange du bei uns wohnen willst, wirst du einen Platz haben. Warte kurz. Die anderen wollen dir das auch alle selber sagen." Amelie ließ Sophia los und holte ihr Handy aus der Tasche.

Sophia atmete tief durch. Sie wischte die Tränen weg und stützte ihr Gesicht in die Hände. Dabei beobachtete sie Amelie.

Nachdem Amelie David angerufen hatte, dauerte es nur etwa dreißig Sekunden, bis alle im Zimmer standen.

Sophia konnte das kaum glauben. Es wirkte so unwirklich und verrückt. Eben noch war sie davon ausgegangen, sich nur bei Amelie zu entschuldigen und die anderen nie wiederzusehen und hatte beabsichtigt, irgendwie allein klarzukommen und jetzt standen sie alle in ihrem Zimmer um sie versammelt und wirkten, als sei es das Normalste von der Welt, dass sie wollten, dass Sophia wieder bei ihnen einzog.

„Ich habe dein Zimmer schön gemacht. Kommst du jetzt wieder mit?" Amber sah Sophia mit großen, fröhlichen Augen an.

„Ja, wir können ganz viele Puzzles machen: Es tut mir leid, dass ich mit dir noch nie ein Puzzle gemacht habe, aber ich habe nicht daran gedacht", sagte Julien. „Willst du denn wieder bei uns wohnen?" Er sah sie ernst an.

Sophia spürte die entwaffnende Wirkung Juliens kindlicher Direktheit. Sie konnte sich nichts mehr vormachen. Nichts wollte sie lieber, als zurückkehren zu dürfen. Es war ihr vollkommen rätselhaft, wie sie so einen Scheiß hatte bauen können. Sie nickte vorsichtig. „Aber wollt ihr das wirklich?" Sie sah sich zaghaft um. Die Frage hatte sie Mut gekostet.

„Na klar," sagte Leonie mit dunkler Stimme. „Jeder macht doch mal Mist."

Sophia sah, dass David Leonie anlächelte und in den Arm nahm. „Genau. Wir fangen einfach nochmal neu an." David lächelte nun auch Sophia aufmunternd an.

„Wir müssen dann nur mal sehen, wie wir das mit dem Jugendamt geklärt kriegen. Wahrscheinlich ist es wichtig, dass du alles bei Frau Runge richtigstellst", überlegte Amelie laut.

Sophia wusste, dass Amelie Recht hatte, aber das würde Überwindung kosten. Allerdings sah sie selber auch keinen anderen Weg.

„Ja, das musst du auf jeden Fall." Leonie sah Sophia ernst an.

Sophia hatte geahnt, dass es am schwersten werden würde, Leonies Vertrauen zurückzugewinnen.

„Naja, es wird sicher nichts nützen, wenn nur wir mit ihr sprechen. Da muss schon von dir was kommen." Davids Blick verriet, dass er keine andere Möglichkeit sah.

Als Sophia wieder allein war, schwirrte ihr der Kopf. Alles schien nun anders zu sein. Wenn sie doch nur nicht noch mit Frau Runge sprechen müsste...

Ihr graute vor diesem Gespräch. Aber sie wollte wirklich unbedingt wieder zu Amelie zurückkehren. Sie wollte auch nicht mehr, dass das eine Kurzzeitpflege war. Wenn sie das alles doch nur schon hinter sich hätte...

Wie sollte sie das klären? Was sollte sie sagen? Was würde Frau Runge sagen?

Aber hier wieder allein in diesem trostlosen Zimmer zu sitzen war furchtbar. Sie wäre so gerne gleich mitgefahren. Das erste Mal spürte sie regelrecht Sehnsucht. Sehnsucht, die Stimmen von Amber und Julien vor ihrem Zimmer zu hören, Sehnsucht, die Treppe herunterzulaufen und alle in der Küche anzutreffen. Sehnsucht nach Amelie...

Wie sollte sie sich nur überwinden, mit Frau Runge zu sprechen?

Während sie noch hin und her überlegte, klopfte es an der Tür.

„Ja?", rief sie verwundert. Waren sie zurückgekehrt? Aber dann hätte man doch die Kinderstimmen gehört...

Die Tür ging auf und Niko Spalt erschien im Türrahmen.

„Kann ich reinkommen?"

„Okay", Sophia überprüfte schnell, ob sie noch Tränen im Gesicht hatte, die weggewischt werden mussten.

„Schön, dass du wieder gesund bist. Kann ich mich setzen?"

„Ja." Sophia überlegte, dass es lange her war, dass sie ihn gesehen hatte. Komisch, Er hatte sie ins Krankenhaus gebracht, aber dann hatte er sie gar nicht besucht...

„Ich wollte dich auch im Krankenhaus besuchen, aber ich durfte nicht."

Sophia sah ihn überrascht an. Daran hatte sie gar nicht gedacht, dass das der Grund sein konnte, warum er sie nicht besucht hatte. „Ach so!"

„Besuche sind zur Zeit verboten."

An diese bescheuerte Corona-Sache hatte sie gar nicht mehr gedacht.

„Waren Frau Kästner und ihre Familie schon hier?"

Sophia nickte.

„Und, wirst du wieder zu ihnen ziehen? Oder was hast du vor?"

„Hm..." Sophia zuckte mit den Schultern.

Niko Spalt runzelte die Stirn. „Was soll das heißen? Weißt du es noch nicht? Willst du nicht?"

„Ich will schon, aber..."

„Du hast Angst, das richtig zu stellen?"

Sophia nickte zögerlich. Konnte er Gedanken lesen?

Eine Weile schwiegen sie beide.

Sophia wusste nicht, was sie sagen sollte.

Schließlich brach Niko Spalt das Schweigen. „Naja, die Sache ist doch klar. Du hast echt richtig Mist gebaut und da musst du nun halt durch. Aber... das schaffst du schon. Kann doch gar nicht mehr schlimmer werden. Ich meine, den Kopf abreißen können sie dir nicht. Und was kannst du verlieren?"

„Ich weiß nicht..." Sophia hatte das Gefühl, keinen klaren Gedanken zustande zu bringen.

„Was ist das Schlimmste, dass passieren kann?"

Sophia überlegte. Was befürchtete sie? „Ich hab Angst, dass sie sagt, dass ich auf keinen Fall zurück kann."

„Okay." Niko Spalt nickte. „Okay."

Wieder schwiegen sie eine Weile.

„Und was geschieht, wenn du das nicht klarstellst?"

Sophia sah ihn nachdenklich an. Schließlich atmete sie tief durch.

Niko Spalt rang sich ein Lächeln ab und zwinkerte ihr zu. „Ja, genau. Weißt du, ich habe auch viele Chancen im Leben vertan. Ich habe mir diese Fragen zu selten gestellt. Aber dann kam der Tag, an dem du und Frau Kästner vor meiner Tür standet. Es war so unglaublich, dich kennenzulernen. Mein eigenes Kind. Aber dann bist du so schnell verschwunden und hast dich nicht mehr gemeldet und erst habe ich auch gedacht, ich rufe lieber nicht an. Ich hatte Angst, dass du sagst, du willst keinen Kontakt mit mir haben. Aber dann habe ich überlegt, wie mutig du bist und ich bin so ein Feigling. Du hast mich einfach besucht und ich habe das die ganzen Jahre nicht gemacht. Und deshalb wollte ich es diesmal anders machen und habe mich auch gefragt: Was geschieht, wenn ich es nicht versuche? Und deshalb habe ich mich überwunden, bei Frau Kästner anzurufen."

Sophia sah Niko Spalt nachdenklich an. Es war eigenartig, von ihm zu hören, was in ihm vorging. Aber irgendwie kam er ihr nun nicht mehr so fremd vor.

„Ich habe mir immer vorgestellt, wie mein Vater wohl ist. Aber ich habe ihn mir anders vorgestellt." Sie sah ihn vorsichtig abwartend an. Was würde er darauf erwidern?

Niko Spalt lachte auf. „Tja, das kann ich mir denken. Ich bin wohl kein Traumvater." Er machte auf Sophia den Eindruck, als wenn er ehrlich über sich lachen konnte. Das wirkte entwaffnend.

„Ich weiß nicht. Das Bild, dass ich im Kopf hatte, ist irgendwie verschwunden..." Sie musste daran denken, dass sich immer das Bild von Niko Spalt dazwischen drängte, wenn sie versuchte, sich vorzustellen, wie sie sich ihren Vater immer vorgestellt hatte, aber das sprach sie nicht aus.

„Dann muss ich jetzt wohl versuchen, mein Bestes zu geben, damit du bald einen guten Ersatz für das alte Bild hast!" Er grinste verschmitzt. „Pass auf. Ich werde hier neben dir sitzen, während du die Tante vom Jugendamt anrufst. Ich drück dir die Daumen und hoffe mit, dann traust du dich bestimmt und dann habe ich das erste Mal väterlichen Beistand geleistet. Was meinst du?"

Sophia sah ihn erstaunt an. Damit hatte sie nicht gerechnet. Sie überlegte kurz und stellte fest, dass der Gedanke tatsächlich bewirkte, dass sie mehr Mut hatte, diesen Schritt zu gehen. Das war ein ungewöhnliches Gefühl. Zudem war Montag Vormittag, es war sehr wahrscheinlich, dass sie Frau Runge jetzt erreichten. Sie atmete tief durch. Schließlich nickte sie zaghaft. „Okay."

Es war Sophia tatsächlich gelungen, Frau Runge davon zu überzeugen, dass sie wieder in die Pflegefamilie zurück wollte. Trotzdem dauerte es noch die ganze Woche, bis zum Freitag, dem 8. Mai, bis Amelie Sophia wirklich abholen konnte. Vorher musste sie noch ein Gespräch mit einem Psychologen führen und Amelie und David mussten noch einmal nach Wismar zu Frau Runge fahren und mit ihr den weiteren Verlauf besprechen.

Frau Runge hatte eingewilligt, dass Sophia jedenfalls zunächst zurückkehren konnte. Aber nach vier Wochen sollte diese Maßnahme noch einmal überprüft werden. Sophia sollte einmal die Woche zu Frau Runge ins Büro kommen und ihr berichten, wie es ihr ging.

Amelie und David hatten Verständnis dafür, dass Frau Runge sich absichern wollte. Sie fanden sogar, dass die Anordnung dieser

218

Maßnahmen sehr für Frau Runge sprach.

Als Amelie in der Einrichtung eintraf, stand Sophia bereits abfahrbereit in der Eingangstür.

Amelie spürte die Erleichterung, Sophia endlich abholen zu können. Das war auch das erste Mal, dass sie sich zur Begrüßung umarmten. Es war Amelie, als fiele ihr ein Stein vom Herzen. Sie unterschrieb die Formulare, die die Einrichtungsmitarbeiterin ihr unter die Nase hielt und dann stiegen sie ins Auto und fuhren ab.

„Danke, Amelie", sagte Sophia leise. „Danke."

Amelie schaltete in den dritten Gang. „Es ist alles okay, Sophia. Ich freu mich, dass du wieder bei uns bist. Wir kriegen das schon hin."

Eine Weile schwiegen sie.

„Muss ich wieder in die Schule?"

„Es ist immer noch keine Schule. Aber wir können ja mal gemeinsam überlegen, wie du überhaupt mit der Schule weitermachen möchtest.

Sophia atmete tief durch. „Ich will Kinderkrankenschwester werden. Ich brauche einen Schulabschluss."

Amelie sah Sophia überrascht an. „Okay. Das ist doch mal ein Plan."

„Ich kann nur... ich kann ... nicht besonders gut lesen..."

Amelie war noch überraschter. Sophia wirkte auf sie wie ausgewechselt. Sie hatte noch nie erlebt, dass sie so offen sprach. „Das habe ich nicht gewusst, aber wenn du möchtest, dann nutzen wir die Zeit, bis die Schule wieder losgeht und ich helfe dir, es zu lernen."

„Das würdest du tun?"

„Na klar, was für eine Frage!"

„Aber... ich bin richtig schlecht. Ich bin auch nicht so schlau, glaube ich."

Amelie seufzte. Dann lächelte sie. „Das werden wir sehen."

Wieder schwiegen sie eine Weile, während das Auto Richtung Friedrichsthal fuhr.

„Amelie..."

„Ja."

„Fahren wir mal wieder zu deinen Freunden nach Köln?"

„Äh..., sicherlich. Ich habe da noch nicht drüber nachgedacht, weil ja in letzter Zeit Kontaktverbote galten und auch noch gelten. Aber klar, wenn das vorüber ist, dann wollte ich Lilly gerne wiedersehen. Warum denn?"

„Ich möchte nochmal dahin und ich möchte... ich... sagen dass es mir leid tut, was ich getan habe...“

„Was?“ David sah Amelie überrascht an.

Amelie schob das Blech mit den Blätterteighäppchen in den Ofen. „Doch, genau das hat sie gesagt.“

„Okay, das ist ja echt verrückt! Aber dann sollten wir das auf jeden Fall machen und Lilly besuchen. Ich meine, die haben die Beschränkungen ja jetzt auch wieder äh... beschränkt... oder wie sagt man?“

„Gelockert.“ Leonie schlurfte an David vorbei, um sich eine Dose Uludag Gazoz aus dem Kühlschrank zu stibitzen.

„Danke, Schatz, das weiß ich auch.“ David stupste sie in die Seite.

Leonie grinste und setzte sich mit der Dose an den Küchentisch. „Was hat Sophia gesagt?“

„Sie würde gerne Lilly besuchen.“ Amelie begann, den Tisch zu decken.

„Darf man doch wieder, oder?“ Leonie schlürfte einen Schluck aus der Dose.

„Ja, ich denke schon. Zwei Familien dürfen sich treffen, - zwei Haushalte, wie es so heißt.“ David stellte den Chilistreuer auf den Tisch.

„Zu Lilly will ich auch mitfahren! Nicht zur Schule gehen kann ich ja auch von dort aus!“

„Okay, dann sollten wir Lilly anrufen. Aber wir werden doch eher das Wochenende anpeilen, du Scherzkeks.“

„Wann gibt's Essen? Was machen wir am Wochenende?“ Julien kam in die Küche und warf einen Blick auf Leonie mit ihrer Dose. „Haben wir noch Uludag Gazoz?“ Er öffnete die Kühlschranktür.

„Schätzchen. Du weißt, wenn du jetzt eine Dose austrinkst, wirst du gleich keinen Hunger mehr haben.“ Amelie sah Julien bedauernd an. Er war von allen der schlechteste Esser.

„Ich teile mir das mit Amber!“ Julien drückte die Dose fest an sich.

„Na gut. Dann rufe doch Amber und Sophia auch gleich mal zum Essen“, lenkte Amelie ein. Sie war gespannt, ob Sophia von heute an mit ihnen gemeinsam essen würde, oder sich weiterhin in ihrem Zimmer verkroch.

Aber zu ihrem Erstaunen kam auch Sophia die Treppe herunter.

Das erste Mal seit sie Sophia kannten, hatte Amelie das Gefühl, Sophia könnte ihren Platz in der Familie finden.

„Wer will Salat? Es ist der erste aus dem Garten, dieses Jahr.“ Amelie sah sich fragend um.

Leonie streckte ihr den Teller entgegen. Leonie mochte von allen am liebsten Salat essen.

„Ich wollte euch etwas sagen." Sophia sah mit unsicherem Blick vom einen zum anderen.

„Na klar, was gibt's denn?" David sah Sophia aufmunternd an.

„In dem roten Haus da", Sophia deutete aus dem Fenster. „Da habe ich ein Buch gefunden."

Alle sahen sie erstaunt an.

„Ein Tagebuch. Es lag oben auf dem Balken, also in der Wand."

„Was?", rief Amelie erstaunt. Sie stellte die Salatschüssel geistesabwesend ab.

„Wie bist du da hoch gekommen?", fragte David.

Sophia sah aus, als hätte sie Angst, nun Ärger zu bekommen.

„Ein Tagebuch? Was steht da drin?" Leonie legte ihre Gabel ab.

„Es hat eine Frau geschrieben. Aber sie ist gestorben. Ich wollte es nicht wegnehmen. Nur lesen. Ich wollte es nur lesen."

„Ja, ist schon okay, aber das interessiert uns hier wahrscheinlich alle." David lächelte sie beschwichtigend an.

„Wer war die Frau? Wann hat sie gelebt?" Amelie konnte nicht abwarten, bis sie das Tagebuch selber lesen konnte.

„Das ist über Hundert Jahre her. Sie hieß Marie Ebert. Hier ist es." Sophia legte das Tagebuch auf den Tisch.

Amelie strich über den Einband und öffnete es vorsichtig. „Wahnsinn, das ist ja unglaublich!"

„Hat die Frau hier gelebt?", fragte Julien.

„Warum wohnt die jetzt nicht mehr hier?" Amber sah Amelie mit großen Augen an.

„Na, die muss ja längst tot sein, wenn das schon so lange her ist!", erklärte Julien.

„Ja, aber sie ist auch nicht alt geworden, wenn ich das richtig sehe!" Amelie hatte zum Ende der Aufzeichnungen geblättert. „Das ist ja verrückt. Dass wir das nie gefunden haben?! Und du hast es schon gelesen?"

Sophia nickte.

Am nächsten Morgen rief Amelie Lilly an und vereinbarte, dass sie sie am kommenden Wochenende besuchen würden.

Am Sonntag kam Niko Spalt zu Besuch und am Montag begann Amelie mit Sophia zu lernen. Sophia wiederholte, dass sie Kinderkrankenschwester werden wollte und Amelie stellte fest, dass Sophia gar nicht so schlecht las, wie sie befürchtet hatte, nach dem was Sophia gesagt hatte. Sophia sagte, ihr Lesen habe sich beim Lesen des Tagebuches verbessert.

Am Dienstag fiel Amelie beim Aufräumen das Buch über Pflegekinder in die Hände, dass sie bestellt, aber noch nicht gelesen hatte. Sie überlegte, es nun anzufangen und legte es dafür bereit. Allerdings erwischte sie sich bei dem Gedanken, dass es ihr wohl kaum geholfen hätte, die Herausforderungen mit Sophia zu bewältigen. Dennoch. Es konnte nicht schaden, es zu lesen. Da kamen bestimmt noch mehr Herausforderungen. Sie wollte nicht warten, bis ihnen irgendwann einmal etwas vom Jugendamt angeboten würde.

Sophia lernte nun, genauso wie Leonie und Julien und nahm tatsächlich Amelies Hilfe in Anspruch. Das klappte an manchen Tagen besser als an anderen, aber die Verwandlung war für Amelie erstaunlich. Zunächst konnte sie sich nur sehr kurz konzentrieren. Sie begannen deshalb mit 15 Minuteneinheiten. An manchen Tagen war es aber auch sehr schwer für sie. Dann spürte Amelie, dass sie noch viel Arbeit vor sich hatten und noch längst nicht alles einfach war. Aber damit konnte sie leben. Sie würde eben immer wieder geduldig sein müssen.

Amelie war unendlich erleichtert, dass sich alles doch noch so entwickelt hatte und Sophia nun doch nicht wieder einer ungewissen Zukunft entgegensah.

Blieb nur noch abzuwarten, was das Jugendamt, beziehungsweise Frau Runge in vier Wochen entscheiden würde.

Jetzt endlich schien es so geworden zu sein, wie Amelie es sich von Anfang an vorgestellt hatte mit einem Pflegekind, mit Sophia.

Amelie war sehr gespannt, wie die Reise zu Lilly verlaufen würde. Die Letzte war zuletzt wirklich nervenaufreibend gewesen, aber Sophia schien sich sehr verändert zu haben und wenn sie sich wünschte, sich zu entschuldigen, dann mussten sie ihr die Chance dazu geben.

Am Freitag fuhren sie los.

Sophia fühlte sich hin und her gerissen. Sie wollte unbedingt wieder gut machen, was sie getan hatte, aber sie hatte wahnsinnige Angst, dass ihr Wut und Feindseligkeiten entgegenschlagen könnten, wenn sie zurückkehrte. Sie musste all ihren Mut zusammennehmen und sich immer wieder ins Gedächtnis rufen, was Elli von ihr erwartet hätte und was Amelie sich bestimmt wünschte. Wenn sie so eine Chance bekam, nun doch noch bei Amelie leben zu können, dann musste sie alles dafür tun, dieser Chance gerecht zu werden, aber während der Autofahrt konnte sie kaum stillsitzen.

Je näher sie ihrem Ziel kamen, desto nervöser wurde sie.

Wieder kamen sie erst in der Nacht an, wieder waren Julien und Amber längst eingeschlafen und wieder wurden sie von Lilly am

Auto empfangen.

Amelie stieg aus und umarmte Lilly.

David stieg auch aus und nahm Amber auf den Arm.

Sophia stieg ebenfalls aus und sah vorsichtig zu Lilly herüber.

Als Lilly sich aus der Umarmung von Amelie gelöst hatte, umarmte sie kurz auch Leonie und Julien, sowie David und Amber. Dann stand sie Sophia gegenüber. „Hallo Sophia."

Sophia versuchte angespannt, herauszufinden, was Lillys Ton über ihre Haltung verriet. Der Ton klang freundlich.

„Hallo", sagte Sophia leise.

„Ich freue mich, dich wiederzusehen."

Sophia atmete erleichtert aus.

„Ich freue mich vor allem, dass du dir gewünscht hast, wieder herzukommen."

„Ich... wollte sagen... es tut mir leid..."

„Das weiß ich doch. Pass auf, morgen gehen wir in den Gemüsegarten, dann zeige ich dir, wie es da jetzt aussieht. Wenn du erstmal unseren Rucola probiert hast, der da jetzt endlich wieder wächst, dann wirst du dir gar nicht mehr vorstellen können, wie es da bei eurer Abreise ausgesehen hat und wir wissen es auch schon nicht mehr." Lilly zwinkerte freundlich.

Lilly hatte eine Taschenlampe in der Hand, mit der sie ihnen den Weg leuchtete.

Schließlich standen sie wieder vor dem Zirkuswagen.

Lilly stieg die Stufen zur Tür hoch und schloss auf. Die Tür knarrte leicht. Sie sprang runter und wich zurück. „Ich werde euch mal ankommen lassen, ihr kennt euch ja aus. Morgen sehen wir uns dann zum Frühstück bei mir. Schlaft schön."

Amelie nahm Lilly in den Arm und bedankte sich, dann verschwand Lilly in der Dunkelheit.

David stieg die Treppe zur Tür hoch und betätigte den Lichtschalter.

Nach und nach stiegen alle die Treppe hoch und kurz darauf standen sie im Innern des Wagens. Es sah noch alles aus, wie beim letzten Besuch.

„Endlich sind wir da!", rief Leonie. „Sophia, schlafen wir diesmal beide oben?"

Sophia sah Leonie mit verdutztem Gesichtsausdruck an. Sie wusste noch genau, was sie beim letzten Mal geantwortet hatte, und dennoch fragte Leonie sie von neuem.

„Ja", erwiderte sie und spürte tatsächlich, dass sich das okay anfühlte.

„Du kannst auch schlafengehen, Spatz." David ließ Amber auf

dem unteren Doppelbett herab. Sie drehte sich um und gab keinen Mucks mehr von sich.

„Ich will auch schlafen, Ich bin müde." Julien ließ sich neben Amber fallen und schlief auch sofort ein.

„Braucht ihr noch etwas?" Amelie sah Sophia und Leonie lächelnd an.

„Nein. Ich geh auch schlafen." Leonie gab Amelie einen Kuss.

„Ich auch", sagte Sophia.

Es war seltsam, hinter Leonie auf das Bett hochzusteigen, aber als sie da oben lag und auf alles heruntersehen konnte, als David das Licht ausgeknipst hatte und sie Leonies Atem neben sich hören konnte, da wusste sie, dass es die richtige Entscheidung gewesen war. Ja, es war merkwürdig, aber sie fühlte sich, als wenn sie jetzt doch irgendwie dazugehörte. Wie schnell sich Dinge doch ändern konnten...

Es dauerte lange, bis Sophia eingeschlafen war.

Am nächsten Morgen wachte Amber als erste auf. Sie weckte sofort alle anderen, denn sie konnte es, - wie immer hier -, kaum erwarten, zu Lilly hinüberzulaufen und mit Sascha und Aljoscha zu spielen.

Zum Frühstück gingen alle zu Lilly, auch Sophia.

Sophia fühlte sich immer noch unwohl bei der Vorstellung, alle wiederzusehen, aber sie wollte das durchziehen.

Natasha kam wieder etwas später dazu. „Die Tiere sind versorgt. Gibts noch Kaffee?", fragte sie, als sie herein kam.

„Können wir gleich zu den Tieren gehen?", rief Julien begeistert.

„Natürlich, Schatz!", Natasha strich Julien über die Wange. „Du bist ja schon wieder größer geworden, seit ihr das letzte Mal hier ward. Solange ihr hier seit, kannst du wie letztes Mal die Tiere versorgen."

Nach dem Frühstück gingen sie mit Lilly und Natasha in den Garten. Der Garten war aufgeblüht. Das Laub an den Sträuchern war satthellgrün und an allen Ecken blühte es bunt.

Lilly ging an Sophias Seite und hatte Amber auf der anderen Seite an der Hand.

„Es ist lange her, dass ihr hier ward. In dieser Zeit ist unheimlich viel passiert..."

Sophia wusste nicht genau, was Lilly nun meinte, aber jedenfalls hatte sie Recht mit dieser Feststellung. Das war der geeignete Augenblick, ihren Entschluss in die Tat umzusetzen. „Ich bin wieder her gekommen, um euch zu sagen, dass es mir leid tut, was ich getan habe." Vorsichtig blickte Sophia zu Lilly.

Lilly lächelte sie an. „Das freut mich, es bedeutet mir viel und ich werde es den anderen ausrichten. Aber hier ist dir niemand mehr böse. Du wusstest nicht, wohin. Wenn das wieder geschieht ist es wichtig, dass du dann weißt, wohin. Eduard hat gesagt, wenn du wieder etwas zerlegen willst, dann sollst du direkt zu ihm gehen und er zeigt dir dann, wie man mit der Axt arbeitet. Es ist sehr befreiend, wenn das Holz in alle Richtungen fliegt. Das solltest du unbedingt mal ausprobieren. Ich weiß, dass David auch so ein Ding hat, das wird er dir gerne leihen."

Sophia sah Lilly erstaunt an. Damit hatte sie nicht gerechnet, aber wenn sie so darüber nachdachte, klang es sehr verlockend.

Eine Weile schwiegen sie.

„Heute Abend machen wir eine Feier, weil ihr zu Besuch seid." Lilly blieb stehen und zeigte auf eines der Gemüsebeete, an denen sie nun angelangt waren. „Sieh mal Amber, da wachsen Radieschen. Willst du welche pflücken?"

„Kommen wieder alle?" Sophia sah Lilly vorsichtig an. Es würde eine große Überwindung bedeuten, alle wieder zu sehen.

„Klar kommen alle. Um 19:00 geht's los. Wir treffen uns wieder alle bei Eduard vor dem Wagen. Julien und Amber können mit Aljoscha und Sascha Holz suchen für ein Feuer und wenn Maja später mit der Arbeit fertig ist, dann bereite ich mit ihr Nudelsalat vor."

Sophia erinnerte sich gut an Maja. Sie erinnerte sich auch noch daran, wie abfällig und boshaft sie über Maja gedacht hatte. Dabei war ihr klar, dass sie das getan hatte, um sich besser zu fühlen und ihre miese Laune an irgendjemand anderem auszulassen. Es war immer leichter, andere schlecht zu machen, als sich selber schlecht zu fühlen. Jetzt schämte sie sich dafür. Wenigstens wusste niemand, wie sie damals gedacht hatte. Sie musste an Elly denken. Sie wusste, dass Elly traurig gewesen wäre, wenn sie so eine abschätzige Meinung von Behinderten hätte. Aber eigentlich hatte sie die ja auch gar nicht. In Hamburg sah man oft Behinderte. Das war da ziemlich normal und sie hatte sich daran nie gestört. In Mecklenburg auf dem Land dagegen sah man eigentlich nie jemanden mit einer Behinderung. Das war seltsam, überlegte Sophia nun. Es musste diese Menschen dort doch auch geben. Wo waren sie? In der Schule war kein einziger behinderter Schüler. In Hamburg auf der Stadtteilschule gab es viele behinderte Kinder.

Sophia fiel auch wieder ein, wie schlecht sie über Lilly und Natasha gedacht hatte, weil die lesbisch waren. Aber als sie das letzte Mal hier waren, war sie furchtbar drauf gewesen. Das war der Grund gewesen.

225

Eigentlich war gerade das echt cool. Das hier nicht alle so „normal" waren. Hier musste man nicht irgendeine Rolle spielen. Amelie und David taten das auch nicht. Alle waren hier irgendwie, wie sie halt waren. Niemand erwartete irgendwelche Leistungen, wie in der Schule oder irgendein Verhalten, wie die ganzen Sozialheinis und die Jugendamtleute.

Sophia stellte sich vor, wie es gewesen wäre, wenn sie damals mit Elly her gekommen wäre. Elly hätte sich super mit Lilly und Amelie verstanden. Sie wäre mit ihrem Gehstock herumgelaufen und hätte mit dem Stock auf alles gezeigt, um es Amber zu zeigen. Sie hätte sich mit ihrer ruhigen Art einfach dazu gesellt und Sophia hätte jederzeit zu ihr laufen und sich bei ihr ankuscheln können...

Sophia schluckte. Gleich kamen ihr wieder die Tränen hoch.

„He, Sophia, ist alles okay?" Lilly sah sie mit besorgtem Gesichtsausdruck an.

„Hm", machte Sophia. „Ich musste nur an was denken."

„Was hast du gedacht?" Amber sah sie mit demselben Gesichtsausdruck wie Lilly an und griff nach ihrer Hand.

Sophia musste den Atem einen Augenblick anhalten, um nicht loszuheulen. Sie hatte geahnt, dass das passieren würde, wenn sie versuchte, sich zu ändern und sich mit der Realität anzufreunden. Was sollte sie antworten? „Ich habe an jemanden gedacht."

„An wen denn?" Amber ließ nicht locker.

„Lass Sophia. Sie wird es dir erzählen, wenn sie soweit ist. Nicht wahr?" Lilly sah Sophia aufmunternd an.

21

Sophia hatte geschlafen, dabei hatte sie das gar nicht beabsichtigt. Sie hatte sich hingelegt, nachdem sie alle draußen alles angesehen hatten, und war wohl weggenickt.

In dem Moment fiel ihr Gabriel wieder ein. Ob er auch auf dieser Feier sein würde, heute Abend? Was er wohl jetzt für eine Meinung von ihr hatte? Ihm gegenüber war ihr das alles am peinlichsten.

Sophia guckte auf ihr Smartphone, um die Uhrzeit abzulesen. Krass, schon halb sieben! Wo die anderen wohl waren? Sie zog sich um, dann verließ sie den Wagen.

Sie sah sich um und fand Amber und Julien beim Holz sammeln. Vor einem der Wagen schichteten die beiden das Holz auf. Dort stand auch ein Tisch und um den Holzhaufen lagen Decken und Kissen.

Sie hörte Davids Stimme mit anderen Männerstimmen gemischt. In dem Moment griff jemand von hinten nach ihren Schultern. Sie versteifte sich vor Schreck.

„Hi Sophia, da bist du ja! Such dir einen Platz am Feuer, also da, wo das Feuer gleich angemacht wird." Lilly strahlte Sophia fröhlich an.

Sophia lächelte dankbar. „Okay." Wieder fiel ihr ein, wie schlecht sie beim letzten Besuch über alle gedacht hatte und überlegte, dass sie hier echt alle verrückt sein mussten. Verrückt genug, ihr das zu vergessen, was sie getan hatte und ihr eine neue Chance zu geben.

Sophia sah, wie Lilly wieder zu ihrem Wagen lief. Sie setzte sich, wie geheißen auf eine der Decken.

Da kam Maja aus Lillys Wagen. Sie wirkte unsicher auf den Füßen und sah zu Sophia rüber. Dann kam sie direkt auf Sophia zu.

„Hallo!", rief Maja mit ihrer tiefen, lallenden Stimme.

„Hallo", erwiderte Sophia.

„Hallo Sophia, wie ..eht es dir?"

„Okay...", Sophia lächelte tapfer, dabei spürte sie, dass ihre Gefühle heute echt verrückt spielten. Vielleicht war das doch alles zuviel. Immerzu musste sie an Elly denken und jedesmal wurde sie sofort traurig und ihre Gefühle machten, was sie wollten...

Maja setzte sich neben sie.

Eine Weile saßen sie schweigend nebeneinander, dann erschien Gabriel mit seiner Gitarre in der Hand.

„Hi, du besuchst uns ja wieder?" Er grinste sie an.

Sophia überlegte, ob man ihm anmerken konnte, ob er wütend auf sie war, aber davon war nichts zu merken. Sie nickte.

Gabriel setzte sich auf die andere Seite neben Maja und begann, auf seiner Gitarre zu spielen. Er spielte kein Lied, sondern zupfte irgendwelche Tonabfolgen.

„Spiel mal ein Lied!", sagte Maja und stupste Gabriel in die Seite.

„Ein Lied? Welches denn? Vielleicht das?" Er begann die Melodie von Biene Maja.

„Hey!" Maja lachte und boxte Gabriel in die Seite.

Gabriel wechselte zu „Wochenend und Sonnenschein". „Vielleicht lieber das hier?"

„Spiel: „Die edanken sin frei!"", rief Maja.

Er überlegte kurz und sah Maja dann seltsam an. „Auf welchem Planeten lebst du denn?"

„Is mir eal. Ich ma das!"

Während Gabriel spielte, kamen auch die anderen alle. Sophia beobachtete, was die anderen machten und sah schließlich zu, wie Eduard das Feuer entfachte. Julien und Amber und die Zwillinge waren in heller Aufregung.

Dann lauschte Sophia wieder dem Klang der Gitarre.

In dem Moment erschienen auch Lilly und Amelie und wie aus einem Munde riefen sie: „Auf welchem Planeten lebst du denn, Gabriel?"

„Ach, er singt bestimmt über unseren Gesundheitsminister! Dessen Gedanken sind ja frei. Erst sagt er, die Vorstellung, es könne eine Pandemie geben sei irreal und dann sägt er mal kurz alle Grundrechte ab, weil es – huch - doch eine Pandemie gegeben hat. Oder der zuerst erklärt, Masken seien unnütz und dann aber die Maskenpflicht einführt und niemand macht ihm deshalb einen Vorwurf. Wenn das nicht Gedankenfreiheit ist, dann weiß ich auch nicht. Und das muss doch reichen, dass die Politiker frei hin und her denken können. Ich meine, wenn das nur das dumme Volk ist, dass es anders sieht, als zum jeweiligen Zeitpunkt die Politiker, dann ist das ja auch ganz was anderes. Die sind ja einfach nur dumm und verblendet und rechts natürlich. Alle rechts und die denken ja auch nicht frei. Denn wer sein Fähnchen nicht in den Wind der Politik hängt und glaubt, was alle behaupten, der denkt deshalb doch nicht. Der ist nur irgendwelchen Scharlatanen hörig und unfähig zu denken." Lilly ließ sich neben Gabriel plumpsen.

„Hey, sei doch nicht so zynisch. Du hast nur missinterpretiert, was Gedankenfreiheit bedeutet. Es bedeutet frei von Gedanken. Und das Recht hast du schließlich weiterhin", rief Eduard.

„Ja, das Gleiche gilt wohl auch für die Wissenschaftsfreiheit. Es bedeutet frei von Wissenschaft und das macht das RKI doch ganz brillant. Es ist ja fast schon Ketzerei, dass Dr. Püschel vom Hamburger UKE die Frechheit besitzt, dennoch zu obduzieren, obwohl man von höchster Stelle her dringend davon abgeraten hat", ergänzte Natasha.

„Hehe, Vorsicht, liebe Leute, das klingt aber schon sehr nach Verschwörungstheorie!" David zwinkerte.

„Also ich denke, Karl Hepfer würde die Strategie des RKI als asymmetrische Beweisführung identifizieren. Wenn jemand mit Corona stirbt, dann ist es der Beweis, Corona sei ursächlich gewesen. Die Überprüfung mittels Obduktion hingegen wird von vorneherein verworfen. Deshalb kann sich Vizekanzler Drosten auch hinstellen und allen Ernstes behaupten, es komme gar nicht darauf an, woran die Leute tatsächlich sterben. Das mache keinen Unterschied", fügte Gabriel hinzu.

„Oh ja, ganz passend dazu gilt es ja jetzt offiziel auch als auf die wirksamen und von Anfang an konsequenten und effektiven Maßnahmen der Regierung zurückzuführender Erfolg, dass in Deutschland kein Massensterben eingesetzt hat, wie in anderen Ländern. Dabei hat Deutschland alles andere als ebenso gehandelt. Und auch hier gilt, lieber nicht hingucken, woran es tatsächlich liegt, dass die Zahlen sind wie sie sind. Das wäre wieder Verschwörungstheorie", sagte Amelie.

„Es ist halt ungünstig, dass nicht mehr zwischen Verschwörungstheorie und Verschwörungshypothese unterschieden wird. Die Wissenschaft soll dazu mal in der Lage gewesen sein... Vor Corona... Habe ich gehört..." Eduard seufzte.

„Vorsicht, also solange das nicht Spiegel oder FAZ schreiben, sollte man sehr zurückhaltend sein mit solchen Behauptungen", spottete Lilly.

„Aber jetzt wollen wir essen", sagte Natasha bestimmt. „Das wissen wir so. Dazu brauchen wir ausnahmsweise nicht die Weisheiten der großen Medienkonzerne."

Nachdem alle gegessen hatten, verlief der Abend fröhlich.

Schließlich griff Gabriel wieder zur Gitarre.

Sophia hörte den anderen bei ihren Unterhaltungen zu. Sie wusste nicht, was sie sagen sollte.

„Kann ich mich zu dir setzen?" Amelie lächelte freundlich.

„Klar!" Sophia nickte.

Eine Weile saßen sie schweigend nebeneinander.

Sophia konnte Amelies Parfüm riechen. Sie mochte es. Es war schön, neben Amelie zu sitzen. Es war auch schön, dabei nicht reden zu müssen.

Etwas weiter weg spielten Aljoscha und Amber Fangen.

Plötzlich bemerkte Sophia, dass Gabriel ein neues Lied zu spielen begonnen hatte. Sie zuckte zusammen. Es war ein Lied von Reinhard Mey und Eduard sang dazu. Sie spielten „Herbstgewitter über Dächern". Das war Ellys Lieblingslied gewesen. Sie hatten es oft gemeinsam auf dem alten Plattenspieler gehört. Wie lange sie das nicht mehr gehört hatte. Wie lange sie nicht mehr daran gedacht hatte.

Wie ein Tsunami rollten alte Gefühle über sie hin. Sophia musste heftig gegenanschlucken, um nicht anzufangen zu weinen. Gottseidank wurde es schon dunkel, sodass niemand ihr Gesicht so genau sehen konnte.

Mit einem Mal spürte sie eine Hand auf ihrem Rücken. Es war Amelies Hand. In einem ersten Impuls versteifte sie sich, aber dann lehnte sie ihren Kopf an Amelies Schulter. Und sie hörte Amelies Stimme: „Es ist so schön, dass du wieder bei uns bist...“

Völlig unvermittelt sagte Sophia: „Kann ich mein Zimmer lila streichen?“

- ENDE -